쉽게 읽는
열하일기 ❶

쉽게 읽는 열하일기 1
변화하는 시대를 읽은 자, 연암 박지원의 청나라 여행기

초판 1쇄 인쇄 2021년 9월 1일
초판 1쇄 발행 2021년 9월 10일

지은이 박지원
옮긴이 한국고전번역원
엮은이 김홍식
펴낸이 이영선

편집 이일규 김선정 김문정 김종훈 이민재 김영아 김연수 이현정 차소영
디자인 김회량 이보아
독자본부 김일신 정혜영 김민수 박정래 손미경 김동욱

펴낸곳 서해문집 | 출판등록 1989년 3월 16일(제406-2005-000047호)
주소 경기도 파주시 광인사길 217(파주출판도시)
전화 (031)955-7470 | 팩스 (031)955-7469
홈페이지 www.booksea.co.kr | 이메일 shmj21@hanmail.net

ISBN 979-11-90893-90-9 04810
ISBN 979-11-90893-89-3 (세트)

쉽게 읽는

열하일기 ❶

박지원 지음 한국고전번역원 옮김 김흥식 엮음

서해문집

일러두기

1) 이 책의 밑바탕은 한국고전번역원의《열하일기》번역본이다.
2)《열하일기》에는 무수히 많은 옛이야기와 인물, 중국과 한국의 역사가 등장한다.《열하일기》를 이해하기 위해서는 이 내용을 알아야 하는데, 따로 떼어 각주로 붙이면 읽어 내려가는 데 걸림돌이 될 수 있다. 따라서 이 책에서는 모든 내용을 본문 안에 간주間注로 넣었으니, 가능하면 한 번에 이해할 수 있도록 하기 위함이다. 원주는 박지원, 역주는 이가원의 주다. 그 외에는 모두 엮은이 주다.
3)《열하일기》본문에서 연도나 날짜를 나타낼 때는 그 시대에 사용하던 중국 연호나 간지를 사용했다. 1780년은 '숭정 156년', 8월 10일은 '병진丙辰일'로 표기한 것이다. 그러나 이러한 표기법은 21세기 대한민국 독자에게는 혼란만 줄 뿐이다. 이 책에서는 특별히 본래 표기를 나타내야 할 때를 제외하고는 오늘날 우리가 사용하는 연도, 날짜로 바꾸었다.
4)《열하일기》는 중국을 오가며 쓴 글이라 우리에게 낯선 지명이 무수히 등장한다. 이러한 지명 가운데 독자가 반드시 알아야 할 곳은 얼마 되지 않는다. 따라서 필수적인 지명을 제외하고는 한자 표기를 하지 않았다. 너무 많은 한자가 등장하는 것은 독자에게 불편함만을 안겨준다고 여기기 때문이다.
5)《열하일기》에는 낯선 지역과 건물, 도시, 산물에 대한 이야기가 자주 나온다. 그러나 이 모든 것에 대한 그림 자료를 넣으면 그 또한 독자들이 책의 전체를 이해하는 데 방해가 될 수 있다. 책을 이해하는 데 핵심이 되는 자료만 넣어 독자들이 그림과 내용에 집중할 수 있도록 했다.
6)《열하일기》본문에는 책의 핵심이 되는 일기 외에도 〈호질〉, 〈허생전〉 등 단편소설과 중국의 수레제도, 이런저런 장소의 유람기 등 다양한 내용이 담겨 있다. 그러나 몇 편의 단편소설, 중국 제도에 대한 논평 외에 대부분의 내용은 오늘날 독자에게 크게 의미를 갖지 못하는 게 사실이다. 엮은이는 그러한 내용마저 완역본이라는 의미에 매달려 담는 것이 오히려《열하일기》를 독자로부터 멀어지게 만든다고 여긴다. 따라서 새로운 세대뿐 아니라 모든 시민이 반드시 읽어야 할 내용과 먼 티베트 불교 이야기, 중국 선비들과 나눈 여러 이야기는 과감히 생략했다. 감히 말씀드리지만 이 책에 수록하지 않은《열하일기》의 내용을 읽지 않는다고 해도 연암 박지원의 사상과 의도 그리고 그가 이 책을 집필하던 시기의 조선과 동아시아를 이해하는 데는 전혀 지장이 없을 것이라고 확신한다.

등장인물

박명원朴明源	정사正使(사신의 대표자)
정원시鄭元始	부사副使(사신의 부대표자)
조정진趙鼎鎭	서장관書狀官(정사, 부사와 함께 삼사三使라고 불리는 중요 직책. 주로 사건을 기록하여 임금에게 보고하거나 외교 문서에 관한 일을 담당했음)
홍명복洪命福	수역首譯(통역관 가운데 으뜸)
박지원朴趾源	정사 박명원의 자제군관子弟軍官(사신의 자제나 친척의 일원을 개인 수행원 자격의 군관으로 데려가 앞선 문물을 견학하도록 기회를 제공하는 제도) 자격으로 청나라에 다녀옴
정각鄭珏	부사의 자제군관으로, 진사進士(과거의 예비 시험인 소과의 복시에 합격한 사람에게 주던 칭호)
노이점盧以漸	참봉參奉(조선시대 각 관서의 종9품 관직), 상방 비장裨將(조선시대에 감사監司·유수留守·병사兵使·수사水使·견외사신遣外使臣을 따라다니며 일을 돕던 무관 벼슬)
창대	연암의 마부
장복	연암의 하인

쉽게 읽는 열하일기 ❶

도강록渡江錄

성경잡지盛京雜識

일신수필馹汛隨筆

관내정사關內程史

쉽게 읽는 열하일기 ❷

막북행정록漠北行程錄

태학유관록太學留館錄

환연도중록還燕道中錄

열하일기 여정도

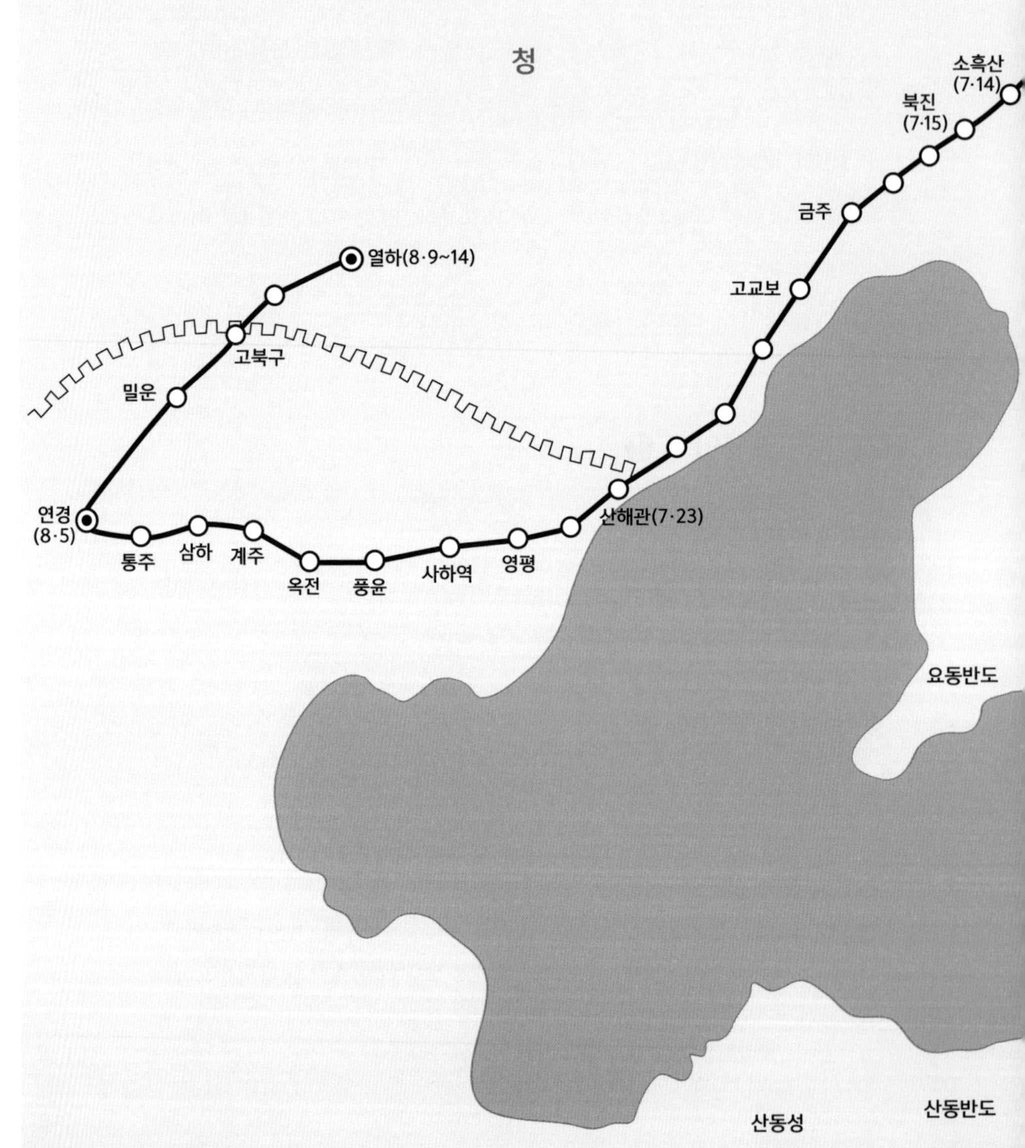

청
소흑산
(7·14)
북진
(7·15)
금주
고교보
열하(8·9~14)
고북구
밀운
연경
(8·5)
통주
삼하
계주
옥전
풍윤
사하역
영평
산해관(7·23)
요동반도
산동성
산동반도

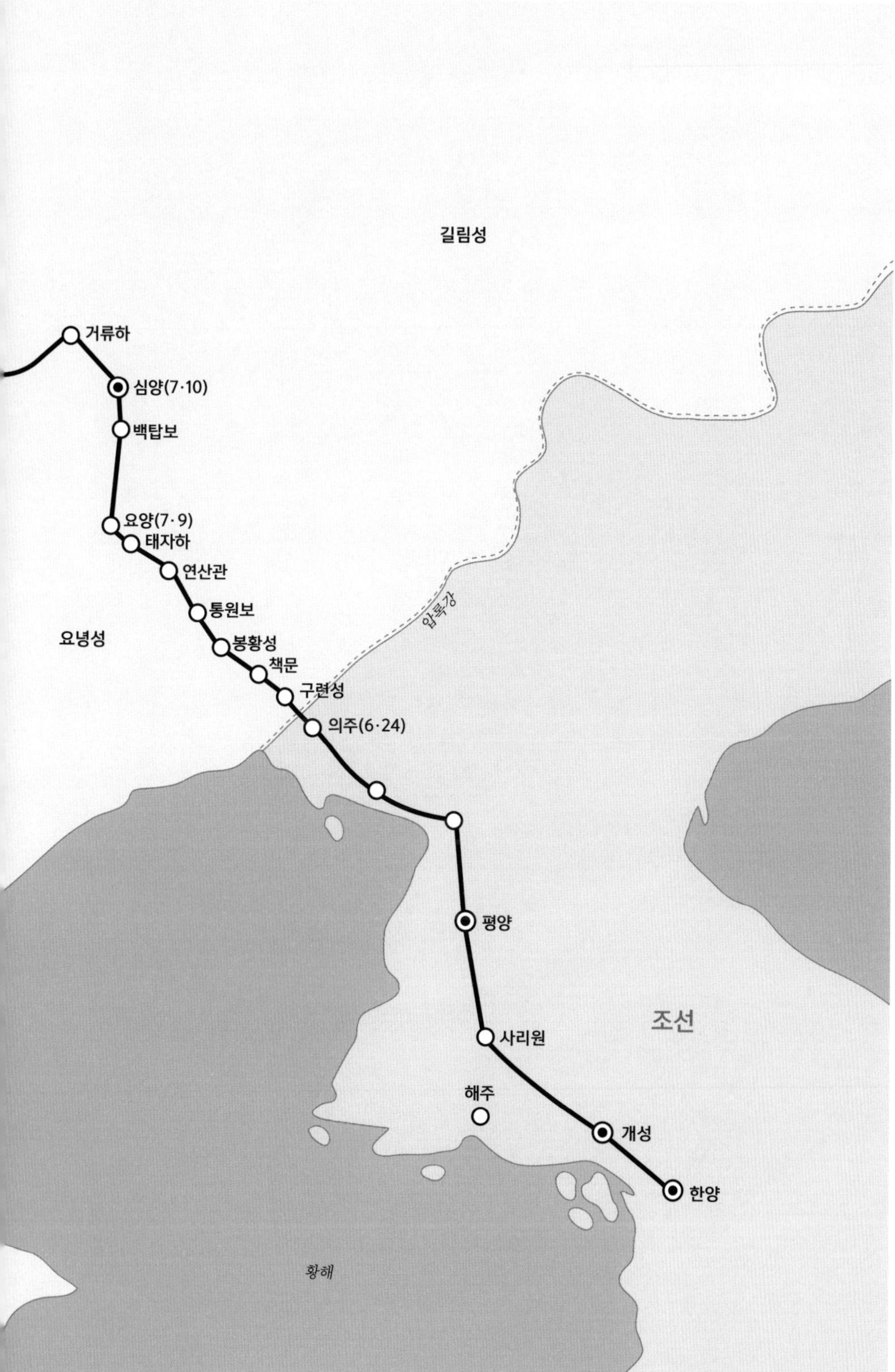

길림성

거류하

심양(7·10)

백탑보

요양(7·9)

태자하

연산관

통원보

요녕성

봉황성

책문

구련성

의주(6·24)

압록강

평양

조선

사리원

해주

개성

한양

황해

강을 건너다

6월 24일에 시작하여 7월 9일에 마쳤다.

압록강에서 요양에 이르기까지 열닷새가 걸렸다.

도강록 渡江錄

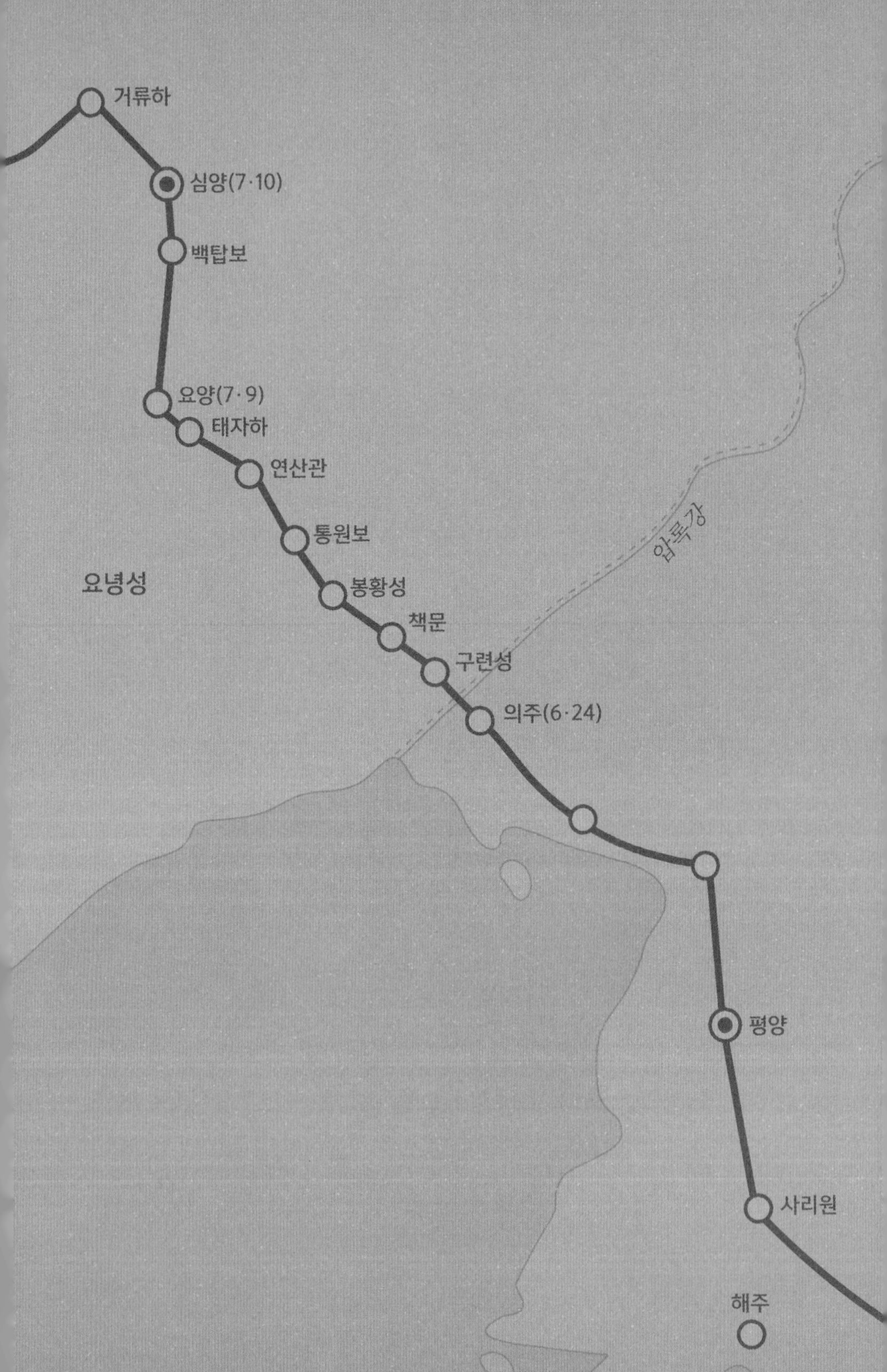

거류하
심양(7·10)
백탑보
요양(7·9)
태자하
연산관
통원보
요녕성
봉황성
책문
구련성
압록강
의주(6·24)
평양
사리원
해주

도강록 서渡江錄序

무엇 때문에 '후삼경자後三庚子'라는 말을 이 글 첫머리에 썼을까? 일정과 날씨를 적으면서 해를 표준으로 삼고 달수와 날짜를 밝힌 것이다.

무엇 때문에 '후'란 말을 썼을까? 숭정崇禎, 명나라 마지막 황제 의종의 연호. 1628~1644 기원이 끝난 후를 말함이다.

무엇 때문에 '삼경자'라 했을까? 숭정 기원 후 세 번째 경자년연도를 간지로 말하던 시대에는 똑같은 간지가 60년에 한 번 등장한다. 따라서 세 번째 경자년은 첫 번째 경자년으로부터 120년 후다. 또 '숭정 기원 후'라는 말은 '명나라가 망한 후'라는 말이다. 따라서 명나라가 망한 후 첫 번째 경자년은 1660년, 두 번째 경자년은 1720년, 세 번째 경자년은 1780년이다.《열하일기熱河日記》는 세 번째 경자년인 1780년에 박지원이 청나라를 다녀온 후 기록했음을 말함이다.

그렇다면 무엇 때문에 '숭정'을 바로 쓰지 않았을까? 장차 강을 건너려니 이를 잠깐 피한 것이다. 무엇 때문에 이를 피했을까? 강을 건너면 곧 청나라 사람들이 살고 있기 때문이다. 천하가 모두 청의 연호를 쓰고 있어, 감히 숭정을 일컫지 못함이다.

그렇다면 어째서 우리는 명나라의 연호인 '숭정'을 쓰고 있을까? 명나라는 중화로, 우리나라가 애초에 승인을 받은 상국上國, 작은 나라로부터 조공을 받는 큰 나라인 까닭이다.

숭정 17년1644에 의종열황제毅宗烈皇帝, 명나라의 마지막 황제 숭정을 가리킨다. 1644년 이자성의 반란에 북경이 함락되자 자살함가 나라를 위하여 죽고, 명나라가 망한 지 벌써 130여 년이 지났거늘 어째서 지금까지 숭정을 연호로 쓰고 있을까? 청이 들어와 중국을 차지한 뒤에 선왕의 제도가 변해서 오랑캐 나라가 됐으되, 우리 동녘 수천 리는 강을 경계로 나라를 이룩하여 홀로 선왕의 제도를 지켰으니, 이는 명 황실이 아직도 압록강 동쪽에 존재함을 말함이다. 우리 힘이 비록 저 오랑캐를 쳐 몰아내고 중원을 숙청하여 선왕의 옛것을 광복하지는 못할지라도, 사람마다 모두 숭정의 연호라도 높여 중국을 보존했던 것조선은 건국 이래 대한제국 성립 이전까지 독자적 연호 대신 중국의 연호를 사용했다. 따라서 박지원이 《열하일기》를 쓸 때도 연도 표시를 할 때는 중국의 연호를 사용하는 것이 당연했다. 그리고 그 무렵 중국의 연호는 청나라 고종이 사용하던 건륭乾隆(1736~1795)이었다. 그런데도 박지원은 명나라의 마지막 황제 의종의 연호인 숭정을 사용했다. 이는 그가 명나라에 대해 품고 있던 뜻을 드러낸다. 즉 조선을 구해준 명나라, 중국의 전통 문화를 계승한 나라로서의 명나라는 조선 선비들이 숭배하는 나라인 반면, 만주족이 세운 청나라는 본문에도 지속적으로 등장하지만 되놈, 오랑캐에 불과했던 것이다. 앞의 내용은 이 뜻을 드러낸 것이다.

숭정 156년 계묘에 열상외사洌上外史, 연암의 별호가 쓰다.

'후삼경자'는 곧 우리 성상聖上 정조 4년1780, 청 건륭 45년이다.

신미辛未 6월 24일

아침에 보슬비가 온종일 뿌리다 말다 했다.

오후에 압록강을 건너 삼십 리를 가서 구련성에서 밤을 보냈다. 밤에 소나기가 퍼붓더니 이내 갰다.

앞서 의주관오늘날의 평안북도 의주시에 있던 객관. 객관은 각 고을에 설치하여 외국 사신이나 다른 곳에서 온 벼슬아치를 대접하고 묵게 하던 숙소에서 묵은 지 열흘 동안 방물선물용으로 가지고 가던 지방의 산물. 여기서는 건륭황제(청나라의 제6대 황제. 1711~1799. 재위 1735~1795)의 70세 생일을 축하하기 위해 파견된 사신 일행이 지참한 생일 선물을 가리킴도 다 들어왔고 떠날 날짜가 매우 촉박한데, 장마가 져서 두 강물이 몹시 불었다. 그동안 날이 갠 지도 나흘이나 지났는데, 물살은 더욱 거세져 나무와 돌이 함께 굴러 내리며 탁한 물줄기가 하늘과 맞닿았다. 이는 압록강의 발원지가 멀리 있는 까닭이다.

《당서》후진後晉의 유후가 지은 당나라 역사를 기록한 역사서. 《구당서》와 《신당서》가 있음를 보면 "고려여기서는 고구려를 가리킴의 마자수馬訾水는 말갈수나라·당나라 때 둥베이 지방에서 한반도 북부에 이르는 지역에 거주하던 퉁구스계 민족의 백산白山에서 나오는데, 그 물빛이 마치 오리의 머리처럼 푸르러 압록강鴨綠江이라 불렀다." 했으니, 백산은 곧 장백산을 가리킨다. 《산해

압록강 '오리 머리처럼 푸른 강'이라는 뜻이다.

경》고대 중국의 지리 책. 작가·연대 미상이며, 뤄양을 중심으로 한 산맥·하천·신화·전설·산물 따위를 수록함에서는 이를 '불함산不咸山'이라 했고, 우리나라에서는 '백두산白頭山'이라 일컫는다.

백두산은 모든 강이 발원하는 곳인데, 그 서남쪽으로 흐르는 것이 압록강이다.《황여고》명나라의 장천복이 지은 책에는 "천하에 큰 강 셋이 있으니, 황하와 장강양자강과 압록강이다."라고 했다. 또《양산묵담》명나라의 진정이 지은 책에는 "회수중국 양자강의 중하류 지방을 흐르는 강 이북은 북쪽 줄기라 일컬으며 모든 물이 황하로 모여들기에 강이라고 이름 붙인 것이 없는데, 다만 북으로 고려에 있는 것을 압록강이라 부른다." 했다.

이 강은 천하의 큰 물줄기로서 그 발원하는 곳이 가무는지 장마인지 천 리 밖에서 예측하기 어려웠으나, 이제 이 강물이 이렇듯 넘쳐흐름을 보아 백두산의 장마를 짐작할 수 있겠다. 하물며 이곳은 예사의 나루가 아니니 두말할 필요가 없다.

그럼에도 한창 장마철이어서 나룻가의 배 대는 곳은 찾을 수도 없거니와, 중류의 모래톱마저 흔적이 없어 사공이 조금만 실수한다면 사람의 힘으로는 도저히 건잡을 수 없을 정도다. 일행 중 통역관들은 서로 옛 경험에 비추어 날짜를 늦추어야 한다고 하고, 의주 부윤조선시대 지방 관아인 부府의 우두머리 이재학1745~1806, 영조~순조 대의 문신 역시 비장裨將, 사신의 시중을 드는 관원을 보내어 며칠만 더 묵도록 만류한다.

그러나 정사正使, 조선시대에 중국이나 일본으로 보내는 사행의 우두머리. 이때는 박명원朴明源(1725~1790)이었다. 박명원은 영조의 셋째 딸 화평옹주와 결혼해 금성위에 봉해졌다. 1776년에는 삼절연공 겸 사은사, 1780년에는 진하 겸 사은사, 1784년에는 사은사로 세 차례에 걸쳐 중국에 정사로 파견됨는 기어이 이날 강을 건너기로 하여 장계조선시대 왕명을 받고 외방에 나가 있는 신하가 자기 관하의 중요한 일을 왕에게 보고하거나 청하는 문서에 벌써 날짜를 써 넣었다.

아침에 일어나 창을 열고 보니 짙은 구름으로 가득 덮였고 빗기운이 산에 가득했다. 청소가 끝나자 행장을 정돈하고, 집에 보내는 편지와 모든 곳의 답장을 손수 봉하여 파발공문을 급히 보내기 위하여 설치한 역참 편에 부친 후, 아침 죽을 조금 먹고 천천히 객관에 이르렀다.

비장들은 벌써 군복과 전립戰笠을 갖추었는데, 머리에는 은색 꽃·운월雲月, 모자나 벙거지의 가운데 둥글고 우뚝한 부분을 달고 공작의 깃을 꽂았

첩리 상의와 하의를 따로 구성해 허리에 연결한 도포

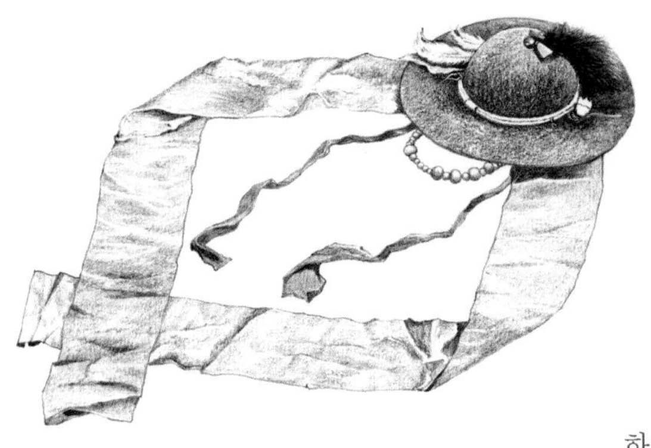

전립 조선시대에 무관이 쓰던 모자의 하나

으며, 허리에는 남빛이 나는 비단 전대 돈이나 물건을 넣어 허리에 매거나 어깨에 두르기 편하도록 만든 자루를 두르고 환도 예전에 군복에 갖추어 차던 군도를 찼으며, 손에는 짧은 채찍을 들었다.

그들은 서로 마주 보고 웃으면서 "모양이 어떤가?" 하며 떠든다. 그중에 노 참봉이름은 이점, 상방 비장-원주은 첩리帖裏, 첩리는 방언으로 철릭이라고 한다. 비장은 우리 국경 안에서는 철릭을 입다가 강을 건너면 협수로 바꿔 입음-원

협수 검은 두루마기에 붉은 안을 받치고 붉은 소매를 달며 뒤 솔기를 길게 터서 지은 군복. 동달이라고도 한다.

주를 입을 때보다 훨씬 우람해 보인다.

정 진사이름은 각珏, 상방 비장-원주가 웃으며, "오늘은 정말 강을 건너게 되겠죠?" 하자, 노 참봉은 옆에서 "이제 곧 강을 건너갈 것입니다." 한다. 나는 그 둘에게 "맞아."라고 했다. 거의 열흘 동안이나 관에 묵고 있으니 모두들 지루한 생각을 품어 훌쩍 날고 싶은 기분이다. 가뜩이나 장마에 강이 불어서 더욱 조급하던 참에 떠날 날짜가 닥치고 보니, 이제는 건너지 않을 수 없다.

멀리 앞길을 바라보니 무더위가 사람을 찌는 듯하다. 돌이켜 고향을 생각하니 구름 낀 먼 산이 아득하다. 이런 감정이 떠오르자 서글퍼져서 되돌아갈 뜻이 싹트지 않을 수 없었다. 이른바 평생의 장한 유람이라고 하여 툭하면 "꼭 한번 구경을 해야지." 하고 평소에 벼르던 것도 이제는

일각문 대문간이 따로 없이 양쪽에 기둥을 하나씩 세워서 문짝을 단 대문. 국립중앙박물관 소장

뒷전으로 밀려난다. 사람들이 "오늘에야 강을 건넌다." 하면서 떠드는 것도 결코 좋아서 하는 말이 아니고 어쩔 수 없어서일 뿐이다.

역관통역관. 중국에 파견된 사신 일행에는 중국어 통역관과 만주어 통역관 등 많은 통역관이 따라갔다. 이 가운데 정3품의 통역관은 역관, 그 이하의 통역관은 통사라 부르고 통역관의 우두머리를 수역이라고 한다. 이때 수역은 홍명복임 김진하金

震夏, 2품 당상관-원주는 늙고 병이 위중하여 여기서 되돌아가게 되자 정중히 하직하니 서글픔을 금하지 못하겠다.

아침을 먹은 뒤 나는 혼자서 먼저 말을 타고 떠났다. 말은 자줏빛에 흰 정수리, 날씬한 정강이에 높은 발굽, 날카로운 머리에 짧은 허리를 가졌다. 더구나 두 귀가 쫑긋한 품이 참으로 만 리는 달릴 듯싶다. 창대연암의 마부 이름는 앞에서 경마남이 탄 말의 고삐를 잡고 말을 모는 일를 잡고 장복연암의 하인 이름은 뒤에서 따른다. 안장에는 주머니 한 쌍을 달았는데, 왼쪽에는 벼루를 넣고 오른쪽에는 거울, 붓 두 자루, 먹 한 장, 조그만 공책 네 권, 정리록거리를 '리里' 단위로 나타낸 수를 기록한 두루마리 한 축을 넣었다. 행장이 이렇듯 단출하니 국경의 짐 수색이 아무리 엄하다 한들 근심할 것이 없다.

성문에 미치지 못했는데 소나기 한 줄기가 동쪽에서 몰려든다. 이에 말을 급히 달려 성 문턱에서 내렸다. 홀로 문루에 올라 성 밑을 굽어보니, 창대가 혼자 말을 잡고 섰고 장복은 보이지 않는다. 조금 뒤에 장복이 길옆 작은 일각문一角門에 버티고 서서 위아래를 기웃기웃한다. 그러더니 둘이 삿갓으로 비를 가리며 손에는 조그만 오지병을 들고 바람나게 걸어온다.

알고 보니 둘이서 저희들 주머니를 털자 돈 스물여섯 푼이 나왔는데, 우리 돈을 갖고는 국경을 넘지 못하고 그렇다고 길에 버리자니 아깝고 해서 술을 샀다고 한다. 이에 내가 "너희들 술을 얼마나 하느냐?" 하고 물었더니, 둘은 "입에 대지도 못합죠." 하고 대답했다. 나는 "네놈들이 어찌 술을 할 줄 알겠느냐?" 하고 한바탕 꾸짖었다. 그러나 한편으론 스스로 위안하며 "먼 길 나그네에겐 도움이 되겠구나." 하고 혼자서 잔에 부어 마셨다.

동쪽으로 의주와 철산의 모든 산을 바라보니 만첩의 구름 속에 잠겨 있었다. 이에 술 한 잔을 가득 부어 문루 앞 기둥에 뿌려서 이번 길에 아무 탈이 없기를 빌고, 다시금 한 잔을 다음 기둥에 뿌려서 장복과 창대를 위하여 빌었다. 병을 흔들어본즉, 몇 잔 더 남았기에 창대를 시켜 술을 땅에 뿌리면서 말을 위하여 빌었다.

담에 기대어 동쪽을 바라보니, 떠오르는 구름이 잠깐 피어오르고 백마산성 서쪽의 한 봉우리가 갑자기 그 반쪽을 드러내는데, 그 빛이 하도 푸르러서 흡사 우리 연암서당燕巖書堂, 박지원이 머물던 곳으로, 황해도 금천에 있음에서 불일산佛日山 뒤 봉우리의 모습을 바라보는 듯싶다.

> 홍분루 높은 다락 막수노래를 잘 불렀다고 전해지는 당나라 여인
> 아씨 이별하고
> 두어 마리 말 타고 가을바람에 변방을 달리었네
> 그림배에 실은 퉁소, 장구 어이하여 소식 없나
> 애끊고 그리네 우리 청남평양을 가리킴 첫째 마을

이 시는 유득공1748~1807, 조선 정조 때의 북학파 학자이자 '규장각 4검서'의 한 사람. 저서로《발해고》가 있음이 일찍이 심양瀋陽, 봉천으로 들어갈 때 지은 것이다. 내 이제 몇 번이나 소리 내어 읊고 나서 "이건 국경을 넘는 이가 부질없이 무료한 정서를 읊은 것이지. 이곳에서 무슨 그림배·퉁소·장구 따위를 얻어서 놀이를 했단 말인가." 하고 홀로 크게 웃었다. 옛날에 형경荊卿, 중국 전국시대의 자객인 형가를 가리킨다. 연나라 태자 단은 자신의 원수를 갚

기 위해 진시황을 시해할 사람을 물색하다 형가를 구했다. 그런데 형가는 계획한 날이 되어도 떠나지 않았다. 그러자 태자는 형가가 피하는 것이라고 의심했다. 형가는 함께 일을 도모할 사람을 기다렸다가 가고자 했으나, 태자의 의심을 받자 태자가 추천한 진무양과 함께 떠났다. 결국 형가의 계획은 실패하고 도리어 죽임을 당했음이 역수易水를 건너려 할 제 머뭇머뭇 떠나지 않는지라, 태자는 그의 마음이 변하지 않았나 의심하고 진무양을 먼저 떠나보내고자 했다. 형경은 이에 노하여 태자를 꾸짖기를 "내 이제 머뭇거리는 까닭은 나의 동지 한 분을 기다려 함께 떠나려 함이다."라고 했다. 그러나 이것은 형경이 부질없이 헛된 말을 한 것인 듯싶다. 태자가 만일 형경의 마음을 의심했다면 그를 깊이 알지 못했다고 할 것이다. 그러나 형경이 기다리는 사람이란 또한 진정 성명을 가진 실재 인물은 아닐 것이다. 한 자루 비수를 끼고 불측한 진秦나라에 들어가려면 저 진무양 한 사람이면 족할지니 어찌 별도로 동지를 구하리오. 다만 차디찬 바람에 노래와 축중국 옛 악기의 하나. 금과 같은 열세 줄의 현악기으로 애오라지 오늘의 즐거움을 다했을 뿐이다. 그런데도 이 글을 지은 이형가의 이야기가 등장하는《사기史記》의 저자 사마천을 가리킴는 그 사람이 길이 먼 탓으로 오지 못할 것이라고 변명했으니, 그 '멀리'라는 말이 참 교묘한 핑계다. 그 사람이란 천하에 둘도 없는 절친한 벗일 것이요, 그 약속이란 천하에 다시 변치 않을 것일 터다. 천하에 둘도 없는 벗으로서 한번 가면 돌아오지 못할 길인데 어찌 날이 저물었다고 오지 않으리오. 그러므로 그 사람이 살고 있는 곳은 반드시 먼 곳이 아닐 것이요, 또 진으로 들어가기를 기약하여 맹세한 일도 없는 듯싶다.

다만 형경이 마음속에서 문득 생각나는 어떤 벗을 기다린다 했을 뿐 실재하는 것은 아닐 것이다. 그런데도 지은이는 또한 형경의 마음속 벗을 끌어내 그가 그 사람이라고 했으니, 당연히 그가 누군지는 알지 못했다. 그를 모르니 막연히 먼 곳에 살고 있는 이라 하여 형경을 위로했다. 또한 그 사람이 혹시 오지나 않을까 하고 기다릴까 저어하여 그가 오지 못할 것임을 밝혔으니, 이는 형경을 위하여 다행으로 여긴 것이다.

천하에 그 사람이 참으로 있다면, 나 또한 이미 그를 보았을 것이다. 그 사람의 키는 일곱 자 두 치, 짙은 눈썹에 검은 수염, 볼이 처지고 이마가 날카로웠을 것이다. 어째서 그럴 줄 알겠느냐마는 이제 내 유득공의 이 시를 읽고 나서 안 것이다.

정사의 기치와 곤봉 따위가 펄렁이면서 성을 나서니, 내원來源과 주 주부周主簿 내원은 나의 팔촌동생이요, 주 주부의 이름은 명신인데, 모두 상방 비장임-원주가 두 줄로 서서 간다. 채찍을 옆에 끼고 몸을 솟구쳐 안장에 올라앉으니 어깨가 으쓱하고 머리가 꼿꼿한 품이 날래고 용맹스럽긴 하다. 그러나 차림이 너무 너털거리고, 구종말을 타고 갈 때 고삐를 잡고 앞에서 끌거나 뒤에서 따르는 하인들의 짚신이 안장 뒤에 주렁주렁 매달렸으며, 내원의 군복은 푸른 모시지만 헌것을 자주 빨아 입어서 몹시 더부룩하고 버석거리는 것이 지나치게 검소함을 숭상하는 것이라고 하겠다.

조금 뒤 부사副使, 사신 가운데 두 번째 지위. 당시 부사는 이조참의 정원시(1735~1782)였음의 행차가 성을 나가는 것을 기다렸다가 말고삐를 잡고 천천히 출발해 맨 뒤에서 구룡정에 이르니, 여기가 배가 떠나는 곳이다.

의주 부윤은 벌써 장막을 치고 기다리고 있었다. 언제나 서장관書狀官, 외국에 보내는 사신 가운데 기록을 맡아보던 임시 벼슬. 임진왜란 후에 종사관으로 고쳤다. 정사·부사와 함께 삼사三使로 불리며, 직위는 낮지만 일행을 감찰하는 행대어사를 겸했다. 당시 서장관은 장령掌令 조정진이었음이 새벽에 먼저 나가서 부윤과 함께 합동으로 수색하고 사열하는 것이 전례다.

방금 사람과 말을 사열하는데, 사람은 성명·거주·연령 또는 수염이나 흉터 같은 것이 있는지 없는지, 키가 작은지 큰지를 적고, 말은 그 털빛을 적는다.

깃대 셋을 세워서 문을 삼고 금지된 물품을 뒤지니, 중요한 금지 물품으로 황금, 진주, 인삼, 수달피와 포包, 조선에서 청나라로 가는 사신이 여비로 쓰기 위하여 가져갈 수 있도록 허용한 인삼 여덟 꾸러미. 이 인삼을 중국 돈으로 바꾸어 썼는데, 숙종 때부터는 그 값에 해당하는 은을 대신 가져감 이외에 초과한 은이 있다. 그 외에 자질구레한 물건은 새것이나 옛것을 통틀어 수십 종에 달하므로 이루 다 헤아릴 수 없었다.

구종들을 대상으로는 옷을 풀어헤치기도 하고 바짓가랑이도 내리 훑어보며, 비장이나 역관들을 대상으로는 행장을 끌러본다. 이불 보퉁이와 옷 꾸러미가 강 언덕에 너울거리고 가죽 상자와 종이곽이 풀밭에 어지러이 뒹군다. 사람들은 제각기 주워 담으면서 흘깃흘깃 서로 돌아다보곤 한다. 수색을 안 하면 나쁜 짓을 막을 수 없고, 수색을 하자면 이렇듯 체면을 손상한다. 그러나 이것도 실은 형식에 지나지 않는 일이다. 의주의 장사치들은 이 수색에 앞서 은밀히 강을 건너가는데, 누구라고 금할 재간이 있겠는가.

금지된 물품이 발견된 경우, 첫 번째 문에서 걸린 자는 중곤重棍, 조선시대에 죄인의 볼기를 치는 데 쓰던 곤장의 하나. 곤장 가운데 가장 크며 주로 죽을죄를 지은 죄인에게 쓰였음을 치는 한편 물건을 몰수하고, 다음 문에 걸린 자는 귀양을 보내며, 마지막 문에 걸린 자는 목을 베어 달아서 뭇사람에게 보인다. 그 법인즉 엄하기 짝이 없다. 그러나 이번 길에는 원포原包, 규정

통군정 평안북도 의주군 의주읍 압록강 변 삼각산 위에 있는 누각. 평안도에 있는 여덟 곳의 명승지 중 하나다. 국립중앙박물관 소장

된 양조차 반도 채우지 못하고 빈 포도 많으니 초과한 은이야 따질 것도 없었다.

다담상손님을 대접하기 위하여 내놓는 다과 따위를 차린 상은 초라한데, 그나마 들어오자마자 곧 물리니 강 건너기에 바빠서 젓가락을 드는 이가 없다. 배는 다섯 척뿐인데 그마저도 한강의 나룻배와 비슷하되 조금 클 뿐이다.

먼저 방물과 사람, 말을 건네고, 정사의 배에는 표문表文, 외교 문서의 하나과 자문咨文, 조선시대에 중국과 외교적 교섭·통보·조회할 일이 있을 때 주고받던 공식 외교 문서을 싣고 수역首譯, 역관 가운데 수석을 비롯하여 상사의 하인들이 함께 탄다. 그리고 부사와 서장관과 그 하인들이 또 한배에 탔다.

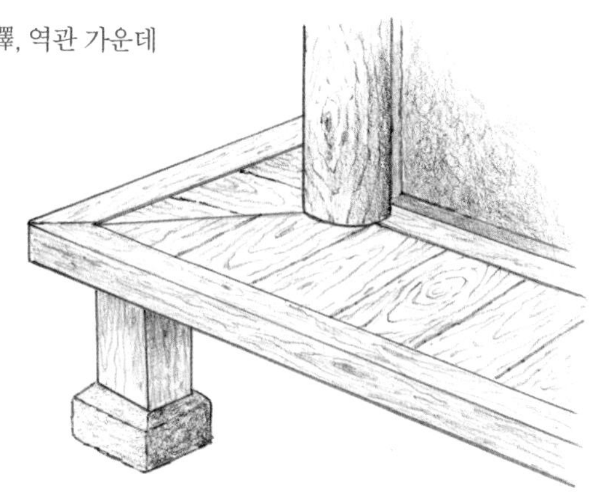

헌함 건넌방, 누각 따위의 대청 기둥 밖으로 돌아가며 깐 난간이 있는 좁은 마루

그러자 의주의 이교吏校, 조선시대에 서리와 장교를 통틀어 이르던 말·방기房妓, 기방의 기생·통인通引, 수령의 잔심부름을 하던 구실아치과 평양에서 모시고 온 영리營吏, 조선시대에 감영·군영·수영에 속하던 서리·계서啓書, 지방 관아에서 임금에게 올리는 글을 담당하는 관리 들이 모두 뱃머리에서 하직 인사를 한다. 상사의 마두馬頭, 말에 관한 일을 맡아보는 사람인 시대순안의 노비-원주가 크게 고하는 소리가 미처 끝나기도 전에 사공이 삿대를 들어 선뜻 물속에 넣는다.

물살은 매우 빠른데 뱃노래가 터져 나왔다. 사공이 노력한 보람으로 살별혜성과 번개처럼 배가 달린다. 생각이 잠시 아찔하여 하룻밤이 지난 듯싶었다. 저 통군정統軍亭의 기둥과 난간, 헌함이 팔면으로 빙빙 도는 것 같고, 전송 나온 이들이 모래벌판에 서 있는데 마치 팥알같이 까마득하게 보인다.

내가 수역인 홍명복 군에게 "자네, 도를 좀 아는가?" 하니, 홍은 두 손을 마주 잡고 "아, 그게 무슨 말씀이신지요?" 하고 공손히 반문한다.

나는 "도란 알기 어려운 것이 아닐세. 바로 저 강 언덕에 있는 것을."이라고 했다.

홍은 "이른바, 《시경》에 나오는 '먼저 저 언덕에 오른다《시경詩經》〈대아(大雅)〉'황의皇矣'에 나오는 말'라는 말을 지적한 말씀입니까?" 하고 묻는다.

나는 "그런 말이 아니야. 이 강은 바로 저쪽과 우리의 경계이니 언덕만 아니면 곧 물이겠지. 무릇 세상 사람의 윤리와 만물의 법칙이 마치 이 언덕의 물과 같으니 도를 다른 데서 찾을 게 아니라, 곧 이 물과 언덕에 있단 말이네." 하고 답했다.

홍은 또 "외람히 다시 여쭈옵니다. 이 말씀은 무엇을 이른 것입니까?" 하고 묻는다.

나는 이렇게 답했다.

"옛글에 '인심人心은 오직 위태해지고 도심道心은 오직 미약해질 뿐'이라고 했는데, 저 서양 사람들은 일찍이 기하학에서 한 획의 선을 증명할 때도 선이라고만 해서는 오히려 그 세밀한 부분을 표시하지 못하므로 곧 빛이 있고 없음의 차이로 표현했고, 이에 불교에서는 다만 붙지도 않고 떨어지지도 않는다는 말로 설명했지. 그러므로 오직 도를 아는 이라야 잘 대처할 수 있을 테니 옛날 정鄭나라 자산子産, 중국 춘추시대에 정나라의 재상을 지낸 인물로 공자의 사상적 선구가 됨 같은 이라면 능히 그러할 수 있겠지."

이렇게 말을 주고받는 사이에 배는 벌써 언덕에 닿았다. 갈대가 짜놓은 듯 빽빽이 들어서서 땅바닥이 보이지 않는다. 하인들이 앞다투어 언덕에 내려가서 갈대를 꺾고 배 위에 깔았던 자리를 걷어서 빨리 펴려고 한다. 그러나 갈대는 칼날 같고 검은 진흙은 질어서 어찌할 수가 없어, 정사 이하 모두가 우두커니 갈밭에 서 있을 뿐이다.

"앞서 건너간 사람과 말은 어디 있느냐?" 하고 물어도, 다들 "모릅니다." 하고 대답한다. 또 "방물은 어디 있는가?" 해도 역시 "모르옵니다."라는 대답만 돌아온다. 한편으로 멀리 구룡정 모래톱을 가리키면서 "우리 일행과 말이 거지반 건너지 못한 채 저기 개미처럼 옹기종기 모여 있는 것 같습니다."라고 한다.

멀리 의주 쪽을 바라보니 성은 한 필의 삼베를 펼쳐놓은 듯하고, 성문은 바늘구멍처럼 뚫려서, 그리로 비치는 햇살이 한 점 샛별처럼 보인다.

이때 커다란 뗏목이 거센 물살에 떠내려 온다. 시대가 멀리서 "웨이!" 하고 소리치는데, 이는 남을 높여 부르는 소리다. 한 사람이 뗏목 위에 일어서서 "당신들은 어찌 철 아닌 때에 조공을 바치러 중국을 가시나요? 이 더위에 먼 길을 가시려면 오죽이나 고생되겠소." 한다. 시대는 또 "너희는 어느 곳에 사는 사람이며, 어디 가서 나무를 베어오는 것이냐?" 하고 묻는다. 그는 답하기를 "우리는 모두 봉황성지금의 랴오닝성에 있었던 고대 지명에 사는데, 장백산에서 나무를 베어오는 거요." 하는데, 말이 미처 끝나기도 전에 뗏목은 어느새 까마득히 가버렸다.

이즈음 두 갈래 강물이 한데 어울려서 중간에 섬 하나가 생겨났다. 먼저 건너간 사람과 말들은 이곳에 잘못 내렸으니, 그 거리는 비록 오 리밖에 되지 않으나 배가 없어서 다시 건너지 못하고 있었다. 이에 사공에게 엄명을 내려서 배 두 척을 불러 재빨리 사람과 말을 건너가게 하라고 했다. 그러나 사공은 "저 거센 물살을 거슬러 배로 올라간다면 하루 이틀에는 어려울 것 같습니다." 하고 여쭙는다.

사신들이 모두 화를 내며 뱃일을 맡은 의주의 군교각 군영과 지방 관아의 군무에 종사하던 낮은 벼슬아치를 벌하고자 했으나 안타깝게도 군뢰軍牢, 군대에서 죄인을 다루는 병졸가 없다. 알아본즉, 군뢰 역시 먼저 건너다가 잘못하여 중간 섬에 내렸기 때문이다. 분함을 참지 못한 부사의 비장 이서구李瑞龜가 마두를 호통하여 의주 군교를 잡아들였다. 그러나 그놈을 엎어 놓을 자리가 없으므로 볼기를 반만 까고 말채찍으로 네댓 번 때린 후 끌어내어 빨리 거행하라고 호통한다. 군교가 한 손으론 전립을 쥐고 또 한 손으론 고의춤을 잡으면서 연방 "예에, 예이!" 하고 대답한다. 배 두 척을 내어 사공이 물에 들어가서 배를 끌었으나, 워낙 물살이 세어 한 치만큼 전진하면 한 자가량 후퇴하고 만다. 아무리 호통을 친들 어쩔 수가 없다.

이윽고 배 한 척이 강기슭으로 나는 듯이 내려오는데, 군뢰가 서장관의 가마와 말을 거느리고 오는 중이었다. 장복이 창대를 보고 "너도 오는구나." 하며 기뻐한다. 두 녀석을 시켜서 행장을 점검해보니 모두 탈이 없다. 다만 비장과 역관이 타던 말 가운데 미처 못 온 것이 있어 정사가 먼저 떠나기로 했다. 군뢰 한 쌍이 말을 타고 나팔을 불며 길을 인도하고, 또 한 쌍은 걸어서 앞을 인도하되 버스럭거리면서 갈대숲을 헤치고 나아간다.

내가 말 위에서 칼을 뽑아 갈대 하나를 베어보니, 껍질이 단단하고 속이 두꺼워서 화살을 만들 수는 없으나 붓대를 만들기에는 알맞을 것 같았다. 그 순간 놀란 사슴 한 마리가 보리밭 머리를 나는 새처럼 빠르게 갈대를 뛰어넘어가 모두 놀랐다.

십 리를 가서 삼강三江에 이르니 강물이 비단결같이 잔잔한데, 이름은 애랄하愛剌河다. 어디서 발원하는지는 알 수 없으나, 압록강과의 거리가 십 리가량에 불과한데도 강물이 넘쳐흐르지 않는 것으로 보아 근원은 다른 듯하다. 배 두 척이 보이는데, 우리나라의 놀잇배와 비슷하지만 길이나 넓이는 그만 못하되 생김새는 퍽 튼튼하고도 치밀한 편이다. 배 부리는 이는 모두 봉황성 사람으로, 사흘 동안 여기서 우리를 기다리느라고 식량이 다하여 굶주렸다고 말한다.

박지원 손자 박주수가 그린 박지원의 초상화. 박지원은 어려서부터 기골이 장대하고 튼튼했다. 그를 업어 배에 옮긴 중국인의 말은 박지원의 우람한 체격을 빗댄 것이다.

이 강은 청나라 사람이나 우리 모두 건너다니지 못하는 곳이지만, 우리나라의 역관이 담당한 사무나 중국의 외교 문서를 불시에 교환할 일이 생기므로 봉성장군鳳城將軍, 봉황성에 주둔하는 중국 측 장수이 배를 준비해둔 것이라 한다. 배 대는 곳이 몹시 질척질척하다.

나는 "웨이!" 하고 한 되놈을 불렀다. 이 말은 아까 시대한테서 겨우 배운 말이다. 그자가 냉큼 상앗대를 놓고는 이리로 온다. 내가 얼른 몸을 솟구쳐 그의 등에 업히니, 그자가 히히거리고 웃으면서 나를 배에 들여다 놓고 "후유!" 하고 긴 숨을 내뿜는다.

그러고는 "흑선풍《수호전》에 나오는 장사 이규를 가리킨다. 이규는 어머니를 업고 기풍령이라는 고개를 넘고 있었다. 그러나 고개 위에서 잠깐 물을 받으러 간 사이에 어머니가 호랑이에게 물려 죽었음의 어머니가 이토록 무거웠다면 기풍령에 오르지 못했을 겁니다."라고 한다.

강혁 한나라 때의 이름난 효자. 어려서 아버지를 잃고 어머니를 모시며 살다 전쟁이 나자 어머니를 업고 피난 다녔다. 도적들조차 그의 지극한 효성에 감동해 살려 보냈다고 한다.

주부主簿, 조선시대 관서의 문서와 부적符籍을 주관하던 종6품 관직 조명회趙明會가 이 말을 듣고는 큰 소리로 웃는다. 내가 "저 무식한 놈이 강혁은 모르면서 이규는 어찌 알꼬?" 했더니, 조 군趙君이 "그 말 가운데는 여러 의미가 있습니다. 이규의 어머니가 이렇게 무겁다면 이규의 놀라운 힘으로도 등에 업은 채 높은 재를 넘지 못했으리라는 의미와 함께 이규의 어머니가 호랑이에게 물려갔으니 이렇게 살집이 좋은 분을 굶주린 호랑이에게 주었다면 오죽 좋으랴 하는 뜻이죠." 하고 설명해준다.

나는 "저따위들이 어찌 이처럼 유식한 문자를 쓸 줄 안단 말이오?" 했다.

조 군은 "낫 놓고 기역 자도 모른다는 말은 저런 놈을 두고 하는 말이지만, 이들은 패관기서稗官奇書, 패관들이 민간에서 수집한 이야기에 내용을 더하거나 빼거나 하여 새로운 형태로 발달시킨 문학를 입에 담았다가 무시로 쓰니, 이른바 관화官話, 중국 표준말를 쓰는 자들은 다 이렇습니다." 하고 답한다.

애랄하의 너비는 우리 임진강과 비슷하다. 여기서 곧 구련성으로 향한다. 우거진 숲은 푸른 장막을 두른 듯하고, 군데군데 호랑이 잡는 그물을 쳐놓았다. 의주의 창군鎗軍, 군대의 일종이 가는 곳마다 나무를 찍어서 소리가 온 들판에 울린다. 홀로 높은 언덕에 올라 사면을 바라보니, 산은 곱고 물은 맑은데 앞이 탁 트이고 나무가 하늘에 닿을 듯하다. 그 속에 은은히 큰 부락들이 자리 잡고 있는데, 개와 닭 소리가 귀에 들리는 듯하다. 땅이 기름져 개간하기에도 알맞을 것 같다. 패강浿江, 대동강 서쪽과 압록강 동편에는 이와 비교할 만한 곳이 없으니 큰 진이나 당당한 관청을 설치할 만하거늘, 너나없이 버려두어 아직까지 빈터로 남아 있다.

어떤 이는 이르기를 "고구려 때 이곳에 도읍한 일이 있었다." 하니, 이른바 국내성國內城, 삼국시대 초기의 고구려 수도이다. 명나라 때 진강부를 두었는데, 청나라가 요동을 함락하자 진강 사람들이 되놈처럼 머리 깎기를 싫어하여 혹은 모문룡명나라 장군으로 조선 광해군 14년(1622) 철산 가도에 진을 치고 우리 조정에 후금을 치도록 강요하여 외교상 큰 지장을 초래하던 중 원숭환에게 피살됨에게 가고 혹은 우리나라에도 귀화했다. 그 뒤 우리나라로 온 사람들은 청나라의 요구에 따라 모두 돌려보냈고, 모문룡에게 간 사람들은 유해劉海, 명나라를 저버린 장수의 난리 통에 많이 죽었다. 이리하여 빈터가 된 지도 벌써 백여 년이 됐으니, 쓸쓸하게도 산 높고 물 맑은 것만 눈에 띌 따름이다.

일행이 노숙하는 곳들을 돌아다니면서 구경했다. 역관은 세 사람씩, 다섯 사람씩 장막 하나를 쳤고, 역졸과 마부는 다섯 명 또는 열 명씩 어울

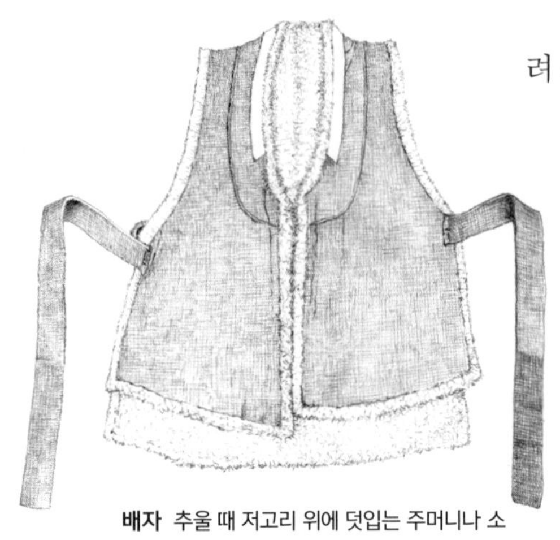

배자 추울 때 저고리 위에 덧입는 주머니나 소매가 없는 옷

려 시냇가에 나무를 얽어매고 그 속에 들었다. 밥 짓는 연기가 자욱이 서리고, 사람과 말소리 소란한 품이 당당히 한마을을 이룬 듯하다.

의주서 온 장사치 한 패가 저희끼리 모여 있는데, 시냇가에서 닭 수십 마리를 잡아서 씻고, 한편에서는 그물을 던져서 물고기를 잡아 국을 끓이며, 나물을 볶고 밥은 기름기가 번지르르하니 그들의 살림이 매우 푸짐하다.

이윽고 부사와 서장관이 차례로 도착했는데 해가 이미 저물녘이다. 아름드리나무를 잘라다가 삼십여 군데에 화톳불을 피워놓은 후 먼동이 틀 때까지 환하게 밝힌다. 군뢰가 나팔을 한 번 불면 삼백여 명이 일제히 고함치는데, 이는 호랑이를 경비하는 것으로 밤새도록 그치지 않았다.

군뢰들은 의주에서 가장 기운 센 자를 뽑아 왔는데 일행 가운데 일도 많이 하고 먹성도 가장 좋다고 한다. 그자들의 차림새란 것이 몹시 우스워서 허리를 잡을 지경이다. 남색 운문단구름무늬를 수놓은 비단을 받쳐 댄 전립에 털 상투의 높은 정수리에는 운월이나 다홍빛 상모기나 창 따위의 머리에 술이나 이삭 모양으로 만들어 다는 붉고 가는 털를 걸고, 벙거지 이마에는 '날랠 용勇' 자를 붙였으며, 아청빛검은빛을 띤 푸른빛 삼베로 만든 소매 좁은 군복에 다홍빛 무명 배자褙子를 입고, 허리엔 남방사주전대벼슬아치의 옷에 두르던, 남빛 비단으로 만든 띠를 둘렀으며, 어깨엔 주홍빛 무명실 대융윗옷 위에 걸치는 겉옷을 걸고, 발에는 미투리를 신었다. 그 모습을 보면 어엿한 한 사내다.

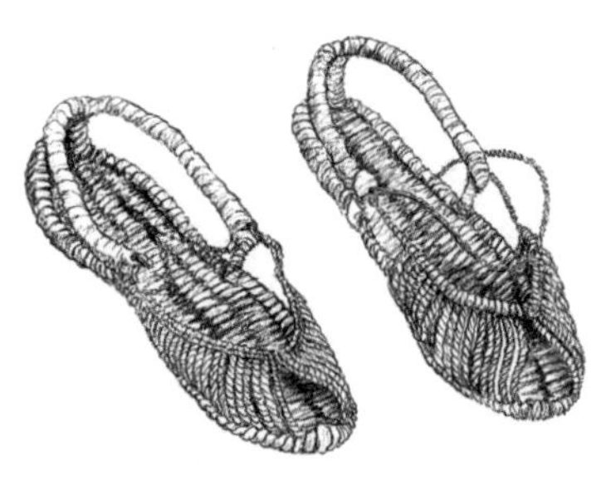

미투리 삼·모시·노(실·헝겊·종이 등으로 가늘게 꼰 줄) 등으로 삼은 신

다만 그 말 탄 꼴을 보면 이른바 반부담짐을 나누어 묶은 후 말의 양쪽에 걸쳐 싣는 것이어서 안장 없이 짐을 실었는가 하면, 탄다기보다는 오히려 걸터앉은 셈이다.

등에는 남빛 조그마한 영기'영令' 자를 쓴, 군령을 전하는 기를 꽂고, 한 손엔 군령판군령을 적은 널빤지을, 다른 손에는 붓·벼루·파리채와 팔뚝만 한 마가목장미과의 낙엽활엽교목으로 만든 짧은 채찍을 잡고, 입으로는 나팔을 불고, 앉은 자리 밑엔 비스듬히 여남은 개의 붉게 칠한 곤장을 꽂았다. 각방삼사, 즉 정사·부사·서장관이 머무는 곳에서 명령을 내릴 일이 있어 군뢰를 부르면 못 들은 체한다. 그러다 십여 차례나 부르면 그제야 무어라 중얼거리며 혀를 차고는, 처음 들었다는 듯이 커다란 소리로 "예이!" 한다. 그런 후 말에서 뛰어내려 돼지처럼 비틀걸음에 소처럼 식식거리면서 나팔, 군령판, 붓, 벼루 등을 모두 한쪽 어깨에 메고 막대 하나를 끌면서 나간다.

한밤중이 못 되어서 소낙비가 억수로 퍼부어 위에서는 장막이 새고, 밑에선 습기가 올라와 피할 곳이 없더니, 이내 날이 개고 하늘에 별이 총총히 드리워 손으로 어루만지기라도 할 수 있을 듯싶다.

임신壬申 6월 25일

아침에 가랑비가 내리더니 낮에는 갰다.

각방과 역관이 머물렀던 곳곳에서 옷과 이불을 내어 말린다. 간밤에 비에 젖었기 때문이다. 쇄마刷馬, 지방에 배치하여 관용으로 쓰던 말 마부 중에 술을 갖고 온 자가 있었는데, 어의御醫, 궁궐에서 임금이나 왕족의 병을 치료하던 의원 변 주부의 마두인 대종戴宗이 한 병을 사서 바치기에 이끌고 시냇가에 가서 잔을 기울였다. 압록강을 건넌 후로 우리 술은 아주 단념했는데, 갑자기 이 술을 얻어 마시니 술맛도 맛이거니와 한가히 시냇가에 앉아 마시는 그 멋이 이루 말할 수 없다.

마두들이 서로 다투어 낚시질을 하기에 나도 취한 김에 낚싯줄 하나를 빌려 던졌다. 곧 조그만 고기 두 마리가 걸리니, 아마 이 시냇가의 고기는 낚시에 익숙지 않아서일 것이다.

방물이 미처 오지 못했으므로 또 구련성에서 노숙했다.

계유癸酉 6월 26일

아침에 안개가 끼었다가 늦게야 갰다.

구련성을 떠나 삼십 리를 가서 금석산 밑에 이르러 점심을 먹고, 다시 삼십 리를 가서 총수에서 노숙했다.

날이 새자 새벽 일찍 안개를 헤치고 길을 떠났다. 상판사上判事, 통사 가운데 상급 통사를 말함. 품계가 정3품인 통역관은 역관, 그 아래인 통역관은 통사라 했음의 마두 득룡이 쇄마 구종들과 함께 강세작康世爵의 옛일을 이야기한다. 안개 속으로 어슴푸레 보이는 금석산을 가리키면서 "저기가 형주 사람 강세작이 숨었던 곳이오." 하고 말한다. 그 이야기가 퍽 재미있어 들을 만했다. 이런 내용이다.

"세작의 조부 강임이 임진왜란 때 양호임진왜란 때 조선에 파병된 명나라의 최고 지휘관를 따라와 우리나라를 구원하다가 평산싸움에서 죽고, 아버지 강국태는 청주 통판淸州通判을 지내다가 만력萬曆, 명나라 신종의 연호 정사년1617에 죄를 지어 요양으로 귀양 가게 됐다. 그때 세작은 열여덟 살이었는데, 아버지를 따라 요양에 와 있었다. 그 이듬해에 청나라가 무순을 함락하자 유격장군 이영방이 항복하고 말았다. 이에 양호가 여러 장수를 나눠서 파견할 때 두송은 개원으로, 왕상건은 무순으로, 이여백은

〈**강홍립 투항도**〉 명나라는 점차 세력 확장을 꾀하는 후금(후의 청나라)을 토벌하고자 조선에 지원병을 요구했다. 이를 거부할 수 없었던 광해군은 강홍립을 도원수로 삼아 군대를 파견했다. 그러나 후금과의 관계를 의식하여 전세를 보아 행동하라는 비밀 지시를 함께 내렸다. 이에 강홍립은 명나라 군대에 합류했으나 후금과의 부차전투에서 패하고 결국 후금에 투항했다. 이듬해 조선 포로들은 석방됐으나, 그는 김경서와 함께 계속 억류되었다. 그림은 강홍립과 김경서, 두 장수가 후금 진영에 투항하는 모습을 묘사한 것이다. 육군사관학교 육군박물관 소장

청하로 각각 나오고, 도독都督 유정은 모령으로 나왔다. 이때 강국태와 아들 세작은 유정의 부대에 있었는데, 청나라 복병이 산골짜기에서 몰려나오자 명나라 부대의 앞뒤가 끊겨 유정은 스스로 불에 타 죽고, 국태도 화살을 맞은 채 쓰러졌다.

해가 저문 뒤에 세작이 아버지의 시신을 찾아 산골에 묻고 돌을 모아 표시를 해두었다. 이때 조선의 도원수 강홍립姜弘立과 부원수 김경서는 산 위에 진을 쳤고, 조선의 좌·우 영장營將, 각 진영의 우두머리은 산 밑에

진을 쳤다. 세작은 원수의 진으로 들어갔다. 이튿날 청나라 병사들이 조선의 좌영을 공격해 한 사람도 남기지 않고 토벌하니, 이를 바라보던 산 위의 군사들은 어찌할 바를 모르고 허둥댔다. 그러자 강홍립은 싸우지도 않고 항복했다. 청나라 군대가 강홍립의 군사를 겹겹이 에워싸고 도망쳐 온 명나라 병사를 샅샅이 뒤져내 모조리 목을 베어 죽였다. 세작 역시 청나라 병사에게 붙잡혀 묶인 채 바위 아래 앉아 있는데, 어쩐 일인지 그를 맡은 자가 잊어버리고 가버렸다. 그러자 세작이 조선 군사에게 눈짓을 보내며 묶인 것을 풀어달라고 애걸했으나, 누구라 할 것 없이 서로 보기만 할 뿐 손 하나 까딱하는 이가 없었다. 어쩔 수 없게 된 세작이 등을 돌 모서리에 비벼 가까스로 줄을 끊은 후 죽은 조선 군사의 옷을 바꾸어 입고 조선 군대 가운데 들어가 죽임을 면했다.

그 후 요양으로 돌아갔더니, 웅정필명나라 말기의 장군으로 요동 경략으로 후금에 맞서 요동 방위에 공을 세움이 요양을 지키면서, 세작을 불러 아버지의 원수를 갚으라고 했다.

이해에 청이 잇달아 개원과 철령을 함락했고, 웅정필 대신 설국용이 부임해 요양을 지키게 되자, 세작 또한 설국용의 군중에 머물러 있게 됐다. 그 후 심양마저 함락되자 세작은 낮에는 숨고 밤에는 걸어서 봉황성에 닿은 후, 광녕 사람 유광한과 함께 요양의 패잔병을 소집하여 그곳을 지켰다. 그러나 얼마 아니 되어 유광한은 전사하고 세작도 십여 군데나 상처를 입었다. 세작은 고향에 갈 길이 이미 끊어졌으니 차라리 동쪽의 조선으로 가서, 머리 깎고 옷도 제멋대로 입는 되놈 되는 것을 면하는 것이 낫겠다 싶어 드디어 싸움터를 탈출하여 금석산 속에 숨었다. 먹을 것이 없어서 양가죽 옷을 불에 구워 나뭇잎에 싸서 먹으면서 두어 달 동안 목숨을 부지했다. 그렇게 압록강을 건너 관서의 여러 고을을 두루 돌아다니다가 마침내 회령까지 굴러들어가서 조선 여자에게 장가들어 아들 둘을 낳은 후 나이 여든이 넘어서 죽었다. 그 자손이 퍼져서 백여 명이나 됐으나 지금도 한집에서 살림하고 있다."

득룡은 가산 사람인데, 열네 살부터 연경에 드나들기 시작해서 이번이면 삼십여 차례에 이른다. 중국어에 가장 능통하여 모든 일을 득룡이 아니면 책임 있게 해낼 자가 없었다. 그는 이미 가산과 용천, 철산 등 부府의 중군 中軍, 조선시대 종2품 무관직으로 각 군영의 대장 또는 사 使 에 버금가는 장관 을 지내고 품계가 가선 嘉善, 종2품 문관 품계 에까지 이르렀다. 사행이 있을 때마다 미리 가산에 통첩하여 득룡의 가족을 묶어둠으로써 그가 도망가는 것을 막는 것만 보아도, 그 위인의 됨됨이를 넉넉히 짐작할 수 있겠다.

세작이 처음 나왔을 때 득룡의 집에 묵으면서 득룡의 할아버지와 친하여 서로 중국말과 조선말을 배웠으며, 득룡이 중국어를 그토록 잘하는 것도 집안에서 이어져 내려왔기 때문이라고 한다.

날이 저물어 총수에 이르렀는데, 이곳은 우리나라 평산의 총수와 흡사하다. 그제야 우리나라 사람들의 지명 짓는 방식이 떠오른다. 이로 미루어볼 때 평산의 총수가 이곳과 유사하다 해서 우리나라 사람들이 붙인 이름이 아닐까 싶다.

갑술甲戌 6월 27일

아침에 안개가 끼었다가 늦게야 걷혔다.

아침 일찍 길을 떠났다. 길에서 되놈 대여섯 명을 만났는데, 모두 조그만 당나귀를 탔고 벙거지나 옷이 남루하며 얼굴은 지친 듯 파리하다. 이들은 모두 봉황성의 갑군甲軍, 갑옷을 입은 군사으로 품삯을 받고 애랄하에 국경을 지키러 가는 자들이라고 한다. 이 모습을 보니 우리 쪽 대비는 염려할 것 없으나, 중국의 국경 대비가 너무나 허술하다고 느꼈다.

마두와 쇄마 구종들이 나귀에서 내리라고 호통을 치니, 앞서 가던 둘은 곧 내려서 한쪽으로 비켜서 가는데, 뒤에 가는 셋은 내리기를 거부한다. 마두들이 일제히 소리를 높여 꾸짖었으나, 그들은 오히려 눈을 부릅뜨고 똑바로 쏘아보면서 말한다.

"당신네 상전이 우리한테 뭔 상관이 있소?"

마두가 바짝 달려들어 그 채찍을 빼앗아 발가벗은 그들의 종아리를 후려갈기면서 꾸짖는다.

"우리 상전께서 받들고 온 것이 어떤 물건이며, 싸 갖고 오는 것이 어떤 문서인 줄 아느냐? 저 노란 깃발에 '만세야어전상용'萬歲爺御前上用, 청나라 황제께 드리는 물품이라고 쓰여 있지 않느냐. 너희 놈들이 눈깔이 성하다면 황제께서 친히 쓰실 방물인 줄 모른단 말이냐?"

그제야 그들은 곧 나귀에서 내려 땅에 엎드리며 말한다.

"그저 죽을죄를 지었소이다."

그중 한 녀석이 일어나더니 자문을 지닌 마두의 허리를 껴안고 얼굴에 웃음을 가득 띤 채 말한다.

"영감, 제발 참아주십시오. 쇤네들의 죄는 죽어 마땅합니다."

마두들이 모두 껄껄 웃으면서 "너희들은 머리를 조아려 사죄하렷다." 하니 모두 진흙 바닥에 꿇어 엎드려 머리가 땅에 닿도록 조아려, 이마가 죄다 진흙투성이가 됐다. 일행이 모두 크게 웃으며 "빨리 물러가라." 하고 호통한다.

나는 다 보고 나서 "너희가 중국에 들어갈 때마다 온갖 시비를 불러일으킨다고 들었는데, 내 눈으로 직접 보니 틀림없구나. 아까 한 일은 부질없는 짓이니 이다음엘랑 장난으로라도 시비를 일으키지 말거라." 하니, 모두들 "이렇게라도 아니하면 이 먼 길을 무엇으로 심심풀이를 합니까?"라고 한다.

멀리 봉황산을 바라보니 전체가 돌로 깎아 세운 듯 평지에 우뚝 솟아 있다. 그 모습이 마치 손바닥 위에 손가락을 세운 듯하고, 연꽃 봉오리가 반쯤 피어난 듯하며, 하늘가에 뭉게뭉게 떠도는 여름 구름의 기이한 자태와도 같아서 무어라 형용키는 어려우나, 다만 맑고 윤택한 기운이 모자라는 것이 흠이다.

내가 일찍이 우리 서울의 도봉산과 삼각산이 금강산보다 낫다고 한 일이 있다. 사실 금강산은 그 골짜기를 살펴보면 이른바 만이천봉 모든 곳이 기이하고 높고 웅장하고 깊지 않은 곳이 없어서 짐승이 이끄는 듯, 새

봉황산 태평성세를 이루었던 순임금 때 봉황이 모습을 드러냈다고 전하는 산. 중국 동북 지역의 명산으로 알려져 있다.

가 날아가는 듯, 신선이 공중에 솟는 듯, 부처가 도사리고 앉은 듯 음산하고 그윽한 모습이 마치 귀신의 굴속에 들어가는 것 같기 때문이다.

내 일찍이 신원발申元發과 함께 단발령강원도 김화군과 회양군 사이에 있는 고개에 올라 금강산을 바라본 일이 있다. 때마침 가없이 파란 가을 하늘에 석양이 비꼈으나, 다만 창공에 닿을 듯한 빼어난 빛과 제 몸에서 우러난 윤기와 자태가 없음을 느낀 나는 미상불 금강산을 위해서 한 번 긴 탄식을 하지 않을 수 없었다.

그 뒤에 배를 타고 상류에서 내려오면서 두미강경기도 하남시 창우동과 배알미동에 걸쳐 있는 한강의 일부 어귀에서 서쪽 한양을 바라보니, 삼각산의 모든 봉우리가 깎은 듯 파랗게 하늘에 솟구쳐 있고, 엷은 아지랑이와 짙은 구름 속에 밝고 곱게 아리따운 자태가 나타난다. 또 일찍이 남한산성의 남문에 앉아서 북으로 한양을 바라보니 마치 물 위의 꽃, 거울 속의 달과 같았다.

어떤 이는 말하기를 "초목의 윤기 나는 기운이 공중에 어리는 것은 왕기旺氣, 왕성한 기운"라고 했다. 왕기는 곧 왕기王氣, 임금이 날 조짐인즉, 이는 우리 서울은 용이 서리고 범이 걸터앉아 실로 억만 년을 누릴 형세이니, 그 신령스럽고 밝은 기운이야말로 당연히 범상한 산세와는 다를 수밖에 없는 것이다. 눈앞 봉황산의 기이하고 빼어난 산세는 비록 도봉산·삼각산을 뛰어넘는다 해도, 그곳에 어린 기운은 한양의 모든 산에 크게 미치지 못한다.

넓은 들판이 끝이 없는데, 비록 개간은 안 됐지만 가는 곳마다 나무를 쪼갠 조각이 흩어져 있다. 소 발자국과 수레바퀴 자리가 덤불에 섞여 있는 것으로 보아 책문柵門, '말뚝으로 만든 우리나 울타리의 문'이라는 뜻으로 조선의 국경에 접한 청의 변경 지역을 가리킴이 여기서 가깝고, 또 살고 있는 백성이 무시로 이곳에 드나들고 있음을 알 수 있다.

말을 빨리 몰아 칠팔 리를 가서 책문 밖에 닿았다. 양과 돼지가 산에 가득하고 아침밥 짓는 연기가 푸른빛으로 두르고 있다. 나뭇조각으로 울타리를 세워서 국경을 간단히 밝혔으니, 이른바 "버들을 꺾어서 울타리를 만든다."《시경》에 나오는 말로, 울타리를 약하게 세워도 감히 넘보지 못한다는 뜻라는 말이 곧 이것인 듯싶다. 책문에는 이엉이 덮였고 널판자 문이 굳게 닫혔다.

패도 칼집이 있는 작은 칼

목책에서 수십 보 떨어진 곳에 삼사三使의 막사를 치고 조금 쉬려니까 방물이 다 도착해 책문 밖에 쌓아두었다. 뭇 되놈들이 목책 안에 늘어서서 구경을 하는데, 대부분 민머리에 담뱃대를 문 채 부채를 부치고 있다. 검은 공단두껍고 무늬는 없지만 윤기가 도는 고급 비단 옷을 입은 자, 수화주품질이 좋은 비단·생포천을 짠 후 잿물에 삶아 희고 부드럽게 처리하는 과정을 거치지 않은 베·생저생모시·삼승포성글고 굵은 베·야견사산누에고치로 켠 실. 질이 좋음 옷을 입은 자들이 있는데, 바지도 역시 그러했다.

허리에는 주렁주렁 찬 것이 많았는데, 수놓은 주머니 서너 개씩과 조그만 패도에 모두 쌍아저상아로 만든 젓가락를 꽂았고, 담배쌈지는 호리병가운데가 잘록한 모양의 병처럼 생겼는데, 거기에 꽃·풀·새 또는 옛사람의 이름난 글귀를 수놓았다. 역관과 마두들이 다투어 목책가로 다가가 그들과 손을 잡고 반가이 인사를 교환한다. 되놈들이 묻는다.

"언제쯤 한성을 떠나셨는지요? 길에서 비는 만나지 않았나요? 댁에선 모두들 안녕하시고요. 포은包銀, 조선 후기 중국에 가는 사신들이 비용으로 쓰려고 가져가던 은은 넉넉히 갖고 오셨습니까?"

모두가 같은 말을 하는 듯하다. 또 다투어 묻는다.

"한 상공과 안 상공도 오시나요?"

이들은 모두 의주에 사는 장사꾼들인데, 해마다 연경燕京, 북경의 옛 이름으로 장사를 다녀서 수단이 능란하고 또 저쪽 사정을 잘 아는 자들이라고 한다. '상공'이란 장사꾼들끼리 서로 존대하는 말이다. 사행이 갈 때는 으레 정관正官, 일정한 부서에서 가장 높은 지위에 있는 관리에게 팔포八包를 내리는 법이다. 정관은 비장·역관까지 모두 서른 명이고, 이전에는 나라에서 사신 나가는 정관에게 인삼 몇 근씩을 주었는데, 이를 팔포라고 했다. 지금은 팔포 대신 제각기 은을 갖고 가게 하되, 그 양을 제한하여 당상관堂上官, 조선시대 관리 중에서 문신은 정3품 상上 통정대부, 무신은 정3품 상上 절충장군 이상의 품계를 가진 자은 삼천 냥, 당하관堂下官, 조선시대 관리 중에서 문신은 정3품 하下 통훈대부, 무신은 정3품 하下 어모장군 이하의 품계를 가진 자은 이천 냥으로 정했는데, 이것을 지니고 연경에 가서 여러 가지 물건을 거래하여 이익을 남기게 하는 것이다.

한편 가난하여 은을 가지고 갈 수 없으면 그 포의 권리를 파는데, 송도·평양·안주 등의 장사꾼들이 사서 대신 은을 가지고 간다. 그러나 이들은 연경에 들어가지 못하므로 이 포의 권리를 의주 장수들에게 넘겨주어서 물건을 바꿔 오는 것이다.

한이나 임 같은 장사꾼들은 해마다 연경을 드나들어서 제집 뜰처럼 여기며, 저쪽 장사치들과 뜻이 맞아서 물건 값이 오르고 내리는 것이 모두 그들 손아귀에 달려 있다. 우리나라에서 중국의 물건 값이 날로 오르는 것은 이들 무리 때문이거늘, 온 나라가 이를 이해하지 못하고 역관만 나무란다. 사실 역관도 이들 장사꾼에게 권리를 빼앗기면 어쩔 도리가 없는 것이다.

다른 곳의 장사꾼들도 이것이 의주 장사꾼들의 농간인 줄 알고는 있지만, 제 눈으로 직접 본 것이 아니므로 화는 나지만 무어라 말을 못하는 것이다. 이렇게 된 지가 이미 오래됐다. 요즘 의주 장사꾼들이 잠깐 숨은 채 나타나지 않는 것도 역시 흥정하는 술책 가운데 하나다.

책문 밖에서 아침밥을 먹었다. 행장을 정돈한즉, 양편 주머니 중 왼편의 열쇠가 간 곳이 없다. 풀밭을 샅샅이 뒤졌으나 끝내 찾지 못했다. 장복을 보고 꾸짖었다.

"너는 행장에 유의하지 않고 늘 한눈만 팔더니, 고작 책문에 와서 벌써 이런 일이 생겼구나. 속담에 사흘 길을 하루도 못 가서 늘어진다고 하더니, 앞으로 이천 리를 가서 연경에 이를 즈음이면 네 오장인들 어디 남겠느냐. 내 듣건대, 옛 요동과 동악묘엔 좀도둑이 많다고 하던데, 네가 또 한눈을 팔다가는 무엇을 잃어버릴지 모르겠구나."

장복은 민망하여 머리를 긁으며 말한다.

"쇤네가 인제야 알겠습니다. 그 두 곳을 구경할 적엔 제 두 손으로 눈깔을 꼭 붙들고 있으면 어느 놈이 빼어갈 수 있으리까."

나는 하도 어이가 없어서 "알았다." 하고 응낙할 뿐이었다.

장복이란 녀석은 아직 나이도 어리고 초행길인데 바탕 또한 몹시 멍청하다. 그런 까닭에 동행하는 마두들이 장난으로 놀리면, 그는 참말로 곧이듣고 그러려니 한다. 매사가 다 이러하니 앞으로 먼 길 데리고 갈 일을 생각하면 한심하기 그지없다.

다시 책문 안을 바라보니 수많은 민가들은 대체로 오량다섯 개의 도리로 구성된 지붕틀의 꾸밈새으로 솟아 있고 띠 이엉을 덮었는데, 용마루가 훤칠

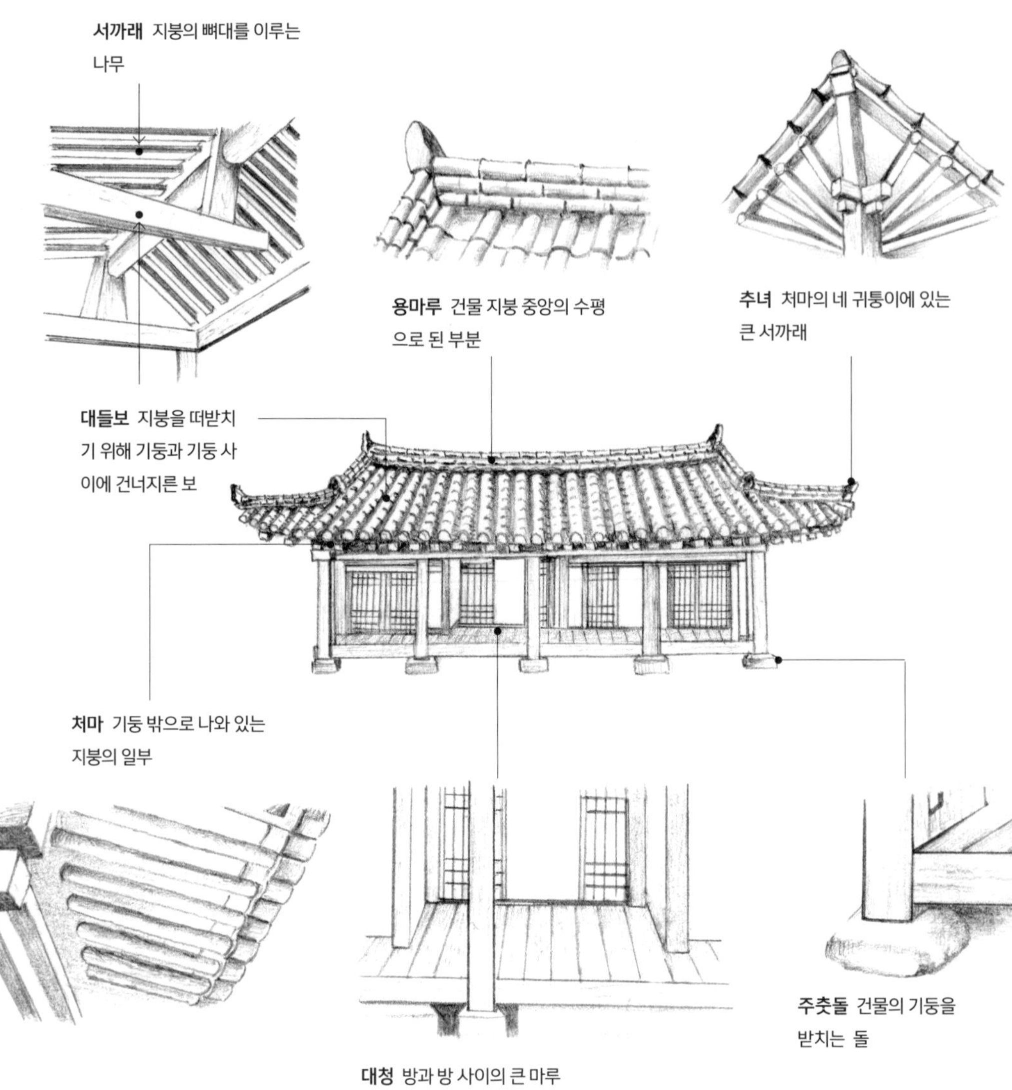
서까래 지붕의 뼈대를 이루는 나무
용마루 건물 지붕 중앙의 수평으로 된 부분
추녀 처마의 네 귀퉁이에 있는 큰 서까래
대들보 지붕을 떠받치기 위해 기둥과 기둥 사이에 건너지른 보
처마 기둥 밖으로 나와 있는 지붕의 일부
주춧돌 건물의 기둥을 받치는 돌
대청 방과 방 사이의 큰 마루

한옥의 구조

하고 창문이 가지런하다. 또 거리는 곧게 뻗어 있어서 양쪽이 마치 먹줄을 친 것처럼 똑바르다. 담은 모두 벽돌로 쌓았고, 사람 탄 수레와 짐 실은 수레가 길에 가득한데, 펼쳐놓은 그릇은 모두 그림을 그려 넣은 자기磁器다. 그 제도가 어디로 보나 시골티라고는 조금도 없다. 앞서 나의 벗 홍대용洪大容, 조선 영조 때의 실학자. 1731~1783. 《의산문답醫山問答》 등의 저서가 있음이 "그 규모는 크되, 그 방식은 세밀하다."라고 했는데, 이 책문은 중국의 동쪽 변두리임에도 이러하다. 앞으로 더욱 번화할 것을 생각하니 갑자기 한풀 꺾여서 여기서 그만 발길을 돌릴까 하는 생각에 온몸이 화끈해진다. 그 순간 나는 깊이 반성하여 '이는 시기하는 마음이다. 내 본시 성미가 욕심이 없어서 남을 부러워하거나 시기하는 마음은 조금도 없었다. 그런데 다른 나라에 발을 들여놓자, 만분의 일도 채 보지 못하고서 벌써 이런 망령된 마음이 일어나는 것은 무슨 까닭일까. 이는 곧 견문이 좁은 탓이리라. 만일 부처의 밝은 눈으로 시방세계十方世界, 불교 용어로 온 세계를 가리킴를 두루 살핀다면 어느 것이나 평등하지 않은 것이 없을 것이니, 모든 것이 평등하면 시기와 부러움이란 저절로 사라질 것이다.' 하고는 장복을 돌아보며 물었다.

"네가 만일 중국에서 태어났다면 어떻겠느냐?"

그러자 그는 "중국은 되놈의 나라이니 쇤네는 싫습니다." 하고 대답한다.

때마침 한 소경이 어깨에 비단 주머니를 걸고 손으로 월금을 뜯으면서 지나간다. 나는 크게 깨달아 "저야말로 평등한 눈을 가진 이가 아니겠느냐?" 했다.

조금 뒤에 책문이 활짝 열리더니, 봉성장군과 책문어사柵門御史, 봉성장군과 마찬가지로 국경을 책임지는 관리가 방금 와서 가게에 앉아 있다고 한다.

월금 당비파와 비슷한 국악기 가운데 하나. 달 모양의 둥근 울림통에 가늘고 긴 목을 달고 네 줄의 현을 매었으며 뒷면에 끈을 달아 어깨에 멜 수 있게 되어 있다.

여러 되놈들이 책문 가득 쏟아져 나오며 다투어 방물과 사복私卜, 개인이 가진 짐의 무게를 가늠해본다. 이곳에서는 되놈의 수레를 빌려서 짐을 운반하기 때문이다.

그들은 사신이 앉은 곳으로 오더니 담뱃대를 물고 힐끗힐끗 쳐다본다. 그러고는 손가락으로 가리키면서 저희들끼리 "저이가 왕자인가?" 하고 중얼거린다. '왕자'란 종반宗班, 임금의 가까운 집안으로서 정사가 된 이를 가리킨다.

그중에 잘 아는 자가 "아니야. 저 머리 희끗희끗한 이가 부마임금의 사위 어른인데, 지난해에도 왔던 이야." 하고, 부사를 가리키면서는 "저 수염 좋고 쌍학무늬 놓은 관복 입은 이는 얼대인乙大人이야." 하고, 서장관을 보고는 "산대인山大人인데, 모두 한림翰林, 예문관 봉교·대교·검열에 대한 통칭이며, 특히 사관史官인 검열을 가리킨다. 문벌이 좋고 글을 잘하는 이들로 충원됨 출신이지."라고 한다. 얼乙은 2요, 산山은 3이요, 한림 출신이란 문관을 가리킨다.

때마침 시냇가에서 왁자지껄하며 무엇을 다투는 소리가 나는데, 말소리가 새 지저귀는 듯하여 한마디도 알아들을 수가 없다. 급히 가보니, 득룡이 되놈들과 예물이 많고 적음을 다투고 있다. 예단을 나눠줄 때면 전례에 따라 하는 것인데도, 저 봉황성의 교활한 되놈들이 명목을 붙여서 그 가짓수를 채워달라고 강요한다. 이것을 어떻게 처리하느냐는 모두 상판사의 마두에게 달린 것이다. 만일 그가 일에 서투른 풋내기거나 중국어가 시원찮으면 그자들과 시비를 따지지 못하고 달라는 대로 줄 수밖에 없다.

올해에 이렇게 하면 내년에는 이미 전례가 되기 때문에 기어코 아귀다툼이라도 해야 한다. 사신들은 이 이치를 모르고 다만 책문에 들어가기에만 바빠 역관을 재촉하고, 역관은 또 마두를 재촉하여 그 폐단이 생긴 지 오래됐다.

상삼상판사의 마두-원주이 예단을 나눠주려 하자 되놈 백여 명이 빙 둘러서더니, 그중 한 놈이 갑자기 커다란 소리로 상삼에게 욕을 한다. 그러자 득룡이 수염을 쓱 쓰다듬고 눈을 부릅뜬 채 내닫는다. 그러고는 그의 앙가슴을 움켜잡고 주먹을 휘둘러 때리려는 시늉을 하더니 뭇 되놈을 둘러보고 소리친다.

"이 뻔뻔스럽고 무례한 놈 봐라. 지난해에는 대담하게도 어른의 쥐털 목도리를 훔쳐가고, 이듬해엔 어른께서 주무시는 틈을 타서 내 허리에 찼던 칼을 뽑아 어른의 칼집에 달린 술가마, 기, 끈, 띠, 책상보, 옷 따위에 장식으로 다는 여러 가닥의 실을 끊고, 그것도 모자라 내가 찬 주머니까지 훔치려다가 들켜서는 톡톡히 경을 치지 않았나. 그때는 애걸복걸하면서 목숨을 살려주신 부모 같은 은인이라 하던 놈이 오랜만에 오니까 어른께서 네놈의 꼴을 몰라보실 줄 믿고 함부로 떠들어? 이런 쥐새끼 같은 놈은 봉성장군에게 끌고 가야지."

그러자 여러 되놈이 나서서 용서해줄 것을 권한다. 그중에서도 수염이 아름답고 옷을 깨끗이 입은 한 노인이 앞으로 나서더니 득룡의 허리를 껴안고 사정한다.

"형님, 제발 좀 참으시오."

득룡이 그제야 노여움을 풀고 빙그레 웃으면서 으르댄다.

"내가 앞으로 동생 얼굴을 보지 않을 거라면 이놈의 콧잔등이를 한주먹 갈겨서 저 봉황산 밖에 던지고 말 것을."

그의 날뛰는 행동이 참으로 우습다. 판사判事 조달동趙達東이 마침 내 곁에 와 섰기에 그 광경을 이야기하고 혼자만 보기에 아깝더라 하니, 조군이 웃으면서 "그야말로 살위봉법殺威棒法, 중국 무술 18기의 하나로, 몽둥이로 앞에 선 자를 해쳐 나머지에게 두려움을 전하는 무술이군요." 한다. 조 판사가 득룡에게 "사또께서 이제 곧 책문으로 들어가실 테니, 예단선물 목록. 여기서는 사행길의 청나라 관원에게 선물하는 목록임을 지체 말고 나눠주렷다." 하고 재촉한다. 득룡이 연방 "예에, 예이." 하며 짐짓 바쁜 척하고 서두른다. 나는 일부러 그곳에 머물러 서서 나눠주는 물건의 명단을 상세히 보았는데, 괴이하면서도 잡스러운 것들이다.

예단 물목禮單物目

책문수직보고(柵門守直甫古, 청나라 벼슬아치의 명칭, 이하 마찬가지) 2명과 갑군 8명에게는 각각 백지 10권, 소연죽(작은 담뱃대) 10개, 화도(부싯돌을 쳐서 불이 일어나게 하는 쇳조각) 10개, 봉초(담뱃대에 넣어서 피울 수 있도록 잘게 썰어 봉지로 포장한 담배) 10봉씩이다.

봉성장군 2명, 주객사(主客司) 1명, 세관(稅官) 1명, 어사(御史) 1명, 만주장경(滿洲章京) 8명, 가출장경(加出章京) 2명, 몽골장경(蒙古章京) 2명, 영송관(迎送官) 3명, 대자(帶子) 8명, 박씨(博氏) 8명, 가출박씨(加出博氏) 1명, 세관박씨(稅官博氏) 1명, 외랑(外郞) 1명, 아역(衙譯) 2명, 필첩식(筆帖式) 2명, 보고(甫古) 17명, 가출보고(加出甫古) 7명, 세관보고(稅官甫古) 2명, 분두보고(分頭甫古) 9명, 갑군 50명, 가출갑군(加出甲軍) 36명, 세관갑군(稅官甲軍) 16명 등 도합 102명에게는 장지(조선에서 만든 종이의 하나. 두껍고 질기며 질이 좋음) 156권, 백지 469권, 청서피(다람쥐가죽) 120장, 작은 갑담배 580갑, 봉초 800봉, 세연죽(가는 담뱃대) 74개, 팔면은항연죽(은으로 장식한 담뱃대) 74개, 석장도(주머니 속에 넣거나 옷고름에 늘 차고 다니는 칼집이 있는 작은 칼로 주석으로 만든 것) 37자루, 초도(칼집에 넣은 칼) 284자루, 부채 288자루, 대구 74마리, 다래가죽(말 탄 사람의 옷에 흙이 튀지 않도록 가죽 같은 것을 안장 양쪽에 늘어뜨리는 기구. 장니라고 함) 7개, 환도(군복에 갖추어 차던 칼) 7자루, 은장도(은으로 만든 장도) 7자루, 은연죽(은으로 만든 담뱃대) 7개, 석장연죽(주석으로 만든 긴 담뱃대) 42개, 붓 40자루, 먹 40개, 화도 262개, 청청다래(말안장 양편에 층층으로 달아놓는 진흙을 막는 장구) 2벌, 별연죽(보통 것과 달리 잘 만든 담뱃대) 45개, 유둔(비를 피하기 위해 이어 붙인 두꺼운 기름종이) 2부씩이다.

뭇 되놈들이 찍소리 없이 받아 가지고 가버린다.

조 판사가 "득룡의 수단이 참으로 대단하단 말이에요. 알고 보니 지난해에 목도리며 칼이며 주머니며 잃어버린 게 전혀 없답니다. 그런데도 공연히 트집을 만들어서 그중 한 놈을 꺾어놓으니 나머지는 저절로 수그러져 서로 돌아보고는 물끄러미 물러서곤 하더군요. 만일 그렇게 하지 않았더라면 사흘이 가도 끝나지 않아 책문 안으로 들어갈 가망이 없었을 것입니다." 한다.

이윽고 군뢰가 와 엎드리어 "문상어사門上御史와 봉성장군이 수세청收稅廳, 세관에 나와 계십니다." 하고 아뢴다. 이에 삼사가 차례로 책문으로 들어간다. 장계는 전례대로 의주의 창군에게 부치고 돌아왔다.

이 문을 한걸음 들어서면 중국 땅이니, 고국의 소식은 이제부터 끊어지는 것이다. 섭섭한 마음에 동쪽 하늘을 바라보면서 섰다가 이윽고 몸을 돌려 천천히 책문 안으로 향했다.

길 오른편에 초청짚이나 풀로 인 헛간 세 칸이 있어서 어사·장군으로부터 아역관청에 속한 통역관에 이르기까지 등급에 따라 의자에 걸터앉아 있고, 수역각 관아나 사신에 속한 역관의 우두머리 이하는 그 앞에 팔짱을 낀 채 서 있었다.

사신이 이곳에 오자 마두가 하인에게 호통을 쳐서 가마를 서라고 한다. 잠시 말을 쉬게 하려는 의도인데, 하도 빨리 달려오다 보니 그냥 지나쳐 간다. 부사·서장관이 탄 가마도 이처럼 하니 서로 흉내 내는 듯한 모양이 하도 우스꽝스러워 허리를 잡고 웃는다.

비장·역관은 모두 말에서 내려 걸어가는데, 다만 변계함卞季涵만이 말을 탄 채 그냥 지나간다. 맨 아랫자리에 앉은 한 되놈이 갑자기 조선말로 "무례하오, 무례해. 어른들 몇 분이 여기 앉아 계신데, 외국의 수행원이 어찌 이렇게 당돌하단 말이오. 사신께 고해서 볼기를 치도록 해야겠구나." 하고 고함친다. 그 소리는 비록 거세고 크나 혀가 굳고 목이 꺼억꺼억 하는 것이 마치 어린아이가 어리광부리듯, 주정꾼이 노닥거리는 것 같은데, 그는 호행통관護行通官, 사신 일행을 호송하는 통관. 통관은 청나라 벼슬이름 쌍림雙林이라고 한다.

수역이 얼른 대답하기를 "그분은 우리나라 태의관太醫官, 어의인데 처음 길이라 상황을 몰라서 그랬습니다. 태의관은 국명을 받자와 정사를 보호하는 직분이므로 정사께서도 마음대로 할 수 없는 처지요. 여러 어른께서는 황제께서 우리나라를 사랑하시는 마음을 본받아 깊이 따지지 않으신다면 대국의 너그러운 도량으로 알겠습니다." 하자, 그들은 모두 머리를 끄덕이고 빙그레 웃으면서 "알겠소, 알겠소." 한다. 다만 쌍림만은 눈을 부라리고 소리 지르는 것이 노여움이 덜 풀린 모양이다.

수역이 나를 보고 그만 가자고 눈짓한다. 길에서 변 군卞君을 만났다. 변 군이 "큰 욕을 보았어." 한다. 나는 "'볼기 둔臀' 자를 잘 생각해보게." 하고는 한바탕 웃었다.

그와 나란히 가면서 구경하는데 감탄사가 저절로 나온다. 책문 안의 인가는 이삼십 호에 지나지 않으나 모두 웅장하고 울창하다. 짙은 버들 그늘 속에 푸른 주기酒旗, 술집임을 나타내기 위하여 내거는 깃발가 공중에 솟은 채 나부낀다. 변 군과 함께 들어가니 웬걸, 조선 사람들이 그 속에 그득하다. 맨종아리며 때 낀 살쩍관자놀이와 귀 사이에 난 머리털에, 걸상에 앉아 떠들던 그들은 우리를 보자 모두 피하여 밖으로 빠져나간다.

주인이 성을 내며 변 군을 가리키면서 "눈치 없는 저 관리가 남의 영업을 방해하는군." 하고 투덜거린다. 대종이 주인의 등을 두드리며 말한다.

"형님, 잔소리할 것 없어. 두 어른은 한두 잔만 자시면 곧 나가실 텐데 그 망나니들이 어찌 멋대로 걸상을 타고 앉았을 수 있겠소? 잠시 피한 것뿐이니 곧 돌아와서 이미 먹었으면 술값을 치를 것이고, 아직 덜 먹었으면 즐거이 마실 거요. 그러니 형님은 마음 놓고 우선 술 넉 냥냥은 엽전을 세거나 무게를 나타내는 단위. 여기서는 무게를 나타내며, 1냥은 약 37.5그램만큼만 부으시오."

주인은 그제야 웃는 얼굴로, 하지만 "동생, 지난해에도 보지 않았소. 이 망나니들이 야료를 부리면서 모두 먹기만 하고는 연기처럼 뿔뿔이 사라져버리니 술값을 어디 가 받겠소?" 한다.

대종은 다시금 "형님, 염려 마오. 이 어른들이 자시고 일어나시면 내 그들을 이리로 몰고 와서 술을 사게 할 테니." 한다.

주인은 "그러시오. 두 분이 함께 넉 냥으로 하실까, 각기 넉 냥으로 하실까?" 하고 묻는다.

대종은 "따로따로 넉 냥씩 부으시오."라고 한다.

그러자 변 군이 나무라면서 "넉 냥 술을 누가 다 마신단 말이냐?" 하매, 대종이 웃으면서 "넉 냥이란 돈이 아닙니다. 술 무게를 가리킵니다." 한다.

탁자 위에 벌여놓은 술잔은 한 냥짜리부터 열 냥짜리까지 제각기 다르다. 모두 놋쇠와 주석으로 만들어 빛깔을 내니 은과 같다. 넉 냥 술을 청하면 넉 냥들이 잔에 부어주니 술을 사는 이는 양을 따질 필요가 없다. 참으로 간편하다. 술은 모두 백소로인데, 맛이 그리 좋지 못할 뿐 아니라 취하자마자 금방 깬다.

주변을 살펴보니 모든 것이 고르고 단정하게 놓여 있다. 한 가지라도 구차하게 적당히 놓은 법이 없고, 하나도 허투루 어지럽혀놓은 것이 없었다. 심지어 소 외양간이나 돼지우리까지 모두 법도 있게 제자리에 있으며, 나뭇더미나 거름 무더기까지도 유달리 깨끗하고 맵시 있는 품이 그려놓은 듯싶다.

아, 이렇게 한 후라야 비로소 이용利用, '대상을 필요에 따라 이롭게 쓴다.'는 뜻이다. 박지원은 실학자 가운데 '이용후생학파'로 분류된다. 이용후생학파는 북학을 주장한 실학의 한 파로, 청나라의 앞선 문물제도와 생활양식을 받아들일 것을 주장했다. 특히 상공업 진흥과 기술 혁신에 관심을 쏟았음이라 이를 수 있겠다. 이용이 있은 연후에야 후생厚生, '생활을 넉넉하고 윤택하게 한다.'는 뜻이 될 것이요, 후생이 된 연후에야 정덕正德, '바른 덕을 이룬다.'는 뜻이 될 것이다. 이용이 되지 않고 후생을 할 수 있는 이는 드무니, 생활이 제각기 넉넉하지 못하다면 어찌 그 마음을 바로 지닐 수 있으리오.

정사의 행차가 숙소인 악鄂씨 집으로 들어선다. 주인은 키가 칠 척길이의 단위로 1척은 약 30센티미터이요, 호탕하고 강건하며 성격이 매섭다. 그 어머니는 나이가 일흔에 가까우나 머리 가득 꽃을 꽂고 눈매가 아직도 아름다워 보이는 것이 젊었을 때의 모습을 짐작할 수 있다. 그의 집은 자손이 가득한 원만한 가정이라고 한다.

성첩 성 위에 낮게 쌓은 담. 여기에 몸을 숨기고 적을 감시하거나 공격한다. 성가퀴라고도 한다.

점심 뒤에 내원과 정 진사와 함께 구경을 나섰다. 봉황산은 이곳에서 육칠 리쯤밖에 되지 않는데, 앞에서 보니 더욱 기이하고 뾰족해 보인다. 산속에는 안시성安市城, 삼국시대에 고구려가 랴오허강 유역에 설치한 성. 고구려와 당나라의 싸움(645)에서 당군의 침략을 저지한 곳으로 유명함 옛터가 있는데, 성첩이 지금껏 남아 있다 하나 그건 그릇된 말이다.

삼면이 모두 깎아지른 듯하여 나는 새도 오를 수 없을 것 같고, 오직 정남쪽만이 좀 편평하나 주위가 수백 보에 지나지 않는다. 이런 총알만 한 작은 성에 큰 군사가 오랫동안 머물 수는 없을 테니, 고구려 때의 조그마한 보루가 있었던 게 아닌가 싶다.

셋이 함께 큰 버드나무 밑에서 땀을 식히고 있었다. 옆에 벽돌로 쌓은 우물이 있는데, 위는 넓은 돌을 다듬어서 덮고 양쪽에는 구멍을 뚫어서 겨우 두레박만 드나들게 했다. 이는 사람이 빠지는 것과 먼지가 들어가

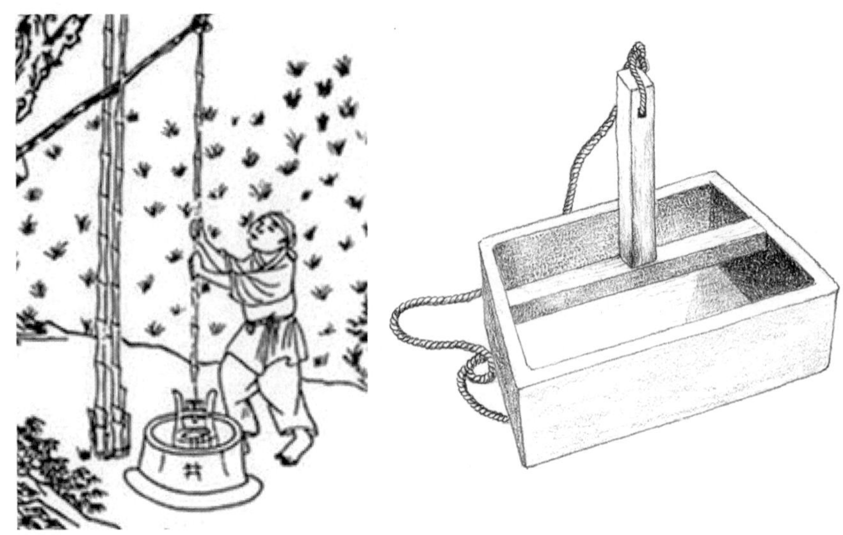

중국(왼쪽)과 조선(오른쪽)의 두레박

는 것을 막고, 또 물의 본성이 음陰하기 때문에 태양을 가려서 살아 있는 물을 긷기 위한 것이다. 우물 뚜껑 위엔 녹로를 만들어 양쪽으로 줄 두 가닥을 드리웠고, 버들가지를 엮어서 둥근 그릇을 만들어두었는데, 그 모양이 바가지 같으나 비교적 깊어서 한쪽이 오르면 다른 한쪽이 내려가서 종일토록 물을 길어도 사람의 힘을 낭비하지 않는다.

물통은 모두 쇠로 테를 두르고 조그마한 못을 촘촘히 박은 것이다. 대나무로 만든 것은 오래 지나면 썩어서 끊어지기도 하려니와 통이 마르면 대나무 테가 헐거워져 벗겨지므로 이렇게 쇠테로 메우는 것이 좋은 방법이다.

물을 길은 후에는 어깨에 메고 운반하는데, 이것을 편담이라고 한다. 그 방법은 팔뚝만큼 굵은 나무를 길이가 한 길쯤 되게 다듬어서 그 양쪽

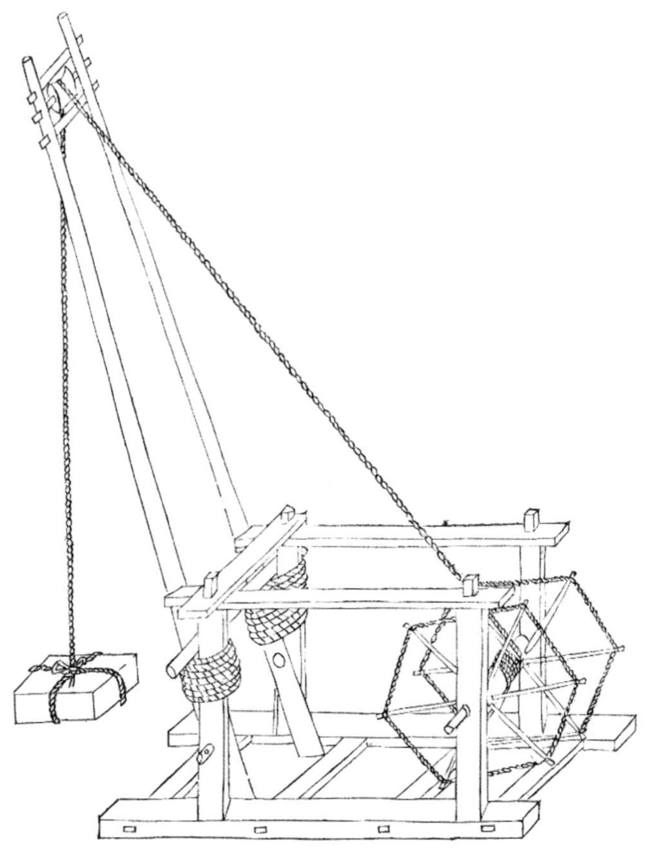

녹로 높은 곳이나 먼 곳으로 무엇을 달아 올리거나 끌어당길 때 쓰는 도르래. 그림은 실학자 정약용이 중국의 기계학 백과사전《기기도설》을 참조해 설계한 조선의 녹로다.

끝에 물통을 걸되, 물통이 땅 위에서 한 자 남짓 떨어지게 한 것이다. 이렇게 하면 물이 출렁거려도 넘치지 않는다. 우리나라에서는 오직 평양에서만 이 방법을 쓰는데, 다른 곳에서는 어깨에 메지 않고 등에 지고 다니기 때문에 좁은 골목에서는 여간 거추장스러운 것이 아니다. 그러니 이렇게 어깨에 메는 법이 훨씬 편리할 것이다.

편담 물 등을 길어 나르는 데 쓰는 기구. 물지게라고도 한다. 국립민속박물관 소장

옛날에 포선전한 때의 학자로, 왕망이 신나라를 세울 때 함께하지 않아 죽임을 당했음의 아내가 물동이를 들고 물을 길었다고 하는 대목《소학小學》에 나옴을 읽다가 왜 머리에 이지 않고 손에 들었을까 하고 의심했는데, 이제 보니 이 나라의 부인들은 쪽을 찐 머리가 높아서 물건을 일 수 없다는 사실을 알겠다.

서남쪽은 탁 트여서 대체로 평평한 산과 가득한 물이다. 우거진 버들에 그늘은 짙고, 띠로 엮은 지붕과 성긴 울타리가 숲 사이로 은은히 보이며, 가없이 푸른 방죽 위에 소와 양이 여기저기서 풀을 뜯고 있다. 멀리 강에 놓인 다리 위로 행인들이 짐을 지고 혹은 끌고 가는 것을 바라보고 있노라니 여행 중의 고단함이 사라지는 듯하다.

동행한 두 사람은 새로 지은 불당을 구경하기 위하여 나를 두고 가버렸다. 때마침 말 탄 사람 십여 명이 채찍을 휘두르며 달리는데 모두 수놓은 안장에 빠른 말이어서 의기가 양양하다. 그들은 내가 혼자 서 있는 것을 보고 고삐를 돌려 말에서 내리더니 다투어 내 손을 잡고 정답게 인사를 한다. 그중 한 사람은 아름다운 청년이었다. 내가 땅에 글자를 써서 필담을 시작했으나, 그들은 모두 머리를 숙이고 가만히 들여다보고는 고개를 끄덕일 뿐이다.

비석 둘이 있는데 모두 푸른 돌이다. 하나는 문상어사의 선정비善政碑, 백성을 어질게 다스린 벼슬아치를 표창하고 기리기 위해 세운 비석요, 또 하나는 세금을 담당하던 아무개의 선정비다. 둘 다 만주 사람인데, 이름은 네 글자다. 비문을 지은 이도 역시 만주인이어서 글이나 글씨가 모두 변변치 않은데, 다만 비의 생김새가 매우 아름다우면서도 공력과 경비를 절약했으니 본받을 만하다. 비석의 양쪽은 갈지 않았다. 또 벽돌로 양쪽에 담을 쌓아 비를 보호한 후 위에 기와를 얹어서 지붕을 만들었다. 비석은 그 속에서 비바람을 피하게 됐으니, 일부러 비각을 세워서 비바람을 가리는 것보다 월등히 낫겠다.

비부비석의 받침돌로 쓰인 비희용의 첫째 아들이라고 함나 비문의 양쪽 가장자리에 새긴 패하용의 여섯째 아들이라고 함가 다 그 털끝을 셀 수 있을 만큼 정교하다. 이 비는 구석진 시골 백성들이 세운 것인데도 그 정교하고 우아한 모습이 이루 말할 수 없다.

저녁때가 될수록 더위가 기승을 부린다. 급히 숙소로 돌아와서 북쪽 들창을 높이 올려 열고 옷을 벗고 누웠다. 뒤뜰이 꽤 넓은데, 파 이랑과 마늘 두둑이 금을 그은 듯 곧고 반듯하다. 오이·박 덩굴을 올린 시렁지지대이 어수선하게 뜰을 덮고, 울타리 가에 붉고 흰 촉규화아욱과의 여러해살이풀와 옥잠화백합과의 여러해살이풀가 한창이다. 처마 끝엔 석류 화분 몇 개, 수구범의귀과의 낙엽활엽관목 화분 하나, 추해당화가을 해당화 화분 둘이 있다.

주인 악 군의 아내가 손에 대바구니를 들고 나와서 차례로 꽃을 딴다. 아마 저녁 치장에 쓰고자 하는 듯하다.

창대가 술 한 그릇과 달걀볶음 한 쟁반을 가지고 와 올리면서 말한다.

“어딜 가셨습니까? 저는 기다리다 죽을 뻔했습니다.”

어리광을 떨면서 충성을 나타내려 하는 모습이 밉살스럽기도 하고 우습기도 하나, 술은 내 본래 즐기는 바요, 달걀볶음 역시 먹고 싶던 것임에랴.

이날 삼십 리를 갔다. 압록강에서 여기까지 백이십 리다. 이곳을 우리나라 사람은 ‘책문’이라 하고, 이곳 사람은 ‘가자문’이라 하며, 중국 사람은 ‘변문’이라고 한다.

비희贔屭

용의 첫 번째 자식. 박지원은 <동란섭필>에서 이에 대한 설명을 한다. “용은 새끼를 아홉 마리 낳는다. 용이 되지 못하면 첫째는 비희다. 모양이 거북같이 생겨 무거운 짐을 잘 짊어지는데, 지금 비석의 바탕 돌로 쓰이는 거북 모양이 이것이다. 둘째는 치문鴟吻이다. 바라보기를 좋아하므로 지붕 모퉁이에 짐승 모양으로 만든 것이다. 셋째는 포뢰蒲牢다. 울기를 잘하므로 종에 매는 끈이 됐다. 넷째는 폐간狴犴이다. 모양이 범과 비슷하므로 옥문 앞에 세웠다. 다섯째는 도철饕餮이다. 성질이 먹기를 잘하므로 솥뚜껑에 붙인다. 여섯째는 패하覇蝮다. 성질이 물을 좋아하므로 다리 기둥 위에 세웠다. 일곱째는 애자睚眦다. 죽이기를 좋아하므로 칼자루에 새겼다. 여덟째는 금태金蜺다. 모양이 사자 같고 성질이 연기와 불을 좋아하므로 향로에 세웠다. 아홉째는 초도椒圖다. 모양이 소라 같고 성질이 문을 닫고 잘 숨으므로 문간에 세운다.”

비희

치문

포뢰

초도

을해乙亥

6월 28일

아침에 안개가 끼었다가 늦게 갰다.

아침 일찍 변 군과 함께 먼저 길을 나섰다. 대종이 멀리 있는 큰 장원庄院, 중국에서 한漢나라 이후 근대까지 존속한 궁정 귀족·관료의 사유지을 가리키면서 말한다.

"저것은 통관通官, 통역을 담당하던 청나라 관리 서종맹의 집입니다. 연경에는 저보다 더 큰 건물이 있었답니다. 종맹은 본래 탐욕스러운 자로 불법을 많이 저지르고 조선 사람의 고혈을 빨아서 큰 부자가 됐습니다. 그런데 늘그막에 예부에서 이 사실을 알게 되어 연경에 있던 집은 몰수되고 이것만 그대로 남아 있답니다."

또 한 군데를 가리키면서는 이렇게 말한다.

"저것은 쌍림의 집이고, 그 맞은편 대문은 문 통관의 집이라 합니다."

대종은 말이 빠르고 능숙하여 마치 머릿속에 외운 글을 읊듯 한다. 그는 선천 출신인데, 벌써 예닐곱 번이나 연경을 드나들었다고 한다.

봉황성까지는 삼십 리쯤 된다. 옷이 땀으로 푹 젖고 길 가는 사람들의 수염에 맺힌 것이 마치 볏모옮겨 심기 위하여 기른 벼의 싹에 구슬을 꿰어놓은 것 같다.

서쪽 하늘에 짙은 안개가 갑자기 사라지며 한 조각 파란 하늘이 살포시 나타난다. 영롱하게 구멍으로 비치는 것이 마치 작은 창에 끼워놓은 유리알 같다. 울안의 안개가 모두 아롱진 구름으로 변하니 그 무한한 광경은 이루 말할 수 없다. 고개를 돌려 동쪽을 바라보니 이글이글 타는 듯한 한 덩이 붉은 해가 벌써 세 발한 발은 양팔을 옆으로 펴서 벌렸을 때 한쪽 손끝에서 다른 쪽 손끝까지의 길이이나 올라왔다.

강영태의 집에서 점심을 먹었다. 영태의 나이는 스물셋인데, 스스로 민가民家, 청나라 때 본토 중국인을 가리켜 '민가'라 하고 만주족은 '기하旗下'라고 함라고 한다. 희고 아름다운 얼굴에 양금을 잘 친다.

"글을 읽었느냐?" 하고 물으니, 그는 "사서四書는 다 외웠지만 아직 강의講義는 하지 못했습니다."라고 한다.

중국인에게 공부는 '글 외우기'와 '강의하는 것'의 두 길이 있어서 우리처럼 처음부터 음과 뜻을 배우는 것과는 다르다. 이곳에서 처음 배우는 이는 사서의 문장과 구절만 입으로 외울 따름이요, 외는 것이 능숙해진 후에 다시 스승께 그 뜻을 배우는 것을 '강의'라고 한다. 이 때문에 죽을 때까지 강의는 못해도 입으로 외운 글이 평소에 사용하는 중국어이므로 세계 여러 나라 말 중에서도 중국말이 가장 쉽다는 것이 또한 일리가 있다.

영태가 살고 있는 집은 깨끗할 뿐 아니라 화려하여 여러 기구가 모두 처음 보는 것이다. 구들 위에 깔아놓은 것은 용과 봉황을 그린 융단이고, 걸상이나 탁자에도 역시 비단 요를 펴놓았다. 뜰에는 시렁을 매어놓았는데, 가는 삿자리갈대를 엮어서 만든 자리로 햇빛을 가렸으며, 사방에는 누런 발을 드리웠다. 앞에는 석류 화분 대여섯 개를 두었는데, 흰 석류꽃이 활짝 피었다. 또 이상한 나무 한 분이 있는데, 잎은 동백 같고 열매는 탱자

비슷하다. 이름이 무어냐고 물으니 무화과無花果, 한자의 뜻은 '꽃이 없는 열매'임라고 한다. 열매가 모두 두 개씩 나란히 꼭지가 잇대어 달렸는데, 꽃 없이 열매가 맺기 때문에 이렇게 이름 지은 것이라 한다.

서장관 조정진이 찾아와서 서로 나이를 견주어보니, 나보다 다섯 살이나 많았다. 이어서 부사 정원시도 찾아와서 먼 길에 괴로움을 함께할 사이임을 이야기했다. 부사 김문순1744~1811, 조선 후기의 문신으로 안동 김씨의 중심인물이 사과한다.

"형이 함께 떠나신 줄 알면서도 우리나라 땅에서는 몹시 분주하고 어수선해서 미처 찾지 못했소."

나는 "타국에 와서 이렇게 서로 알게 되니 가히 이역 땅의 친구로군." 하고 답했다.

부사와 서장관이 모두 크게 웃으면서 말한다.

"누가 외국 출신인지 알 수 없군요."

부사는 나보다 두 살 위다. 우리 조부님과 부사의 조부님과는 일찍이 함께 공부를 해서 지금도 동연록同研錄, 동창생끼리 기록한 문헌이 보존돼온다. 우리 조부께서 경조 당상京兆堂上, 경조는 서울을 말하고, 당상은 정3품 이상 품계에 해당하는 벼슬을 통틀어 이르는 말으로 계실 때 경조랑京兆郎, 경조 당상 아래 벼슬이셨던 부사의 조부님이 찾아오셨다. 두 분이 통자예전에 명함을 내놓고 면회를 청하던 일하고 서로 지난날 함께 공부한 일을 이야기하시던 걸 내가 여덟 살인지 아홉 살인지 되어서 옆에서 들었으니, 대대로 사귀어온 정이 있는 것이다.

서장관이 흰 석류를 가리키면서 묻는다.

"전에 이런 것을 본 일이 있소?"

"아직껏 본 적이 없소."

내가 이렇게 답하니 서장관이 말한다.

"내가 어렸을 때 집에 이런 석류가 있었는데, 국내의 다른 곳에는 없다고 했습니다. 이 석류는 꽃만 피고 열매는 맺지 않는다더군요."

그들은 몇 마디 이야기를 주고받고는 일어섰다.

강을 건너던 날, 갈대 우거진 속에서 서로 얼굴은 익혔으나 이야기를 주고받을 겨를은 없었다. 또 이틀 동안 책문 밖에서 천막을 나란히 치고 머물렀으나 서로 만날 기회가 없었는데, 이제 이렇게 이역 땅이니 하면서 농담을 주고받은 것이다.

점심은 아직도 멀었다기에 그냥 기다릴 수 없어서 배고픈 것을 참고 구경을 나섰다. 처음에 오른쪽 작은 문으로 들어왔기 때문에 이 집이 얼마나 웅장하고 화려한지를 몰랐다. 그런데 앞문으로 나가 보니 바깥뜰이 수백 칸이나 되고, 삼사와 그 일행이 모두 이 집에 들어왔는데도 어디 있는지 알 수가 없을 지경이었다. 우리 일행이 거처하고도 남을 뿐만 아니라, 오가는 장수나 나그네가 끊일 사이가 없고, 수레가 스무 대 남짓이나 문 그득하게 들어온다. 그 수레마다 말과 노새가 대여섯 마리씩 끌고 있는데도 떠드는 소리라고는 조금도 없고, 깊이 들어앉아 텅 빈 것처럼 조용하다. 모든 것을 자리 잡아놓은 것이 규모가 있어서 서로 방해가 되지 않는다. 겉으로만 봐도 이 정도니 속속들이 세세한 것은 더 말할 나위도 없을 것이다.

천천히 문밖으로 나섰다. 그 번화하고 부유한 모습이 대단해, 비록 연경에 가도 이보다 더할까 생각된다. 중국이 이처럼 번영할 줄은 참으로 뜻밖이다. 길 좌우에 즐비하게 늘어선 가게는 모두 아로새긴 들창에 비

주련 기둥이나 벽 따위에 장식으로 써서 붙이는 글귀. 주로 한시의 구절을 쓴다. 원으로 표시한 것이 주련이다.

단을 드리운 문, 그림을 그려 넣은 기둥, 붉게 칠한 난간, 푸르게 장식한 주련, 황금빛 현판 등 눈부실 지경이다. 게다가 가게 안에 펼쳐놓은 것들 역시 모두 이곳의 진기한 물건이다. 변두리의 보잘것없는 이 땅에 이처럼 정교하고 우아한 것을 감상하는 식견이 있을 줄은 몰랐다.

또 한 집에 들어가니 그 굉장한 모습과 아름다움이 강씨康氏의 집을 능가하는데, 그 생김새는 거의 한가지다.

이곳에서는 집을 지을 때 반드시 수백 보의 자리를 마련하여 길이나 넓이를 알맞게 한다. 그러고는 사면을 반듯하게 깎아서 측량기로 높고 낮음을 재며, 나침반으로 방위를 잡은 다음 대臺를 쌓는데, 바닥에는 돌을 깔고 그 위에 한 층 또는 두세 층 벽돌을 놓으며, 다시 돌을 다듬어서 대를 장식한다. 그 위에 집을 세우는데, 모두 한일자一로 하여 꾸부러지게 하거나 잇달아 붙여 짓지 않는다.

첫 번째 건물이 내실안주인이 거처하는 방이요, 그다음이 중당中堂, 가운데 방, 셋째는 전당前堂, 앞 방, 넷째는 외실안채와 떨어져 바깥주인이 거처하며 손님을 접대하는 곳이다. 외실 밖은 한길이라 가게에 딸린 방이나 가게로 사용하기도 한다. 당마다 좌우에 곁채몸채 곁에 딸려 있는 집채가 있으니, 이것이 곧 행랑과 곁방이다.

대개 집 한 채의 길이는 기둥이 여섯 개·여덟 개·열 개·열두 개로 되어 있고, 기둥과 기둥 사이는 매우 넓어서 우리나라의 보통 집 두 칸짜리만 하다. 또한 나무에 따라 길고 짧음을 정하지 않고, 마음대로 넓히고 좁히는 것도 아니요, 반드시 자로 재어서 칸살일정한 간격으로 어떤 건물이나 물건에 사이를 갈라서 나누는 살을 정한다.

집의 들보는 모두 다섯 혹은 일곱 개를 얹었다. 그래서 땅바닥에서 용마루까지 그 높이를 따지면 처마는 한가운데쯤 있게 되므로 물매수평을 기준으로 한 경사도가 매우 크니 병을 거꾸로 세운 것처럼 가파르다. 집 좌우와 후면은 부연처마 서까래의 끝에 덧얹는 네모지고 짧은 서까래. 처마 끝을 위로 들어 올려 모양이 나게 함이 없이 벽돌로 담을 쌓아올려서 집 높이와 가지런히 하니 서까래가 보이지 않을 정도다. 동서의 양쪽 담에는 각기 둥근 창구멍을 뚫고 남쪽에는 모두 문을 낸다. 그중 한가운데 한 칸을 드나드는 문으로 쓰되, 반드시 앞뒤가 정확하게 마주 보게 만든다. 그러니 집이 서너 채가 겹쳐 있어 문이 여섯이나 여덟 겹이나 되어도 활짝 열어젖히

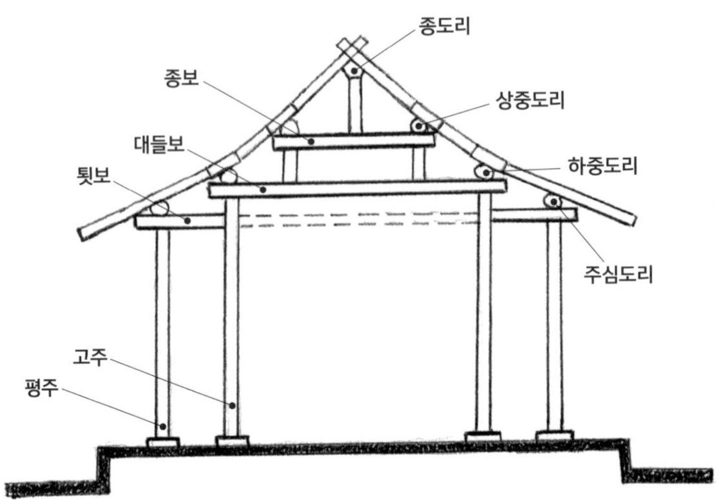

들보 칸과 칸 사이의 두 기둥을 건너질러 도리와는 'ㄴ' 자 모양, 종도리와는 '십+' 자 모양을 이루는 나무

면 안채로부터 바깥채에 이르기까지 화살같이 똑바로 통한다. 그들이 이른바 "저 겹겹이 닫힌 문을 활짝 여니, 내 마음 이와 같구나."라고 하는 것은 문에 곧고 바른 마음을 견준 표현이다.

길에서 동지同知, 동지중추부사와 같은 말. 조선시대에 중추부에 속한 종2품 벼슬 이혜적역관인데 정3품 당상관을 만났다. 이 군이 웃으면서 묻는다.

"궁벽한 시골구석에 무어 볼 만한 게 있겠습니까?"

내가 말했다.

"연경인들 이보다 더 나을 수 있겠어요?"

그러자 그가 답한다.

"그렇습니다. 비록 크고 작으며 사치하고 검소한 차이야 있겠지만, 그 규모는 거의 한가집니다."

감(왼쪽)과 이(오른쪽) 감과 이는 팔괘의 하나다. 감괘는 물을 상징하며 이괘는 불을 상징한다.

집을 지을 때는 벽돌만을 사용한다. 벽돌의 길이는 한 자길이의 단위. 한 자는 한 치의 열 배로 약 30.3센티미터에 해당함, 너비는 다섯 치길이의 단위. 한 치는 한 자의 10분의 1로 약 3.03센티미터에 해당함여서 둘을 가지런히 놓으면 이가 딱 맞고 두께는 두 치다. 한 개의 벽돌박이틀에서 찍어낸 벽돌이건마는 귀가 떨어진 것도 못 쓰고 네모가 이지러진 것도 못 쓰며 바탕이 뒤틀린 것도 못 쓴다. 만일 벽돌 한 개라도 이를 어기면 그 집 전체가 뒤틀리고 만다. 그러므로 같은 기계로 찍어냈건마는 오히려 어긋난 놈이 있을까 염려하여, 반드시 곡척나무나 쇠를 이용하여 90도 각도로 만든 'ㄱ' 자 모양의 자으로 재고 자귀나무를 깎아 다듬는 연장의 하나로 깎고 돌로 갈아서 애써 가지런히 만드니 개수가 아무리 많아도 한 줄로 그은 듯하다.

벽돌 쌓는 법은 하나는 세로, 하나는 가로로 놓아서 저절로 감坎과 이離 괘가 만들어진다. 그 틈서리에는 석회를 이겨서 붙이되, 초지장매우 얇고 가벼운 종잇장처럼 얇으니 겨우 돌 사이가 붙을 정도여서 그 흔적이 실오라기처럼 가늘다.

석회를 이길 때는 굵은 모래도 섞지 않고 진흙도 피한다. 모래가 굵으면 어울리지 않고 진흙이 섞이면 터지기 쉬우므로 반드시 검고도 부드러

중국의 지붕과 조선의 지붕 왼쪽은 암키와만 사용한 중국의 지붕, 오른쪽은 원앙와를 사용한 조선의 지붕이다. 원앙와란 암키와와 수키와가 원앙새의 암수처럼 어울려 짝을 이룬 모양을 이르는 말이다.

운 흙을 회와 섞어 이겨야 한다. 빛깔은 거무스름하여 마치 새로 구워놓은 기와 같고 그 성질은 너무 차지도 않고 부스러지지도 않으니, 그 색과 성질의 순수함을 취하는 것이다. 또 어저귀삼麻의 일종 따위를 터럭처럼 가늘게 썰어서 섞는다. 이는 우리나라에서 초벽벽에 종이나 흙을 애벌로 바르는 일하는 흙에 말똥을 섞는 것과 같은 이치로, 질기게 하여 터지지 않게 해준다. 동백기름을 타기도 하는데, 우유처럼 미끈거리게 하여 역시 떨어지거나 터지는 탈을 막기 위한 것이다.

기와를 올리는 법은 더욱 본받을 것이 많다. 기와 모양은 마치 동그란

대통을 네 쪽으로 쪼개놓은 것과 같고 크기는 두 손바닥만 하다. 보통 민가에서는 원앙와를 쓰지 않는다. 서까래 위에는 산자지붕 서까래 위나 고미 위에 흙을 받쳐 기와를 이기 위하여 가는 나무오리나 싸리나무 따위로 엮은 것 또는 그런 재료를 엮어 깔지 않고, 삿자리를 몇 겹씩 깐 후 진흙을 바르지 않고 곧장 기와를 올린다. 이때 한 장은 엎치고 한 장은 젖히어 암수로 서로 맞추는데, 두 장 사이는 석회로 단단히 발라서 틈을 없앤다. 이렇게 하면 쥐나 새가 뚫을 수 없고, 집의 위가 무겁고 아래가 가벼워 눌리는 폐단도 저절로 사라진다.

우리나라의 기와 이는 법은 이와는 아주 다르다. 지붕에 진흙을 잔뜩 덮고 보니 위가 무겁고, 바람벽방이나 칸살의 옆을 둘러막은 둘레의 벽은 벽돌로 쌓은 후 석회로 메우지 않으니 네 기둥이 의지할 데가 없으므로 아래가 비게 된다. 기왓장은 너무 크고 지나치게 굽어서 빈 곳이 많으니 진흙으로 메우지 않을 수 없다. 또 진흙이 내리누르니 기둥이 휘는 병폐가 생기고, 젖은 것이 마르면 기와 밑이 저절로 떠서 틈이 생기게 된다. 이리하여 바람이 들며 비가 새고, 새가 뚫거나 쥐가 숨기도 하며, 뱀이 서리고 고양이가 뒤적이는 걱정을 면하지 못하는 것이다.

아무튼 집을 세울 때는 벽돌이 가장 중요한 역할을 한다. 이곳에선 비단 높은 담을 쌓을 때뿐 아니라, 집 안팎을 막론하고 벽돌을 쓰지 않는 곳이 없다. 넓고 넓은 뜰에도 눈 가는 곳마다 반듯반듯 바둑판을 그린 것처럼 벽돌을 쌓았다. 그러므로 집이 벽돌 벽에 의지하여 위는 가볍고 아래는 튼튼하며, 기둥은 벽 속에 들어 있어서 비바람을 맞지 않는다. 이러므로 불이 번질 염려도 없고 도둑이 뚫을 위험도 없다. 더구나 새나 쥐, 뱀, 고양이 같은 놈들이 숨어들 걱정도 있을 수 없다. 또 가운데 문 하나만 닫으면 저절로 단단한 벽이 생기니 집 안의 모든 물건을 궤 속에 간직한 바와 다름없다. 이러니 집을 지을 때 많은 흙과 나무도 필요 없고 못질과 흙손질을 할 필요도 없이 벽돌만 구워놓으면 집은 다 지은 것이나 다를 바 없다.

때마침 봉황성을 새로 쌓는데, 어떤 사람이 "이 성이 곧 안시성이다."라고 한다. 고구려의 옛 방언에 큰 새를 '안시安市'라 하니, 지금도 우리 시골말에 봉황을 '황새'라 하고 '사蛇, 뱀 사'를 '배암[白巖]'이라 하는 것을 보면 '수나라·당나라 때 이 나라 말을 따라 봉황성을 안시성으로, 사성蛇城을 백암성白巖城으로 고쳤다.'는 전설이 자못 그럴싸하기도 하다. 또 옛날부터 전하는 말에 "안시성주 양만춘楊萬春이 당 태종의 눈을 쏘아 맞히매, 태종이 성 아래에서 군사를 집합해 시위하고 양만춘에게 비단 백 필을 하사하여 그가 자기 임금을 위하여 성을 굳게 지킨 것을 칭찬하여 기렸다." 한다. 그러므로 김창흡金昌翕, 조선 중기의 학자. 1653~1722. 형 창협과 함께 율곡 이후의 대학자로 이름이 높았음이 연경에 가는 그 아우 김창업조선 중기의 문인. 1658~1721. 형 김창집이 사은사로 청나라에 갈 때 그를 따라 연경에 다녀와 기행문 《노가재연행일기老稼齋燕行日記》를 썼음에게 이런 시를 보냈다.

천추에 크신 대담한 양만춘 장군
용 수염, 범 눈동자 한 발에 떨어뜨렸네

목은牧隱 이색李穡, 고려 말기의 문신이자 학자. 1328~1396. 원나라에서 과거에 급제하고 귀국하여 우대언과 대사성 등을 지냈음의 〈정관음〉정관은 당 태종의 연호이므로 정관음은 '당 태종에 대한 노래'라는 뜻에는 이런 시가 실려 있다.

주머니 속 미물이라 하잘 것이 없다더니
검은 꽃이 흰 날개에 떨어질 줄 어이 알랴

여기서 '검은 꽃'은 눈을 말함이요, '흰 날개'는 화살을 가리킨다. 이 두 어른이 읊은 시는 분명 우리나라에서 옛날부터 전해 내려오는 이야기에서 나온 것이리라.

당 태종이 천하의 군사를 이끌고도 이 하찮은 작은 성을 함락하지 못한 채 창황히 군사를 돌이켰다 함은 그 사실에 의심되는 바 없지 않지

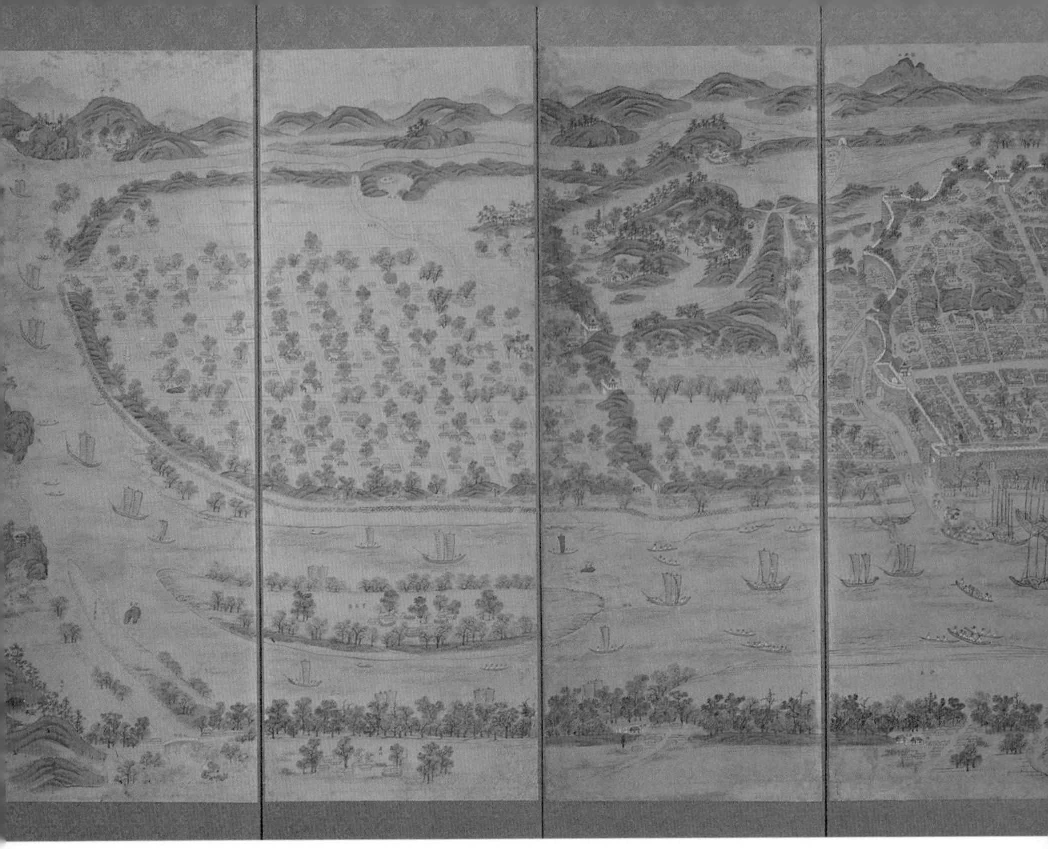

왕검성 고조선의 도읍지. 왕험성王險城이라고도 한다. 그림은 단군왕검이 도읍했다고 전하는 평양성平陽城과 그 부근을 그린 19세기 회화식 지도(기성도). 새로 부임한 평안도관찰사를 위해 성밖에서 환영 잔치를 벌이는 모습이 묘사되어 있다. 서울역사박물관 소장

만, 김부식金富軾, 고려 전기의 문신이자 학자. 1075~1151.《삼국사기》를 편찬함은 다만 역사에 그의 성명이 전하지 않는 것만을 애석히 여겼을 뿐이다. 김부식은《삼국사기三國史記》를 지을 때 다만 중국의 사서에서 골라 베낀 후 모든 사실을 그대로 인정했고, 또 유공권당나라의 학자이자 서예가의 소설을 끌어와서 당 태종이 포위됐던 사실을 입증까지 했다. 그러나《당서》와 사마광司馬光 의《자치통감資治通鑑》송나라의 사마광이 영종의 명에 따라 펴낸 중국의 편년서. 주나라 위열왕으로부터 후주後周 세종에 이르기까지 113명

의 왕, 1362년간의 역대 군신의 사적史跡을 엮었음에는 기록이 보이지 않으니, 이는 아마 중국의 수치를 숨기기 위해서 그런 것이 아닌가 싶다. 그런데 우리 본토에서도 옛날부터 전해 내려오는 사실을 단 한마디도 감히 쓰지 못했으니, 그 사실이 믿을 만한 것이건 아니건 간에 모두 빠지고 말았다.

당 태종이 정말 안시성에서 눈을 잃었는지는 확인할 길이 없으나, 대체로 봉황성을 '안시성'이라 함은 잘못일 것이다. 《당서》에 "안시성은 평양에서 거리가 오백 리요, 봉황성은 또한 왕검성王儉城이라 한다." 했고, 《지지地志》지리에 관한 책인데 정확히 어떤 책인지는 알 수 없음에는 "봉황성을 평양이라 하기도 한다." 했으니, 이는 무슨 연유인가? 또 《지지》에 "옛날 안시성은 개평현봉천부에 있음의 동북 칠십 리에 있다." 했으니, 개평현에서 동쪽으로 수암하까지가 삼백 리, 수암하에서 다시 동쪽으로 이백 리를 가면 봉황성이다. 만일 이 성을 옛 평양이라 한다면《당서》에 이른바 오백 리란 말과 서로 부합하는 것이다.

그런데 우리나라 선비들은 단지 지금 평양만 알고 있으니 기자箕子가 평양에 도읍했다 하면 이를 믿고, 평양에 정전井田, 고대 중국의 하·은·주 세 나라에서 실시한 토지제도. 주나라에서는 사방 1리의 농지를 '정井' 자 모양으로 9등분한 다음, 중앙의 한 구역을 공전公田이라 하고 둘레의 여덟 구역을 사전私田이라고 하여 여덟 농가에게 맡기고 여덟 집에서 공동으로 공전을 부치어 그 수확을 나라에 바치게 했음이 있다 하면 이를 믿으며, 평양에 기자묘가 있다 하면 이를 믿어서, 만일 '봉황성이 곧 평양이다.' 하면 크게 놀랄 것이다. 더구나 요동에도 또 하나의 평양이 있었다 하면, 이는 해괴한 말이라 하고 나무랄 것이다. 그들은 요동이 본시 조선의 땅이며, 숙신고조선 때 지금의 만주와 연해주 지방에 살던 퉁구스족. 고구려 서천왕 때 일부가 복속됐고 광개토대왕 8년(398)에 완전히 병합됨·예맥고조선의 관할 경계 내에 있던 나라 또는 그 민족. 예족과 맥족을 통틀어 이른다. 그로부터 부여와 고구려가 갈려 나옴 등 동이東彝, 본래 동이의 한자는 동녘 동東과 오랑캐 이夷인데, 박지원은 우리 민족이 오랑캐가 아니라는 뜻으로 동녘 동, 떳떳할 이彝를 사용했음의 여러 나라가 모두 위만衛滿, 위만조선의 창시자. 중국 연나라의 관리로 1000여 명의 무리를 이끌고 고조선에 망명하여 준왕準王으로부터 변경 수비의 임무를 맡았다. 유랑민을 기반으로 힘이 커지자 준왕을 축출하고 위만조선을 세움의 조선에 예속됐던 것을 알지 못하고, 또 오라·영고탑·후춘 등지가 본래 고구려의 옛 땅임을 알지 못하는 것이다.

아아, 뒤에 이러한 경계를 정확히 밝히지 않은 채 함부로 한사군漢四郡, 기원전 108년에 전한前漢의 무제가 위만조선을 멸하고 그 땅에 설치한 네 개의 행정구역. 낙랑군, 임둔군, 현도군, 진번군을 이르는데, 뒤에 고구려에 병합됨을 모조리 압록강 안쪽으로 몰아넣고는 억지로 사실로 만든 후 구차하게 나누었다. 그러고는 다시 패수浿水를 그 안에서 찾으니 혹은 압록강을 패수라 하고, 혹은 청천강을 패수라 하며, 혹은 대동강을 패수라 한다. 이렇게 하여 조선의 옛 땅은 싸우지도 않았는데 저절로 줄어들었다. 이는 무슨 까닭일까? 평양을 한곳에 정해놓고 패수의 위치만을 상황에 따라 앞으로 올리거나 뒤로 물리기 때문이다.

나는 일찍이 한사군의 땅은 요동에만 있는 것이 아니고 마땅히 여진 땅에까지 들어간 것이라고 했다. 왜 그렇게 여기느냐 하면《한서漢書》전한의 역사서. 고조에서 왕망까지 229년간의 역사를 기록함 〈지리지地理志〉에 현도나 낙랑은 있으나, 진번과 임둔은 보이지 않기 때문이다.

한 소제漢昭帝 시원始元, 한 소제의 연호 5년기원전 82에 사군을 합하여 이부二府로 하고, 원봉元鳳, 한 소제의 연호 원년기원전 80에 다시 이부를 이군二郡으로 고쳤다. 현도의 세 고을 중에 고구려현高句麗縣이 있고, 낙랑의 스물다섯 고을 중에 조선현朝鮮縣이 있으며, 요동의 열여덟 고을 중에 안시현安市縣이 있다. 다만 진번은 장안에서 칠천 리, 임둔은 장안에서 육천일백 리 떨어진 곳에 있다. 이는 김윤金崙, 조선 세조 때의 학자이 "우리나라 경계 안에서 이 고을들은 찾을 수 없으니, 틀림없이 지금 영고탑 등지에 있었을 것이다."라고 한 말이 옳을 것이다. 이로 본다면 진번·임둔은 한나라 말기에 부여·읍루·옥저에 편입됐으니, 부여는 다섯이고 옥저는 넷이던 것이 혹 변하여 물길勿吉이 되고, 혹 변하여 말갈이 되며, 혹 변하여 발해渤海가 되고, 혹 변하여 여진이 된 것이다.

발해의 무왕武王, 발해의 제2대 왕. ?~737, 재위 719~737. 이름은 대무예大武

藝. 일본과 국교를 열어 문물을 교환하고 무력을 양성하여 당나라를 공략함이 일본의 성무왕聖武王에게 보낸 글월 중에 이런 말이 있다.

"고구려의 옛터를 회복하고, 부여의 옛 풍속을 물려받았다."

이로 미루어보면 한사군의 절반은 요동에, 절반은 여진에 걸쳐 있어서 서로 포괄되어 있었다. 따라서 이것이 본디 우리 강토 안에 있었음은 더욱 명확하다.

그런데 한나라 이후 중국에서 말하는 패수가 어딘지 일정하지 않고, 또 우리나라 선비들은 지금의 평양을 표준으로 삼아서 이러쿵저러쿵 패수를 찾는다. 그러나 옛날 중국 사람들은 요동 동쪽의 강을 모조리 패수라 했으므로 그 거리가 서로 맞지 않아 사실이 어긋나는 것이다. 그러므로 옛 조선과 고구려의 경계를 알려면 먼저 여진을 우리 국경 안으로 넣고, 다음에는 패수를 요동에 가서 찾아야 할 것이다. 그리하여 패수가 정해지면 강역이 밝혀지고, 강역이 밝혀져야만 고금의 사실이 부합될 것이다.

그렇다면 봉황성은 틀림없는 평양이라 할 수 있을까? 이곳이 만일 기씨箕氏, 기자·위씨衛氏, 위만·고씨高氏, 고구려의 시조인 고주몽 등이 도읍한 곳이라면, 이 역시 하나의 평양이라고 할 수 있을 것이다. 《당서》〈배구전裴矩傳〉에 "고려는 본시 고죽국孤竹國인데, 주周가 여기에 기자를 봉했다. 한나라에 이르러서 사군으로 나누었다." 했는데, 이른바 고죽국이란 오늘날 영평부중국 허베이성에 있다. 또 광녕현에는 전에 기자묘가 있어서 은殷나라의 관모를 쓴 소상塑像을 모셨는데, 명나라 가정嘉靖, 명 세종 때 연호. 재위 1522~1567 때 전쟁으로 불탔다고 한다.

광녕현을 어떤 이들은 '평양'이라 부르는데, 《금사金史》원나라의 탁극탁 등이 황제의 명을 받들어 지은 역사서와 《문헌통고文獻通考》송나라 말에서 원나라 초에 활동한 학자 마단림이 저작한 제도와 문물사에 관한 저서에는 "광녕·함평은 모두 기자의 봉지封地, 제후의 영토다."라고 했으니, 이로 미루어본다면 영평·광녕의 사이가 하나의 평양일 것이다.

또《요사遼史》원나라의 탁극탁이 씀에 "발해의 현덕부는 본시 조선 땅으로, 기자를 봉한 평양성이던 것을 요遼가 발해를 쳐부수고 동경東京이라 고쳤으니, 이는 곧 지금의 요양현遼陽縣이다."라고 했으니, 이로 미루어 본다면 요양현도 또한 하나의 평양일 것이다.

내 생각에는 기자가 처음에는 영평·광녕 사이에 있었는데, 나중에 연燕나라 장군 진개에게 쫓겨 이천 리 땅을 잃고 동쪽으로 옮겨가니, 이는 마치 중국의 진나라·송나라가 쫓겨 남쪽으로 옮겨간 것과 같다. 그리하여 머무는 곳마다 평양이라 했으니, 지금 우리 대동강 기슭에 있는 평양도 그중의 하나일 것이다.

패수도 이와 같다. 고구려의 경계가 때로 늘기도 하고 줄기도 했을 터인즉, 패수라는 이름도 중국 남북조시대중국에서 5세기 전반부터 6세기 후반까지 남북으로 분열되어 각각 왕조가 바뀌면서 흥망하던 시대. 420~589에 주州·군郡의 이름이 서로 바뀐 것처럼 변했을 것이다.

그런데 지금 평양을 평양이라 하는 이는 대동강을 가리켜 "이 물은 패수다."라고 하고, 평양과 함경도 사이에 있는 산을 가리켜 "이 산은 개마대산이다."라고 한다. 반면에 요양을 평양이라 하는 이는 헌우낙수중국 북부의 혼하강를 가리켜 "이 물은 패수다."라고 하고, 개평현에 있는 산을 가리켜 "이 산은 개마대산이다."라고 한다. 어느 것이 옳은지 알 수는 없지만, 지금 대동강을 패수라 하는 이는 강토를 스스로 줄여서 말하는 것이다.

당나라 의봉儀鳳, 당 고종의 연호 2년667, 항복해온 고구려 임금 보장왕

자비령, 철령, 선춘령의 위치 별도의 색으로 표시한 세 영역은 윤관이 여진을 축출한 후 세운 동북 9성의 예상 위치다. 9성의 위치가 정확히 어디인지는 알려지지 않아 두만강 유역설, 길주 이남설, 함흥평야 일대설 등 여러 견해가 엇갈리고 있다.

寶藏王을 요동주 도독都督으로 삼은 후 조선 왕에 봉하여 요동으로 보냈다가, 안동도호부를 신성으로 옮겨 이를 관할하도록 했다. 이로 미루어 보면 요동에 있던 고구려 강토를 당나라가 정복하기는 했으나 이를 지니지 못하고 고씨에게 도로 돌려주었으니, 평양은 본시 요동에 있었거나 그 명칭을 이곳에 잠시 빌려 써서 패수와 함께 수시로 들쭉날쭉했을 뿐이었다.

한나라 낙랑군 관아가 평양에 있었다 하나 이는 지금의 평양이 아니요, 곧 요동의 평양을 가리킨다. 그 뒤 고려 때에 이르러서는 요동과 발해

전역이 모두 거란에 들어가 자비령과 철령의 경계만을 겨우 지키며 선춘령先春嶺, 고려 예종 때 윤관 등이 동북여진을 축출하고 새로 개척한 지역의 동북쪽 경계에 있었던 고개과 압록강마저 버리고 돌보지 않았으니, 그 밖의 땅이야 한 발자국인들 돌아보았겠는가.

고려는 비록 안으로는 삼국을 합병했으나, 그 강토와 무력이 고구려의 강성함에 미치지 못했다. 그런데도 후세의 옹졸한 선비들은 부질없이 평양의 옛 이름을 그리워하여 다만 중국의 역사서가 전하는 것만을 믿고 수·당의 옛 흔적을 이야기하면서 "이것이 패수요, 이것이 평양이오."라고 한다. 그러나 이는 사실과 크게 어긋났으니, 이 성이 안시성인지 봉황성인지를 어떻게 분간할 수 있겠는가.

성의 둘레는 삼 리에 지나지 않으나 벽돌로 수십 겹을 쌓았다. 그 생김새가 웅장하고 화려하며, 네 모서리가 반듯하여 네모난 됫박을 놓아둔 것처럼 보인다. 아직 반쯤밖에 쌓지 않아서 그 높이를 예측할 수는 없으나, 성문 위 다락 세울 곳에 구름다리를 설치하고 허공에 거중기를 세워 들어 올리고 있다. 그 공사는 거창해 보이지만 여러 가지 기계가 편리하여, 벽돌을 나르고 흙을 실어오는 것 모두 기계로 한다. 또 수레바퀴가 굴러 위로부터 끌어올리기도 하고 저절로 가기도 하여 그 방식이 일정하지 않으나, 모든 일은 간단하면서도 성과는 배나 되는 기술이다. 그 어느 하나 본받지 않을 것이 없으나 갈 길이 바빠서 골고루 구경할 겨를이 없을 뿐더러, 온종일 두고 자세히 본다 하더라도 갑자기 배울 수도 없으니 참으로 한스럽다.

식후에 변계함 그리고 정 진사와 함께 먼저 떠났다. 강영태가 문밖에까지 나와서 읍하며 전송하는데 자못 석별의 뜻을 보이면서, 돌아올 때

거중기 무거운 물건을 들어올리는 데 사용하던 재래식 기계로, 다산 정약용이 고안한 것이다.

는 겨울이 될 터이니 책력 한 벌을 사다 달라고 부탁한다. 나는 청심환 한 개를 내어주었다.

한 점포 앞을 지나다 보니, 한쪽에 금으로 '당當' 자를 쓴 패가 걸려 있는데, 그 곁에 '유군기부당惟軍器不當, 무기만은 전당 잡지 않음'이란 다섯 글자가 쓰여 있다. 이곳은 전당포인데, 잘생긴 소년 두세 명이 뛰어나와서 길을 막아서며 잠깐 땀을 식히고 가란다. 이에 모두들 말에서 내려 따라 들어가 본즉, 모든 시설이 강씨의 집보다 뛰어나다. 뜰 가운데 큰 그릇이 두 개 놓여 있는데, 거기에 서너 대의 연꽃을 심고 오색 붕어를 기르고 있다. 한 소년이 손바닥만 한 작은 비단 뜰채를 가져와서 작은 그릇 쪽으로 가더니, 빨간 벌레 몇 마리를 떠다가 그릇 속에 띄운다. 그 벌레는 게 알

중국의 전당포 '당當' 자를 쓴 패를 걸어 전당포임을 알린다.

같이 작은데 모두 꼬물꼬물 움직인다. 청년이 다시 부채로 화분의 가장자리를 두들기면서 고기를 부르니, 고기가 모두 물 위로 나와서 물을 머금고 거품을 뿜는다.

마침 때가 한낮이라 불볕이 내리쬐어서 숨이 막혀 더 오래 머물 수 없으므로 길을 떠났다. 정 진사와 함께 앞서거니 뒤서거니 가다가 나는 그에게 물었다.

"그 성 쌓은 방식이 어떠한가?"

"벽돌이 돌만 못한 것 같아."

정 진사가 답한다. 나는 또 말한다.

"자네가 모르는 말일세. 우리나라에서 성 쌓을 때 벽돌 대신 돌을 쓰는 것은 잘못일세. 벽돌은 한 개의 네모난 틀에 박아 꺼내면 만 개의 벽돌이 똑같으니, 다시 깎고 다듬는 공력을 허비하지 않을 것이야. 또 아궁이 하나에서 만 개의 벽돌을 얻을 수 있으니, 일부러 사람을 모아서 나를 수고도 없을 게 아닌가. 고르고 반듯하여 힘은 덜 들이고 성과는 크며, 나르기 가볍고 쌓기 쉬운 것이 벽돌만 한 게 없네.

반면에 돌은 산에서 쪼개어낼 때 몇 명의 석공이 있어야 할 뿐 아니라, 수레로 운반할 때에도 몇 명의 인부가 필요하네. 날라다 놓은 후에도 몇 명의 손이 가야 깎고 다듬을 수 있으며, 다듬어내는 데까지 또 며칠을 허비해야 할 것 아닌가. 게다가 쌓을 때도 돌 하나하나를 놓아야 하니 몇 명의 인부가 들어야 하네. 그렇게 한 후에야 언덕을 깎아내고 돌을 쌓으니, 이야말로 흙 살에 돌 옷을 입혀놓은 꼴이어서 겉으로 보기에는 번드레하나 속은 고르지 못한 법일세. 또 돌은 워낙 들쭉날쭉하여 고르지 않으니 조약돌로 빈 곳을 괴어야 하네. 그뿐인가. 언덕과 성벽 사이는 자갈에 진흙을 섞어서 채우므로 장마라도 한 번 왔다 가면 속이 텅 비고 배가 불러져서, 돌 한 개가 튀어나와 빠질 경우 그 나머지는 저절로 무너질 것은 당연한 이치요, 석회 또한 벽돌에는 잘 붙지만 돌에는 잘 붙지 않네.

내가 박제가와 더불어 성의 방식을 논할 때에 어떤 이가 말하기를 '벽돌이 굳다 한들 어찌 돌을 당할까 보냐' 하자 차수次修, 박제가의 자字가 소리를 버럭 지르며 '벽돌이 돌보다 낫다는 게 어찌 벽돌 하나와 돌 하나를 비교하는 말이오?' 하더군. 이는 움직일 수 없는 철칙일세. 석회는 돌에 잘 붙지 않으므로 석회를 많이 쓰면 쓸수록 터져버리며, 돌에 바르면 들떠 일어난다네. 그래서 돌은 늘 따로 있으니 흙에 의지해 고정되어 있을 뿐이네.

반면에 벽돌은 석회로 이어놓으면, 마치 어교민어 부레를 끓여서 만든 풀. 교착력이 강하여 목기를 붙이는 데 많이 씀가 나무를 붙이는 것이나 붕사붕산나트륨의 결정체. 연하고 가벼운 무색의 결정성 물질로 물에 잘 녹음가 쇠를 붙이는 것과 같아서, 아무리 많은 벽돌이라도 하나로 붙어 단단한 성을 이루네. 그러니 벽돌 한 장의 단단함과 돌은 비교할 수 없겠지마는, 돌 한 개의 단단함이 또한 벽돌 만 개의 단단함을 당하지 못하네. 이러하니 벽돌과 돌 중 어느 것이 이롭고 해로우며 편리하고 불편한지를 쉽게 알 수 있겠지."

말을 마치고 정 진사를 바라보니 말 등에서 고꾸라져 떨어질 것 같다. 그는 잠든 지 오래된 모양이다. 내가 부채로 그의 옆구리를 꾹 지르며 "어른이 말씀하시는데 웬 잠을 자며 듣지 않아?" 하고 큰소리로 꾸짖으니 정 진사가 웃으며 말한다.

"내 벌써 다 들었네. 벽돌은 돌만 못하고, 돌은 잠만 못하느니."

나는 화가 나서 때리는 시늉을 하고 한바탕 크게 웃었다.

시냇가에 이르러 버드나무 그늘에서 땀을 식혔다.

오도하까지는 오 리마다 돈대평지보다 높직하게 두드러진 평평한 땅. 일반적으로 적을 감시하기 위해 쌓았음가 하나씩 있다. 이른바 두대자·이대자·삼대자라는 것은 모두 봉대烽臺, 봉화를 놓는 곳의 명칭이다. 벽돌을 성처럼 쌓아 높이가 대여섯 길이나 되며, 마치 필통같이 동그랗다. 대 위에는 성첩을 설치했는데, 여기저기 허물어진 대로 내버려둔 것은 무슨 까닭일까?

길가에 간혹 관을 돌무더기로 눌러둔 것이 보인다. 오랫동안 그냥 내버려두어서 나무 모서리가 썩어버린 것도 있는데, 뼈가 마르기를 기다려 화장을 한다고 한다.

길옆에 무덤이 많이 있는데, 위가 뾰족하고 떼흙이 붙어 있는 상태로 뿌리째 떠낸 잔디를 입히지 아니했으며 대개 백양나무버드나뭇과의 낙엽활엽교목를 줄지어 심었다.

걸어서 다니는 사람들이 극히 적은데, 걷는 이는 모두 어깨에 침구를 짊어졌다. 침구가 없으면 도둑인가 의심해 여관에서 재워주지 않기 때문이란다. 안경을 쓰고 길을 가는 자는 눈이 나쁜 자다. 말을 탄 이는 모두 검은 비단신을 신었고, 걷는 이는 대체로 푸른 베신을 신었는데, 신 바닥에는 베를 수십 겹이나 받쳐 대었다. 미투리나 짚신은 보지 못했다.

송참에서 묵었다. 이곳은 설리참이라고도 하고, 설유참이라고도 한다. 이날 칠십 리를 갔다. 누군가 "이곳은 옛날 진동보다."라고 말했다.

병자丙子
6월 29일

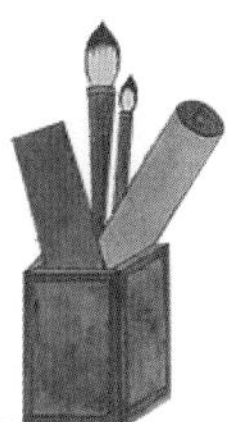

맑게 갰다.

배로 삼가하를 건넜다. 배가 마치 말구유같이 생겼는데 통나무를 파서 만들었다. 상앗대배질을 할 때 쓰는 긴 막대. 배를 댈 때나 띄울 때 또는 물이 얕은 곳에서 배를 밀어 나갈 때 씀도 없이 양쪽 강 언덕에 갈라진 나무를 세우고 큰 밧줄을 묶어놓았다. 배를 탄 채 그 줄을 잡아당기면 배가 저절로 오가게 된다. 말은 모두 물에 둥둥 떠서 건넌다.

다시 배로 유가하를 건넌 후 황하장에서 점심을 먹었다. 한낮이 되니 무척 더웠다. 말을 탄 채로 금가하를 건너니 이곳이 이른바 팔도하다. 임가대·범가대·대방신·소방신 같은 마을이 오 리나 십 리마다 있는데, 마을들이 서로 바라보고 있다.

뽕나무와 삼밭이 우거졌으며 올기장올은 '생육 일수가 짧아 빨리 여무는'의 뜻을 더하는 접두사. 빨리 여무는 기장을 말함 또한 누렇게 익었다. 옥수수 이삭도 한창 패었는데 그 잎을 모조리 베었다. 이는 말과 노새의 먹이로 쓰는 한편, 옥수숫대가 땅의 힘을 받게 하기 위해서다.

일행이 이르는 곳마다 관제묘관운장을 모신 사당가 있고, 몇 집이라도 모여 사는 곳에는 반드시 벽돌 굽는 큰 가마가 있어서 벽돌을 굽는다. 벽돌을 틀에 박아 꺼내어 말리고, 이미 구운 것과 새로 구울 것이 곳곳에 산무더기처럼 쌓였으니, 벽돌이 무엇보다도 일용에 요긴한 물건임을 알 수 있다.

전당포에서 잠깐 쉬려는데, 주인이 중간 방으로 맞이하여 따뜻한 차 한잔을 권한다. 집 안에는 진귀한 물건이 진열되어 있는데, 시렁의 높이는 들보에 닿고, 그 위엔 전당 잡은 물건을 차례로 얹어놓았다. 대부분 옷이다. 보자기에 싼 채 종이쪽을 붙여서 물건 주인의 성명, 별호別號, 얼굴 모양, 주소 등을 적고는 다시 "모년, 모월, 며칠에 이 물건을 전당포에 직접 건네주었다."라고 쓰여 있다. 그 이자는 이 할을 넘는 법이 없고, 기한을 한 달 이상 넘으면 물건을 처분할 수 있다. 금으로 쓴 주련에는 이런 내용이 있다.

> 홍범구주《서경書經》〈홍범〉에 기록되어 있는, 우禹 임금이 정한 정치 도덕의 아홉 원칙에서는 먼저 부유함을 말했고, 《대학》유교 경전인 사서의 하나. 본디 《예기禮記》의 한 편이던 것을 사마광이 처음으로 따로 떼어서 《대학광의》를 만들고, 그 후 주자朱子의 교정으로 현재의 형태가 됨 10장에서도 반은 재물을 논했네

옥수숫대로 교묘하게 누각처럼 만들어, 그 속에 풀벌레 한 마리를 가두어두고 그 우는 소리를 듣는다. 처마 끝에는 조롱을 달아매어 이상한 새 한 마리를 기른다.

이날 오십 리를 가서 통원보에서 묵었는데, 여기가 곧 진이보다.

정축丁丑
7월 1일

새벽에 큰비가 내려서 떠나지 못했다.

정 진사·주 주부·변 군·내원·조 주부 학동學東, 상방의 건량판사-원주 등과 투전판을 벌였는데, 소일도 할 겸 술값을 벌자는 심산이다. 그들은 나에게 솜씨가 형편없다며 끼지 말고 가만히 앉아서 술이나 마시라고 한다. 이른바 굿이나 보고 떡이나 먹으라는 셈이니, 슬며시 화가 나긴 하나 어찌할 수 없는 일이다. 혼자 옆에 앉아서 지고 이기는 구경이나 하고 술은 남보다 먼저 마시게 됐으니, 미상불 해롭지 않은 일이다.

그때 벽을 사이에 두고 가끔 여인의 말소리가 들려오는데, 하도 가냘픈데다 애교 어린 말소리여서 마치 제비와 꾀꼬리가 우짖는 듯싶다. 나는 마음속으로 '아마 주인집 아가씨겠지. 반드시 절세의 미인이리라.' 하며 담뱃불을 붙인다는 핑계로 부엌에 들어갔다. 그런데 나이 쉰도 넘어 보이는 부인이 문 쪽 평상에 의지한 채 앉았는데, 그 생김새가 사납고 추하다. 나를 보고는 말한다.

"손님, 복 많이 받으세요."

나도 말한다.

"주인께서도 복 많이 받으십시오."

그러고는 재를 파헤치는 체하면서 부인을 곁눈질해 보았다. 머리의 쪽 시집간 여자가 뒤통수에 땋아서 틀어 올린 머리털에는 온통 꽃을 꽂고, 금비녀와 옥귀고리에 분연지를 살짝 발랐다. 몸엔 검은색 긴 통바지를 입었고 촘촘히 은단추를 달았으며, 발엔 풀·꽃·벌·나비를 수놓은 한 쌍의 신을 신었다. 만주 여자인 듯싶은데, 전족중국의 옛 풍습 가운데 하나로, 여자의 엄지발가락 이외의 발가락들을 어릴 때부터 발바닥 방향으로 접어 넣듯 힘껏 헝겊으로 동여매어 자라지 못하게 한 발을 하지 않았고 발에 궁혜궁녀가 신던 외코신를 신지 않은 것을 보아서 짐작할 수 있다.

발가늘고 긴 대를 줄로 엮거나 줄 따위를 여러 개 나란히 늘어뜨려 만든 물건. 주로 무엇을 가리는 데 씀 속에서 한 처녀가 나오는데, 나이나 얼굴이 스무 살 남짓 되어 보인다. 그 여인이 처녀임은 머리를 양쪽으로 갈라서 위로 틀어 올린 것으로 보아 알 수 있다. 생김새는 역시 억세고 사나운데 다만 살결이 희고 깨끗하다. 쇠 국자를 가지고 와 파란 질그릇에 수수밥 한 사발을 수북이 퍼 담는다. 그러더니 양푼의 물을 부어서 서쪽 벽 아래 놓여 있는 의자에 걸터앉아 젓가락으로 밥을 먹는데, 두어 자 길이나 되는 파뿌리를 통째 장에 찍어서 밥과 같이 먹는다. 목에는 달걀만 한 혹이 달려 있다. 밥을 먹고 차를 마시면서도 조금도 수줍어하는 기색이 없으니, 해마다 조선 사람을 보아서 낯이 익었기 때문일 것이다.

뜰은 넓이가 수백 칸이나 될 듯한데, 장맛비에 온통 수렁이 되어 있다. 시냇가 물에 씻긴 조약돌이야 별 쓸모가 없다. 그런데 그 가운데 바둑돌이나 참새 알 모양에 색상이 비슷한 것들을 골라서 문간에 봉황 모양으로 무늬지게 깔아서 수렁을 막았다. 그들에게는 버리는 물건이 없음을 이로 미루어 짐작할 수 있다.

닭은 모두 꼬리와 깃을 뽑고 두 겨드랑 밑의 털까지도 뜯어버려 고깃덩이만 남은 채였는데, 그런 닭이 여기저기 절름거리면서 다니니 두 눈으로 차마 볼 수가 없다. 이렇게 하는 까닭은 빨리 키우기 위해서요, 또 이가 생기는 것을 예방하기 위해서다. 여름이 되면 닭에 검은 이가 생겨나 꼬리와 날개에 붙으면 반드시 콧병이 생기며, 입으로 누런 물을 토하고 목에서는 가래 소리가 나는데, 이것을 계역이라고 한다. 그러므로 미리 그 꼬리와 깃을 뽑아서 시원한 기운을 통하게 해주는 것이란다.

무인戊寅
7월 2일

새벽에 큰비가 내렸다 늦게 갰다.

앞 시냇물이 불어서 건널 수 없으므로 떠나지 못했다. 정사가 내원과 주 주부를 시켜 앞 시내에 나가서 물을 보고 오라 해 나도 따라나섰다. 몇 리도 가지 않아서 큰물이 앞을 가로막아 끝이 보이지 않는다. 헤엄 잘 치는 사람을 시켜서 물속에 들어가 그 깊이를 재게 하니, 열 발자국도 못 가서 어깨가 잠긴다.

돌아와서 물의 모습을 알리니, 걱정에 잠긴 정사가 역관과 각방 비장들을 모조리 불러서 어떻게 물을 건널지 묻는다. 부사와 서장관 역시 참석했는데, 부사가 말한다.

"문짝과 수레의 바닥을 많이 빌려서 뗏목을 만들면 어떠하리까?"

그러자 주 주부가 말한다.

"거, 참 좋은 계책이올시다."

수역관이 말한다.

"문짝이나 수레를 그렇게 많이 얻을 수는 없을 것입니다. 이 근처에 집을 지으려고 쌓아둔 재목이 십여 칸 있으니 그것을 세낼 수는 있습니다. 그러나 이를 얽어맬 칡덩굴은 얻기 어려울 듯합니다."

여러 의견이 분분했다. 내가 말했다.

"뗏목을 맬 것까지야 있겠소? 내게 거룻배 한두 척이 있는데, 노도 있고 상앗대도 갖추었으나, 다만 한 가지가 없소."

주 주부가 묻는다.

"없는 게 무엇이오?"

"다만 그를 잘 저어갈 사공이 없소."

내가 이렇게 말한즉, 모두들 허리를 잡고 웃는다.

주인은 거칠고 멍청하여 낫 놓고 기역 자도 모를 무식쟁이지만, 책상 위에는 명나라 학자 양신의《양승암집》과 명나라 사람 서위가 지은 연극 대본집《사성원》같은 책이 놓여 있다. 한 자가 넘어 보이는 남색 도자기 병에는 명나라 관리 조남성의 철제 여의법회나 설법 때 법사가 손에 드는 물건. 대·나무·뿔·쇠 따위로 만들며, '심心' 자를 나타내는 고사리 모양의 머리가 있고 그 밑에 한 자쯤 되는 자루가 달려 있음가 비스듬히 꽂혀 있고, 운간 출신 호문명명나라 때의 유명한 장인이 만든 조그만 녹색 향로며 의자·탁자·병풍·장지방과 방 사이, 방과 마루 사이에 칸을 막아 끼우는 문 등이 모두 아치가 있어 궁벽한 시골티가 나지 않는다.

"주인의 살림살이는 넉넉한가 보오."

내가 물은즉, 그가 답한다.

"일 년을 줄곧 부지런히 일해도 추위와 배고픔을 면하지 못한답니다. 만일 귀국 사신의 행차마저 없다면 살림살이가 막연할 것입니다."

나는 또 묻는다.

"아들과 딸을 몇이나 두었소?"

그랬더니 그가 말한다.

서위의 초상과 〈묵포도도〉 중국 명나라 때의 문인인 서위(1521~1593)는 문인수묵화뿐 아니라 시문집과 서예 작품, 뛰어난 희곡도 여러 편 남긴 다재다능한 인물이었다. 오른쪽은 서위가 그린 포도 그림이다.

"도둑놈 하나만 있으나 아직 여의지 못했답니다."

"그게 무슨 말이오? 도둑놈 하나라니."

내가 묻자, 그가 답한다.

"예, 도둑도 딸 다섯 둔 집에는 들지 않는다 하니, 어찌 딸 하나가 집안의 좀도둑이 아니겠습니까?"

오후에 문을 나서서 바람을 쐬었다. 수수밭 가운데서 별안간 총소리가 나자 주인이 급히 나와 본다. 밭 속에서 어떤 사람이 한 손에 총을 들고 또 한 손으로는 돼지 뒷다리를 끌고 나와 주인을 흘겨보고는 화를 내며 소리친다.

"왜 이 짐승을 밭에 내놓는 거야?"

주인은 미안한 기색으로 공손히 사과하여 마지않는다. 그자는 피가 뚝뚝 떨어지는 돼지를 끌고 가버린다. 주인은 자못 섭섭한 모양으로 우두커니 서서 거듭 한탄만 한다.

"그자가 잡아간 돼지는 뉘 집 거요?"

내가 물은즉, 주인이 답한다.

"우리 집에서 기르던 거요."

나는 또 묻는다.

"그렇다면 아무리 남의 밭에 들어갔기로서니 수숫대 하나 다친 것이 없는데, 왜 함부로 돼지를 잡아 죽입니까? 주인은 당연히 그자에게 돼지 값을 물려야 하지 않겠소?"

그러자 주인은 이렇게 답한다.

"값을 물리다니요? 돼지우리를 단속하지 못한 제 잘못이지요."

강희제康熙帝, 청나라 제4대 황제. 재위 1661~1722가 농사를 매우 소중히 여겨서, 마소가 남의 곡식을 밟으면 갑절로 물어주어야 하고, 함부로 마소를 풀어놓은 자는 곤장 육십 대를 때리며, 양이나 돼지가 남의 밭에 들어간 것을 밭 임자가 보면 그 가축을 잡아가도 주인은 감히 주인 행세를 하지 못하는 법을 제정했다. 다만 수레가 다니는 자유는 막지 못한다. 그리하여 길이 수렁이 되면 밭이랑 사이로도 수레를 끌고 들어갈 수 있으므로 밭 임자는 항상 길을 잘 닦아서 밭을 지키기에 힘쓴다고 한다.

마을 변두리에 벽돌 가마가 둘 있었다. 하나는 마침 다 구워서 흙을 아궁이에 이겨 붙이고 물을 수십 통 길어다가 가마 위로 들이붓는다. 가마 위가 약간 움푹 패어서 물을 부어도 넘치지 않는다. 가마가 한창 달아오를 때 물을 부어 가마가 터지지 않게 하려는 것 같다. 또 한 가마는 이미 식어 벽돌을 가마에서 꺼내는 중이다.

이곳 벽돌 가마는 우리나라의 기와 가마와 무척 다르다. 먼저 우리나라 가마의 잘못된 점을 말해야 이를 잘 이해할 수 있을 것이다.

우리나라의 기와 가마는 뉘어놓은 아궁이어서 가마라고 할 수 없다. 애초에 가마를 만드는 벽돌이 없기 때문에 나무를 세워서 흙으로 바르고 큰 소나무를 연료로 삼아 이를 굳히니, 그 비용이 벌써 수월찮다. 또 아궁이가 길기만 하고 높지 않으므로 불이 위로 오르지 못한다. 불이 위로 오르지 못하므로 불기운이 약하며, 불기운이 약하므로 소나무를 때서 불꽃을 세게 해야 한다. 소나무를 때어 불꽃을 세게 하므로 불길이 고르지 못하고, 불길이 고르지 못하므로 불에 가까이 놓인 기와는 이지러지기 일쑤인 반면, 먼 데 놓인 것은 미처 구워지지 않는다. 자기를 굽거나 옹기를 굽거나를 막론하고 모든 요업의 방식이 다 이 모양이다.

또 소나무를 때는 법 역시 한가지인데, 송진의 화력은 다른 나무보다 훨씬 세다. 그러나 소나무는 한번 베면 새 움이 돋아나지 않으므로 옹기장이를 잘못 만나면 사방의 산이 모두 벌거숭이가 된다. 백 년을 두고 기른 것을 하루아침에 다 베어버리고, 새처럼 소나무를 찾아 흩어진다. 이는 오로지 기와 굽는 방법 한 가지가 잘못되어서 나라의 좋은 재목이 날로 줄어들고 옹기장이 역시 날로 곤궁해지는 것이다.

이곳의 벽돌 가마를 보니, 벽돌을 쌓고 석회로 봉하여 애초에 말리고

벽돌 가마 명말청초에 지은 산업기술 백과사전《천공개물》에 묘사된 벽돌 가마 그림

굳히는 비용이 들지 않는다. 또 마음대로 높이거나 크게 할 수 있어서 그 모양이 마치 큰 종을 엎어놓은 것 같다. 가마 위는 못처럼 움푹 패게 하여 물을 몇 섬이라도 부을 수 있고, 옆으로 연기 구멍을 네댓 개 내어서 불길이 잘 타오르게 했으며, 그 속에 벽돌을 놓되 서로 기대어서 불꽃이 잘 통하도록 만들었다. 요약해 말한다면, 그 뛰어난 법은 벽돌을 쌓는 데 있다 하겠다. 그러니 나에게 직접 만들라고 하면 쉬울 듯싶으나 입으로 표현하기에는 매우 힘들다.

정사가 묻는다.

"'품品 자'와 같이 쌓던가?"

그러자 변 주부가 답한다.

경주 민속공예촌에 재현된 옹기 굽는 가마 옹기 가마는 10~25도의 경사면 위에 길쭉한 반원통형으로 짓는다. 불길이 스스로 오르내리며 단계적으로 그릇을 굽도록 하기 위해서다. 경사도나 가마 내부의 높이, 너비, 각도 등이 조금이라도 틀어지면 온도 조절이 어렵다는 한계가 있다.

"그런 것 같기도 하나, 꼭 그런 건 아닙니다."

"그러면 책갑책을 넣어둘 수 있게 책의 크기에 맞추어 만든 작은 상자나 집을 포개놓은 것 같습디까?"

정사가 다시 묻기에 나는 이렇게 답한다.

"그런 듯도 하지만, 꼭 그렇다고도 할 수 없을걸."

그 쌓는 법이, 벽돌을 눕히지 않고 모로 세워서 여남은 줄을 방고래방의 구들장 밑으로 난, 불길과 연기가 통하여 나가는 길처럼 만들고, 다시 그 위에 벽돌을 비스듬히 놓아서 차차 가마 천장에 닿게 쌓아올린다. 그러다 보면 구멍이 저절로 뚫려서 마치 고라니의 눈같이 된다. 불기운이 그리로 치오르면 그것이 각각 불목온돌방 아랫목의 가장 따뜻한 자리. 아궁이가 가까워서 불길이 많이 가는 곳이 되고, 수없이 많은 불목이 불꽃을 빨아들이므로 불기운이 세어서 하찮은 수수깡수수의 줄기이나 기장대볏과 한해살이풀인 기장의 줄기를 때도 벽돌이 고루 구워져 터지거나 뒤틀릴 걱정이 없다.

지금 우리나라의 옹기장이는 그 방식을 연구하지 않고, 다만 큰 솔밭소나무가 많이 들어서 있는 땅이 없으면 가마를 놓을 수 없다고만 한다. 이제 요업은 금할 수 없는 일이요, 소나무 역시 한정된 물건인즉, 먼저 가마의 제도를 고치는 것이 급선무니 그렇게 되면 모두가 다 이로울 것이다. 옛날 이항복李恒福, 조선 선조 때의 문신. 1556~1618과 김창업이 모두 벽돌의 이로움을 논했으나 가마의 제도에 대해서는 상세히 말하지 않았으니, 매우 안타까운 일이다.

어떤 이는 말한다.

"수수깡 삼백 줌만 있으면 한 가마를 구울 수 있는데, 벽돌 팔천 개가 나온다."

수수깡의 길이가 한 길 반이고 굵기가 엄지손가락만큼씩 되니, 한 줌이라야 겨우 네댓 개에 지나지 않는다. 그런즉, 수수깡 천 개로 거의 일만 개의 벽돌을 얻을 수 있는 것이다.

하루해가 몹시 지루하여 한 해인 듯싶다. 저녁때가 될수록 더위가 더욱 심해져서 졸려 견딜 수 없는데, 곁방에서는 투전판이 벌어져 떠들고 야단들이다. 나도 뛰어가서 그 자리에 끼여 연거푸 다섯 번을 이겨 백여 닢을 따고는 술을 사서 실컷 마시니 어제의 수치를 씻을 수 있었다.

내가 "그래도 항복하지 않는가?" 하니, 조 주부와 변 주부가 "요행으로 이겼을 뿐이죠."라고 해서 서로 크게 웃었다. 변 군과 내원이 직성이 풀리지 않는지 한 판 더 하자고 조르나, 나는 "뜻을 얻은 곳에 두 번 가지 말아야 하느니, 만족을 알면 위태롭지 않느니라." 하고는 그만두었다.

기묘己卯
7월 3일

새벽에 큰비가 내리다가 아침이 되니 화창하게 갰다.

밤이 되면서 다시 큰비가 내려서 이튿날 새벽까지 멎지 않으므로 또 묵었다.

아침에 일어나 들창을 여니 지루하던 비가 깨끗이 개고 맑은 바람이 이따금 불어오며 날씨가 청명한 것으로 보아 낮에는 더울 것 같다. 석류꽃이 땅에 가득 떨어져서 진흙이 붉게 변해버렸다. 수구화높이가 3미터 정도인 인동과의 낙엽관목는 이슬에 흠뻑 젖고 옥잠화는 눈덩이처럼 머리를 쳐든다.

문밖에서 통소·피리·징 등의 소리가 나기에 급히 나가서 보니, 신행 행차다. 채색 그림을 그린 사초롱여러 빛깔의 깁으로 거죽을 씌운 등롱이 여섯 쌍, 푸른 일산日傘, 햇빛을 가리기 위하여 세우는 큰 양산이 한 쌍, 붉은 일산이 한 쌍이요, 통소 한 쌍, 날라리 한 쌍, 피리 한 쌍, 징 한 쌍이 있고, 가운데 푸른 가마 한 채를 가마꾼 넷이 메고 간다.

사면에 유리를 끼워서 창을 냈고, 네 귀퉁이에는 색실로 술을 달아 드리웠다. 가마 한가운데 통나무를 받쳐서 푸른 밧줄로 가로 묶고, 그 통나무 앞뒤로 다시 짧은 막대를 가로질러 얽어맨 후 양쪽 머리를 네 사람이

1850년에 제작된 청나라의 신행 행차 그림 혼인할 때 신랑이 신부 집으로 가거나 신부가 신랑 집으로 갔다.

메었다. 그렇게 여덟 발이 발맞추어 한 줄로 가므로 가마가 흔들리거나 출렁거리지 않고 허공에 떠서 가는 것이니, 그 방식이 기묘하다.

가마 뒤에 수레 두 채가 있는데, 모두 검은 베로 방처럼 둘러씌우고 나귀 한 마리로 끌고 간다. 한 수레에는 늙은 여인 둘을 태웠는데, 얼굴은 추하지만 화장은 제대로 했다. 앞머리가 다 벗어져서 바가지를 엎어놓은 것처럼 번들번들 빛난다. 머리 뒷부분에 시늉만 한 쪽을 쪘는데 온갖 꽃을 빈틈없이 꽂았다. 양쪽 귀에는 귀고리를 달고, 검은 윗옷에 누런 치마를 입었다. 또 한 수레에는 젊은 여인 세 사람이 탔는데, 주홍빛과 푸른빛 바지를 입었고 치마는 두르지 않았다. 그중에 한 소녀는 제법 아리땁다. 늙은이는 수모手母, 전통 혼례에서 신부의 단장이나 그 밖의 일을 곁에서 도와주는 여자와 유모요, 소녀들은 몸종이라 한다.

삼십여 명의 말 탄 군사가 빼곡히 둘러싼 가운데 한 뚱뚱한 사내가 보인다. 입가와 턱 밑에 검은 수염이 거칠게 헝클어져 나 있는 그는 구조망포청나라 관리의 관복를 입었고 금 안장을 얹은 흰 말을 타고 은 등자말을 타고 앉아 두 발로 디디게 되어 있는 물건를 넌지시 디디고 있는데, 얼굴에는 웃음이 가득하다. 뒤에는 수레 세 바리마소의 등에 잔뜩 실은 짐에 의롱옷을 넣어두는 농. 버들이나 싸리채 따위로 함같이 만들어 종이를 발라 옷 따위를 보관할 수 있게 만듦이 가득 실렸다.

나는 주인에게 물었다.

"이 동리에도 선비나 훈장글방의 선생이 있을 테지요?"

그러자 주인이 답한다.

"이런 시골구석에는 왕래가 없으니 무슨 공부하는 선생이 있겠습니까마는, 지난해 가을에 우연히 선비 한 분이 세관稅官, 세금을 담당하는 관리을 따라 연경에서 오셨는데, 도중에 이질에 걸려 이곳에 홀로 떨어져 있게 됐습니다. 이곳 사람들의 각별한 치료에 힘입어 겨울이 지나고 봄이 되어 말끔히 낫게 됐죠. 그 선생은 문장이 뛰어날뿐더러 만주 글도 쓸 줄 안답니다. 그래서 이곳에 머무르면서 한두 해 동안 글방을 내고 이곳 아이들을 성심껏 가르쳐서 병을 치료해준 은혜를 갚는다고 합니다. 그래서 지금도 저 관제묘에 계십니다."

나는 "그럼 잠깐 주인이 인도해줄 수 없겠소?" 하니, 주인은 "남의 길잡이도 필요 없습니다." 하며 손을 들어 "저기 저 높다란 사당집이 그곳입니다." 하고 가리킨다.

"그 선생의 성함은 무엇이지요?"

내가 물으니, 주인이 답한다.

"이 마을에서는 모두들 그를 부 선생이라고 부릅니다."

나는 또 묻는다.

"부 선생의 나이는 얼마나 됐소?"

"나리께서 친히 가셔서 직접 물어보십시오."

주인은 이렇게 답하고는 방 안으로 들어가 붉은 종이 수십 쪽을 들고 나와서 펴 보이며 말한다.

"이게 부 선생께서 친히 써주신 글씨입니다."

붉은 종이의 글씨는 오른편에서 왼편으로 내리쓴 가는 글자로, "아무개 어른 존전尊前, 존귀한 사람의 앞에 아뢰옵니다. 모년 모월 며칠에 어른께옵서 왕림하여주시옵기 바라옵니다."라고 쓰여 있다. 주인은 이어서 말한다.

"이것은 제 아우가 지난봄에 사위를 볼 때 그분께 청해서 받은 청첩장입니다."

종이를 보니 글자가 가까스로 모양을 이룬 정도다. 다만 수십 장에 쓴 글씨 모양이 크지도 않고 작지도 않으며, 실에 구슬을 꿴 듯 책판에 글자를 박은 듯 똑같다. 나는 혼자서 '혹시 그 수재부·주·현의 학교에 있는 생원가 부정공富鄭公, 송나라 때의 문신 부필을 가리킴의 후손이 아닌가.' 생각하고, 곧 시대를 불러서 함께 관제묘를 찾아갔다.

관제묘는 괴괴하여 인기척이 하나도 없다. 두루 돌아다니면서 구경하는 차에 오른편 곁방에서 아이의 글 읽는 소리가 들린다. 조금 있다가 한 아이가 문을 열고 목을 늘여 한번 살피더니, 이내 뛰어나와 우리를 돌아보지도 않고 한달음에 어디론가 가버린다. 나는 아이의 뒤를 따라가면서

만주 문자 북경에 있는 라마교 사원인 옹화궁의 현판. 왼쪽부터 몽골, 티베트, 한자, 만주 문자 순으로 적혀 있다. 만주 문자는 청 태종의 명으로 몽골의 것을 변형해 만들었다.

묻는다.

"너의 스승님은 어디 계시냐?"

그러자 아이가 답한다.

"무엇 말씀이어요?"

나는 다시 말한다.

"부 선생 말이다."

하지만 아이는 듣는 체도 않고 다만 입속으로 중얼중얼하다가 휑하니 가버린다.

내가 시대더러 "그 선생이 아마 이 속에 있겠지." 하고 오른편 곁방으로 가서 문을 열어보니, 빈 의자 네댓 개가 놓였을 뿐 인기척이 없다. 문을 닫고 몸을 돌이키려고 할 즈음 아까 그 아이가 한 노인을 데리고 오는데, 그가 '부 선생'인 듯싶다. 잠깐 이웃에 나간 사이 아이가 달려가서 손님이 왔다 하여 돌아온 모양이다. 그 생김생김을 보니 단아한 빛이라곤 도무지 없다. 앞으로 가서 깍듯이 읍하자, 노인이 별안간 달려들어서 허리를 껴안고 힘껏 들었다 놓는다. 그러더니 다시 손을 잡고 흔들면서 얼굴 가득히 웃음을 짓는다. 처음에는 놀랐고 다음에는 불쾌했다.

"당신이 부 공이시오?"

내가 묻자, 노인이 아주 기뻐하면서 답한다.

"영감께서 어찌 제 성을 아십니까?"

"저는 오랫동안 선생의 성함을 높이 들어서, 마치 우레 소리가 귀에 들리는 듯싶습니다."

이렇게 답한즉, 부가 묻는다.

"성함이 어떻게 되십니까?"

내 성명을 써서 보이니 그 역시 써서 보인다. 이름은 부도삼격富圖三格이요, 호는 송재松齋, 자는 덕재德齋라 한다.

"삼격이란 무슨 뜻입니까?"

내가 묻자, 그가 답한다.

"이건 저의 성명이옵니다."

나는 또 묻는다.

"살고 계신 고을과 관향시조가 태어난 곳. 본은 어디십니까?"

"저는 만주 양람기鑲藍旗, 만주족은 행정을 군대의 편제로 하여 팔기로 나누었는데, 양람기는 그중의 하나에 사는 사람입니다."

그가 이렇게 답하고는 내게 다시 묻는다.

"영감께서는 이번엔 의당 면가面駕하시겠지요?"

"그게 무슨 말씀인지요?"

그러자 그가 묻는다.

"황제께옵서 의당 선생을 부르시겠지요?"

"황제께서 만일 접견하신다면 노인의 말씀을 잘 여쭈어서 작은 벼슬이라도 갖게 할 생각인데, 어떠하오?"

내가 답하니, 그가 말한다.

"만일 그렇게까지 해주신다면, 박 공의 갸륵하신 은덕은 결초보은으로도 갚기 어렵겠소이다."

내가 묻는다.

"물에 막혀서 이곳에 머무른 지가 벌써 수일이나 됐소. 이토록 긴 여름해를 보내기 어려우니, 노인께 볼 만한 책이 있으면 며칠만 빌려주실 수 없겠소?"

그랬더니 그가 답한다.

"별로 없습니다. 전에 연경에 있을 때 선친께서 명성당鳴盛堂, 북경 유리창에 있었음이라는 각포刻舖, 목판을 이용해 책을 만들어 파는 가게를 개업했습니다. 그때의 책 목록이 마침 행장 속에 있으니 소일삼아 보신다면 빌려드리기 어렵지 않습니다. 그러나 한 가지 부탁이 있습니다. 영감께서 돌아가셔서 진품 청심환과 조선 부채 중에 좋은 것을 골라서 만남의 정표로 보내주신다면 영감의 참된 사귐의 뜻을 알겠으니, 그때에 책 목록을 빌려드려도 늦지 않겠습니다."

그 생김새와 말투를 보자니 하도 비루하고 졸렬하여 더불어 이야기할 바가 못 될 뿐 아니라 오래 앉았을 수도 없으므로 곧 하직하고 일어섰다. 부가 문에 나와 읍하면서 묻는다.

"귀국의 명주를 살 수 있겠습니까?"

나는 대답도 하지 않고 돌아왔다. 정사가 묻는다.

"무어 볼 만한 것이 있던가? 그리고 더위 조심하게나."

"아까 한 늙은 훈장을 만났는데, 만주인일 뿐 아니라 몹시 비루하여 더불어 이야기할 위인이 못 됩니다그려."

그러자 정사가 말한다.

"그가 구한다고 하는데 어찌 환약 한 개, 부채 한 자루를 아끼겠는가. 그리고 책 목록을 빌려다 보는 것도 해롭진 않을 거야."

이에 시대의 손에 청심환 한 개와 어두선부채의 한 종류 한 자루를 보냈더니, 크기가 손바닥만 하고 몇 장 되지도 않는 작은 책을 들고 돌아온다. 그나마 모두 빈 종이였고, 기록된 책 목록은 모두 청나라 사람의 소품 칠십여 종이다. 불과 몇 장 되지도 않는 걸 가지고 많은 값을 요구하니 그의 뻔뻔스러움이야 말할 나위가 없다. 그러나 이왕 빌려온 것이요, 또 눈을 새롭게 하기 위하여 베껴놓고 돌려보내기로 한다.

정 진사와 함께 나누어 베껴서 훗날 서점에서 참고하기로 하고 곧 시대를 시켜서 돌려보내면서 "이런 책들은 우리나라에도 있는 것이어서 우리 영감께서는 이 목록을 보시지도 않았소."라고 말하라 일렀더니 시대가 돌아와서 말한다.

"부씨에게 그대로 전했더니 겸연쩍은 빛을 보이면서 저에게 수건 한 개를 주더이다."

그 수건의 길이는 두 자 남짓한 추사올이 말려들게 짠 천인데, 새 감으로 만든 것이다.

경진庚辰
7월 4일

어젯밤부터 밤새도록 비가 억수로 퍼부어서
길을 떠나지 못했다.

《양승암집》도 읽고 바둑도 두면서 심심풀이를 했다. 부사와 서장관이 상사의 처소에 모이고, 또 다른 여러 사람을 불러서 물 건널 방도를 묻다가 오래 지나 모두 돌아갔다. 좋은 계책이 없는 모양이다.

〈중병회기도〉 중국 오대(당나라가 멸망한 907년부터 979년까지 여러 나라가 흥망한 시대) 때 활동한 주문구가 그린 그림이다. 중국의 선비들이 오래전부터 바둑을 즐겼음을 알 수 있다. '중병重屛'은 병풍이 중첩되었다는 뜻이다. 중국 고궁박물원 소장

신사辛巳 7월 5일

맑게 갰다.

물에 막혀서 또 묵었다.

주인이 방고래를 열고 기다란 가래흙을 파헤치거나 떠서 던지는 기구로 재를 긁는다. 나는 그 구들 제도의 대강을 엿보았다.

먼저 높이 한 자 남짓하게 구들바닥을 쌓아서 편평하게 만든 뒤에, 깨뜨린 벽돌로 바둑돌 놓듯 굄돌을 놓고 그 위에는 벽돌을 깔 뿐이다. 벽돌의 두께는 같으므로 깨뜨려서 굄돌을 해도 울퉁불퉁할 리 없을 뿐 아니라, 벽돌이 본디 가지런하므로 나란히 깔아놓으면 틈이 날 리 없다. 고래 높이는 겨우 손이 드나들 만하고, 굄돌은 서로 번갈아들며 불목이 되어 있다. 불이 불목에 이르면 그 힘이 빨아들이므로 불꽃이 재를 휘몰아치듯 세차게 들어간다. 그리하여 여러 불목이 서로 잡아당겨, 도로 나올 새가 없이 쏜살같이 굴뚝으로 빠져나간다.

굴뚝의 깊이는 한 길이 넘는데, 이것이 곧 우리나라의 개자리불기운을 빨아들이고 연기를 머무르게 하려고 온돌 윗목 밑으로 방고래보다 더 깊이 파놓은 고랑다. 불꽃이 재를 몰아다가 고래 속에 가득 떨어뜨리므로 삼 년에 한 번씩은 고래목을 열고 재를 쳐내야 한다. 부뚜막은 한 길이나 땅을 파서 위

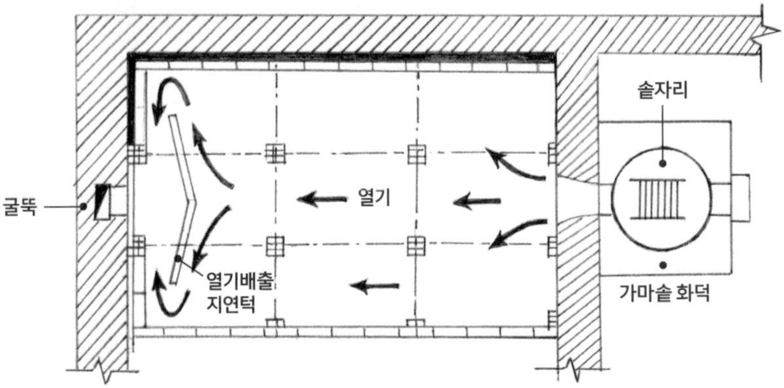

솥자리
굴뚝
열기
열기배출 지연턱
가마솥 화덕

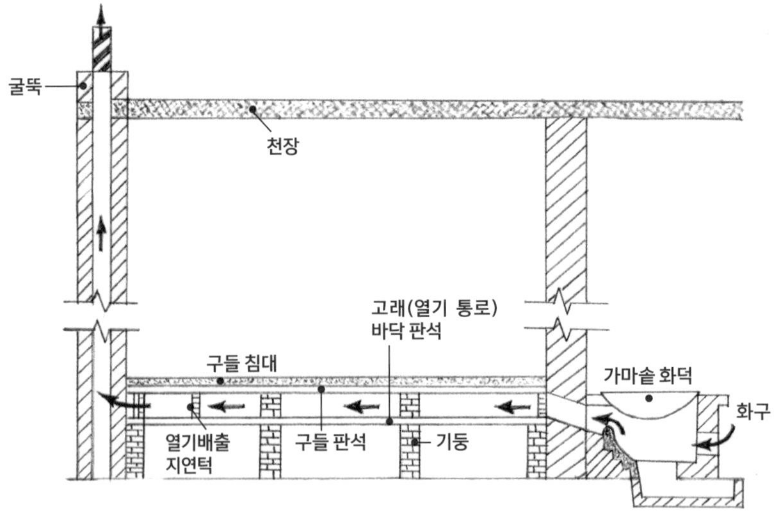

굴뚝
천장
고래(열기 통로) 바닥 판석
구들 침대
가마솥 화덕
화구
열기배출 지연턱
구들 판석
기둥

중국의 구들

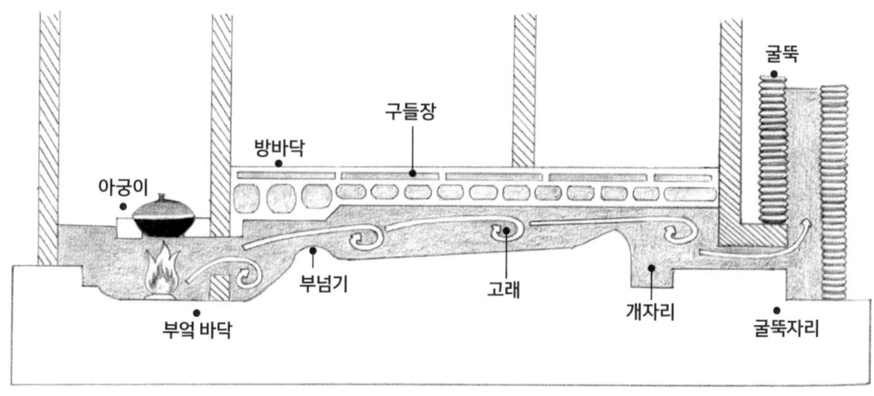

조선의 온돌

로 아궁이를 내고, 땔나무는 거꾸로 집어넣는다.

부뚜막 옆에는 큰 항아리만큼 땅을 뚫고, 그 위에 돌 덮개를 덮어서 봉당안방과 건넌방 사이의 마루를 놓을 자리에 마루를 놓지 아니하고 흙바닥 그대로 둔 곳 바닥과 가지런히 한다. 그러면 빈 데서 바람이 일어나 불길을 불목으로 몰아넣으므로 연기가 조금도 새지 않는다. 또 굴뚝은 큰 항아리만큼 땅을 파고 벽돌을 탑처럼 쌓아올리되 지붕과 가지런하게 하여 만든다. 그러면 연기가 그 항아리 속으로 굴러들어가 서로 잡아당기고 빨아들이듯 하는데, 이 법이 참으로 묘하다.

대개 굴뚝에 틈이 생기면 약간의 바람에도 아궁이의 불이 꺼지는 법이다. 그러므로 우리나라의 온돌은 항상 불을 내뿜고 방이 골고루 덥지 않은데, 그 잘못이 모두 굴뚝에 있다. 굴뚝은 싸리로 엮은 상자에 종이를 바르거나 나무판자로 통을 만들어 쓴다. 처음 흙으로 쌓은 곳에 틈이 생기거나 종이가 떨어지거나 또는 나무통이 벌어지거나 하면 연기 새는 것을 막을 길이 없고, 바람이라도 한번 크게 불면 굴뚝은 소용이 없어진다.

나는 '우리나라 사람은 집이 가난해도 글 읽기를 좋아해서 겨울이 되면 글 읽는 수많은 형제들의 코끝에는 항상 고드름이 달릴 지경이다. 이 법을 배워서 한겨울의 고생을 덜었으면 좋겠다.'라고 생각했다. 변계함이 "이곳 구들은 아무래도 이상해요. 우리나라 온돌만 못한 것 같아요." 하기에 나는 물었다.

"못한 까닭이 무어지?"

변 군이 대답한다.

"어찌 기름종이 넉 장을 반듯하게 깔아서 색이 맑고 매끄럽기가 얼음과 같은 우리나라 장판과 같을 수가 있겠소?"

나는 이렇게 설명한다.

"이곳의 방이 우리나라 방만이야 못하지. 그러나 이 구들 놓는 방법을 본받아 우리나라 온돌에 쓰고, 그 위에 기름 먹인 장판지를 깔아봐. 누가 안 된다고 하겠는가. 우리나라 온돌 제도에는 여섯 가지 흠이 있으나 아무도 이를 지적하는 사람이 없네. 그래서 내 한번 논할 테니, 자네는 떠들지 말고 조용히 들어보게.

진흙을 이겨서 귓돌지대나 축대 등의 귀퉁이에 쌓는 돌을 쌓고 그 위에 돌을 얹어서 구들을 만드는데, 돌이 크고 작거나 두껍고 얇아 애초부터 고르지 못하므로 조약돌로 네 귀퉁이를 괴어서 울퉁불퉁한 것을 막으려고 하지. 그러나 돌이 달구어지고 흙이 마르면 곧잘 허물어지니, 이것이 첫 번째 흠이라네.

그리고 돌이 울퉁불퉁하여 옴폭한 데는 흙으로 메워서 평평하게 하므로, 불을 때어도 고루 덥지 못함이 두 번째 흠이지. 또 방고래가 높아서 불길이 서로 맞물지 못함이 세 번째 흠이야. 벽이 성기고 얇아서 틈이 자주 생기므로 바람이 새고 불이 내쳐서 연기가 방 안에 가득하게 차는 것이 네 번째 흠이지. 불목이 목구멍처럼 되어 있지 않아서 불길이 안으로 빨려 들어가지 않고 땔나무 끝에서만 넘실거리니, 이것이 다섯 번째 흠이야. 또 방을 말리려면 적어도 땔나무가 백 단은 필요하고, 열흘 안에는 살 수 없으니, 이것이 여섯 번째 흠이라네.

반면에 이곳에서는 벽돌 수십 개만 깔아놓으면, 자네와 웃고 이야기하는 사이에 벌써 몇 칸 온돌이 되어 그 위에 누워 잘 수 있으니, 어떠한가?"

저녁에 여럿이 술을 몇 잔 나눈 후 밤이 이슥하여 취해 돌아와서 누웠다. 정사의 맞은편 방인데, 다만 베 휘장이 가운데를 가렸다. 정사는 벌써 잠이 들었고 나 혼자 담배를 피워 물고 정신이 몽롱한데, 머리맡에서 별안간 발자국 소리가 난다.

나는 깜짝 놀라서 소리를 질렀다.

"거 누구냐?"

그러자 "도이노음이오擣伊鹵音爾么." 하고 대답한다.

말소리가 수상해서 나는 거듭 소리쳤다.

"이놈, 누구야?"

그러자 다시 "소인 도이노음입니다." 하고 큰 소리로 대답한다.

시대와 상방 하인들이 모두 놀라 일어나더니, 뺨 때리는 소리가 들리고 덜미를 잡아 문밖으로 끌어가는 모양이다.

알고 보니 갑군이 밤마다 우리 일행의 숙소를 순찰하여 사신 이하 모든 사람의 수를 헤아렸는데, 깊이 잠든 뒤라 여태껏 그런 줄 모르고 지냈던 것이다. 더구나 갑군이 제 스스로 '도이노음'이라 함은 포복절도할 일이다. 우리끼리 오랑캐를 '되놈'이라 하는데, 이를 "'도이노음'이오."라고 따라한 것이다. 갑군이 오랫동안 사행을 맞으면서 우리나라 사람들에게 말을 배웠는데, 다만 '되놈'이란 말이 귀에 익었던 것이다.

한바탕 소란 때문에 그만 잠이 달아났을 뿐 아니라, 벼룩에게도 시달렸다. 정사 역시 잠이 달아났는지 촛불을 켠 채 그냥 날을 새웠다.

임오壬午
7월 6일

날이 갰다.

시냇물이 약간 줄었으므로 길을 떠났다. 나는 정사의 가마에 함께 타고 건넜다. 하인 삼십여 명이 알몸으로 가마를 메고 가다가, 강 한가운데쯤 물살이 센 곳에 이르러 별안간 왼쪽으로 기우뚱하여 하마터면 떨어질 뻔했다. 위급하기 짝이 없었다. 정사와 서로 부둥켜안고서야 겨우 물에 빠지지 않았다.

반대편 강 언덕에 올라서 물 건너는 자들을 바라보니, 다른 사람의 목을 타고 건너기도 하고 좌우에서 서로 부축하여 건너기도 한다. 더러는 나무로 뗏목을 엮어서 탄 채 네 사람이 어깨에 메고 건너기도 한다. 말을 타고 뜬 채 건너는 이들은 모두 머리를 쳐들어서 하늘만 바라보거나, 혹은 두 눈을 꽉 감기도 하고, 혹은 억지로 웃음을 짓기도 한다.

하인들은 모두 안장을 풀어 어깨에 메고 건너는데, 젖을까 봐 염려하는 것이다. 이미 건너왔다 다시 건너가려는 이도 무언가를 어깨에 지고 물에 들어가므로 이상하여 묻자 이렇게 답한다.

"빈손으로 물에 들어가면 몸이 가벼워 떠내려가기 쉬우니까 무거운 것으로 어깨를 눌러야 됩니다."

몇 번씩 왔다 갔다 한 사람은 추워서 벌벌 떨지 않는 이가 없다. 산속의 물이 몹시 차기 때문이다.

초하구에서 점심을 먹었다. 이곳은 이른바 답동이라고도 하는데, 늘 진창이 되어서 우리나라 사람이 이름 붙인 것이라고 한다. '답畓'이라는 한자는 본시 없는데, 우리나라 아전들이 장부에 '수水'와 '전田' 두 글자를 합쳐 쓰고서 '논'이라는 뜻을 붙이고 '답'이라고 읽었다.

분수령·고가령·유가령을 넘어 연산관連山關에서 묵었다. 이날 육십 리를 갔다.

밤에 조금 취하여 잠깐 조는데, 몸이 문득 심양성 안에 있었다. 궁궐과 성지城地, 성과 그에 딸린 영토와 여염집과 시가지가 몹시 번화하고 웅장하다. 나는 스스로 "여기가 이처럼 장관일 줄은 몰랐네그려. 내 집에 돌아가서 이를 자랑해야지." 하고 훌훌 날아가는데, 산이며 물이 모두 내 발꿈치 밑에 있는지라 나는 솔개처럼 날쌔게 난다. 눈 깜박할 사이에 야곡 옛집에 이르러 안방 남쪽 창문 밑에 앉는다.

형님박희원께서 물으신다.

"심양이 어떻더냐?"

"듣기보다 훨씬 낫더이다."

나는 이렇게 대답하고는 그곳이 얼마나 아름다운지 자랑한다. 마침 남쪽 담장 밖을 내다보니 옆집 회나무 가지가 우거졌는데, 그 위에 큰 별 하나가 휘황히 번쩍이고 있다. 나는 형님께 아뢴다.

"저 별을 아십니까?"

형님이 "이름도 모르겠다." 하시기에, 나는 답한다.

"저게 노인성老人星, 남반구 하늘에 있는 용골자리에서 가장 밝은 알파별. 서양에서는 카노푸스라고 하고, 우리나라에서는 노인성 혹은 남극노인성이라고 함이올시다."

그 후 일어나 형님께 절하고 말한다.

"제가 잠시 집에 돌아온 까닭은 심양 이야기를 상세히 해드리려는 것입니다. 이제 갈 길이 바빠서 하직 인사드립니다."

나는 방을 나와 마루를 지나 사랑의 일각문을 열고 나선다. 머리를 돌이켜 북쪽을 바라본즉, 길마재서울 서대문구 무악재의 여러 봉우리가 역력히 모습을 드러낸다. 그제야 홀연히 깨닫는다.

"아아, 내가 바보로구나. 내 어찌 홀로 책문을 들어간단 말인가? 여기서 책문이 천여 리나 되는데, 누가 아직도 나를 기다리고 있겠는가."

내가 큰 소리로 외치고 안타깝기 짝이 없어서 문을 열고 밖으로 나가려 하나 문지도리문짝을 여닫을 때 문짝이 달려 있게 하는 물건가 하도 빡빡하여 열리지 않는다. 이에 큰 소리로 장복을 부르려 하나 소리가 목에 걸려서 나오질 않는다. 할 수 없이 힘껏 문을 밀다가 잠을 깼다.

정사가 마침 "연암." 하고 부른다. 내 어리둥절하여 "여기가 어디오?" 한즉, 정사는 "아까부터 잠꼬대를 하더군." 한다. 일어나 앉아서 이를 딱딱거리며 머리를 퉁기고 정신을 가다듬으니 그제야 상쾌해진다. 한편으로는 섭섭하고 다른 한편으로는 기쁜 생각에 오랫동안 마음이 뒤숭숭했다. 다시 잠들지 못하고 자리 위에서 몸을 뒤척거리며 공상에 잠기다 보니 날이 새는 줄도 몰랐다.

연산관은 아골관이라고도 한다.

계미癸未 7월 7일

날이 갰다.

이 리를 가서 말을 탄 채 물을 건넜다. 강이 비록 넓지는 않으나 물살은 어제 건넜던 곳보다도 훨씬 세다. 무릎을 옴츠리며 두 발을 모아서 안장 위에 웅송그리고 앉았다.

창대는 말 머리를 꽉 껴안고 장복은 내 엉덩이를 힘껏 부축하며 서로 목숨을 의지해서 잠시 동안의 행복을 마음속으로 빌 뿐이다. 말을 모는 소리조차 '오호'말에게 조심해 가자고 타이르는 소리가 원래 '호호'인데, 우리나라 발음으로는 '오호'와 비슷함-원주 하니, 어쩐지 처량하게 들린다. 말이 강 복판에 이르자 갑자기 그 몸이 왼쪽으로 쏠린다.

물이 말의 배에 닿으면 네 발굽이 저절로 뜨기 때문에 옆으로 누워서 건너는 셈이다. 그러다 보니 나도 모르는 사이에 몸이 오른쪽으로 기울어지면서 하마터면 물에 빠질 뻔했다. 마침 앞에 가던 말 꼬리가 물 위에 떠 있는 것을 보고 재빠르게 그것을 붙들고 몸을 가누어 고쳐 앉아서 겨우 떨어지지 않았다. 내 자신이 이토록 재빠를 줄은 나도 생각지 못한 일이다. 창대도 말 다리에 채여 자칫하면 변을 당할 뻔했으나, 그 순간 말이 홀연 머리를 들고 몸을 바로 가누었다. 마침 물이 얕아져서 발이 땅에 닿

왔던 것이다.

마운령을 넘어 천수참에서 점심을 먹었다. 오후엔 몹시 무더웠다. 청석령을 넘다 보니 고갯마루에 관제묘가 있는데, 매우 영험하다 하여 역부와 마두들이 다투어 탁자 앞으로 가서 머리를 조아린다. 누군가는 참외를 사서 바치기도 한다. 역관 중에는 향을 피우고 제비를 뽑아서 평생의 신수를 점쳐보는 이도 있었다.

한 도사가 바리때절에서 쓰는 승려의 공양 그릇. 나무나 놋쇠 따위로 대접처럼 만들어 안팎에 칠을 했다. 발우라고도 함를 두드리며 돈을 구걸한다. 그는 머리를 깎지 않고 상투를 했는데, 마치 우리나라의 우바새속세에 있으면서 불교를 믿는 남자 같기도 하다. 머리에는 등나무로 만든 삿갓을 쓰고 몸에는 야견사로 만든 도포를 입은 것으로 보아서는 우리나라 선비의 차림새와 같으나, 다만 검은빛의 방령격에 어울리지 않게 넓적하게 단 옷깃만이 조금 다를 뿐이다. 또 한 도사는 참외와 달걀을 파는데, 참외 맛이 매우 달고 물이 많으며 달걀은 삼삼하다.

밤에는 낭자산에서 묵었다. 이날 큰 고개를 둘이나 넘어 팔십 리를 갔다. 마운령은 회령령이라고도 하는데, 그 높이나 가파르기가 우리나라 함경도의 마천령摩天嶺, 함경남도 단천군 광천면과 함경북도 학성군 학남면 사이의 도 경계에 있는 고개. 높이는 725미터에 버금간다고 한다.

갑신甲申 7월 8일

날이 갰다.

정사와 한 가마를 타고 삼류하를 건넌 후 냉정에서 아침밥을 먹었다. 십 리 남짓 가서 산모롱이 하나를 돌아가자 태복이 갑자기 국궁윗사람이나 위패 앞에서 존경하는 뜻으로 몸을 굽힘을 하고 말 앞으로 달려 나와 땅에 엎드리며 큰 소리로 말한다.

"백탑白塔이 보입니다."

태복은 정 진사의 마두다. 아직 산모롱이에 가려져 백탑은 보이지 않는다. 말을 채찍질하여 수십 보를 채 못 가서 모롱이를 벗어나자, 눈앞이 어른거리고 갑자기 한 덩이 검고 둥그런 것이 오르락내리락한다. 내 오늘 처음으로 인생이란 본시 의탁할 곳 없이 하늘을 이고 땅을 밟은 채 떠돌아다니는 존재임을 알았다. 말을 세우고 사방을 돌아보다가 나도 모르는 사이에 손을 들어 이마에 얹고 말했다.

"아, 참 좋은 울음 터로다. 가히 한번 울 만하구나."

정 진사가 묻는다.

"천지간의 이 드넓은 세상을 만나 별안간 울고 싶다니, 웬 말씀이오?"

"그래그래, 그러나 아니야. 천고의 영웅이 잘 울고, 미인은 눈물이 많

백탑 흙벽돌로 쌓은 탑(전탑)의 표면을 하얗게 칠한 불탑

다지. 그러나 그들은 몇 줄기 소리 없는 눈물을 흘렸을 뿐, 천지에 가득 차서 금과 돌로부터 쏟아지는 듯한 울음은 울지 못했소. 사람이 다만 칠정七情, 사람의 일곱 가지 감정. 기쁨·노여움·슬픔·즐거움·사랑·미움·욕심 중에서 슬플 때만 우는 줄 알고, 칠정 모두에 대해 울 수 있음은 모르는 모양이오. 기쁨이 사무치면 울고, 노여움이 사무쳐도 울며, 즐거움이 사무치면 울고, 사랑이 사무치면 울고, 욕심이 사무쳐도 울게 되는 것이오. 불평과 억울함을 풀어버리는 데는 소리를 내는 것보다 빠른 것이 없고, 울음은 천지간에서 우레와도 같은 것으로 지극한 정에서 우러나오는 것이니, 이치에 맞는다면 울음이 웃음과 무엇이 다르리오. 인간의 감정은 오히려 이러한 사무침을 겪지 못한 채 칠정을 늘어놓은 후 슬픔에만 울음을 교묘히 배치했으니, 상을 당했을 때나 억지로 '애고애고', '어이어이' 따위의 소리를 부르짖지. 그러나 참된 칠정에서 우러나온 지극하고도 참된 소

리는 참고 억눌러져 저 천지 사이에 서리고 엉기어 감히 나타내지 못한다오. 그러므로 가생賈生, 전한前漢 문제文帝 때의 학자·정치가. 유학과 오행설에 기초한 새로운 제도의 시행을 주장함은 일찍이 울 곳을 얻지 못하고 참기만 하다가 결국 궁궐을 향하여 한마디 길게 울부짖었으니, 이 어찌 듣는 사람들이 놀라고 해괴하게 여기지 않았겠는가?"

내가 답하자 정 진사가 묻는다.

"이제 울음 터가 저토록 넓으니, 나도 마땅히 함께 슬피 울어야 할 것인데, 우는 까닭을 칠정 중에서 고른다면 어느 것에 해당할까요?"

내가 말한다.

"저 갓난아기에게 물어보게. 아기가 처음 날 때 느낀 것이 무슨 정이겠는가? 가장 먼저 해와 달을 보고, 다음에는 앞에 가득한 부모와 친척을 보니 기쁘지 않을 리 없지. 이러한 기쁨이 늙도록 변함이 없다면 슬퍼하고 노여워할 리 없으며, 즐겁고 웃어야 할 정만 있을 것이네. 그러나 도리어 분하고 한스러움이 가슴에 사무친 것같이 자주 울부짖기만 하지. 이는 곧 인간은 뛰어난 이나 어리석은 이를 막론하고 마침내는 죽어야만 하고, 그 사이에는 모든 근심 걱정을 골고루 겪어야 한다는 사실을 깨달은 것이지. 그리하여 아기는 태어난 것을 후회하여 울음보를 터뜨려서 스스로를 위로하는 것 아닐까?

그러나 갓난아기의 본래 마음은 결코 그런 것이 아닐 것일세. 아기가 어머니의 배 속에 있을 때는 캄캄하고 갑갑하게 지내다가 갑자기 넓고 훤한 곳에 터져 나와 손을 펴고 발을 펴매 그 마음이 시원할 것이니, 어찌 한마디 참된 소리를 외치지 않겠는가! 그러므로 우리는 마땅히 갓난아기의 꾸밈없는 소리를 본받아서 저 비로봉 산마루에 올라가 동해를 바라보며 한바탕 울어볼 만하고, 장연황해도의 고을 바닷가의 금모래밭을 거닐면서 한바탕 울어볼 만하지 않겠는가. 그리고 이제 요동 벌판에 이르니, 여기서부터 산해관까지 천이백 리 사방에 한 점 산도 없이 하늘 끝과 땅 끝이 아교풀로 붙인 듯, 실로 꿰맨 듯 맞닿아 있고 고금에 오가는 비구름만 창창할 뿐이니, 이 역시 한바탕 울어볼 만한 곳이 아니겠소?"

한낮은 몹시 무더웠다. 말을 달려 고려총, 아미장을 지나서 길을 나누어 갔다. 나는 주부 조달동과 변 군, 내원, 정 진사 그리고 하인 이학령과 더불어 옛 요양으로 들어갔다. 옛 요양은 봉황성보다 열 배나 더 번화하고 호화로웠다.

서문을 나와 백탑을 보았는데, 제작 기술이 뛰어나고 규모가 웅장하여 요동 벌판과 잘 어울렸다.

요양성으로 돌아오니 수레와 말의 울리는 소리가 우렁차고, 가는 곳마다 구경꾼이 떼로 다닌다. 술집의 붉은 난간이 높이 한길가에 솟아 있고, 금 글자를 쓴 술집 깃발이 나부낀다. 거기에 이렇게 쓰여 있는 것이 아닌가.

> 이름을 듣고는 말을 곧장 세우고
> 향내를 찾아서 수레를 잠깐 멈추리라

갑자기 술 마시고 싶은 기분이 들었다.

빙 둘러선 구경꾼은 더욱 늘어나 서로 어깨를 비빌 정도다. 일찍이 들으니 다음과 같다고 한다.

"이곳에는 좀도둑이 많아서 낯선 사람이 구경에 마음이 팔려 조심하지 않으면 무엇이라도 잃어버리고 만다. 지난해 어느 사신 행차에 많은 건달을 거느리고 갔는데, 위아래를 막론하고 모두 초행이어서 옷차림과 말안장 등이 제법 호화로웠다. 이곳에 이르러 유람하는 사이에 혹은 안장을 잃고 혹은 등자를 잃어버려 여간 낭패가 아니었다."

장복이 갑자기 안장을 머리에 쓰고 등자를 쌍으로 허리에 찬 채 앞서 가면서도 조금도 창피해하는 기색이 없기에 내가 웃으며 나무랐다.

"왜 두 눈알은 감추지 않는 것이냐?"

그러자 보는 이들이 모두 크게 웃었다.

다시 태자하에 이르렀다. 강물은 한창 불었는데 배가 없어서 건널 길이 막연하다. 강기슭을 타고 위아래로 바장거릴 때 갈대 우거진 속에서 콩깍지만 한 고기잡이배 한 척이 저어 나오고, 이어서 작은 배 하나가 강기슭에 아련히 보인다. 장복과 태복 등에게 소리를 질러 배를 부르게 했다. 어부들이 낚싯대를 드리운 채 배 양쪽에 마주 앉아 있다. 버드나무 짙은 그늘에 저녁노을이 금빛으로 아롱졌는데, 잠자리는 물에 점을 찍으며 놀고 제비는 물결을 차고 난다. 그런데 아무리 불러도 어부들은 돌아보지도 않는다. 오랫동안 물가 모래판에 섰노라니 찌는 듯한 더위에 입술이 타고 이마에 땀이 번지며 허기증이 들고 몸이 몹시 지친다. 평생에 구경을 좋아했더니 오늘에야 톡톡히 그 값을 치르는구나 싶었다.

"해는 지고 갈 길은 먼데 윗사람, 아랫사람 모두 배고프고 고달프니, 우는 수밖에 아무런 계책이 없구려. 선생은 어찌 참고서 울지 않으시오?"

정 군 등 여럿이 이렇게 농담을 말하며 크게 웃는다.

나는 말한다.

"저 어부가 남을 구해주지 않는 것으로 보아 그 인심을 가히 알지니,

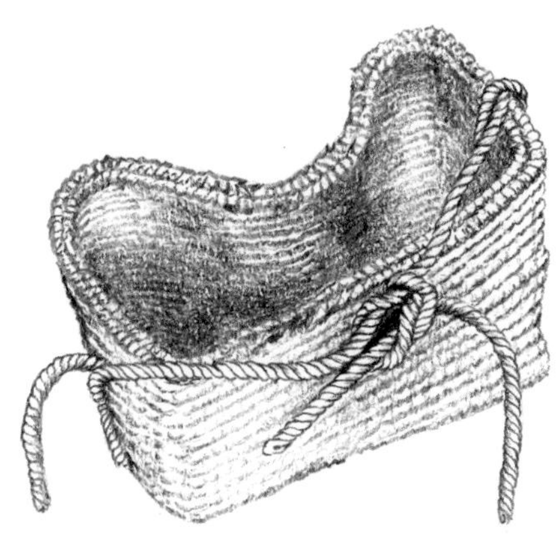

다래끼 싸리나 대나무 또는 짚을 이용하여 둥근 원형으로 만든 바구니. 끈을 달아 어깨에 메거나 허리에 차고 사용한다.

제가 비록 육구몽陸龜蒙, 당나라의 시인. ?~881. 화려하고 기교적인 작풍을 보였음 선생처럼 점잖은 어른일지라도 한주먹으로 때려눕히고 싶구려."

태복이 더욱 초조해하면서 말한다.

"이제 곧 들에 해가 지려 하니, 산기슭에는 벌써 어둠이 깃들었을 것입니다."

태복이 비록 나이는 젊으나 일곱 번이나 연경에 드나들었으므로 모든 일에 익숙하다. 얼마 뒤 사공이 낚시질을 끝마치고서 배 밑에 있던 고기 종다래끼작은 바구니를 거두더니 짧은 상앗대로 버드나무 그늘가로 저어 나온다. 그러자 별안간 작은 배 대여섯 척도 다투어 나온다. 고기잡이배가 오는 것을 보고는 함께 와서 비싼 삯을 받으려 하는 것이다. 남의 애타는 사정을 기다린 뒤에야 비로소 와서 건네주려는 그 소행이 밉다. 배 한 척에 세 사람씩 태우고, 삯은 한 사람당 일 초鈔, 1초는 은으로 계산하면 3돈쯤라고 한다. 배는 모두 통나무를 파서 만들었다. "들배는 넉넉히 두세 사람 탈 수 있네." 두보의 시구라고 함은 실로 이를 두고 하는 말이다. 모두 열일곱 명에 열여섯 필의 말이 강을 건넜다. 뱃머리에서 말굴레 말의 머리에 씌우는 굴레. 가죽 끈이나 삼줄 따위로 만들며, 고삐·장식·방울 따위를 닮를 잡고 흐르는 물을 따라서 칠팔 리를 내려가니, 전날 통원보의 여러 강을 건널 때보다 더 위험하다.

신요양 영수사에서 묵었다. 이날 칠십 리를 갔다. 밤에는 몹시 더워서, 잠든 중에 절로 홑이불이 벗겨져 약간 감기 기운이 있었다.

을유乙酉
7월 9일

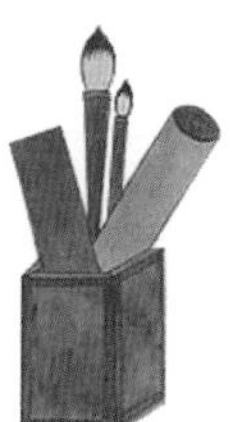

날이 갰다. 몹시 더웠다.

새벽 서늘함을 틈타 먼저 길을 떠났다. 장가대와 삼도파를 거쳐서 난니보에서 점심을 먹었다.

요동 땅에 들어서면서부터 마을이 끊이지 않고 길 너비가 수백 보나 되는데, 길 양편에는 모두 수양버들을 심었다. 집이 즐비하게 늘어선 곳에서는 장마 때 물이 괴어서 문과 문 사이에 저절로 큰 못이 생겼다. 집집마다 기르는 거위와 오리가 그 위에서 논다. 양편의 집은 모두 물가에 있는 누각처럼 붉고 푸른 난간이 좌우에 영롱하여 호숫가를 방불케 한다.

군뢰가 세 번 나팔을 불고 나서 몇 리 앞서 가면, 전배前排, 벼슬아치가 행차할 때나 상관을 배견할 때 앞을 인도하던 관리나 하인 군관이 군뢰를 따라 떠난다. 행동이 자유로웠던 나는 매번 변 군과 함께 서늘함을 타서 새벽에 떠났다. 그러나 십 리도 못 가서 전배가 따라와 만나게 된다. 그러다 보니 매일 그들과 고삐를 나란히 하여 재미있는 이야기와 농담을 주고받으면서 간다.

마을이 가까워질 때마다 군뢰를 시켜서 나팔을 불고, 넷이 모두 합창으로 권마성勸馬聲, 말이나 가마가 지나갈 때 위세를 더하기 위하여 그 앞에서 하졸들이 목청을 길게 빼어 부르는 소리을 부른다. 그러면 집집마다 여인들이 문이 가득하도록 뛰어나와서 구경을 한다. 늙은이고 젊은이고 간에 차림은 거의 같은데, 머리에 꽃을 꽂고 귀고리를 드리웠으며 화장을 살짝 했다. 입에는 모두 담뱃대를 물었고, 손에는 신 바닥에 까는 베와 바늘·실 등을 들고 어깨를 비비고 서서 손가락질하며 깔깔거리고 웃는다. 한족 여인은 여기서 처음 보는데, 모두 발을 감고 궁혜를 신었으나 곱기는 만주 여자만 못하다. 만주 여자는 얼굴이 예쁘고 자태가 고운 이가 많았다.

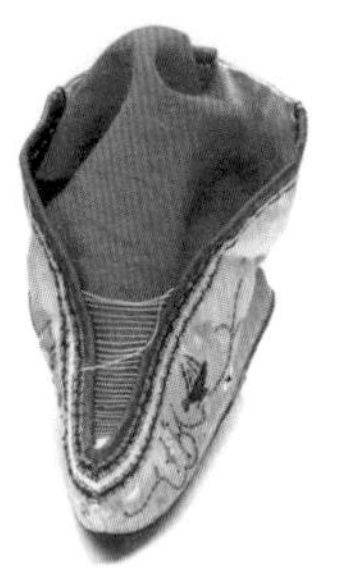

궁혜 궁녀가 신던 외코신

만보교, 연대하, 산요포를 거쳐서 십리하에서 묵었다. 이날 오십 리를 갔다.

비장과 역관들이 말 등에 앉아 건너편에서 오는 만주 여성이나 한족 여성 가운데 한 사람씩을 정해 첩을 삼는 놀이를 하는데, 남이 먼저 정하고 나면 감히 다시 지정하지 못하는 등 법이 몹시 엄격하다. 이를 구첩口妾이라고 하는데, 가끔 서로 샘도 내고 골도 내며 욕도 하고 웃고 떠들기도 하니, 이 역시 먼 길에 심심풀이하는 한 가지 방법이다. 내일은 곧장 심양청나라 초기에는 성경盛京, 북경 천도 이후에는 봉천이라고 불림에 들어갈 것이다.

성경의 다양한 모습

7월 10일에 시작하여 14일에 마쳤다. 모두 닷새 동안이다.
십리하에서 소흑산에 이르기까지 모두 삼백이십칠 리다.

성경잡지 盛京雜識

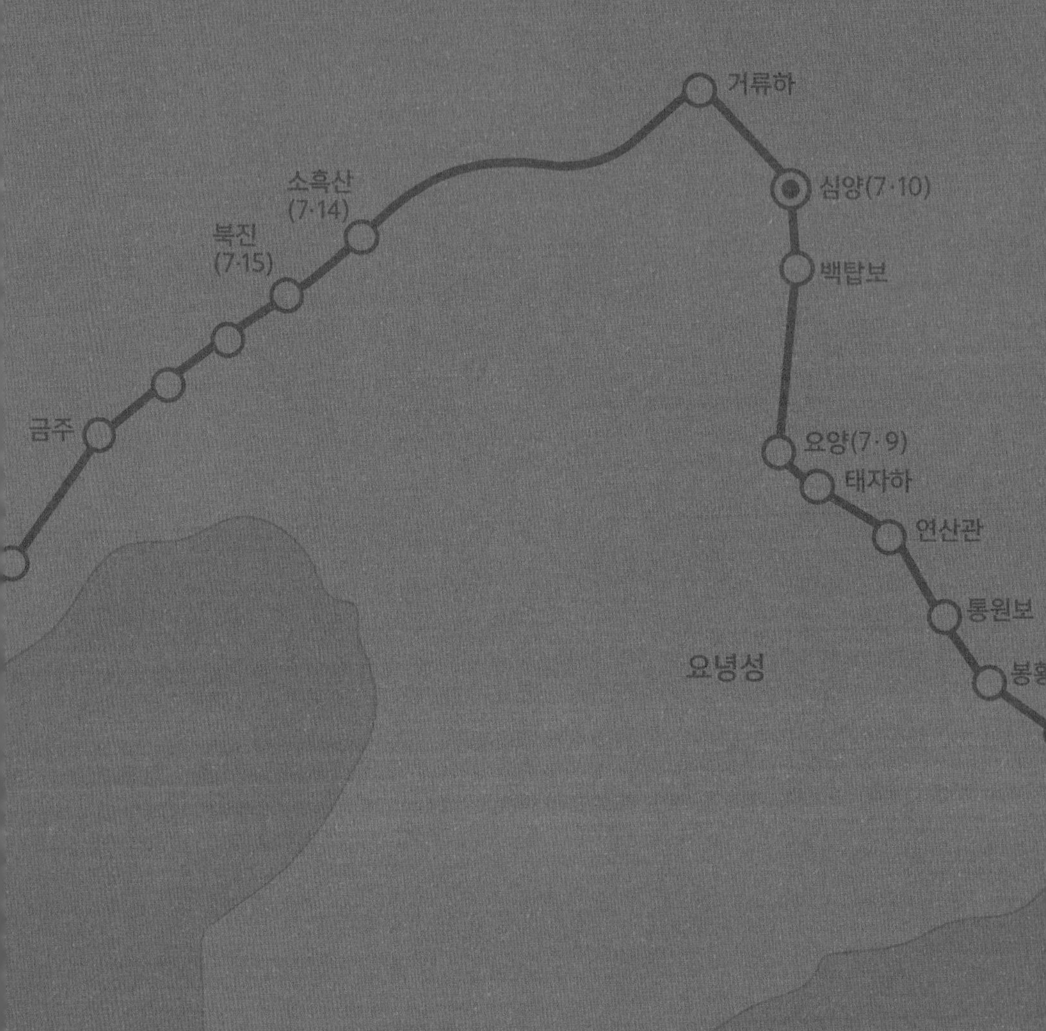
거류하
심양(7·10)
소흑산
(7·14)
북진
(7·15)
백탑보
금주
요양(7·9)
태자하
연산관
통원보
요녕성
요동반도

병술丙戌 7월 10일

비가 오다 곧 갰다.

십리하十里河에서 일찍 떠나 판교보板橋堡까지 5리, 장성점長盛店까지 5리, 사하보沙河堡까지 10리, 폭교와자暴交蛙子까지 5리, 전장보氈匠堡까지 5리, 화소교火燒橋까지 3리, 백탑보白塔堡까지 7리, 도합 40리를 가서 백탑보에서 점심을 먹고 거기서 다시 일소대一所臺까지 5리, 홍화포紅火舖까지 5리, 혼하渾河까지 1리를 간 후 배로 혼하를 건너서 심양瀋陽까지 9리를 가니 도합 20리다. 이날은 모두 60리를 가서 심양에서 묵었다.

이날은 몹시 더웠다. 멀리 요양성 밖을 돌아보니 수풀이 울창하다. 새벽 까마귀 떼가 들 가운데 흩어져 날고 한 줄기 아침 연기가 하늘가에 짙게 끼었는데, 붉은 해가 솟으며 아롱진 안개가 곱게 피어오른다.

사방을 둘러본즉 넓디넓은 벌에 거칠 것이 없다. 아아, 이곳이 옛 영웅들이 수없이 싸우던 터전이로구나. "범이 달리고 용이 날 제 높고 낮음이 다 내 마음에 달렸다."라는 옛말《후한서後漢書》〈하진전何進傳〉에 나오는 말인데, '큰 권세를 홀로 잡았으며, 그 조종은 나 한 사람에게 있다.'라는 뜻도 있지만, 천하의 운명은 늘 이 요양의 넓은 들에 달려 있었으니, 이곳이 편안하면 천하의 비바람이 잠잠하고, 이곳이 시끄러워지면 천하의 싸움 북이 요란히 울려댄다. 이는 어인 까닭일까?

평원과 광야가 천 리에 탁 트인 이곳은 지키자니 힘들지만 버리자니 오랑캐가 쳐들어와 막을 계책이 없으니, 중국으로서는 반드시 지켜야 할 터전이었다. 그래서 천하의 병력을 기울여서라도 이를 지켜낸 뒤에야 세상이 비로소 편안할 수 있었던 것이다.

지금 천하가 백 년 이상 평화로운데, 어찌 그들의 덕과 정치가 이전 시대보다 훨씬 뛰어나서라고 할 수 있겠는가. 다만 이 심양오늘날의 선양은 본시 청나라가 일어난 터전청나라는 애초 푸순 동쪽 싱징에서 일어나 태조 천명 10년(1625)에 선양으로 도읍을 옮김이어서 동으로 영고탑과 접하고, 북으로는 열하熱河, 오늘날의 청더. 중국 허베이성 북부 러허강 서쪽 기슭에 있다. 청나라 때 황제의 여름 별장이 있었음를 견제하며, 남으로는 조선을 어루만지며, 서로는 중국을 향하니, 천하가 감히 꼼짝을 못한다. 그렇게 근본을 튼튼히 다지는 것이 역대 국가에 비하여 훨씬 낫기 때문일 것이다.

요양에 들어서자 뽕나무와 삼밭이 우거지고, 개와 닭의 소리가 끊이지 않는다. 백 년 이상이나 평화롭기는 하나 청나라 황제로서는 근심이 없을 리 없다.

몽골 수레 수천 대가 벽돌을 싣고 심양에 들어오는데, 수레마다 소 세 마리가 끈다. 그 소는 흰 빛깔이 많으나 간혹 검은 것도 있으며, 찌는 듯한 더위에 무거운 짐을 끌고 오느라 코에서 피가 흐른다.

몽골 사람들은 코가 우뚝하고 눈이 깊숙하며 험상궂은데다 날래고 사나운 품이 사람처럼 보이지 않는다. 게다가 옷과 모자는 남루하고 얼굴에는 땟국이 흐른다. 그런데도 버선은 꼭 신었는데, 우리 하인들이 정강이를 드러낸 채 다니는 것을 보곤 이상하게 여기는 듯하다.

우리 말몰이꾼들은 해마다 몽골 사람을 봐서 그 성격을 잘 알기에 서로 장난을 치며 길을 간다. 채찍 끝으로 그들의 모자를 퉁겨서 길옆에 버리기도 하고 공처럼 차기도 한다. 그래도 몽골 사람들은 웃을 뿐 성내지 않으며, 두 손을 펴서 부드러운 말씨로 돌려달라고 사정한다. 다시 하인들이 뒤로 가서 모자를 벗겨 밭 가운데로 뛰어들면 그들이 쫓아간다. 그러면 쫓기는 척하다가 갑자기 몸을 돌려 그들의 허리를 안고 다리를 걸면 영락없이 넘어지고 만다. 이때를 틈타 가슴을 타고 앉아서 입에 티끌을 넣으면 되놈들이 수레를 멈추고 서서 모두들 웃는데, 밑에 깔렸던 자도 웃으며 일어나서 입을 닦고 모자를 털어서 쓰고는 다시 덤벼들지 않는다.

길에서 일곱 명을 태운 수레를 만났다. 모두 붉은 옷을 입었고 쇠사슬로 어깨와 등을 매어서 목덜미에 채운 다음 한 끝은 손을 매고 다른 한 끝은 다리를 묶었다. 이들은 금주위의 도둑들로, 사형에서 감형돼 멀리 흑룡강 수자리 지역으로 귀양을 가는 것이라고 한다. 그들의 입이나 눈의 생김새가 무서워 보이는데, 그래도 수레 위에서 웃고 떠들며 괴로워하는 빛이 보이지 않는다.

말 수백 필이 길을 휩쓸고 지나가는데, 끝에서 좋은 말을 탄 한 사람이 손에 수숫대 하나를 쥐고 말 떼를 따라간다. 말들은 굴레도 없고 고삐도 없이 다만 가끔 뒤를 돌아다보면서 걸어간다.

탑포塔舖에 이르렀다. 탑은 동네 한가운데 있는데, 팔 면 십삼 층에 높이는 이십여 길이나 된다. 탑은 속이 비었고 층마다 둥근 문 네 개가 나 있다. 말을 탄 채 탑 속으로 들어가서 위를 쳐다보니 현기증이 나서 고삐를 되돌려 나와버렸다.

일행은 벌써 숙소에 들었다. 그들을 뒤쫓아 별당으로 들어가니 주인의 수염 밑에서 갑자기 개 짖는 소리가 들렸다. 깜짝 놀라서 멈칫하니, 주인이 얼굴에 미소를 띠면서 나에게 앉으라고 한다. 주인은 긴 수염이 희끗희끗한 늙은이로, 방 안에 놓인 나지막한 걸상에 오뚝 걸터앉았고, 방 밖에는 의자를 마주하여 한 할멈이 앉아 있다. 머리 위에 희붉은 접시꽃 한 송이를 꽂았으며, 옷은 야청검은빛을 띤 푸른빛 빛깔에 복숭아꽃 무늬 치마를 입었다. 할멈의 품에서도 개 짖는 소리가 사납게 들린다. 그제야 주인이 가슴 속에서 삽살개 한 마리를 꺼낸다. 크기는 토끼만 한데, 눈처럼 흰 털은 길이가 한 치나 되고, 등은 담청색에 눈은 노랗고 입 언저리는 불그레하다. 노파도 옷자락을 헤치고 강아지 한 마리를 꺼내어 내게 보이는데, 털빛은 똑같다. 노파가 웃으면서 말한다.

"손님, 이상하게 여기지 마십시오. 우리 영감, 할멈 둘이서 하는 일 없이 집 안에 앉았으려니 긴긴 해를 보내기가 지루해서 이것들을 안고 놀다가 남들의 웃음거리가 되곤 하지요."

나는 묻는다.

"주인댁엔 자손이 없으신가요?"

그러자 주인이 답한다.

"아들 셋, 손자 하나를 두었는데, 맏아들은 올해 서른하나로 성경장군盛京將軍, 성경을 지키는 관원을 모시는 장경章京으로 있습니다. 둘째는 열아홉 살, 막내는 열여섯 살인데, 둘 다 서당에 가서 글을 읽는답니다. 아홉 살 된 손자 놈은 버드나무에서 매미를 잡는다고 나가선 해가 지도록 보기조차 어렵습니다."

잠시 후 주인의 어린 손자가 손에 나팔 하나를 쥐고 숨이 차서 후당으로 뛰어 들어오더니, 노인의 목을 끌어안고 나팔을 사달라고 조른다. 노인은 얼굴 가득 사랑에 겨운 빛을 띠면서 타이른다.

"너에게 이런 건 쓸데없단다."

아이의 얼굴이 희맑게 생겼다. 살굿빛 무늬가 놓인 비단 저고리를 입고는 갖은 재롱과 어리광을 떨면서 이리저리 뛰논다. 노인이 손자에게 손님을 뵙고 인사드리라고 시킨다. 그때 군뢰가 눈을 부릅뜬 채 후당으로 쫓아 들어와서 그 나팔을 빼앗더니 큰 소리로 야단을 친다. 노인이 일어나서 사과한다.

"미안합니다. 그놈이 놀잇감으로 갖고 왔습니다. 물건에는 이상이 없습니다."

나도 군뢰를 나무란다.

"찾았으면 그만이지. 이토록 야단을 쳐서 남을 무안하게 한단 말인가."

나는 또 주인에게 묻는다.

"이 개는 어디서 나는 것입니까?"

그러자 주인이 답한다.

"운남에서 나는 거랍니다. 촉중쓰촨 지방에도 이런 강아지가 있지요. 이 녀석의 이름은 옥토끼이고, 저놈은 설사자雪獅子, 눈처럼 하얀 사자라고 부른답니다. 둘이 모두 운남산이지요."

주인이 옥토끼를 불러 인사를 시킨다. 그러자 오뚝 서서 앞발을 나란히 들고 절하는 시늉을 하더니 다시 땅에 머리가 닿도록 조아린다.

장복이 와서 식사를 여쭙는다. 나는 곧 몸을 일으켰다. 주인이 말한다.

"손님께서 이 미물을 귀여워하시니 삼가 이걸 드리고자 합니다. 방물을 바치시고 돌아오시는 길에 영감께서 가져가셔도 좋습니다."

"고맙습니다마는 어찌 함부로 받겠습니까?"

나는 이렇게 말하고는 급히 돌아서 나왔다.

일행이 벌써 나팔을 불고 떠나려 했으나, 내가 간 곳을 몰라서 장복을 시켜 두루 찾아다녔다고 한다. 밥은 지은 지 오래되어 굳은데다가 마음이 바빠서 목에 넘어가질 않는다. 장복과 창대더러 나눠 먹으라 하고 혼자서 음식점에 들어가서 국수 한 그릇, 소주 한 잔, 삶은 달걀 세 개, 참외 한 개를 사서 먹고는 마흔두 닢을 치르고 나니 일행이 막 문 앞을 지나간다. 곧 변 군과 함께 고삐를 나란히 하여 길을 떠났다. 배가 잔뜩 불렀으므로 이십 리 길을 잘 갈 수 있었다. 해는 벌써 사시巳時, 오전 9시부터 11시 사이가 가까워서 볕이 몹시 내려쪼인다.

요양에서부터는 길가에 버드나무를 수없이 심어놓아 그 우거진 그늘에 더위를 잊을 만하다. 가끔 버드나무 밑에 물이 고여서 웅덩이를 이루고 있어, 이를 피하여 길 위로 나오면 찌는 듯한 햇볕이 내려쬐고 후끈거리는 흙 기운이 치올라서 삽시간에 가슴이 갑갑해진다.

멀리 버드나무 그늘 밑을 바라본즉 수레와 말이 구름같이 모여 있다. 말을 재촉하여 그곳에 이르러서 잠깐 쉬기로 했다. 장사꾼 수백 명이 짐을 내리고 땀을 식히고 있다. 버드나무 그루에 걸터앉은 채 옷을 벗어놓고 부채질을 하는 이도 있고, 차를 마시고 술잔을 기울이는 이도 있다. 어떤 이는 머리를 감기도 하고 깎기도 하며, 더러는 골패도 치고 팔씨름도 한다.

짐 속에는 모두 그림을 그려 넣은 자기가 있다. 껍질을 벗긴 수숫대로 조그맣게 누각 모양을 만든 후 그 속에 벌레나 매미를 넣은 것도 여남은 짐이나 된다. 또 빨간 벌레와 파란 마름마름과의 한해살이풀을 넣은 항아리도 있는데, 빨간 벌레는 물 위에 둥둥 뜬 것이 마치 새우 알처럼 작다. 이는 물고기 밥으로 쓰인다. 수레 삼십여 채에는 모두 석탄을 가득 실었다.

술도 팔고 차도 팔며, 떡과 과실 등 여러 음식을 파는 자가 버드나무 그늘 밑에 걸상을 죽 늘어놓고 앉아 있다. 나는 여섯 푼으로 양매차소귀나뭇과의 상록활엽교목인 양매로 만든 차 반 사발을 사서 목을 축였는데, 맛이 달고 신 것이 제호탕여러 약초를 가루로 만들어 꿀에 재어 끓였다가 냉수에 타서 마시는 음료과 비슷하다.

태평거太平車, 청나라 수레 한 대에 두 여인이 탔는데, 나귀 한 마리가 끌고 간다. 나귀가 물통을 보자 수레를 단 채 통으로 달려든다. 여인 둘 중 하나는 늙고 하나는 젊은데, 앞을 가렸던 발을 걷고 바람을 쏘인다. 둘 다 꾀꼬리무늬의 파란 윗옷에 주황빛 치마를 입었고, 옥잠화·패랭이꽃·석류화로 머리를 야단스럽게 꾸몄다. 아마 한족 여성인 듯싶다.

변 군이 술을 마시자기에 한 잔씩 기울이고는 곧 떠났다.

몇 리 안 갔는데, 멀리 군데군데에 불탑佛塔이 나타나서 훤히 눈에 들어온다. 심양이 가까워지는가 보다.

> 어부가 가리키기를 강성이 부근이요
> 뱃머리에 솟은 탑이 볼수록 더 높네

옛 시가 문득 생각난다. 그림을 모르는 사람치고 시를 아는 이가 없는 법이다. 그림에는 농담濃淡, 색깔이나 명암 따위의 짙음과 옅음 또는 그런 정도의 법이 있으며, 원근遠近의 모습이 있다. 탑을 바라보니 옛사람이 시를 지을 때 그림 그리는 방법을 터득했음을 깨닫게 된다. 성의 멀고 가까움을 탑의 길고 짧음으로 미루어 짐작할 수 있기 때문이다.

혼하의 이름은 아리강인데, 소요수라고도 한다. 장백산에서 흐르기 시작하여 사하와 합치고 성경성 동남쪽으로 굽이져 흘러 태자하와 만나며, 서로 비끼어서 요하와 합하여 삼차하三叉河가 되어 바다로 흐른다.

혼하를 건너 몇 리를 가니 토성이 있는데, 그리 높지 않다. 성 밖에는 검은 소 수백 마리가 있는데, 그 빛깔이 아주 까매서 옻칠을 한 듯하다. 또 넓이가 백 경頃, 땅 넓이의 단위. 1경은 3000평으로 약 9917.4제곱미터에 해당함이나 되는 큰 연못이 있는데, 붉은 연꽃이 한창이고 거위와 오리 떼가 수없이 떠다닌다. 연못가에는 흰 양 천여 마리가 물을 먹다가 사람을 보자 모두 머리를 쳐들고 선다. 외성外城의 문으로 들어가니 거리의 번화함과 상가의 호화로움이 요양보다 열 배는 더하다.

관왕묘에 들어가 잠깐 쉬었는데, 삼사는 관복을 모두 갖추어 입었다. 수화주품질이 좋은 비단. 수아주라고도 함로 지은 홑적삼홑겹으로 된 적삼. 적삼은 윗도리에 입는 홑옷. 모양은 저고리와 같음을 입고 민숭민숭 벗어진 이마에 땋은 뒷머리를 늘어뜨린 노인이 내게 깊이 읍하면서 말한다.

"수고하십니다."

나도 손을 들어서 답례했다. 노인이 내가 신은 가죽신을 유심히 바라보는데, 마치 그 만드는 법을 궁금해하는 듯하다. 나는 곧 한 짝을 벗어서 보여주었다. 그때 사당 안에서 갑자기 도사 한 사람이 뛰어나오는데, 몸에는 야견사산누에고치로 켠 실 도포를 걸치고 머리에는 등나무로 만든 관모를 썼으며 발에는 검은 공단두껍고 무늬는 없지만 윤기가 도는 고급 비단으로 만든 신을 신었다. 그는 관모를 벗고 상투를 어루만지면서 묻는다.

"이게 상공의 것과 똑같지 않습니까?"

노인은 자기 신을 벗고 내 신을 바꿔 신으면서 묻는다.

"이 신은 무슨 가죽으로 만들었소이까?"

진신 질척거리는 땅을 걸을 때 신는 가죽신. 국립민속박물관 소장

"나귀가죽으로 만든 겁니다."

내가 답하니, 그는 또 묻는다.

"밑창은 무슨 가죽입니까?"

"쇠가죽에 들기름을 먹여서 만든 것이라 진흙탕을 디뎌도 젖지 않는답니다."

내가 답하니, 노인과 도사가 참 좋다고 칭찬하며 다시 묻는다.

"이 신은 질퍽한 땅에는 편리하지만 마른 땅에서는 발이 부르트지나 않을까요?"

"정말 그렇소."

나는 답했다.

노인이 나를 사당 안 한쪽으로 이끌었다. 도사가 두 주발의 차를 따르더니 나와 노인에게 권한다. 노인이 자기 성명을 복녕福寧이라 써 보인다. 그는 만주 사람으로, 현재 성경 병부낭중兵部郎中 벼슬에 있으며, 나이는 육십삼 세다. 성 밖으로 피서를 와서 연못에 연꽃이 핀 것을 한 바퀴 둘러보고 방금 돌아가는 길이라 한다. 그가 이어 묻는다.

"영감의 벼슬은 몇 품이오며, 나이는 몇이십니까?"

"성명은 아무개요. 선비의 몸으로 중국에 관광하러 온 것이며, 나이는 정사생1737년. 그때 박지원의 나이는 44세였음입니다."

내가 답하자, 그는 또 묻는다.

"그러면 생일과 태어난 시간은 언제입니까?"

"2월 5일, 축시丑時, 새벽 1시부터 새벽 3시 사이입니다."

"그러면 하마경蝦蟆更, 오경을 가리킴이오?"

"아닙니다."

내가 답하자, 복녕이 다시 묻는다.

"저 윗자리에 앉으신 분은 지난해에도 오셨죠. 내 그때 연경에서 심양으로 내려가다가 옥전玉田의 한 객사에서 묵은 일이 있습니다. 아마 한림翰林, 임금의 글을 담당하던 벼슬 출신이시죠?"

"한림이 아니라 부마도위駙馬都尉, 임금의 사위에게 주던 칭호입니다. 나하고는 삼종형제팔촌 사이입니다."

내가 답하자, 그가 또 부사와 서장관에 대해 묻기에 각각 성명과 관품을 일러주었다. 사행들이 옷을 갈아입고 떠나려 해서 나도 하직하고 일어섰다. 복녕이 앞으로 나와서 손을 잡더니 말한다.

"먼 길에 몸조심하십시오. 마침 가을 더위가 날로 더하니 풋열매나 차가운 음료를 자시지 마십시오. 우리 집은 서문 안 마장거리 남쪽에 있는데, 문 위엔 병부낭중이란 문패가 붙어 있고, 또 금 글자로 '계유문과癸酉文科'라 써 붙였으니 찾기 쉬우리다. 상공은 언제쯤 오시는지요?"

나는 답한다.

"9월 중에나 성경에 돌아오게 될 것 같소이다."

그러자 복녕은 또 말한다.

"그때 긴급한 공무만 발생하지 않으면 반가이 맞이하리다. 이미 당신의 사주를 알았으니 조용히 추수닥쳐올 운수를 미리 헤아려 앎해두었다가 귀한 행차가 돌아오시길 기다리리다."

그 어조가 정중하여 작별을 못내 서운해하는 모양이다. 도사는 코끝이 뾰족하고 눈동자가 가운데 박힌 사팔뜨기인데다가 행동이 경박하여 은근한 맛이라곤 없다. 반면에 복녕은 사람됨이 기걸하고 원만하다.

삼사가 차례로 말을 타고 간다. 문무관이 반을 짜서 성으로 들어가는 것이다. 성 둘레가 십 리인데, 벽돌로 쌓았다. 여덟 개의 문루가 있는데, 누각은 모두 삼 층이며 옹성성문을 보호하고 성을 튼튼히 지키기 위하여 큰 성문 밖에 원형이나 방형方形으로 쌓은 작은 성을 쌓아서 보호한다. 좌우에는 동과 서에 두 대문이 있는데, 큰길과 통하도록 돈대를 쌓고 그 위에 삼 층으로 문루를 세웠다. 문루 밑에는 자연히 십자로가 펼쳐졌는데, 수레바퀴는 서로 부딪히고 어깨가 서로 닿을 정도여서 번화한 모습이 바다와 같다.

가게들은 큰길을 사이에 두고 채색한 누각과 아로새긴 들창에 금빛 간판, 푸른 글을 써 붙였으며, 온갖 상품이 그 속에 가득하다. 가게를 지키는 이들은 모두 희멀건 얼굴에 옷차림 맵시가 깨끗하다.

심양은 본시 우리나라 땅이다. 누군가 이렇게 이른다.

"한나라가 사군을 두었을 때에는 이곳이 낙랑의 군청이더니 원위元魏, 북조北朝의 한 나라. 386~534. 선비족인 탁발규가 강북에 세운 나라로 후에 동위東魏와 서위西魏로 분열됨·수隋·당唐 때에는 고구려에 속했다."

하지만 지금은 성경이라 일컫는다. 봉천 부윤이 백성을 다스리고 봉천장군奉天將軍 부도통副都統이 팔기八旗의 군사를 총괄한다. 또 승덕지현承德知縣이 있는데, 각 부에 좌이아문佐貳衙門을 두었다.

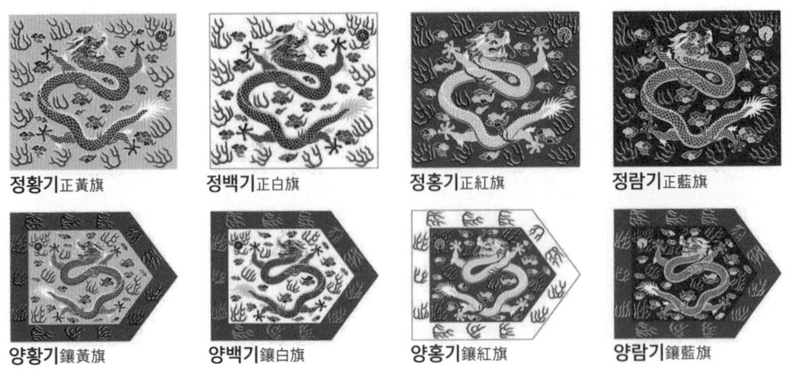

팔기 깃발 팔기는 청나라 때 군대를 기의 빛깔에 따라 여덟으로 나눈 군사 제도다.

성문 맞은편에 조장여러 가지 색채로 글자나 무늬를 넣고 쌓는 담이 있고, 문 앞마다 옻칠한 나무를 어긋매끼서로 어긋나게 맞추는 일로 세워서 난간을 만들었다. 장군부將軍府 앞에는 큰 패루牌樓 한 채가 서 있다. 길에서 그 지붕의 알록달록한 유리기와를 바라보았다.

내원, 계함과 함께 행궁行宮, 임금이 나들이 때 머물던 별궁 앞을 지나가다가 관인官人 한 사람을 만났다. 손에 짧은 채찍을 쥔 그는 바쁜 걸음으로 간다. 중국말을 잘하는 내원의 마두 광록이 관인을 쫓아가더니 한쪽 무릎을 꿇고 머리를 조아린다. 그러자 그는 얼른 광록을 붙잡아 일으키면서 말한다.

"형장나이가 엇비슷한 친구 사이에서 상대편을 높여 이르는 2인칭 대명사, 왜 이러시오. 편히 하시오."

광록이 절하며 여쭙는다.

"저는 조선 방자지방 관아에서 심부름하던 남자 하인이온데, 우리 상전께

패루 중국에서 큰 거리에 길을 가로질러 세우던 시설물이나 무덤, 공원 따위의 어귀에 세우던 문

서 큰 임금님 계신 궁궐을 하늘같이 우러러 바라오니, 영감께서 구경을 허락해주시겠습니까?"

그런즉, 관인이 웃으면서 말한다.

"그야 어려울 것 없소. 날 따라오시오."

나는 곧 쫓아가서 인사를 하고자 했으나, 걸음이 빨라서 따라갈 수가 없다. 길이 막다른 곳에 이르자 붉은 목책이 나오는데, 관인이 그 속으로 들어가면서 채찍으로 한 군데를 가리키더니 말한다.

"여기서 좀 기다리시오."

그러고는 이내 어디론지 가버린다. 내원은 "이왕 들어가 구경하지 못할 바에는 여기 우두커니 서 있을 필요가 없지. 이렇게 겉으로 한번 바라보았으면 그만이지." 하고는 계함과 함께 술집으로 가버린다. 나는 광록과 함께 목책 속으로 들어가기로 했다. 정문의 이름은 태청문이라 하는데, 그 문안으로 들어섰다. 광록이 말한다.

"아까 만났던 관인은 필시 수직장경守直章京, 문을 지키는 벼슬일 겁니다. 몇 년 전 하은군河恩君, 1777년에 정사로 연경에 다녀온 왕족으로, 이름은 이광을 모시고 왔을 때도 두루 행궁을 구경했는데, 아무도 막는 사람이 없었습니다. 그러니 마음 놓고 구경하시지요. 설사 사람을 만나더라도 쫓겨나기밖에 더하겠습니까?"

"네 말이 옳다."

나는 이렇게 말하고는 걸어서 앞의 궁전에 이르렀다. 현판에 숭정전이라 쓰여 있는데, 정대광명전이라는 현판도 붙어 있다. 왼편은 비룡각, 오른편은 상봉각이라 했고, 그 뒤에는 삼 층짜리 높은 다락이 있는데, 이름이 봉황루다.

좌우에 곁문이 있고 문안에는 갑군 수십 명이 서서 길을 막는다. 할 수 없이 문밖에서 멀리 바라보니 층으로 된 누각과 겹겹으로 된 전각, 회랑정당의 좌우에 있는 긴 집채이 모두 오색찬란한 유리기와로 지붕을 이었다. 두 겹 처마로 된 팔각집을 태정전이라 했고, 태청문 동쪽에는 신우궁이라는 건물이 있어 삼청三淸, 도교에서 말하는 세 신선. 즉 원시천존·태상도군·태상노군의 소상을 모셨는데, 강희황제의 어필로 '소격昭格', 옹정황제雍正皇帝, 청나라 제5대 황제. 재위 1722~1735의 어필로 '옥허진제玉虛眞帝'라 써서 붙였다.

선양 고궁

선양 고궁瀋陽故宮은 청나라 초대 황제인 누르하치가 선양을 수도로 삼으며 건립한 궁이다. 북경으로 천도한 뒤로는 황제가 동북 지역을 순회할 때 머무는 곳으로 이용되었다. 건물이 아흔 채, 정원이 스무 곳에 달할 정도로 크다.

숭정전

봉황루

대정전

돌아 나와서 내원을 찾은 후 한 술집에 들렀다. 깃발에 금 글자로 이렇게 쓰여 있다.

하늘 위 뭇별 가운데 작은 별 하나 빛나고
세상에서 들어본 적 없는 그 이름 이곳이네

술집에는 붉은 난간에 파란 문, 하얀 벽에 그림을 그린 기둥이 있는데, 시렁 위에는 층층이 똑같은 놋 술통을 나란히 놓고, 붉은 종이에 술 이름을 써서 붙인 것이 헤아릴 수 없이 많다.

주부 조학동이 그 집에서 사람들과 술을 마시다가 일어나 웃으면서 나를 맞는다. 방 안에는 오륙십 개의 훌륭한 걸상과 이삼십 개의 탁자가 놓였으며, 화분 수십 그루가 있는데, 저녁 물을 주고 있었다. 추해당화와 수국은 한창 피었는데, 다른 꽃은 처음 보는 것들이다.

조 군이 불수로술 이름 석 잔을 내게 권한다. 계함 등은 어디로 갔느냐고 묻자 모른다고 답한다. 내가 먼저 자리에서 일어났다.

길에서 또 주부 조명회를 만나니 몹시 반가워하면서 어디 가서 함께 실컷 마시자고 한다. 나는 몸을 돌려 방금 나온 술집을 가리키며 다시 저기로 가서 마시자고 했다. 그러자 조 주부가 말한다.

"거길 또 갈 필요가 없습니다. 어디든 다 그와 비슷합니다."

이에 서로 손을 맞잡고 다른 술집으로 들어갔다. 웅장하고 화려한 모습이 아까 그 집보다 훨씬 낫다. 달걀볶음 한 쟁반, 사국공술 이름 한 병을 사서 실컷 먹고 나왔다.

골동품을 다루는 한 점포에 들렀는데, 상호가 예속재다. 수재 다섯 사람이 동업하여 점포를 냈는데, 모두 나이가 젊고 얼굴이 아름답다.

다시 밤에 이 집을 찾아와 이야기하기로 약속했다.

또 한 점포에 들렀는데, 먼 곳에서 온 선비들이 갓 개업한 비단 가게로, 상호는 가상루歌商樓다. 선비들은 모두 여섯인데, 의관이 깨끗하고 행동과 인상이 단아하여 밤에 예속재에 모여서 이야기를 나누기로 약속했다.

형부刑部, 법률·소송·재판에 관한 일을 맡아보던 관아 앞을 지나는데, 관아 문이 활짝 열려 있다. 문 앞에는 나무를 어긋매끼로 둘러쳐서 함부로 드나들지 못하게 했다. 나는 나 자신이 외국 사람이라고 여겨 거리낄 것이 없을뿐더러, 여러 아문 중에 오직 이 문만 열렸으므로 관부의 제도를 속속들이 봐두겠다는 생각에 문안으로 들어섰는데, 아무도 막는 이가 없었다.

한 관인이 대 위의 걸상에 걸터앉아 있고 그 뒤에는 손에 붓과 종이를 든 사람이 서 있다. 뜰아래에는 죄인 하나가 꿇어앉아 있는데, 좌우에는 두 사령이 대나무 곤장을 짚고 섰다. 그리고 명령을 내리거나 행동을 하는 등 큰소리치는 일 없이, 관인이 죄인을 보고 차근히 죄를 따진다. 얼마 후 큰 소리로 "쳐라!" 하고 호통하자, 사령이 손에 들었던 곤장을 던지고는 죄인 앞으로 달려간다. 그러고는 손바닥으로 따귀를 네다섯 번 때리더니 다시 자리에 돌아가서 곤장을 들고 섰다. 죄를 다스리는 법이 아무리 간단하기로 따귀를 때리는 형은 예로부터 듣지 못했다.

저녁 식사 뒤에 달빛을 따라 가상루에 들렀다가 여러 사람을 이끌고 예속재에 이르렀다. 밤이 이슥하도록 이야기하다가 헤어졌다.

정해丁亥

7월 11일

날이 갰다. 몹시 덥다.

심양에서 묵었다.

아침 일찍 성안에서 우레 같은 대포 소리가 들린다. 상점들이 아침에 일어나 문을 열 때면 으레 종이 딱총을 터뜨린다고 한다.

급히 일어나 가상루로 가자 여러 사람이 또 모여 있다. 조용히 이야기하다가 숙소로 와서 아침을 먹고, 다시 여러 사람들과 함께 거리 구경에 나섰다.

길에서 두 사람을 만났는데, 서로 팔짱을 끼고 간다. 둘 다 생김새가 수려하기에 혹시 글하는 사람들인가 싶어 그 앞에 가서 읍을 한즉, 둘이 팔을 풀고 답례를 공손히 하고는 이내 약방으로 들어간다. 나도 뒤따라 들어갔다. 둘은 빈랑 두 개를 사서 칼로 넷으로 쪼개더니, 나에게 한쪽을 먹어보라 권하고 자기네도 씹어 먹는다. 내가 그들의 성명과 사는 곳이 어디인가 하고 글로 써서 물은즉, 들여다보고 멍해하는 품이 글을 모르는 듯싶다. 읍을 길게 하고는 나왔다.

해마다 연경에서 심양의 여러 아문과 팔기군의 봉급을 지급하면 심양에서 다시 흥경·선창·영고탑 등지로 나누어 보내는데, 그 돈이 백이십오만 냥이라 한다.

저녁에는 달빛이 더욱 밝다. 변계함에게 함께 가상루에 가자고 했더니, 변 군이 쓸데없이 수역首譯에게 가도 좋으냐고 물었다. 그러자 수역이 눈을 휘둥그레 뜨면서 "성경은 연경이나 다름없는데, 어찌 함부로 밤에 나다닌단 말씀이오?" 하는 바람에 변 군이 한풀 꺾이고 말았다. 수역은 어젯밤 우리 일을 모르는 모양이다. 만일 알게 되면 나도 잡을까 싶어 알리지 않고 홀로 빠져나오면서, 장복에게 혹시라도 나를 찾는 이가 있거든 뒷간에 간 것처럼 둘러대라고 했다.

빈랑 종려나뭇과의 상록교목. 한약의 일종이며 소화제로 사용한다.

무자戊子 7월 12일

보슬비가 오다 곧 멎었다.

심양에서 원당願堂까지 3리, 탑원塔院까지 10리, 방사촌方士邨까지 2리, 장원교壯元橋까지 1리, 영안교永安橋까지 14리이고, 길 쌓은 것이 영안교에서 비롯하여 쌍가자雙家子까지 5리, 대방신大方身까지 10리, 모두 45리다. 이곳에서 점심을 먹고 대방신에서 다시 마도교磨刀橋까지 5리, 변성邊城까지 10리, 흥륭점興隆店까지 12리, 고가자孤家子까지 13리, 모두 40리를 가니 이날 합하여 85리를 갔다. 고가자에서 머물렀다.

아침 일찍 심양을 떠날 때 가상루에 들르니, 배관이 홀로 나와 맞고 온백고는 마침 잠이 깊이 들었다. 나는 손을 들어 배관과 작별하고 예속재에 이르니 전사가와 비치가 나를 맞는다. 전생전사가이 편지 두 통을 가지고 와서 하나를 뜯어 보여주는데, 내게 주는 골동품 목록을 기록한 것이었다. 또 한 통에는 겉에 붉은 쪽지로 '허태사 태촌 선생 수계許太史台邨先生手啓'라고 쓰여 있다.

전생이 다시 설명했다.

"이는 저의 성심에서 나온 것이요, 객쩍은 행동이 아닙니다. 조선관朝鮮館, 조선 사신이 드는 객관과 서길사관庶吉士館, 한림원에 속한 문인들을 모아 둔 곳은 문이 나란히 있으니, 선생이 연경에 도착하시거든 이 편지를 전해주십시오. 허태사는 그 행동이 속되지 않고 문장이 아름다운즉, 반드시 선생을 잘 맞이할 것입니다. 편지 안에도 선생의 성함과 큰 덕을 함께 적었으니 결코 헛걸음이 되지 않을 것입니다."

나는 말했다.

"여러분을 일일이 만나서 하직하지 못하니 매우 서운합니다. 선생이 이 뜻을 잘 전해주시오."

그러자 전생이 머리를 끄덕인다. 내가 곧 몸을 일으키려 하자 전생이 말했다.

"목수환이 옵니다."

목수환이 한 청년을 데리고 왔는데, 그는 손에 포도 한 광주리를 들고 있다. 청년은 나를 만나기 위하여 예물로 포도를 가지고 온 모양이다. 그는 나를 향하여 공손히 읍한 뒤에 앞으로 다가와서 내 손을 잡는데, 익히 아는 사이인 듯 익숙해한다. 그러나 갈 길이 바빠서 이내 손을 들어 작별하고 가게를 떠나 말을 타는데, 그는 말 머리에 이르러 두 손으로 포도 광주리를 받쳐 든다. 나는 말 위에서 포도 한 송이를 집고 다시 손을 들어 감사의 표시를 한 다음 떠났다. 얼마 가다 돌아본즉, 여러 사람이 아직도 가게 앞에서 내가 가는 모습을 바라보고 서 있다. 길이 바빠서 미처 그 청년의 성명을 묻지 못한 것이 안타깝다.

연거푸 이틀 밤을 설쳤더니 해 뜬 뒤에 고단함이 매우 심했다. 창대에게 굴레를 놓고 장복과 함께 나를 이쪽저쪽에서 부축하게 한 후 한숨 달게 잤더니 정신이 맑아지고 주위의 풍경이 한층 새롭다.

장복이 말한다.

"아까 몽골 사람이 낙타 두 마리를 끌고 지나가더이다."

"왜 내게 알리지 않았느냐?"

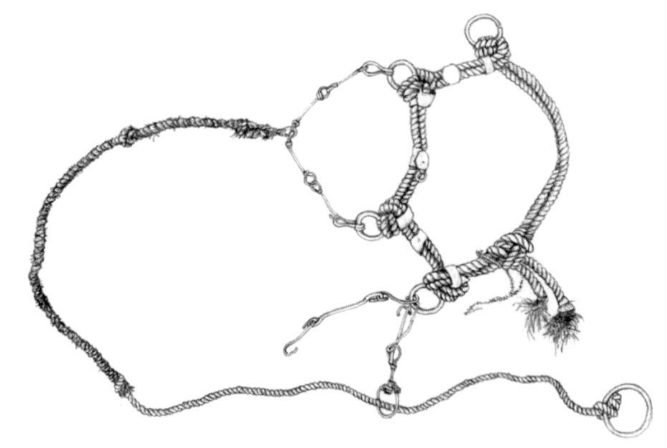

굴레 말이나 소 따위를 부리기 위하여 머리와 목, 고삐에 걸쳐 얽어매는 줄

내가 꾸짖었더니, 창대가 말한다.

"그때 코 고는 소리가 천둥 치듯 하는데, 아무리 불러도 대꾸가 없으신데, 어찌하오리까? 쇤네들도 생전 처음 보는 것이라 무언지는 똑똑히 모르오나, 생각에 낙타인가 싶습니다."

"그 모양이 어떻게 생겼더냐?"

내가 다시 물었더니, 창대가 답한다.

"정말 표현하기 어렵습디다. 말인가 싶으면 굽이 두 쪽에 꼬리가 소처럼 생겼고, 소인가 하면 머리에 뿔이 없을뿐더러 얼굴이 양같이 생겼고, 양인가 하면 털이 꼬불꼬불하지 않을뿐더러 등엔 두 봉우리가 솟았으며, 머리를 쳐들면 거위 같기도 하려니와, 눈을 떴다는 것이 꼭 청맹과니겉으로 보기에는 눈이 멀쩡하나 앞을 보지 못하는 눈와 같더이다."

"과연 낙타인가 보다. 그 크기가 얼마만 하더냐?"

내가 물으니, 그는 한 길이나 되는 허물어진 담을 가리키며 답한다.

"높이가 저만 하더이다."

“이담엘랑 처음 보는 물건이 있거든 졸건 식사를 하건 반드시 알려야 한다.”

나는 이렇게 타일렀다.

지는 해가 뉘엿뉘엿 말 머리에 감돈다. 강가에서 수백 마리 나귀 떼가 물을 먹고 있다. 한 노파가 손에 수숫대를 들고 나귀를 모는데, 일고여덟 살 된 어린아이가 노파를 따라다닌다. 노파는 시골 마나님으로, 몸에는 푸른색 짧은 치마를 입고 발엔 검은 신을 신었는데, 머리가 모두 벗어져서 뺀질뺀질한 게 바가지처럼 빛난다. 게다가 정수리 밑에 조그마하게 낭자여자의 치장에 쓰는 딴머리의 하나. 쪽 찐 머리 위에 덧대어 얹고 긴 비녀를 꽂음를 틀고 겨우 한 치밖에 안 되는 곳에 온갖 꽃을 수두룩하게 꽂았다. 노파가 장복에게 조선 담배를 달라기에 내가 물었다.

“저 나귀가 모두 당신네 집에서 기르는 것입니까?”

그랬더니 노파는 머리를 끄덕이고 가버린다. 내 말을 알아들었는지 못 알아들었는지는 모르겠다.

기축己丑 7월 13일

날은 맑으나 바람이 심하다.

고가자孤家子에서 새벽에 떠나 거류하巨流河까지 8리인데, 거류하는 주류하周流河라고도 한다. 거기서 거류하보巨流河堡까지 7리, 필점자泌店子까지 3리, 오도하五渡河까지 2리, 사방대四方臺까지 5리, 곽가둔郭家屯까지 3리, 신민둔新民屯까지 3리, 소황기보小黃旗堡까지 4리를 와서 이곳에서 점심을 먹었으니 모두 35리를 걸었다. 다시 소황기보에서 대황기보大黃旗堡까지 8리, 유하구柳河溝까지 12리, 석사자石獅子까지 12리, 영방營房까지 10리, 백기보白旗堡까지 5리, 모두 47리를 걸었다. 이날 도합 82리를 가서 백기보에서 묵었다.

새벽에 일어나 세수를 하니 몹시 고단하다. 달이 지자 온 하늘에 총총한 별들이 깜박거리고 마을 닭이 서로 홰를 친다. 몇 리를 못 가서 안개가 뽀얗게 끼어 큰 벌이 삽시간에 수은 바다를 이루었다. 한 무리 만상灣商, 조선시대에 의주를 근거로 하여 중국과 대외 무역을 하던 상인들이 서로 떠들며 지나가는데, 그 소리가 몽롱하여 마치 꿈속에서 기이한 글을 읽는 것처럼 분명하지는 않으나 그 신비한 경지는 환상인 듯싶다.

조금 뒤에 하늘이 훤해지며 길에 늘어선 수많은 버드나무에서 매미가 한꺼번에 울기 시작한다. 매미들이 알리지 않는다 한들 한낮의 더위가 뜨거운 줄 모르랴. 들에 가득했던 안개가 걷히자 멀리 있는 마을 사당 앞에 세운 깃발이 돛대처럼 보인다. 동쪽 하늘을 돌아보니 불빛 구름이 용

요동 벌판 박지원은 요동 벌판을 두고 이런 시를 짓기도 했다. "요동 벌판 어느 때나 끝이 날는지/ 열흘 내내 산이라곤 보지 못했네/ 새벽별은 말 머리 위로 날아오르고/ 아침 해가 논밭에서 솟아나네."

솟음치고, 수레바퀴 같은 붉은 태양이 옥수수밭 저편에 솟을 듯 말 듯 천천히 온 요동 벌판에 꽉 차게 떠오른다. 땅 위를 오가는 말이며 수레며, 나무며 집이며, 터럭처럼 보이는 모든 것이 불덩이 속에 잠기기 시작했다.

신민둔은 시가지나 점포가 요동 못지않게 번화하다. 한 전당포에 들어가니 뜰 가득히 시렁 위에 놓인 포도 덩굴 그늘이 영롱한데, 뜰 가운데엔 기이한 돌 여럿을 포개어 하나의 가산假山, 정원 따위에 돌을 쌓아서 조그마하게 만든 산을 만들었다. 산 앞에 놓인 높이가 한 길이나 되는 항아리 안에 연꽃 너덧 송이가 피어 있고, 땅을 파서 한 칸 나무통을 묻고는 그 속에 뜸부기 한 쌍을 기른다. 가산에는 종려, 추해당화, 안석류 등 화분 여러 개가 놓여 있다.

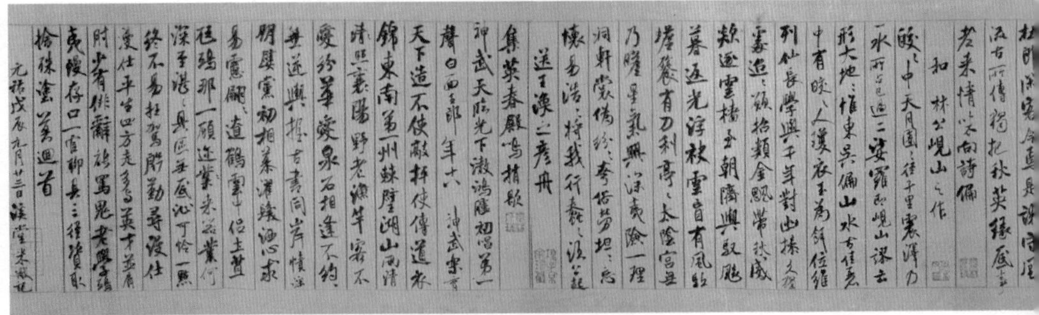

〈촉소첩〉(부분) 명필가 미불이 여러 시를 행서로 쓴 작품이다. 명나라 서화가 동기창은 "마치 사자가 코끼리를 잡으려고 전력 질주하는 것 같다"라고 평했다. 대만 고궁박물원 소장

휘장 밑에 의자를 나란히 놓고 우람한 사나이 대여섯이 앉아 있다가 나를 보고 일어나 읍하며 앉기를 청하더니, 시원한 냉차 한 잔을 권한다. 점포 주인이 옅은 금색으로 이룡螭龍, 전설상의 동물로 뿔이 없는 용 두 마리를 곱게 그린 붉은 종이 두 장을 꺼내며 주련을 써달라고 한다. 나는 곧 이렇게 썼다.

> 목욕하는 한 쌍 원앙 비단이 나는 듯
> 갓 피어난 연꽃 송이 말없는 신선이네

보던 이들이 모두 필법이 아름답다고 칭찬이다. 주인은 이렇게 말하며 일어선다.

"손님께서는 잠깐만 기다리십시오. 제가 다시 좋은 종이를 가져오겠습니다."

잠시 후 주인이 왼손에는 종이를 들고 오른손에는 진한 먹 한 종지를

받쳐 들고 온다. 그러고는 칼로 백로지 한 장을 끊어서 석 자 길이로 만들더니, 문 위에 붙일 만한 좋은 액자를 써달라고 한다. 내가 길을 오며 보니, 점포 문설주에 '기상새설欺霜賽雪, 서리를 속일 만하고 눈과 내기를 할 만큼 희다. 즉 맑고 깨끗하다는 뜻'이라는 네 글자가 붙어 있는 것이 가끔 눈에 띄던데, 그래서 마음속으로 생각했다.

'장사치들이 자신들의 마음이 가을 서릿발처럼 맑고 희디흰 눈보다 깨끗하다는 것을 내세우는 것이 아닐까?'

또 문득 생각했다.

'며칠 전에 난니보를 지날 때 한 점포 문설주에 붙어 있던 이 네 글자의 필법이 매우 기묘하기에 말을 멈추고 한참 감상하면서 '상霜'과 '설雪'이라는 두 글자는 틀림없이 미해악체米海嶽體, 해악은 송나라 때의 인물인 미불의 호다. 미불이 쓴 글씨를 가리켜 미해악체라고 한 것거니 했더니, 이제 그 체를 한번 써보아야겠구나.'

먼저 붓 끝을 먹물에 담가 붓을 아래위로 움직이니 먹빛은 붉은 기운이 돌 듯하고, 농담濃淡이 골고루 퍼진다. 그런 다음 종이를 펴고 왼편에서 오른편으로 쓰기 시작하여 '설雪' 자를 완성했다. 비록 미불의 것에야 비길 수 없겠지만, 어찌 동태사董太史, 명나라 때의 서화가인 동기창만이야 못하랴! 구경하는 사람들 수가 점점 늘어나는데, 그들은 일제히 감탄한다.

"글씨가 퍽이나 잘됐습니다."

다음 '새賽' 자를 쓰니, 더러는 "잘됐다." 하고 칭찬하는 이도 있으나, 다만 주인은 설 자를 쓸 때처럼 감탄하는 소리를 내지 않는다. 나는 속으로 생각한다.

'새 자야 별로 써본 적이 없으니 손에 익지 못하여 위의 '寒'은 너무 빽빽하게 썼고 아래 '貝'는 지나치게 길어서 마음에 들지 않을뿐더러 붓 끝에서 짙은 먹물이 새 자의 왼편에 잘못 떨어져 번지는 바람에 마치 얼룩진 표범처럼 됐으니, 이 때문에 그가 언짢게 생각하는 것이리라.'

그런 다음 단숨에 잇달아서 '상霜'과 '기欺' 두 자를 쓰고 붓을 던진 후 한번 죽 읽어본즉, 큼직한 '기상새설' 네 글자가 틀림없다. 그런데 주인은 머리를 가로저을 뿐이다.

"이는 우리와는 아무런 상관이 없어요."

"나중에 다시 봅시다."

나는 이렇게 말하고 몸을 일으켜 나오면서 투덜거렸다.

"이런 궁벽한 곳의 장사치가 어찌 심양 사람들만 할까. 제까짓 놈이 글이 잘되고 못된 것은 어찌 안단 말이야?"

이날 해가 뜬 뒤에 바람이 온 누리를 뒤덮을 듯이 불더니, 오후에는 멎고 한 점 바람기도 없어 더위가 더욱 찌는 듯하다.

영안교에서부터 아름드리 통나무를 엮어서 다리를 놓았는데, 다리의 높이가 두세 길이 되고 너비가 다섯 길은 되며, 양쪽의 나무 끝이 가지런하여 마치 한 칼로 밀어버린 듯싶다. 다리 밑 도랑엔 푸른 물이 끝없이 흐

〈**완변초당도**〉 동기창이 죽마고우 진계유의 초당을 방문한 후, 헤어질 때 친구에게 그려준 그림이다.

르고 그 옆의 진흙 벌에서는 윤기가 흐른다. 만일 이를 개간해서 논을 만든다면 해마다 몇만 섬의 벼를 거둘 수 있을 것이다.

누군가 말했다.

"강희황제가 일찍이 《경직도耕織圖》와 농사에 관한 여러 책을 출간했는데, 지금 황제 역시 농가의 자제이신 만큼 이 산해관 밖의 푸른 듯 검은 기름진 땅이 가장 좋은 땅이 될 줄 어찌 모르겠는가. 그러나 저 산해관 밖의 땅은 실로 청나라가 일어난 고향이다.

이에 벼가 기름지고 향기로우며 이밥멥쌀로 지은 밥이 차져서 백성이 혀에 감기도록 늘 먹어 입맛을 들이면 힘줄이 풀리고 뼈가 연해져서 무력을 쓸 수 없게 될 것이니, 차라리 수수떡과 밭벼밭에 심어 기르는 벼를 먹도록 하여 굶주림을 이겨내고 혈기를 돋우어 먹는 즐거움을 잊어버리게 하는 것보다 못한 것이다. 비록 천 리의 기름진 땅을 버릴지언정 메마른 땅에서라도 충성을 다하는 백성이 되게 함이니, 이게 그의 심모원려深謀遠慮, 깊은 꾀와 먼 장래를 내다보는 생각일 것이다."

길에서 보니 이삼 리마다 집이 끊어졌다 이어지고, 수레와 말이 수없이 오간다. 좌우의 점포도 모두 볼 만하여 봉성에서 이곳까지 비록 화려하고 검소한 정도의 차이는 있겠지만, 그 규모는 모두 한결같다. 때로 언뜻언뜻 눈에 띄는 것이 실로 놀랄 만한 것, 기뻐할 만한 것이 적지 않건만, 이루 다 적을 수 없었다.

날이 저물자 먼 곳에서 자욱이 번지는 연기가 보인다. 말을 채찍질하여 참站, 중앙 관아의 공문을 지방 관아에 전달하며 외국 사신의 왕래, 벼슬아치의 여행과 부임 때 마필을 공급하던 곳으로 달리는데, 참외밭에서 한 늙은이가 나와 말 앞에 엎드린다. 그러고는 서너 칸 되는 초가집을 가리키면서 말한다.

"이 늙은 게 혼자 길가에서 참외를 팔아서 하루하루 지내는데, 아까 당신네 조선 사람 사오십 명이 이곳을 지나다가 잠시 쉬면서 처음엔 값을 내고 참외를 사 자셨습니다. 그러더니 떠날 때 참외를 한 개씩 손에 쥐고는 소리를 지르면서 달아나버렸습니다."

"그럼 왜 그 우두머리 어른에게 하소연하지 않았소?"

내가 물으니 늙은이가 눈물을 흘리면서 말한다.

"그렇지 않아도 그리했습니다. 그런데 그 어른이 귀먹고 벙어리인 척하시는데 나 혼자 어찌 그 많은 장정을 당하오리까? 그래도 쫓아가니까 한 사람이 가는 길을 막으며 참외로 냅다 저의 얼굴을 갈기니, 눈에선 별안간 번갯불이 일고 아직도 참외 물이 마르지 않았습니다."

그러더니 청심환을 달라고 조르기에 없다고 했더니, 창대의 허리를 꼭 껴안고 참외를 팔아달라고 떼를 쓰고는 참외 다섯 개를 앞에 갖다놓는다. 나는 마침 목이 마르던 참이라 한 개를 벗겨서 먹어본즉, 향기와 단맛이 뛰어났다. 그래서 장복에게 남은 네 개를 마저 사가지고 가서 밤에 먹기로 하고, 그들에게도 각기 두 개씩을 먹였다. 모두 아홉 개를 샀는데, 늙은이가 팔십 문을 달라고 떼를 쓴다. 장복이 오십 문을 주니 골을 내며 받지 않는다. 창대와 둘이 주머니를 털어 세어보니 모두 칠십일 문이다. 나는 먼저 말에 오르고 장복이 돈을 주며 주머니를 뒤집어 보이자 그제야 가만히 있는다. 그가 처음부터 눈물을 이용해 가련한 빛을 보인 다음 억지로 참외 아홉 개를 팔고서 백 문에 가까운 바가지를 씌우는 것도 참으로 통탄할 일인데, 우리나라 하정배들이 길에서 못되게 구는 것은 더욱 안타까운 노릇이다.

〈**경직도**〉(**부분**) 농사짓는 일과 누에 치고 비단 짜는 일을 그린 그림. 통치자에게 농부의 어려움을 이해시키기 위한 목적으로 제작했다.

어두워서야 참에 이르렀다. 참외를 꺼내 내원과 계함에게 주어 저녁 뒤 입가심으로 먹게 하고, 길에서 하인들이 참외를 빼앗았다는 이야기를 했다. 그러자 마두들이 말한다.

"그런 일, 절대 없었습니다. 그 외딴집에서 참외 파는 늙은이가 본시 간교하기 짝이 없습니다. 서방님이 혼자 떨어져 오시니까 거짓말을 꾸며서 짐짓 가엾은 체한 후 청심환을 얻으려던 것이죠."

나는 그제야 속은 것을 깨닫고, 참외 사던 일을 생각하니 분하기 짝이 없다. 대체 그 갑작스러운 눈물은 어디서 솟았을까? 시대가 말한다.

"그놈은 한인漢人일 겁니다. 만주인은 그렇게 영악한 짓은 안 합니다."

경인庚寅

7월 14일

날이 갰다.

백기보에서 소백기보小白旗堡까지 12리, 평방平房까지 6리, 일반랍문一半拉門까지 12리인데, 일반랍문은 일판문一板門이라고도 한다. 거기서 또 곡산둔靠山屯까지 8리, 이도정二道井까지 12리, 모두 50리다. 이곳에서 점심을 먹었다. 이도정에서 은적사隱寂寺까지 8리, 고가포古家鋪까지 22리다. 여기서 나무다리가 끝났다. 다시 고정자古井子까지 1리, 십강자十扛子까지 9리, 연대煙臺까지 6리, 소흑산小黑山까지 4리, 모두 50리다. 이날 100리를 갔다. 소흑산에서 묵었다.

이날은 마침 말복이라 늦더위가 더욱 심할 것이고 또 가야 할 참이 멀어서 새벽에 일찍 떠났다. 나와 정 비장, 변 주부가 먼저 떠났다. 길에서 어제 해돋이 광경을 이야기했더니, 두 사람이 꼭 한번 구경하고 싶다 한다. 그러나 막상 해가 뜰 무렵엔 동녘 하늘에 구름과 안개가 걷히지 않아 광경이 어제보다 훨씬 못하다. 해가 이미 한 길이나 땅 위에 솟았을 때 그 밑의 구름이 금빛 용이 되어 뛰고 솟고 구불거리고 뒤집는 듯 신출귀몰하여 잠시도 한 모양으로 머물러 있지 않는데, 해는 천천히 높은 공중을 향해 떠오른다.

요양에서부터 조그마한 성과 못을 많이 거쳐 왔으나, 이루 다 기록할 수 없다. 이른바 삼 리마다 성이요 오 리마다 성곽인데, 그곳마다 군이나 읍의 청사가 있다는 말은 아니다. 다만 시골의 취락에 지나지 않으나, 그 격식은 큰 성과 다름이 없다.

일판문과 이도정은 땅이 움푹 파인 곳이어서 비가 조금만 와도 진창이 되고, 얼음이 풀리는 봄 무렵에는 잘못 빠지면 사람도 말도 삽시간에 사라져 지척에 있어도 구출하기 어렵다고 한다. 작년 봄에 산서 지방의 장사꾼 이십여 명이 튼튼한 나귀를 타고 오다 일판문에 이르러 한꺼번에 빠졌으며, 우리나라 마부 역시 두 사람이 빠졌다 한다.

《당서》에서는 이렇게 이른다.

"태종이 고구려를 치려다가 뜻을 이루지 못한 채 돌아오는 길에 발착수에 이르러 팔십 리 진펄에 수레가 나아갈 수 없게 됐다. 이에 장손무기 당 태종의 처남. 태종을 도와 천하를 평정한 일등공신으로 태종의 두터운 신임을 얻음와 양사도당 고조의 사위 등이 일만 군사를 거느리고 나무를 베어 길을 내고, 수레를 연결해 다리를 놓았다. 그때 태종도 말 위에서 손수 나무를 날라서 일을 도왔고, 때마침 눈보라가 심해서 횃불을 밝히고 건넜다."

여기서 발착수가 어디인지는 알 수 없다. 그러나 요동 땅은 흙이 밀가루처럼 부드러워서 비가 내리면 마치 엿 녹은 반죽처럼 되어 자칫하면 사람의 허리와 무릎까지 빠진다. 겨우 한 다리를 빼면 또 한 다리가 더 깊이 빠지게 되는데, 이에 만약 발을 빼려고 애쓰지 않으면 땅속에서 무엇인가 빨아들이듯이 하여 온몸이 묻혀서 흔적도 없게 된다.

지금은 청나라에서 자주 성경으로 거둥하므로 영안교에서부터 나무를 엮어 다리를 만들어서 진펄을 막되, 고가포 밑에 이르러야 비로소 그친다. 이 다리가 이백여 리에 걸쳐 뻗었으니, 그에 들어간 물자와 힘이 참으로 대단하다. 그뿐인가. 그 나무가 한 군데도 들쭉날쭉한 것 없이 이백

치문 전각이나 문루 같은 전통 건물의 용마루 양쪽 끝머리에 얹는 장식 기와. 치미라고도 한다. 봉황을 본떠 만들었다는 설이 일반적이다. 국립경주박물관 소장

리 내내 먹줄로 퉁긴 듯이 가지런하니, 그 솜씨의 정교하고 아름다움을 능히 짐작할 수 있다.

민간에서 물자를 만들 때도 이러한 방식을 본받아서 대체로 같으니, 홍대용이 "중국의 마음 쓰는 법을 우리로선 당하지 못할 것이다."라고 말한 것이 바로 이런 일을 가리키는 것이리라. 이 다리는 삼 년에 한 번씩 고친다고 한다.《당서》의 발착수는 아마 일판문과 이도정 사이를 가리키는 것이 아닐까 싶다.

아골관에서부터 가끔 마을 가운데 높게 흰 패루를 세운 것이 보이는데, 초상난 집이다. 패루는 삿자리로 지었는데, 기왓골기와지붕에서 수키와와 수키와 사이에 빗물이 잘 흘러내리도록 골이 진 부분이나 치문이 돌과 나무로 만든 것과 조금도 다름이 없다. 높이는 너덧 길이고 그 집 문 앞에서 열 걸음쯤 떨어져 있는데, 그 밑에는 악공들이 늘어앉아서 풍류를 연주한다. 바리 한 쌍, 피리 한 쌍, 쇄납나팔 모양으로 된 악기로 본래는 회족이 사용하

던 것 한 쌍이 밤낮을 가리지 않고 조객이 문에 이르면 요란하게 불고 두드린다. 상식上食, 상가에서 아침저녁으로 죽은 이에게 올리는 음식이나 제사가 시작되어 안에서 곡소리가 나면 밖에선 음악으로 화답하듯 한다.

십강자에 이르러 쉬는 사이에 정 비장, 변 주부와 함께 거리를 거닐다가 삿자리로 만든 한 패루에 이르러 그 모양을 천천히 구경하려 하는데, 요란스러운 음악이 시작된다. 둘은 엉겁결에 귀를 막고 도망친다. 나 역시 두 귀가 먹을 것 같아서 손을 흔들어 멈추라 했지만, 힐끔힐끔 돌아보기만 할 뿐 그냥 불고 두드리고 한다. 나는 상갓집 풍습이 보고 싶어서 발을 옮겨 대문 앞에 이르렀다. 그러자 문안에서 한 상주가 뛰어나오더니 내 앞에 와 울며 대나무 지팡이를 던지고는 두 번 절한다. 엎드릴 땐 머리가 땅에 닿도록 조아리고 일어설 땐 발을 구르며 눈물을 비 오듯 흘린다.

"창졸지간에 변을 당했으니 어찌해야 좋을지 모르겠습니다."

그가 울부짖는다. 상주 뒤에 대여섯 명이 따라 나오는데, 모두 흰 두건을 썼다. 그들이 나를 양쪽에서 부축하고 문안으로 들어가니 상주 역시 곡을 멈추고 따라 들어온다. 때마침 건량乾糧, 중국에 가는 사신이 가지고 가던 양식 마두 이동이 안에서 나온다. 나는 하도 반가워서 엉겁결에 말했다.

"이 일을 어찌하면 좋단 말이냐?"

"소인은 죽은 사람과 동갑이라서 서로 친하게 지냈습니다. 그래 아까 와서 그 처를 조문하고 나오는 길입니다."

이동이 답한다.

"조문은 어떻게 하는 것이냐?"

내가 묻는다.

"상주의 손목을 잡고 '너의 어른이 하늘나라에 가셨구나.'라고 하면 됩니다."

이동이 답하고는 나를 따라 다시 들어오면서 말한다.

"백지 한 권이라도 주지 않으면 안 되니 쇤네가 마련해드리오리다."

당 앞에 삿자리로 큰 집을 세웠는데 그 모습이 매우 이상하며, 뜰에는 흰 베로 포장을 치고 그 속에 상복 입은 사람들이 남녀를 나누어 따로 앉았다. 이동이 설명한다.

"주인이 술과 과일을 대접할 것이니 너무 빨리 일어나지 마십시오. 만일 자시지 않으면 큰 수치로 여깁니다."

"이왕 들어왔으니 이것 역시 구경할 만하다만, 상주에게 조문을 하려니 괴롭구나."

내가 말하니 이동이 답한다.

"제가 아까 벌써 조문을 끝냈으니 다시 조문하실 것은 없습니다."

이동이 삿자리 집을 가리키며 말한다.

"이게 빈소올시다. 남녀가 모두 집을 비우고 이 빈소로 옮겨옵니다. 그리고 포장 속에 각기 기朞·공功의 복제服制, 돌아가신 이와의 관계에 따라 상복을 입는 기간이 정해지는 제도. 기는 1년, 공은 다섯 달에서 아홉 달 동안 입음에 따라 장소를 마련하며, 장사를 치른 뒤에 저마다 돌아갑니다."

포장 속에서 한 여인이 가끔 머리를 내밀고 엿보는데, 흰 베로 머리를 싸고 있으며, 제법 자태가 곱다. 이동이 말해준다.

"저이는 죽은 이의 딸인데, 산해관에 살고 있는 부자 상인의 아내라고 합니다."

이윽고 상주가 빈소에서 나와 걸상에 앉고, 흰 두건을 쓴 사람 둘이 국

고종 승하 때 사용한 죽산마 죽산마는 임금이나 왕비의 장례에 쓰던 제사 도구다. 바퀴 달린 '정井' 자 모양의 틀 위에 나무로 말의 외형을 만들고 그 위에 한지를 덧바른다. 일종의 거대한 말 인형이다. 임금이나 왕비가 저세상에 갈 때 품위 있게 타고 가라는 뜻이다.

수 두 그릇, 과실 한 쟁반, 두부 한 접시, 채소 한 쟁반, 차 두 잔, 술 한 주전자를 탁자 위에 벌여놓는다. 그러고는 내 앞에 빈 잔 세 개를 놓고 탁자 맞은편엔 빈 의자를 놓고 잔 세 개를 나란히 늘어놓더니 이동에게 앉으라고 청한다. 이동은 굳이 사양하면서 말한다.

"제 상전이 계신데 어찌 감히 마주 앉을 수 있으리까."

그는 곧 밖으로 나가더니, 백지 한 권과 돈 일 초를 갖고 들어와서 상주 앞에 놓고 내가 부의한다는 뜻을 말한다. 그러자 상주가 걸상에서 내려와 머리를 조아리며 공손히 사례한다. 나는 대충 음복제사를 지내고 난 뒤 제사에 쓴 음식을 나누어 먹음하는 시늉만 하고 곧 일어나 나오는데, 상주가 문밖까지 나와서 전송한다.

문 앞 양쪽 행랑에서는 방금 죽산마를 만들어 종이로 옷을 입히고 있다. 얼마 후 사신 일행이 이곳에 와서 쉬고, 부사도 길가에 가마를 내렸다. 내가 문상한 이야기를 하니 모두 허리를 잡고 웃는다.

이도정은 마을이 꽤 번화하다. 은적사는 대단한 절인데, 지금은 많이 헐었다. 비석에는 시주한 조선 사람들의 이름이 새겨져 있는데, 모두 의주 상인인 것 같다.

드디어 의무려산만주에서 중국 본토로 가는 길인 요하 서쪽 북방의 산이 보이는데, 멀리 서북을 가로지르는 것이 마치 푸른 장막을 드리운 것 같고, 산봉우리는 보일 듯 말 듯하다.

혼하를 건넌 뒤로 다섯 번 강을 건넜는데, 모두 배로 건넜다. 연대煙臺, 전쟁이나 난리가 났을 때 신호로 올리던 불인 봉화를 놓던 축대는 이곳에서 시작된다. 오 리마다 대가 하나씩 있는데, 지름이 십여 장에 높이가 대여섯 발이며, 쌓은 방식이 성과 다름이 없다. 그 위엔 총구멍을 뚫고 여장성 위에 또 쌓은 담장을 둘렀다. 명나라 장수 척계광명나라 때의 무장. 1528~1587. 산둥 지역에서 왜구를 막음이 만들었다는 팔백망八百望, 멀리 바라본다는 뜻이 곧 이것이다. 소흑산은 들 가운데 있는 조금 불룩하고 주먹처럼 생긴 작은 산이라 하여 이렇게 이름을 지었다 한다.

인가가 즐비하고 점포가 번화한 품이 신민둔에 못지않고, 푸른 들 가운데 말·노새·소·양 수천여 마리가 떼를 지어 있으니, 역시 큰 곳이라 이를 수 있다. 하인들이 으레 이 소흑산에서 돼지를 삶아서 위로하는 까닭에 장복과 창대 역시 밤에 가서 얻어먹겠다고 여쭙는다.

이날 밤 달빛이 대낮 같고 더위는 한물간 모양이다. 저녁 식사 후에 밖으로 나가서 아득히 먼 들판을 바라보니, 푸른 안개가 땅에 깔리고 소와

양이 제각기 집으로 돌아간다. 아직 문을 닫지 않은 가게도 있어서 그중 한 집에 들어가니, 뜰 가운데 시렁을 높이 매달고 삿자리로 덮어두었는데, 밑에서 끈을 당기면 걷혀서 달빛을 받게 되어 있다. 기묘해 보이는 화초가 달빛 아래 얽혀 있다. 길에서 놀던 사람들이 내가 들어오는 것을 보고 뒤따라 들어와 뜰에 가득하다.

다시 일각문을 들어서니 뜰 넓이가 앞뜰과 같고, 난간 아래 몇 그루 푸른 파초가 심어져 있으며, 네 사람이 탁자를 가운데 놓고 빙 둘러앉았다. 그중 한 사람이 탁자를 차지하고 '신추경상新秋慶賞, 새 가을을 기쁘게 감상함'이라고 쓴다. 자줏빛 먹으로 불그레한 종이 위에 썼기에 흰 달빛이 비끼어서 똑똑히 보이지는 않으나, 붓놀림이 매우 깔깔하여 겨우 글자 모양이나 이루었다. 나는 속으로 생각했다.

'저 필법을 보니 참으로 옹졸하다. 그러니 내가 나서서 한번 뽐낼 때로구나.'

여러 사람이 그 글씨를 다투어가면서 구경하고 곧 당 앞 한가운데 문설주 위에 붙였는데, 달구경을 축하하는 방문榜文, 어떤 일을 널리 알리기 위하여 사람들이 다니는 길거리나 많이 모이는 곳에 써 붙이는 글이다. 그들은 모두 일어나 당 앞으로 가서 뒷짐을 지고 구경을 한다. 아직 탁자 위에 남은 종이가 있기에 내가 걸상에 앉아서 남은 먹을 진하게 묻힌 후 앞뒤 가릴 것 없이 커다랗게 '신추경상'이라 휘갈겼다.

한 사람이 내가 쓴 글씨를 보고는 사람들에게 소리를 치니 모두들 탁자 앞으로 달려왔다. 서로 웃고 떠들며 말한다.

"조선 사람이 글씨를 참 잘 쓰네."

혹은 이렇게도 말한다.

"동이족 글씨도 우리와 같네."

또 혹은 이렇게 말한다.

"글자는 같지만 음은 다르다네."

나는 붓을 던지고 일어섰다. 여럿이 내 손목을 잡으면서 묻는다.

"영감, 잠깐만 앉으십시오. 존함이 어찌 되십니까?"

내가 성명을 써 보이니, 그들은 더욱 기뻐한다. 내가 처음 들어올 때는 반가워하기는커녕 본체만체하더니, 내 글씨를 본 뒤에 그 기색을 살펴보자 분에 넘치게 반기면서 급히 차 한 잔을 내오고, 또 담배를 불을 붙여 권한다. 순식간에 대하는 태도가 바뀐다.

그들은 모두 태원 분진에 사는 사람으로, 지난해에 이곳에 와서 장식품 가게를 갓 열었다고 한다. 비녀·귀고리·가락지 등을 거래하는데, 가게 이름은 '만취당晩翠堂'이라고 한다. 그중 셋은 성이 최崔요, 둘은 유柳와 곽霍인데, 모두 공부를 별로 하지 않아서 말할 것이 없으나, 그중에는 곽생霍生이 가장 나아 보인다. 다섯 사람이 다 나이 서른 남짓하고 당찬 게 마치 노새 같으며, 얼굴은 모두 희고 깨끗하며 눈매가 서늘한 반면 맑고 아담한 기는 전혀 없다. 지난번 심양에서 만난 오吳나 촉蜀, 중국에서 오와 촉 지방은 남쪽 변방이다. 《열하일기》에도 오와 촉 땅 이야기가 자주 나오는데, 이는 모두 남쪽 변방을 가리키는 것 사람과는 매우 다르다. 지방마다 풍토가 같지 않음을 이로써 넉넉히 알 수 있는데, 산서에서 장수가 잘 난다더니 과연 빈말이 아닌 듯싶다. 나는 곽생에게 묻는다.

"당신이 태원에 살고 계시다니, 그곳 인물인 곽태봉郭泰峰, 아호는 금납錦衲이란 어른을 아시는지요?"

그랬더니 곽생은 "모릅니다." 하고는 이내 곽霍과 곽郭의 두 글자에다

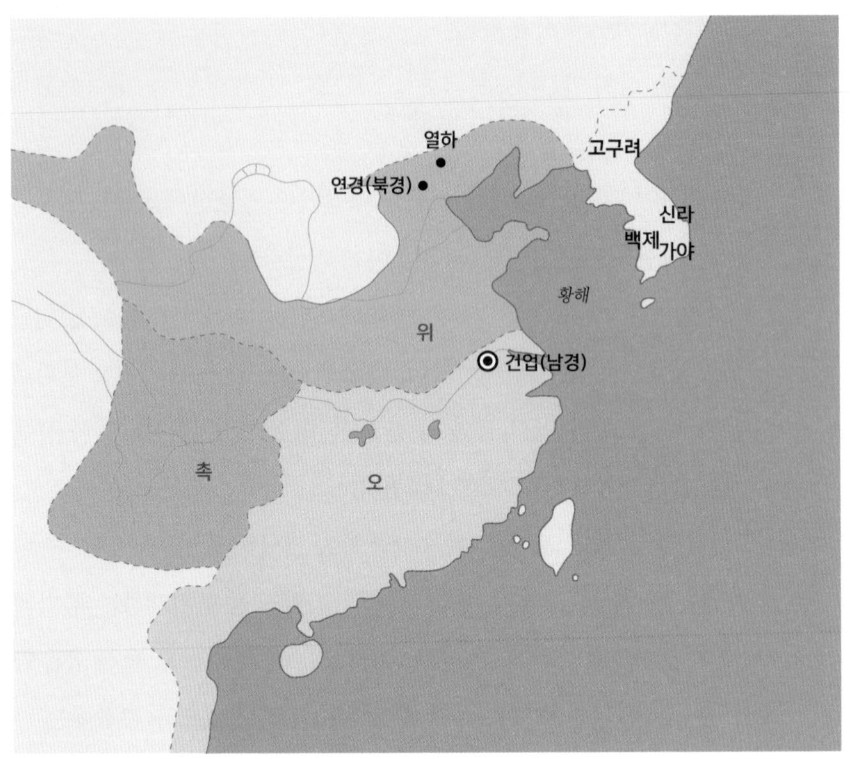

오, 촉 지방의 위치 오, 촉 지방은 고대 중국에서는 변방의 멀고 척박한 땅으로 인식되었다. 그러나 오늘날 두 지방은 중국의 주요 지역으로 부상하고 있다. 특히 오 지방은 동부 해안가에 자리하고 있어 경제 성장의 거점이 되고 있다.

점을 치면서 말한다.

"이는 곽 태조郭太祖, 후주後周의 태조 곽위郭威의 곽郭 자요, 나는 곽거병霍去病, 한 무제 때의 명장의 곽霍 자입니다."

나는 웃으면서 물었다.

"왜 곽자의郭子儀, 당나라의 무장. 697~781. 안녹산의 난을 토벌하여 도읍 장안을 탈환했고 뒤에 토번을 쳐서 큰 공을 세움와 곽광霍光, 전한의 장군. ?~기원전 68.

곽거병의 아우. 무제를 섬기다가 무제가 죽자 실권을 장악했다. 어린 소제를 보좌하여 대사마 대장군이 됐으며, 소제가 죽은 뒤 선제를 즉위시켜 20여 년 동안 권력을 누렸음을 인용하지 않고, 곽 태조와 곽거병으로 성씨를 증명하시는 거요?"

그러자 곽생이 물끄러미 들여다보고는 잠자코 있다. 아마 내가 만주인처럼 곽霍씨와 곽郭씨를 헷갈릴까 봐 이렇게 밝히는 듯싶다. 곽생이 말머리를 바꾸며 묻는다.

"등주에서 하선하셨으면 어찌해서 이리로 오셨습니까?"

"아니, 거기로 오지 않았소. 육로 삼천 리를 거쳐 바로 연경까지 가는 길이오."

내가 답하니, 곽생은 다시 묻는다.

"조선은 일본과 같습니까?"

마침 한 사람이 붉은 종이를 가지고 와서 글씨를 써달라고 하는데, 각자가 아는 사람들이 몰려와서 점점 늘어간다. 내가 "붉은 종이엔 글씨가 잘 되지 않으니 계란빛 종이를 가져오시오." 하니, 한 사람이 바삐 가서 분지粉紙, 무리풀을 먹이고 다듬어서 만든, 빛이 매우 희고 단단한 두루마리 몇 장을 가져왔다. 나는 그것을 끊어서 주련을 만들어 이렇게 썼다.

늙은 주인은 산과 숲을 즐기노니
손님 또한 물과 달을 아시는가

그랬더니 사람들이 좋아라고 환성을 지른다. 서로 다투어 먹을 갈고 왔다 갔다 분주하니 모두 종이를 구하느라고 그러는 모양이다. 나는 이에 종이를 펴고 쉴 새 없이 붓을 놀리기를 마치 소지所志, 예전에 청원이 있을 때 관아에 내던 글에 제사題辭, 고소장를 쓰듯 하는데, 한 사람이 나에게 묻는다.

"영감은 술을 자실 줄 아십니까?"

"한 잔 술이야 어찌 사양하리오."

내가 답하니, 여러 사람이 모두 한바탕 웃고는 곧 따끈한 술 한 주전자를 가져와서 연거푸 석 잔을 권한다.

"주인은 어찌 아니 마십니까?"

내가 물었더니 그들이 답한다.

"마실 줄 아는 이가 하나도 없소이다."

다시 모여 구경하던 이들이 능금과 사과, 포도 등을 가져다 내게 권한다. 내가 "달빛이 비록 밝다 해도 글씨 쓰기엔 방해가 되니 촛불을 켜는 게 좋겠소." 하고 말하니, 곽생이 이렇게 읊는다.

> 하늘 위에 저 한 조각 거울이 걸렸으니
> 인간 세상 만 개 등과 어찌 다르리오

또 한 사람은 이렇게 말한다.

"영감, 눈이 좋지 못하십니까?"

"그렇소."

내가 대답하니, 곧 촛불 네 개를 밝혀준다. 나는 문득 이런 생각이 떠올랐다.

'어제 전당포에서 써준 '기상새설欺霜賽雪'이라는 네 글자를 주인이 좋아하지 않았으니, 오늘은 단연코 그 수치를 설욕해야지.'

주인에게 물었다.

“주인댁에서는 점포 위에 달 만한 액자가 필요하지 않습니까?”

그러자 그들은 일제히 답한다.

“그야말로 좋겠습니다.”

이에 내가 ‘기상새설’이라고 쓰자, 서로 쳐다보는 품이 어제 전당포 주인과 마찬가지로 수상쩍다. 나는 마음속으로 ‘이야말로 이상스러운 일이구나’ 생각하고는 “아무런 상관이 없는 글입니까?” 하고 물었다. 그러자 그들이 “그렇습니다.” 하고 답한다.

곽생이 말한다.

“저희 집은 오로지 부인네들 장식을 사고파는 곳일 뿐 국숫집은 아니옵니다.”

나는 비로소 내 잘못을 깨달았다. 그러고 보니 전에 한 일이 부끄럽지 않을 수 없었다. 그제야 이렇게 얼버무리고 말았다.

“나도 모르는 바 아니로되 애오라지 심심풀이로 써보았을 뿐이오.”

그러고 나자 지난번 요양에 있는 점포에서 본 ‘계명부가鷄鳴副珈, 닭이 울면 비녀를 꽂음’라는 간판이 퍼뜩 생각났다. 이 글이라면 가게에 잘 어울릴 듯하여 ‘부가당副珈堂’이라는 석 자를 써서 주었더니, 그들이 소리치며 좋아한다. 곽생이 묻는다.

“이게 무슨 뜻이옵니까?”

“귀댁에서 부인네들의 장식품을 전문으로 한다 하니, 《시경》에 나오는 부계육가副筓六珈, 곧 ‘쪽 찌고 여섯 구슬 박은 비녀 꽂으니’라는 말이 적당할 듯하오.”

내가 답하자, 곽생이 이렇게 말하며 고마워한다.

“저희 집을 빛내주신 이 은덕을 무엇으로 갚으리까?”

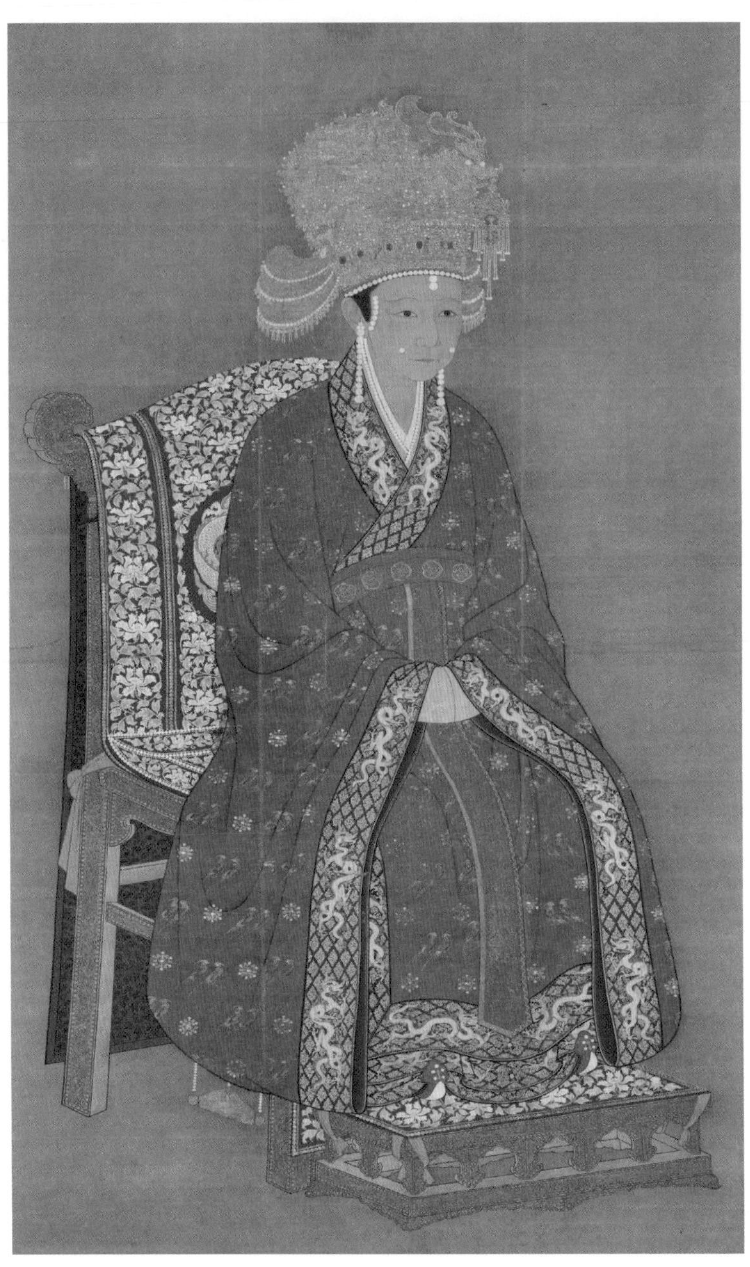

송나라 휘종의 황후를 그린 초상화 매우 화려한 중국의 머리 장식을 엿볼 수 있다.

이튿날 북진묘를 구경하기로 하여 일찍 돌아와서 일행에게 이 일을 이야기하니 허리를 잡지 않는 이가 없다. 그 뒤로는 점포 앞에 붙은 '기상새설'이란 글자를 볼 때마다 이것이 국숫집이로구나 생각했다. 알고 보니 그 말이 내가 오해한 것처럼 '심지의 밝고 깨끗함을 이름'이 아니요, 그 면발이 서릿발처럼 가늘고 눈보다 희다는 것을 자랑하는 표현이었던 것이다. 여기서 면발이란 곧 우리나라의 이른바 '진말眞末, 밀가루'이다.

청여, 계함, 조 주부와 함께 이튿날 북진묘에 가기로 약속했다.

말을 타고 지나가듯 서둘러 쓴 글

7월 15일에 시작하여 23일에 마쳤으니, 모두 아흐레 동안이다.
신광녕에서 산해관 안에 이르기까지 모두 오백육십이 리다.

일신수필 駋汛隨筆

청
소흑산
(7·14)
북진
(7·15)
금주
고교보
산해관(7·23)
영평
요동반도

일신수필 서駬汎隨筆序

한갓 입으로 말하고 귀로 들은 것에만 의지하는 이들과 학문을 이야기할 수는 없을 터인데, 하물며 평생 생각하거나 헤아려본 적이 없는 것이야 말할 것이 있겠는가. 만일 "성인이 태산에 올라 천하를 작게 여긴다."《맹자孟子》에 나오는 말. 성인, 곧 공자의 학문 세계가 점차 넓어짐을 의미함라고 누군가 말하면, 속으로는 그렇게 여기지 않으면서도 입으로는 그렇다고 답할 것이다. 또 부처가 시방세계十方世界, 불교에서 말하는 온 세계를 바라본다고 하면 그것은 곧 헛된 망상이라고 배격할 것이며, 서양 사람이 큰 배를 타고 지구 밖을 둘러 다녔다 하면 괴이하고도 허망한 이야기라고 꾸짖을 것이다.

그러니 나는 누구와 함께 천지에 펼쳐진 장관을 이야기할 수 있겠는가. 아아, 공자가 이백사십 년간의 역사를 다듬어 이름을《춘추春秋》공자가 지은 책. 기원전 770년부터 240년간 노나라를 중심으로 하여 쓴 역사서라 했으나, 이백사십 년간의 옥백玉帛, 중국의 제후들이 천자를 만날 때 예물로 바치던 옥과 비단. 즉 고대 중국의 외교와 정치를 가리킴과 병거兵車, 전쟁할 때 쓰는 수레. 곧 군사를 가리킴의 모든 일은 오직 꽃잎 하나 피고 잎 하나 지는 순간에 지나지 않을 것이다.

아아, 내 이제 생각을 글로 쓰려고 하는데, 이 한 점의 먹을 찍을 사이는 순식간에 지나지 않으니 눈 한 번 감고 숨 한 번 쉬는 사이에 이미 작은 역사, 작은 오늘이 이루어진다. 그러니 옛날이나 지금 역시 큰 순간, 긴 숨에 불과하지 않겠는가. 그런데도 그 사이에서 온갖 명예와 공을 세우고자 하니 어찌 슬프지 않겠는가.

내 일찍이 묘향산에 올라 상원암에 묵을 때 밤새도록 낮과 다름없이 달빛이 밝았다. 창문을 열고 동쪽을 바라보니 절 앞에는 안개가 빼곡하고, 그 위에 달빛을 받자 별안간 수은 같은 바다가 펼쳐졌다. 그 바다 밑에서 은은히 코 고는 소리 같은 것이 들려오자 스님들이 말했다.

"저 속세에 큰 천둥과 소나기가 내리는구나."

며칠 뒤 산을 떠나 안주에 이른즉, 그날 밤에 과연 갑작스럽게 비·천둥·번개가 휘몰아쳐 물이 평지에 한 길이나 괴고, 민가들이 큰 해를 입었다. 이를 보고서 나는 말을 멈추고 탄식했다.

"어젯밤 나는 구름과 비 밖에서 밝은 달을 껴안고 잠을 잤구나. 묘향산은 태산에 비한다면 겨우 언덕에 지나지 않을 뿐인데도 그 높낮이에 따라 전혀 다른 세계를 이룩했거늘, 하물며 성인이 천하를 살펴봄에랴!"

눈 덮인 산에서 고행을 하던 부처는, 공자로부터 그 아들과 손자에 이르기까지 다들 아내를 쫓아냈다는 사실이나, 공자의 아들 백어가 아버지보다 일찍 죽었다는 사실, 또 노나라와 위나라에서 공자가 봉변을 당했다는 사실을 돌아보지도 않았을 텐데, 어찌 인간 세상의 어려움을 느껴 출가를 했을까? 그런 후 땅·물·바람·불 등 세상 만물이 문득 헛된 것으로 변함을 깨달았으니, 참으로 기막힌 일이다.

한편 서양인은 공자와 부처의 관점도 오히려 땅에서 벗어나지 못한다고 말한다. 그리고 이 지구를 어루만지고 허공을 달리며 별을 따서 가지 못하는 곳이 없다면서 스스로 자기들의 관점이 공자, 석가보다 낫다고 한다.

그들이 모두 낯선 땅에 와서 말을 배우며, 머리끝이 희도록 남의 글을 익혀서 녹슬지 않을 것을 남기려는 것은 무슨 까닭일까? 비록 몸은 현재에 있지만, 귀로 듣고 눈으로 본 것은 이미 과거의 것이다. 과거의 것은 끝없이 흘러가니, 옛사람의 것을 바탕으로 학문을 한다면 무엇으로 고증할 수 있겠는가. 그러므로 내가 글을 지어서 남들에게 이를 반드시 믿게 하려는 것이다.

(이하 글자 탈락)

신묘辛卯 7월 15일

날이 갰다.

내원과 태의 변계함 그리고 조 주부와 함께 새벽에 소흑산을 떠나 중안포中安浦까지 30리를 와서 점심을 먹고, 먼저 떠나 구광녕舊廣寧을 지나 북진묘를 구경하고, 달빛을 띠고 40리를 가서 신광녕新廣寧에서 묵었다. 북진묘를 구경하느라고 20리를 돌아오니 모두 90리를 갔다. 정리록程里錄을 보면 백대자白臺子·망우대蟒牛臺·사하자沙河子·굴가둔屈家屯·삼의묘三義廟·북진보北鎭堡·양장하羊腸河·우가둔于家屯·후가둔侯家屯·이대자二臺子·소고가자小古家子·대고가자大古家子 등의 지명과 거리가 서로 어긋난 것이 많다. 만일 이대로 계산한다면 180리가 될 것이나, 지금은 확인할 길이 없다. 이날은 몹시 더웠다.

우리나라 선비들은 연경에서 돌아온 이를 처음 만나면 이렇게 묻는다.

"자네, 이번 걸음에 본 가장 뛰어난 장관은 무엇이던가? 그 장관을 뽑아서 이야기해주게."

그러면 그들은 제각기 본 바를 떠올리며 입에서 나오는 대로 답한다.

"요동 천 리의 넓디넓은 들판이 장관이죠."

"구요동의 백탑이 장관이더군."

"그 길가의 시가지와 점포가 장관이오."

"계문의 안개 낀 숲이 장관이오."

"노구교가 장관이야."

"산해관이 장관이오."

"각산사가 장관이오."

"망해정이 장관이오."

"조가의 패루가 장관이오."

"유리창이 장관이오."

"통주의 나룻배들이 장관이오."

"금주위의 목장이 장관이오."

"서산의 누각이 장관이오."

"네 개의 성당이 장관이오."

"호권호랑이 사육장이 장관이오."

"상방코끼리 사육장이 장관이오."

"남해자북경에 있던 황제의 사냥터가 장관이오."

"동악묘중국 타이산산의 신을 모신 묘가 장관이오."

"북진묘가 장관이오."

대답이 분분하여 이루 헤아릴 수 없다. 그러나 상사上士, 뛰어난 선비는 섭섭한 표정으로 얼굴빛을 바꾸면서 말한다.

"도무지 볼 것이 없더군요."

"어째서 아무런 볼 것이 없던가요?"

이렇게 물으면 그는 답한다.

"황제가 변발을 했고, 장수·재상·대신·백관이 그를 따라서 머리를 깎았으며, 선비와 서민까지도 모두 그러한즉, 비록 공덕이 은殷나라·주周나라에 버금가고 부강함이 진秦나라·한漢나라를 앞선다 하더라도 사람이 생겨난 이래 아직껏 머리 깎은 천자는 없었다오. 또 비록 육농기陸隴其, 청나라 때 학자. 1630~1692. 주자학자로 유명함·이광지李光地, 청나라 때 성

변발 몽골인이나 만주인의 풍습으로, 남자의 머리털을 뒷부분만 남기고 모두 깎은 다음 뒤로 길게 땋아 늘어뜨린 머리

리학의 대가. 1642~1718의 학문이 있고, 위희魏禧, 청나라 초기의 문인·왕완汪琬, 청나라 초기의 문장가·왕사징王士澂, 청나라 때의 시인 왕사정(1634~1711)을 잘못 쓴 듯함의 문장이 있으며, 고염무顧炎武, 명말청초에 활동한 사상가. 경세치용의 실학에 뜻을 두었음·주이준朱彝尊, 청나라의 문인·고증학자. 1629~1709의 박식함이 있다 한들 한번 머리를 깎는다면 곧 되놈이요, 되놈이면 곧 개돼지일 터이니 짐승에게서 무슨 볼 게 있단 말이오."

이것이 곧 으뜸가는 의리라 하면서, 이야기하는 이도 잠잠하고 듣는 이도 옷깃을 여민다.

중사中士, 중간 가는 선비는 이렇게 말한다.

"그들의 성곽은 만리장성의 남은 것을 물려받은 것이요, 건물은 아방

고대 중국의 흥망성쇠

하夏

전설상의 요순시대, 즉 요임금과 순임금이 다스리던 이상적인 시대의 뒤를 이어 우임금이 세운 나라. 마지막 왕인 걸왕이 폭정을 일삼자 상나라 탕왕에 의해 멸망했다고 전한다. 고고학적으로 존재가 확인되지는 않았다.

은殷

상商나라라고도 한다. 고고학적으로 확인됐으며, 기원전 1600년에서 기원전 1046년까지 존속했다.

주周

은나라의 마지막 왕인 주紂가 폭정을 일삼자 주나라 무왕武王이 그를 물리치고 세운 나라. 중국 역사에서 이상적인 국가로 알려져 있다. 주나라가 온전히 중국을 다스린 기간은 기원전 1046년에서 기원전 771년이며, 그 후로는 춘추시대春秋時代(기원전 770~기원전 403)와 전국시대戰國時代(기원전 403~기원전 221)가 이어진다.

춘추시대·전국시대

춘추시대는 주나라가 본래 도읍인 호경에서 동쪽의 낙양으로 천도한 때(기원전 770)부터를 가리킨다. 이때는 주나라가 힘을 잃어 형식적으로만 왕실로 인정받았을 뿐, 제齊, 진晉, 초楚, 오吳, 월越의 다섯 제후국이 실질적인 패권을 다투었다. 이들을 춘추오패라 부른다. 그러다 기원전 403년에 진晉이 조趙, 위魏, 한韓의 세 나라로 나뉘는데, 이때부터를 전국시대라고 한다. 이 시대에는 모든 제후국이 왕을 칭하며 주 왕실의 권위를 인정하지 않아, 주나라는 약소국으로 남아 있을 뿐이었다. 전국시대의 패권을 다툰 나라를 전국7웅이라고 하는데, 진秦, 초楚, 제齊, 연燕, 조趙, 위魏, 한韓이다.

진秦의 천하통일

기원전 256년 주나라의 마지막 왕인 난왕이 진秦나라에 항복함으로써 주나라는 역사 속으로 사라진다. 이어 기원전 230년 한韓나라, 기원전 228년 조趙나라, 기원전 225년 위魏나라, 기원전 223년 초楚나라, 기원전 222년 연燕나라, 기원전 221년 제齊나라도 진나라에 멸망당했다. 이렇게 전국시대가 막을 내리고, 진나라 진시황秦始皇은 천하 통일을 이룬다.

항우·유방의 쟁패 시기

기원전 210년 진시황이 죽은 후 진나라는 혼란에 빠지고, 이 혼란기에 진승과 오광이라는 농민 출신들이 반란을 일으킨다. 진나라는 기원전 206년에 멸망하지만 진승과 오광의 세력 역시 자중지란으로 사라지고 항우와 유방이 천하를 놓고 다툰다.

한漢나라의 천하통일

처음에는 항우가 중원의 주도권을 잡았으나 시간이 흐르면서 유방의 세력이 강해져 결국 기원전 202년 한漢나라가 천하를 다시 통일한다. 한나라는 오늘날 중국 민족의 중심 국가로 일컬어져, 그들이 사용하는 문자를 한자漢字, 중국 민족을 한족漢族이라고 한다.

궁阿房宮, 진나라 시황제가 기원전 212년에 세운 궁전을 본뜬 것이며, 선비와 서민은 위진魏晉, 한나라가 멸망한 후 수나라가 천하를 통일할 때까지 중국 본토를 지배했던 나라의 향락과 화려함을 숭배합니다당시 중국의 모든 문물은 북방 오랑캐인 청나라가 지배하기 전에 중국 민족이 이루어놓은 것을 따를 뿐이라는 뜻-역주. 풍속은 대업大業, 수나라 양제煬帝의 연호·천보天寶, 당나라 현종玄宗의 연호 때의 사치함을 좇습니다. 명나라 땅을 더럽혀 그 산천이 피비린내 나는 고장으로 변한 후 성인들의 자취가 사라지자 언어조차 야만의 것을 따르게 됐으니, 무슨 볼 만한 게 있겠습니까. 진실로 십만의 군사를 얻을 수 있다면 급히 산해관山海關, 만리장성이 시작하는 지점으로, 군사적으로 중요한 요지으로 쳐들어가서 중원을 소탕한 다음에야 비로소 멋진 장관을 이야기할 수 있겠지요."

이는《춘추》를 잘 읽은 이다.《춘추》는 중화를 높이고 주변 오랑캐를 낮추어 보는 사상을 담은 글이다. 우리나라가 명나라를 섬긴 지 이백 년, 그동안 한결같이 충성을 하여 말로는 속국屬國이라 하나 실제로는 한 나라나 다름없었다. 임진년 왜적의 난임진왜란에 신종황제神宗皇帝가 천하의 군사를 이끌고 우리를 구원하니, 우리나라 사람들의 머리끝에서 발끝, 머리카락 하나 그 은혜 아닌 것이 없었고, 병자년에 청나라 군대가 쳐들어오매병자호란 의열황제毅烈皇帝, 명나라의 마지막 황제인 숭정제가 총병總兵 진홍범명나라의 장수 이름에게 시급히 각 진의 수군을 징벌하여 구원병을 파견하라고 명했다. 진홍범이 관병官兵이 바다로 출발했음을 아뢸 때 산동순무山東巡撫 안계조가 조선이 이미 무너져서 강화마저 함락됐다고 아뢰니, 황제는 안계조가 함께 구원하지 않았다 하여 조서를 내려 준절히 나무랐다.

이 무렵 천자는 안으로는 복주·초주·양주·당주 등 각지의 난리로 인해 어려움에 처했음에도, 밖의 조선 사정을 더욱 절박하게 여겨 구출해주고자 하는 뜻이 있었으니, 명나라는 형제의 나라에 못지않았다그 무렵 명나라는 안으로는 이자성의 난으로, 밖으로는 청나라의 침략으로 어려움에 처해 있었고, 결국 청나라에 의해 멸망함.

그렇지만 마침내 하늘이 무너지고 땅이 갈라지는 비운에 처한 백성은 머리를 깎고 모두 되놈이 됐다. 그런데도 우리나라만이 이런 수치를 면했으니, 중국을 위하여 원수를 갚고 치욕을 씻으려 하는 마음이야 어찌 하루인들 잊을 수 있었으랴. 우리나라 사대부들이 《춘추》의 존화양이尊華攘夷, 중국을 존중하고 오랑캐를 배척함 이론을 내세우며 백 년을 하루같이 줄기차게 이었으니, 가히 장한 일이라 하겠다.

그러나 존화는 존화요, 오랑캐는 오랑캐일 뿐이다. 중국의 성곽과 궁궐, 백성이 옛날과 같이 남아 있고, 정덕正德·이용利用·후생厚生의 도구도 파괴된 것이 없으며, 최崔·노盧·왕王·사謝의 씨족도 사라지지 않았고, 주周, 주돈이·장張, 장재·정程, 정호·주朱, 주희의 학문도 사라지지 않았으며, 삼대三代, 고대 중국의 하·은·주 세 나라 이후 성스럽고 밝은 임금들과 한漢, 기원전 202~기원후 220·당唐, 608~907·송宋, 960~1279·명明, 1368~1644의여기서 언급한 나라들은 모두 한족漢族, 즉 중국 민족이 세운 나라임 아름다운 법률제도도 변함없이 남아 있다. 저들이 오랑캐일망정 중국이 자신들에게 이롭고 오래도록 누릴 만하다고 여겨 이를 빼앗고는 마치 처음부터 자기들 것인 양 한다.

천하를 위하여 일하는 자는 진실로 백성에게 이롭고 나라에 도움이 될 일이라면, 그 법이 비록 오랑캐에게서 나온 것일지라도 이를 본받으려

한다. 하물며 삼대 이후의 성스럽고 밝은 황제와 한·당·송·명 등 중화의 고유한 것인데 무엇이 문제인가. 성인이《춘추》를 지으실 때 물론 중화를 높이고 오랑캐를 물리쳤으나, 오랑캐가 중화를 어지럽힘을 분히 여겨 중화의 숭상할 만한 것마저 물리친다는 말은 듣지 못했다.

그러므로 참으로 오랑캐를 물리치려면 중화의 법을 모조리 배워야 한다. 우리나라의 유치한 문화를 고쳐서 밭 갈기, 누에치기, 그릇 굽기, 풀무 불기 등에서 공업·상업에 이르기까지 모든 것을 배워야 한다. 남이 열을 한다면 우리는 백을 하여 먼저 우리 백성에게 이롭게 한 다음, 회초리를 마련해두었다가 저들의 굳은 갑옷과 날카로운 무기를 물리칠 수 있을 때에야 비로소 중국에는 아무런 장관이 없더라고 말할 수 있겠다.

나야 하사下士, 하류의 선비에 불과하지만 한마디 하겠다.

"중국의 장관은 기와 조각에 있고, 똥 부스러기에 있다."

깨진 기와 조각은 쓸모없는 물건이지만, 민간에서 담을 쌓을 때 어깨 높이 위로는 이를 둘씩 포개어서 물결무늬를 만든다든지, 넷을 모아서 둥근 고리처럼 만든다든지, 또는 넷을 거꾸로 하여 옛 동전의 형상을 만든다든지 하면 그렇게 생긴 틈이 영롱하고 안팎이 서로 비치니, 이는 곧 깨진 기와 조각을 이용해 천하의 무늬를 만든다고 할 수 있다.

또 집집마다 뜰 앞에 벽돌을 깔지 못한다면 여러 빛깔의 유리 조각과 시냇가의 둥근 조약돌을 주워 꽃·나무와 새·짐승 모양으로 땅에 깔아서 비올 때 수렁이 되는 것을 막으니, 이는 곧 부서진 자갈돌을 버리지 아니하여 천하의 그림을 그린다고 할 수 있겠다.

똥은 지극히 더러운 것이지만 이를 밭에 뿌리기 위해서 황금처럼 아끼니, 길에는 내다버린 똥 가루가 없고, 말똥을 줍는 자는 삼태기를 들고 말

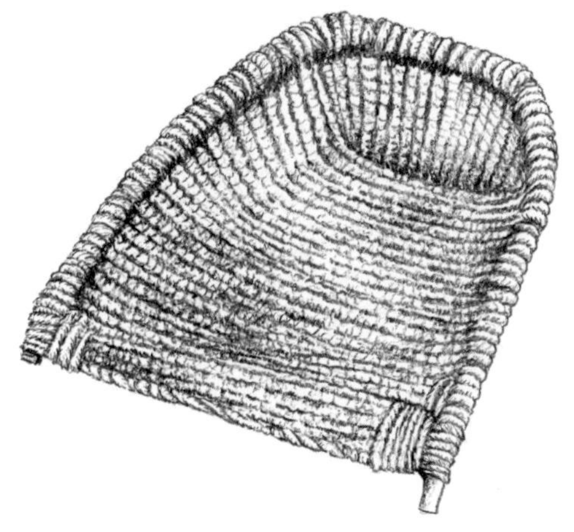

삼태기 쓰레기, 거름, 흙, 곡식 등을 담아 나르는 농기구

뒤를 따라다닌다. 그리고 이를 주워 모으되, 혹은 네모반듯하게 쌓고, 혹은 여덟 혹은 여섯 모로, 혹은 누각이나 돈대 모양으로 만드니, 똥 무더기만 보아도 천하의 제도가 이미 세워졌음을 짐작할 수 있겠다. 그러므로 나는 이렇게 말하겠다.

"저 기와 조각이나 똥 무더기가 모두 장관이니, 성터·궁실·누대·시장 점포·절·목장이라든지, 또는 저 광막한 들판이라든지, 시시각각 변하는 안개 싸인 숲이라든지 그런 것만이 장관은 아닐 것이다."

옛 광녕성은 의무려산 밑에 있는데, 앞으로는 큰 강이 펼쳐져 있어 강물을 끌어와 해자를 만들었다. 두 개의 탑이 하늘 높이 솟아 있다. 성 못 미쳐서 몇 마장거리의 단위. 5리나 10리가 못 되는 거리를 이름 되는 곳에 큰 사당이 하나 있는데, 단청을 새로 하여 찬란한 모습이 눈에 든다.

광녕성 동문 밖 다리 머리에 새겨진 공하蚣蝦가 매우 웅장하고 기묘하

공하 용의 새끼를 일컫는 말. 물을 좋아한다 하여 다리 난간에 새겨 넣었다.

게 보였다. 겹문으로 들어가서 거리를 지나노라니 점포들의 번화함이 요동에 못지않다. 영원백寧遠伯 이성량李成梁, 임진왜란 때 우리나라에 파견된 명나라 장수 이여송의 아버지. 명나라 때 북방 이민족의 침략을 막아낸 유명한 장수임의 패루가 성 북쪽에 있다.

누군가가 이른다.

"광녕은 본시 기자의 나라여서 옛날에 우관은나라 때의 관모 이름을 쓴 기자의 소상이 있었는데, 명나라 가정嘉靖, 명 세종의 연호. 재위 1522~1567 연간의 난리 통에 타버렸다."

성은 두 겹으로 되어 있는데, 내성은 온전하나 외성은 많이 헐었다. 성

안의 남녀들이 집집마다 나와서 구경하고, 거리에서는 사람들이 떼를 지어 말 머리를 둘러싸 빠져나가기가 힘들었다.

성 밖의 관제묘는 그 장려함이 요양의 것과 비슷하다. 문밖에는 희대戲臺, 연극하던 무대가 있어 높고 깊고 화려한데, 마침 사람들이 모여서 연극을 하고 있는 모양이나 길이 바빠서 구경하지 못했다. 천계天啓, 명 희종의 연호. 재위 1621~1627 연간에 왕화정명나라 말기의 장군으로 1622년 웅정필의 반대를 무릅쓰고 후금을 공격했다가 전군이 몰살되는 패배를 당함이 이영방명나라 장수로 후금에 투항했다. 그 후 왕화정에게 후금 공략에 나서면 자신이 안에서 내응하겠다고 거짓 선동했고, 이에 속은 왕화정은 방어 전략을 세우자는 웅정필과 달리 후금 공략에 나서자고 했다. 결국 조정에서는 왕화정에게 병력을 주어 후금 공략에 나서게 했으나 크게 패했다. 이때 왕화정의 수하 장수 손득공은 도주했음에게 속아서 그의 뛰어난 장수 손득공이 적군을 성안으로 맞아들였으므로 광녕이 떨어지고 천하의 대세가 기울고 말았다.

수레제도[車制]

타는 수레는 태평거太平車라고 한다. 바퀴 높이가 팔꿈치까지 닿으며, 바퀴마다 살이 서른 개인데, 대추나무로 둥글게 테를 만들고 쇳조각과 쇠못을 온 바퀴에 박았다. 그 위에는 둥근 방을 만들어 세 사람이 탈 만하다. 방에는 푸른 베 혹은 공단두껍고 무늬는 없지만 윤기가 도는 고급 비단이나 우단거죽에 곱고 짧은 털이 촘촘히 돋게 짠 비단. 벨벳으로 휘장을 치고 더러는 주렴을 드리워 은 단추로 여닫게 되어 있다. 좌우에는 파리玻璃, 무색투명한 석영의 하나를 붙여서 창을 내고, 앞에는 널판을 가로놓아서 마부가 앉게 되어 있으며, 뒤에도 역시 하인이 앉게 되어 있다. 나귀 한 마리가 끌고 갈 수 있으나 먼 길을 가려면 말이나 노새 수를 더 늘린다.

짐을 싣는 것은 대차大車라고 한다. 바퀴 높이가 태평거보다 조금 낮은 듯하며 바큇살은 입廿 자 모양이고, 싣는 수량은 팔백 근무게의 단위. 고기나 한약재는 1근이 600그램이고, 과일이나 채소는 1관의 10분의 1로 375그램이다. 이 수치로 800근을 계산해보면 300~480킬로그램임으로 정하여 말 두 필이 끄는데, 팔백 근이 넘을 경우에는 짐을 보아서 말을 늘린다. 한편 짐 위에 삿자리로 방을 꾸밀 때는 배 안같이 만들어 그 속에서 누워 잘 수 있다.

태평거 중국에는 여러 종류의 태평거가 있어 박지원이 설명한 것과 다른 형태도 많다. 일반적으로는 사람이 타는 고급 수레를 가리킨다.

대차 조선의 수레 중 가장 큰 것. 소 40여 마리가 끈다. 조선은 도로가 발달하지 않아 수레를 이용하는 일이 적었으나, 궁궐을 새로 짓거나 성을 쌓기 위해 커다란 돌이나 나무를 많이 나를 때는 일부러 길을 내서 수레를 사용했다.

이런 경우에는 말 여섯 필이 끄는데, 수레 밑에 커다란 방울을 달고 말의 목에도 조그만 방울 수백 개를 둘러서 댕그랑거리는 소리로 밤길을 갈 때 경계한다.

태평거는 겉 바퀴가 돌아가는 반면, 대차는 속 바퀴인 굴대가 돈다. 두

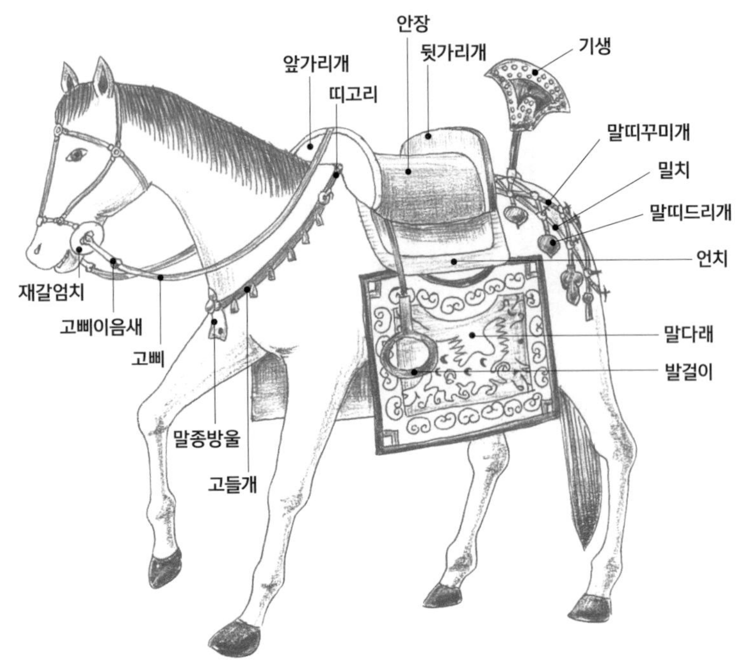

마구 말을 부리거나 꾸밀 때 사용했던 도구들이다.

바퀴가 똑같이 둥글어 골고루 돌아가고 빨리 달릴 수 있다. 끌채수레의 양쪽에 대는 긴 채는 가장 튼튼한 말이나 건실한 나귀에 맨다. 가로로 된 멍에수레나 쟁기를 끌기 위하여 마소의 목에 얹는 구부러진 막대를 쓰지 않고 조그만 나무 안장을 얹고, 가죽 끈이나 튼튼한 밧줄로 말을 끌채머리에 얽어맨다. 나머지 말은 모두 쇠가죽 끈으로 배띠를 하고 밧줄을 묶어서 끌게 한다. 짐이 무거우면 가로로는 바퀴 폭을 넘기도 하고 높이가 몇 길이나 되며, 끄는 말도 많으면 십여 필이나 된다.

말몰이꾼을 '칸처더'라 하는데, 두 길이나 되는 가죽 끈을 끝에 매단 채찍을 들고 짐 위에 앉아 있다. 채찍으로 힘을 내지 않는 말의 귀며 옆구리를 닥치는 대로 때리는데, 손에 익어 잘 맞힐 뿐 아니라 채찍질하는 소리가 우레처럼 요란스럽다.

독륜차獨輪車는 뒤에서 한 사람이 끌채를 잡고 수레를 밀도록 되어 있다. 수레 한가운데 바퀴를 하나 달았는데, 바퀴가 수레 위로 반이나 솟았다. 수레 좌우를 상자처럼 만들어 짐을 싣는데, 짐이 균형을 이루어야 한다. 바퀴를 단 곳은 반으로 자른 북과 같은데, 양쪽으로 간격을 두어 바퀴와 짐이 서로 닿지 않도록 했다. 끌채 밑에 짧은 막대를 양쪽으로 드리워 갈 때는 끌채와 함께 들리고 멈출 때는 바퀴와 함께 멈추게 되는데, 이것이 버팀나무가 되어 수레가 쓰러지지 않는다.

길가에서 떡·엿·능금·참외 등을 파는 장사꾼은 모두 이 독륜차를 이용하며, 또 밭둑길에 거름을 주기에도 편리하다. 언젠가 보니, 시골 여자 둘이 양쪽에 타고 앉아서 각자 어린애 하나씩을 안고 가기도 하고, 물을 실을 때는 한쪽에 대여섯 통씩 올린다. 짐이 무겁고 많으면 끈을 달아서 한 사람이 끌고, 때로는 두 사람 혹은 세 사람이 끄는데, 마치 뱃사람이 배를 끌듯 한다.

수레는 하늘에서 나와 땅 위에서 다니는 것한자로 수레를 뜻하는 '진軫'자는 진성軫星을 뜻하기도 하는데, 진성은 동양에서 별자리 28수 가운데 스물여덟 번째 별자리의 별들을 가리킴으로, 땅 위를 다니는 배요, 움직이는 집이라고 할 수 있다. 나라에서 유용하게 쓸 만한 것 가운데 수레보다 더한 것이 없으니, 《주례周禮》유학에서 가장 중요한 13가지 경서 중 하나. 주나라의 주공周公이 지었다 전하므로 그렇게 이름 지었음에서는 임금의 부유한 정도를 물으면 수레의 많고 적음으로써 대답했다.

수레 중에는 물건을 싣고 사람이 타는 것만 있는 것이 아니다. 곧 융차

〈**청명상하도**〉(**부분**) 도성의 번화한 분위기와 북적거리는 인파를 묘사한 중국의 풍속화. 시가지에 술집·상점·노점·상인 및 군중이 가득하다. 각양각색의 수레가 돌아다니는 모습이 눈에 띈다. 원 안의 수레가 독륜차다.

수차 수차는 물레방아의 일종이다. 계곡에서 떨어지는 물의 힘을 바퀴로 전달해서 이용한다.

戎車, 전투용 수레·역차役車, 작업용 수레·수차水車, 물 운반용 수레·포차砲車, 대포용 수레 등 수천 가지가 있으므로 여기서 다 이야기할 수 없다. 그러나 사람이 타는 수레와 짐을 싣는 수레는 백성에게 가장 중요한 것이어서 시급히 연구하지 않을 수 없다. 내 일찍이 홍대용, 이광려1720~1783. 조선 후기의 실학자와 더불어 수레제도를 이야기했는데, 다음과 같다.

"수레는 무엇보다도 궤도를 똑같이 해야 한다. 궤도를 똑같이 해야 된다는 것은 무슨 말인가? 두 바퀴 사이가 일정해야 한다는 것이다. 그래야만 그 많은 수레의 바퀴 자국이 하나로 통일될 것이니, 이른바 거동궤車同軌, 여러 지방에서 수레의 너비를 같게 하고 글은 같은 글자를 쓰게 한다는 뜻으로, 천하가 통일된 상태를 이르는 말는 이를 가리킨다. 만일 두 바퀴 사이의 간격을 마음대로 넓히고 좁힌다면 길 가운데의 바퀴 자국이 한자리에 들어갈 수 있겠는가?"

지금까지 천 리 길을 오면서 수없이 많은 수레를 보았으나, 앞의 수레와 뒤의 수레가 언제나 같은 자국만을 따라갔다. 그러므로 애쓰지 않고도 똑같은 것을 일철一轍, '같은 수레바퀴 자국'이라는 뜻으로, 먼저 있었던 경우를 똑같이 되풀이함을 이르는 말이라 하고, 뒷사람이 앞사람을 따르는 것을 전철前轍, '앞에 지나간 수레바퀴의 자국'이라는 뜻으로, 이전 사람의 그릇된 일이나 행동의 자취를 이르는 말이라 한다. 또 모든 바퀴가 똑같으므로 성 문턱에 수레바퀴 자국이 움푹 패어서 홈통을 이루는데, 이것을 '성문지궤城門之軌, 《맹자》에 나오는 구절'라고 한다.

우리나라에도 수레가 없지는 않으나 그 바퀴가 온전히 둥글지 못할 뿐 아니라, 바퀴 자국이 한 틀에 맞지 않으니, 이는 수레가 없는 것과 마찬가지다. 그런데 사람들이 늘 "우리나라는 길이 험하여 수레를 쓸 수 없다."

라고 하니, 이게 무슨 말인가. 나라에서 수레를 쓰지 않으니까 길이 닦이지 않을 뿐이다. 만일 수레가 다니게 된다면 길은 저절로 닦이게 될 테니 어찌하여 길의 좁음과 산길의 험준함을 걱정하겠는가.

《중용中庸》유학 경전인 사서의 하나. 공자의 손자인 자사가 지은 것으로 중용의 덕과 인간의 본성인 성性에 대하여 설명함에 "배와 수레 이르는 곳, 서리와 이슬이 내리는 곳"이라는 표현이 있으니, 이는 수레가 어떠한 먼 곳이라도 갈 수 있다는 말이다.

중국에도 검각장안에서 촉으로 가는 대검산과 소검산 사이에 있는 요충지의 아홉 굽이 험한 잔도棧道, 험한 벼랑 같은 곳에 낸 길와 태항太行의 험한 길처럼 위태로운 고개가 있지만, 수레가 가지 못하는 곳은 없다. 그리하여 관關·섬陝·천川·촉蜀·강江·절浙·민閩·광廣 등지와 같은 먼 곳에서도 큰 장사치나 온 가족을 이끌고 부임하는 벼슬아치의 수레바퀴가 서로 닿아 집안 뜰을 거닐듯이 다니고, 굉굉거리는 수레바퀴 소리가 대낮에도 우레처럼 끊이지 않는다.

이곳 마천, 청석의 고개와 장항, 마전의 언덕이 어찌 우리나라보다 덜 험준하겠는가. 그 거칠고 험준한 것 모두 우리나라가 목격한 바지만 수레가 다니지 않는 곳이 있던가. 그러니 중국의 재산이 풍족할뿐더러 한 곳에 머물지 않고 널리 유통되니, 이는 모두 수레를 사용한 이익일 것이다. 가까운 예를 든다면, 사신 행렬 역시 우리가 만든 수레에 올라탈 수만 있다면 바로 연경에 닿을 텐데 무엇을 꺼려서 하지 않는단 말인가.

영남의 어린이는 새우젓을 모르고, 관동의 백성은 장 대신 아가위산사나무 열매를 절여서 쓰며, 서북 사람은 감과 감자 맛을 분간하지 못한다. 또 바닷가 사람은 새우나 정어리를 거름으로 밭에 뿌릴 정도지만, 서울에서는 한 움큼에 한 푼씩 하니 이 무슨 까닭인가.

육진六鎭, 조선시대 지금의 함경북도 북쪽 경계를 개척하여 설치한 여섯 개의 진의 삼베와 관서마천령의 서쪽 지방. 평안도와 황해도 북부 지역을 이름 지방의 명주, 영남과 호남의 닥종이닥나무 껍질을 원료로 하여 만든 종이와 해서황해도의 솜·쇠, 내포충청남도 서해안의 생선·소금 등은 모두 백성의 살림살이에서 어느 하나 빠질 수 없는 것들이다. 또 청산과 보은충청북도의 지명의 천 그루 대추, 황주와 봉산황해도의 지명의 천 그루 배, 흥양전라남도 고흥·남해경상남도의 지명의 천 그루 귤·유자, 임천과 한산충청남도의 지명의 천이랑 모시와 관동강원도의 천 통 벌꿀 역시 모두 일상생활에서 교역해 써야 할 물자다. 그런데도 이곳에서는 흔한 물건이 저곳에서는 귀할뿐더러 그 이름만 알고 실제로 보지 못하는 것은 어찌 된 까닭인가? 그것은 오로지 멀리 나르지 못하기 때문이다. 사방이 몇천 리밖에 안 되는 나라의 백성 살림살이가 이다지 가난함은 한마디로 수레가 국내에 다니지 못하는 까닭이라 하겠다.

누군가가 "그러면 수레는 어찌하여 다니지 못하는 거요?" 하고 묻는다면 한마디로 "이는 사대부양반을 일반 평민층에 상대하여 이르는 말의 허물입니다." 하고 답할 것이다. 왜냐하면 그들은 평소에 글을 읽을 때는 "《주례》는 성인이 지으신 글이야." 하면서 거기 나오는 윤인輪人, 수레바퀴를 만드는 목수이니, 여인輿人, 수레의 바탕을 만드는 사람이니, 거인車人, 수레를 이끄는 사람이니, 주인輈人, 수레의 끌채를 다루는 사람이니 하는 표현을 떠들어대나, 그것을 만드는 기술이나 움직이는 방법에 대해서는 도무지 연구하지 않는다. 이렇게 한갓 글만 읽을 뿐이니 참된 학문에 무슨 유익이 되겠는가.

아아, 슬프도다. 황제黃帝, 고대 중국 전설상의 제왕. 삼황三皇의 한 사람으로, 처음으로 곡물 재배를 가르치고 문자·음악·도량형 따위를 정했다고 함가 수레를 창조했으므로 헌원씨軒轅氏, 황제를 부르는 또 다른 이름. 헌軒은 '수레', 원轅은 '끌채'라는 뜻임라 불렸다. 그 후 수천 년의 세월을 지나는 동안 많은 성인의 마음을 다한 생각, 힘을 다한 관찰, 기술을 다한 솜씨가 더해졌다. 다시 공수황제 때의 유명한 장인처럼 뛰어난 손을 거쳤으며, 또 상앙진나라의 정치가. 법제도, 토지제도, 세제 따위를 크게 개혁하여 진나라의 천하통일에 기틀을 마련함·이사진나라의 정치가. 군현제 실시, 문자·도량형 통일 등 통일 제국의 확립에 공헌함 같은 이들이 제도의 통일을 가져왔으니, 믿을 만한 수백 명의 관리가 이러한 학문을 연구하고 실행한 것이 어찌 우연한 일이겠는가. 이는 진실로 백성의 살림에 이익이 되고 나라 경영에 큰 보탬이 되는 것이다.

날마다 내 눈앞에 들어오는 놀랍고 반가운 것들을 이 수레제도로 미루어 짐작할 수 있겠다. 또한 어렴풋이나마 몇천 년 동안 모든 성인이 무엇을 고심했는지 알 수 있겠다.

밭에 물을 대는 수레로는 용미차龍尾車·용골차龍骨車·항승차恒升車·옥형차玉衡車 등이 있고, 불을 끄는 수레로는 홍흡虹吸, 굽은 관으로 만들어서 액체를 낮은 그릇에서 높은 그릇으로 옮길 수 있도록 한 기계·학음鶴飮 등이 있으며, 싸움에 쓰는 수레로는 포차砲車·충차衝車·화차火車 등이 있는데, 이 모든 것이 서양의 《기기도奇器圖》와 강희황제가 지은 〈경직도耕織圖〉에 실려 있다. 또 그에 대한 설명은 《천공개물天工開物》명나라 때 송응성이 지은 책으로, 중국에 다양한 문물을 소개함이나 《농정전서農政全書》명나라 때 서광계가 지은 책에 있으니, 뜻있는 이가 연구하여 그 제도를 본받는다면 우

용골차 물을 올려 논밭에 대는 기구. 전체가 차륜 모양으로, 한 개의 축 주위에 많은 판을 나선 모양으로 붙이고 발로 밟아 회전시켜 물을 퍼 올린다.

리 백성의 찌들 대로 찌든 가난병도 얼마쯤 고칠 수 있을 것이다.

이제 내가 본 불 끄는 수레의 형식을 대략 적어서 우리나라에 돌아가 이를 전하려 한다. 달밤에 북진묘에서 신광녕으로 돌아오는 길에 보니, 성 밖의 어떤 집이 저녁나절에 불이 나서 겨우 불길을 잡은 모양이었다. 길 위에는 방금 돌아가려는 수차 세 대가 있었다. 나는 그들을 잠깐 멈추어 세우고 그 이름을 물었더니, 수총차水銃車라고 한다. 그 형태를 살펴본즉, 바퀴가 네 개 달린 수레 위에 큰 나무 구유를 놓고, 그 구유 속에 커다란 구리 그릇을 두었다. 구리 그릇 속에는 구리통 두 개를 두었고, 구리통 사이에는 목이 을乙 자 모양으로 생긴 물총을 세웠다. 물총에는 발이 둘 달렸고 양쪽 구리통으로 통했다. 양쪽 구리통에는 짧은 다리가 달렸

수총차

는데 밑에 구멍이 있으며, 구멍에는 얇은 구리쇠 쪽으로 문짝을 달아서 물의 오르내림에 따라 여닫을 수 있게 했다. 두 구리통 아가리에는 구리판으로 뚜껑을 해서 달았는데, 그 둘레가 구리통에 꼭 맞았다. 그 구리판 한복판에 쇠기둥을 세워서 나무를 건너지르게 했는데, 그 나무를 누르면 구리판이 내려가고 올리면 구리판도 올라오게 되어 있다. 즉 구리판의 오르내림이 그 나무에 달린 것이다.

그러고는 물을 구리통에 붓고 몇 사람이 나무를 밟으면 구리판이 올라왔다 내려갔다 하니, 물을 빨아들이는 원리는 구리판에 있다. 구리판이 구리통 목에까지 올라오면 구리통 밑에 뚫린 구멍이 갑자기 열리면서 바깥 물을 빨아들이고, 이와 반대로 구리판이 구리통 속으로 내려가면 그 밑구멍이 닫혀서 구리통 속에 물이 가득 차 쏟아질 곳이 없으므로, 물총

뿌리로부터 을乙 자처럼 생긴 물총의 목으로 내달아서 위로 치솟아 내뿜으니, 물줄기가 여남은 길이나 치솟고 가로로는 삼사십 보까지 뻗는다.

그 형태가 생황과 비슷한데, 물 긷는 이는 연방 나무 구유에 물을 들이부을 따름이다. 옆에 있는 다른 두 대의 수차는 그 방식이 이것과 다르고 다른 이치가 있는 듯싶었으나 시간이 부족해 상세히 볼 수 없었다. 그러나 그 물을 빨아들이고 뿜는 이치는 거의 같았다.

곡식을 찧고 빻는 데는 두 층으로 포갠 큰 톱니바퀴를 사용하는데, 쇠로 만든 막대로 이를 꿰어 방 안에 세워두고 틀을 움직여서 돌린다. 톱니바퀴라는 것은 마치 자명종의 톱니처럼 이가 들쭉날쭉하여 서로 맞물리게 된 것이다. 방 안 네 구석에 두 층으로 맷돌 판을 두었는데, 맷돌 판의 가장자리 역시 들쭉날쭉하여 톱니바퀴의 이와 서로 맞물리게 돼 있다. 그리하여 톱니바퀴가 한 번 돌면 여덟 개의 맷돌 판이 한꺼번에 돌며, 순식간에 밀가루가 눈처럼 쌓인다. 이 이치는 시계의 속과 비슷하다.

길가의 민가에는 각각 맷돌 방아 하나와 나귀 한 마리씩이 있고, 곡식 빻는 데는 항상 연자방아둥글고 넓적한 돌판 위에 그보다 작고 둥근 돌을 세로로 세워서 이를 말이나 소 따위로 하여금 끌어 돌리게 하여 곡식을 찧는 방아를 쓰는데, 나귀를 매어 대신하게도 한다.

가루를 치는 법은 다음과 같다. 굳게 닫힌 방 안에 바퀴가 셋 달린 요차搖車를 놓았는데, 바퀴는 앞에 두 개, 뒤에 한 개가 있다. 수레 위에 네 개의 기둥을 세우고, 그 위에 두어 섬들이 큰 체를 두 층으로 흔들거리게 놓았다. 위 체에 가루를 붓고, 아래 체는 비워두어서 위 체의 것을 받아서 더 보드랍게 갈리도록 한다. 그리고 요차 앞에는 막대기 하나를 바로 질렀는데, 그 막대기의 한쪽 끝은 수레에 달렸고 다른 한쪽 끝은 방 밖으로

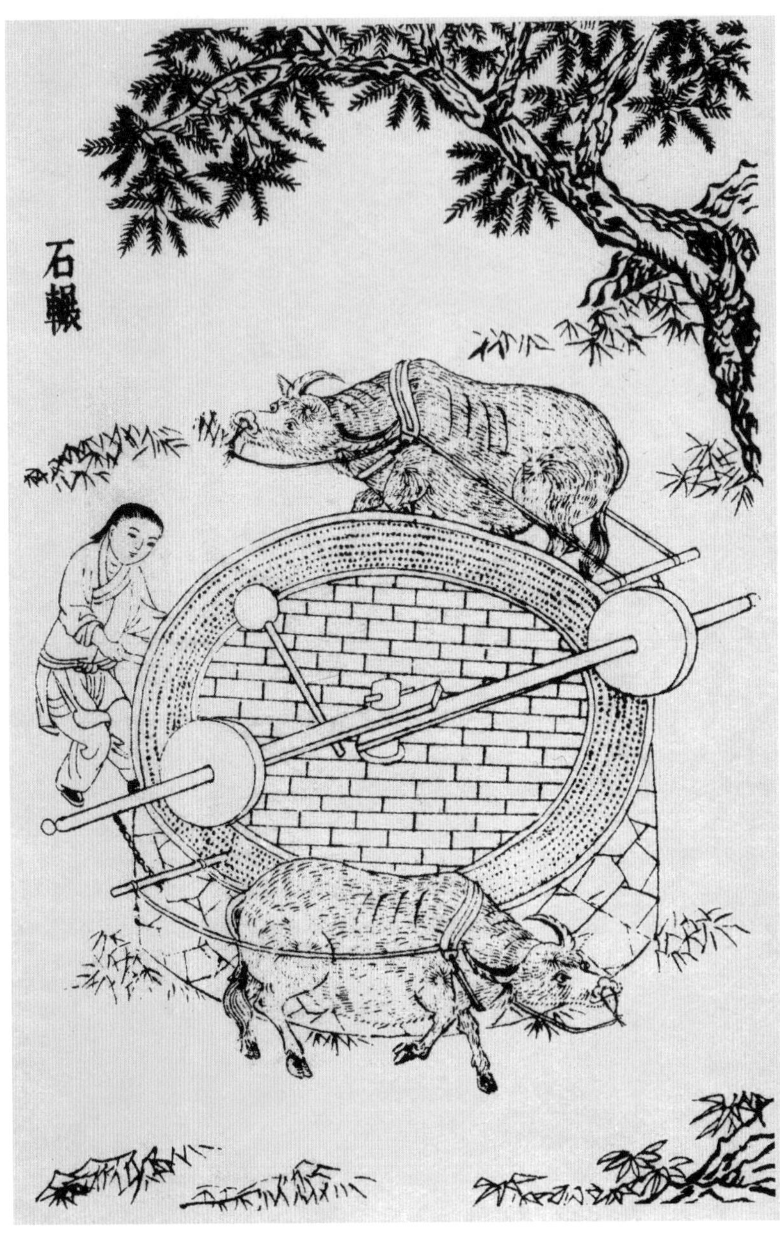

연자방아

뚫고 나가 있다. 밖에 기둥 하나를 세워서 그 막대기 끝을 잡아매고, 기둥 밑에는 땅을 파서 큰 널빤지를 놓아 막대기 밑이 이에 닿게 했다. 그 널빤지 밑 한가운데에 받침을 놓고, 그 양쪽을 뜨게 하여 마치 풀무를 다루듯 한다. 사람이 널빤지 위에 걸터앉아서 다리만 약간 움직이면 널빤지의 두 머리가 서로 오르내리며 널빤지 위의 기둥이 견디지 못하여 흔들린다. 그러면 그 기둥 끝에 가로지른 막대기가 세게 들이밀고 내밀고 하여 방 안의 수레가 앞뒤로 흔들린다.

방은 네 벽에 열 층으로 시렁을 매어서 그릇을 그 위에 올려놓아 날아오는 가루를 받게 되어 있다. 방 밖에 앉아 있는 사람은 발을 놀리면서 책도 읽고 글씨도 쓰고 손님과 대화도 하며 못할 일이 없다. 다만 등 뒤에서 약간 요란한 소리가 들릴 뿐, 누가 그러는지 알지 못한다. 대체로 그 발 움직이는 힘은 아주 적으면서도 일은 많이 하는 것이다. 우리나라 여자들이 몇 말 가루를 한 번에 치려면 머리도 눈썹도 삽시간에 하얗게 되고 팔이 나른해지니, 어느 것이 힘이 덜 들고 편리하겠는가. 이와 비교해보면 어떤지를 알 수 있을 것이다.

고치를 켜는 소차繅車는 더욱 기묘하니, 당연히 본받아야 한다. 이는 곡식 빻는 것과 같이 커다란 톱니바퀴를 쓰는데, 소차의 양쪽 머리에 톱니바퀴가 달려 있고, 들쭉날쭉한 이가 서로 맞물려서 쉴 새 없이 저절로 돌아간다. 소차는 별것이 아니요, 곧 몇 아름드리가 되는 큰 자새새끼나 참바 따위를 꼬거나 실 따위를 감았다 풀었다 할 수 있도록 만든 작은 얼레를 말하는 것이다. 수십 보 밖에서 고치를 삶고, 그 중간에는 높은 곳에서부터 낮은 데로 차츰 기울게 여러 층으로 시렁을 달고, 시렁 머리마다 쇳조각을 세워서 구멍을 바늘귀처럼 가늘게 뚫고 그 구멍에 실을 꿴다. 틀이 움직이면 바퀴가 돌고, 바퀴가 돌면 자새가 따라 돌되, 톱니바퀴가 서로 맞물려서 빠르지도 않고 느리지도 않게 천천히 실을 뽑는다. 그 움직임이 거세지도 않고 몰리지도 않게 법도가 있으므로 실이 고르지 않거나 한데 얽히거나 하는 탈이 없는 것이다. 켠 실이 솥에서 나와 자새로 들어가기까지 쇠 구멍을 두루 지나면서 털도 다듬어지고 가시랭이풀이나 나무의 가시 부스러기도 떨어지며, 또 자새에 들기 전에 실이 알맞게 말라서 말쑥하고 매끄러우므로 다시 잿물에 빨지 않아도 곧 베틀에 올릴 수 있다.

반면에 우리나라의 고치 켜는 법이란 다만 손으로 훑기만 할 뿐이지 수레를 쓰지 않는다. 그러므로 사람의 손놀림이 실의 성질에 맞추어 자연스레 움직이지 않고 빠르고 더디다 보니 고르지 않다. 어쩌다 실끼리 섞갈리면 실과 고치가 놀라는 듯 내달려서 실을 켜는 널판 위에 몰려 갈피를 잡을 수 없게 된다. 또 찌꺼기가 나와서 덩어리가 지면 광택을 잃게 되며, 실밥이 엉켜 붙으면 실이 끊어졌다 이어졌다 하므로 거친 티를 뽑고 고르게 하려면 입과 손이 모두 힘들다. 이를 저 고치 켜는 수레와 비교하면, 그 우열이 또한 어떠한가. 나는 그들에게 고치가 여름을 나도 벌레가 생기지 않는 방법을 물었다. 그랬더니 약간 볶으면 나방도 나지 않고, 또 더운 구들에 말리면 나방은 물론 벌레도 생기지 않으므로 겨울철이라도 켤 수 있다고 한다.

길에서 날마다 상여를 만났는데, 그 방식은 한결같지 않으나 매우 거추장스럽게 보인다. 상여는 거의 두 칸 방만 하고 오색 비단으로 휘장을 쳤는데, 구름·꿩·참새 같은 여러 가지 그림을 그렸으며, 가마 꼭대기는 은으로 치장하거나 오색실을 땋아 늘였다. 상여를 올려놓은 양쪽 채의 길이는 거의 일고여덟 발걸음을 세는 단위이나 되는데, 붉은 칠을 하고 누

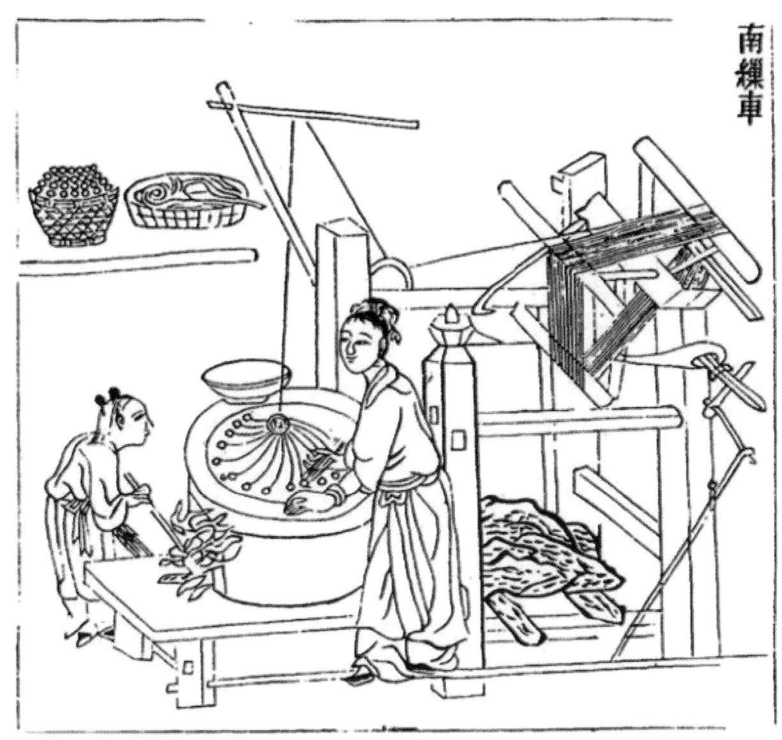

소차 누에고치에서 실을 빼내는 기계다. 누에고치 하나에서는 약 1300미터에 이르는 실이 나온다.

런 구리를 올려서 금빛으로 꾸몄다. 가로로 댄 나무 멜대는 앞뒤에 각기 다섯 개씩인데, 길이는 역시 서너 발이나 되고, 그 위에 짧은 막대기를 걸쳐서 양쪽을 어깨에 메게 되어 있다. 상여꾼은 적어도 수백 명이고, 명정銘旌, 죽은 사람의 관직과 성씨 따위를 적은 기은 모두 붉은 비단에 금자金字로 썼다. 명정대는 세 길이나 되는데, 검은 칠을 하고 금빛 나는 용을 그렸다. 깃대 밑에는 발을 달고, 거기에 역시 막대기 두 개를 가로놓아서 반드시 아홉 사람이 멘다. 붉은 일산햇빛을 가리기 위해 세우는 큰 양산 한 쌍, 푸른 일산 한 쌍, 검은 일산 한 쌍, 수레 깃발 대여섯 쌍이 뒤를 따르고, 그다음에 피리·퉁소·북·나팔 등 악대가 서며, 승려와 도사들이 불경과 주문을 외면서 그 뒤를 따른다.

중국의 모든 일이 간편함을 위주로 하여 헛된 것이 하나도 없는데, 상여만은 알 수 없는 일이다. 이는 물론 본받을 것이 못 된다.

희대戱臺

절이나 관觀, 도교 수행자가 머무는 건물, 사당의 맞은편 문에는 반드시 희대가 하나씩 있다.

들보가 일곱 혹은 아홉 개 있으므로 드높고 깊숙하고 웅장하여 보통 가게와는 비길 바가 아니다. 이렇게 깊고 넓지 않으면 수많은 사람이 들어갈 수 없기 때문이다. 의자며 탁자, 평상 등 앉을 자리가 적어도 천 개가 넘으며, 붉은 칠이 맵시 있고 사치스러워 보인다.

천 리를 가면서 가끔 삿자리로 누각과 궁전 모양을 본떠서 만든 높은 희대를 보았는데, 그 구조의 탁월함이 기와집보다 나아 보인다. 현판에는 '중추경상中秋慶賞, 한가위에 기쁘게 감상함' 또는 '중원가절中元佳節, 중원은 백중을 말하는데, 음력 7월 15일로 전통적인 명절 가운데 하루다. 중원가절이란 '백중의 좋은 계절'이라는 뜻'이라 쓰여 있다.

사당이 없는 작은 시골 동네에서는 반드시 정월 보름과 8월 보름에 삿자리로 희대를 만들어 여러 가지 광대놀이를 공연한다. 언젠가 고가포를 지나다 보니, 길에 수레가 끊이지 않고 수레마다 여인이 일고여덟 명씩 탔는데, 모두 진한 화장에 고운 나들이 차림새였다. 그런 수레가 몇백

희대 배우가 연극하는 곳

대를 헤아릴 정도였는데, 알고 보니 모두 소흑산에 가서 광대놀이를 구경하고 해가 저물어서 돌아가는 시골 부인네들이었다.

시장[市肆]

이번 천여 리 길에 지나온 시장은 봉성·요동·성경·신민둔·소흑산·광녕 등지였는데, 크고 작고 사치하고 검소한 차이야 없지 않지만 그중 성경이 가장 화려한 편이었다. 성경에서는 모두 비단 창에 무늬를 수놓았고, 길 양쪽에 늘어선 술집은 다들 오색이 찬란했다. 눈에 띄는 건 처마 밖으로 나온 아롱진 난간의 단청이 여름 장마를 겪고도 퇴색하지 않은 것이었다.

봉성은 동쪽 변두리에 있는 궁벽한 곳이지만, 그곳의 의자·탁자·주렴·휘장·담요 등 모든 도구 그리고 꽃과 풀까지도 처음 보는 것이었다. 그뿐 아니라 다들 문패며 간판을 사치스럽고 화려하게 꾸미기 위해 수천 금의 낭비를 했는데, 이렇게 하지 않으면 장사가 잘 되지 않을뿐더러 재물 신이 도와주지 않는다고 한다. 그들이 모시는 재물 신은 대부분 관운장인데, 소상찰흙으로 만든 형상으로 만들어 탁상에 모셔두고 향불을 피워 아침 저녁으로 머리를 조아리며 절한다. 그 품이 가묘家廟, 한 집안의 사당에서 하는 것보다 더하다. 이로 미루어보면 산해관의 습속을 예측할 수 있겠다.

물건을 파는 장사치는 길을 가면서 큰 소리로 "싸구려!" 하고 외치기도 하나, 푸른 천을 파는 장수는 손에 든 작은 북을 흔들고, 머리를 깎는 이는 양철판을 두드리며, 기름 장수는 바리때를 치기도 한다. 또 더러는 징·죽비·목탁 따위를 갖고 다니는 자도 있다. 그들이 거리를 다니며 두드리는 소리를 듣고 집 안에 있던 작은 아이들도 달려 나와 이들을 부르곤 하는데, 큰 소리로 외치지 않아도 두드리는 소리만 들으면 무엇을 파는지 알 수 있기 때문이다.

객사[店舍]

객사나그네를 치거나 묵게 하는 집는 뜰이 넓어서 적어도 수백 보는 된다. 그렇지 않으면 수레와 말과 사람을 모두 수용하지 못할 것이다. 그런 까닭에 문안에 들어가서도 한 마장은 달려야 전당前堂, 여러 채로 이루어진 집에서 앞채에 이르니, 그 넓이를 짐작할 수 있겠다. 행랑채대문간 곁에 있는 집채 지붕 아래에는 의자와 탁자 사오십 개가 놓였고, 마구간에는 길이가 두세 칸, 너비가 반 칸쯤 되는 돌구유소나 말 따위 가축에게 먹이를 담아주는 그릇. 흔히 큰 나무토막이나 돌을 길쭉하게 파내어 만듦가 있다. 돌구유가 없으면 벽돌을 쌓아서 돌구유처럼 만들었다. 뜰 가운데에 역시 나무 구유 수십 개를 나란히 두고는 양쪽 머리에 갈라진 나무로 받쳐두었다.

그릇으로는 오로지 그림을 그려 넣은 자기를 쓰고, 백통구리와 니켈의 합금. 은백색으로 화폐나 장식품 따위에 씀이나 놋쇠 또는 주석 등으로 만든 그릇은 보이지 않는다. 아무리 궁벽한 두메의 허물어져가는 집이라도 매일 사용하는 밥주발과 접시 등은 모두 울긋불긋 그림을 아로새긴 것들이다. 이는 사치해서가 아니라 그릇 굽는 이들의 솜씨가 본시 그러하므로 조잡한 싸구려를 쓰려 해도 구할 수 없기 때문이다. 자기가 깨져도 버리지 않고 밖에 쇠못을 쳐서 다시 쓴다.

다만 아무리 해도 내가 알 수 없는 것은, 못이 그릇 속으로 삐져나오지 않고 꼭 끼여 있어서 풀로 붙인 듯 감쪽같다는 것이다. 높이가 두 자나 되는 여러 빛깔의 술잔과 오지병질그릇에 발라 구우면 윤이 나는 잿물을 입혀 만든 병, 꽃과 잎을 꽂은 병과 두루미목과 아가리는 좁고 길며 배는 단지처럼 둥글게 부른 모양의 큰 병. 두루미병이라고도 함 같은 것은 어딜 가나 흔하다. 이로 미루어보면 우리나라의 분원分院, 조선시대 궁중이나 중앙 관아에서 쓰는 자기를 만들던 사옹원의 분원이 있었으므로 이런 이름이 생겼다. 경기도 광주, 즉 한강 기슭 마현의 건너편에 있었음-역주에서 구운 것은 중국의 시장에 들어올 수도 없을 것이다. 아아, 그릇 굽는 법 한 가지가 좋지 못하매 온 나라의 모든 일과 모든 물건이 그 그릇과 같아져 마침내 한 나라의 풍속을 이루었으니, 어찌 통탄할 일이 아니겠는가.

교량橋梁

교량은 모두 무지개다리여서 다리 밑이 성문과 같다. 큰 것은 돛단배가 마음대로 지나갈 수 있고, 작은 것도 거룻배돛이 없는 작은 배는 지나다닐 수 있다. 돌난간에는 흔히 구름무늬와 새끼 용·이무기 등을 새겼고, 나무 난간에는 단청을 입혔다. 양쪽 다리 입구에는 모두 팔八 자로 된 담을 쌓아서 다리를 보호한다. 지나온 다리 중에서는 만보교, 화소교, 장원교, 마도교가 가장 큰 것이다.

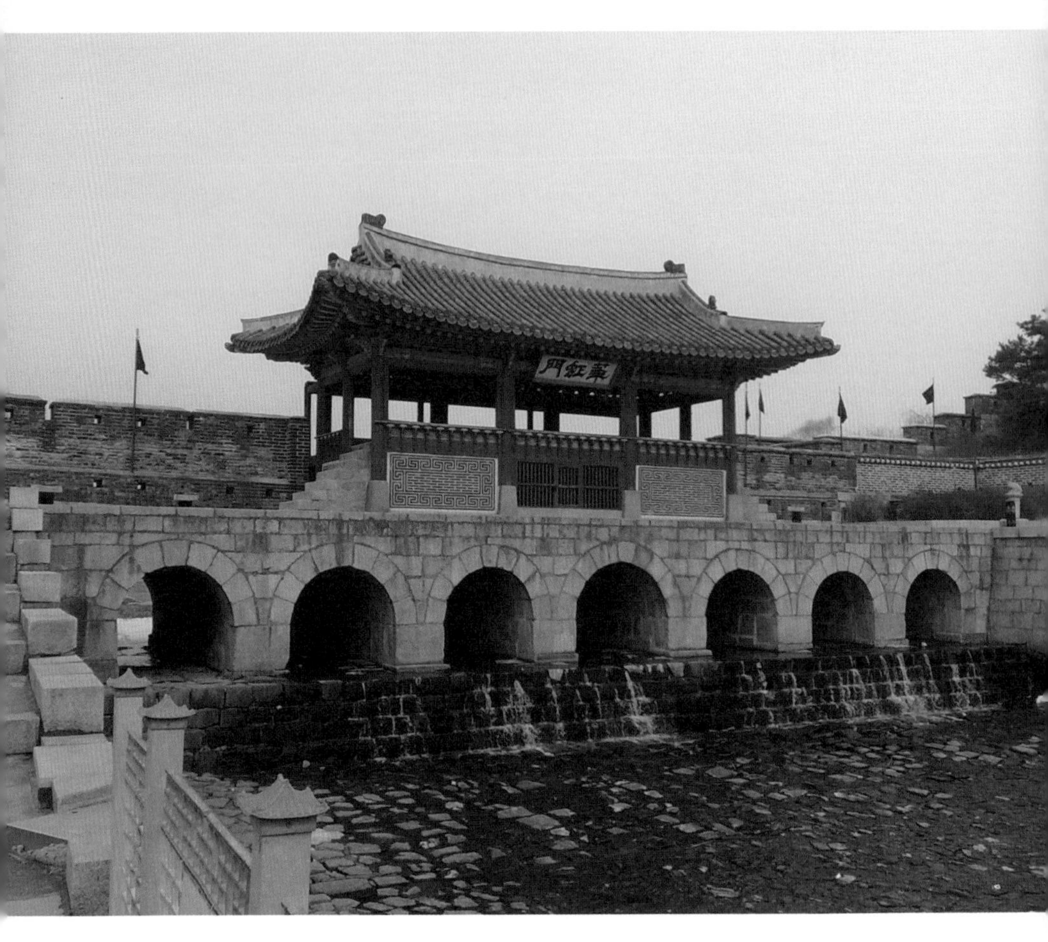

수원 화홍문의 무지개다리 구조물의 주체가 아치로 된 다리를 무지개다리라고 한다.

임진壬辰 7월 16일

날이 갰다.

정 진사, 변 주부, 내원과 이날도 서늘한 새벽에 먼저 떠나기로 약속했다. 신광녕에서 흥륭점興隆店까지 5리, 쌍하보雙河堡까지 7리, 장진보壯鎭堡까지 5리, 상흥점常興店까지 5리, 삼대자三臺子까지 3리, 여양역閭陽驛까지 15리, 모두 40리를 와서 점심을 먹었다. 이곳에서부터 용마루(지붕 가운데 부분에 있는 가장 높은 수평 마루) 없는 집이 시작된다. 여양역에서 두대자頭臺子까지 10리, 이대자二臺子까지 5리, 삼대자까지 5리, 사대자까지 5리, 왕삼포王三舖까지 7리, 십삼산十三山까지 8리, 전부 40리다. 이날 모두 80리를 가 십삼산에서 묵었다.

새벽에 신광녕을 떠날 무렵 지는 달이 땅 위에서 몇 자 안 되는 곳에 걸려 있는데 서늘하고 완연하다. 계수나무 그림자가 성글게 보이고 옥토끼와 은두꺼비는 금방이라도 손으로 만져볼 수 있을 듯하며, 날리는 항아달 속에 산다는 선녀의 흰 옷자락 속으로 살결이 어른거리는 것 같다. 나는 정 군을 돌아보면서 "이상도 하이, 오늘은 해가 서쪽에서 돋는구려." 하니, 정은 그것이 달인 줄 깜박 잊고 입에서 나오는 대로 말한다.

"늘 새벽에 여관을 떠나니 처음에는 정말 동서남북을 가리기 어렵더군요."

모두들 허리를 잡고 웃었다. 잠시 후 달이 점점 기울어 들 밖에 떨어지니 정 군도 크게 웃었다. 아침노을이 물결처럼 일어 먼 나무 끝에 가로 길게 뻗더니, 별안간 천만 가지 이상한 봉우리로 변하여 맑은 기운에 탄탄한 형세가 마치 용이 서린 듯, 봉황이 춤추는 듯 천 리 벌에 가없이 뻗친다. 나는 정 군을 돌아보면서 말한다.

"허, 장백산이 불쑥 들어오는 듯하네그려."

정 군만이 아니라 모두들 기이하다고 외치지 않는 이가 없다.

조금 뒤 구름과 안개가 말끔히 걷히니, 해가 이미 세 발은 솟았는데, 하늘에는 한 점 티끌도 없다. 별안간 먼 마을 나무숲 사이로 새어드는 빛이 마치 맑은 물이 하늘에 고여서 어린 듯, 연기도 아니며 안개도 아니요, 높지도 낮지도 않고 나무 사이를 감돌며 환하니, 비치는 품이 마치 나무가 물 가운데 선 것 같고, 그 기운이 차츰 퍼지며 먼 하늘에 가로 비낀다. 흰 듯도 하고, 검은 듯도 한 것이 마치 큰 수정 거울과 같아서 오색이 찬란할 뿐더러 일종의 빛인 듯 보인다. 비유를 잘하는 이들은 흔히들 강물 빛 같다거나 호수의 색 같다고 하나, 허공에 어린 맑고 어리어리한 것이 무엇인지는 실로 형언하기 어렵다. 동네와 집, 수레와 말의 그림자가 모두 거꾸로 비친다. 태복이 말한다.

"이것이 곧 계문연수薊門煙樹입니다."

내가 "계주薊州, 계문가 여기서 천 리인데, 연수연기나 안개, 구름 따위에 싸여 뽀얗고 멀리 보이는 숲가 어찌 이곳에 있겠느냐?" 이렇게 말하니, 의주 상인 임경찬이 말한다.

"계문이 비록 이곳에서 멀지만, 이를 가리켜 '계문연수'라 합니다. 날씨가 청명하고 바람이 잔잔할 때면 요동 천 리 벌에 늘 이 기운이 있습니다. 반면에 계주에 가더라도 바람이 불고 날씨가 음산하면 볼 수 없다고 합니다."

강세황이 그린 〈계문연수〉 계문연수란 글자 그대로 풀면 '계문의 울창한 나무들이 안개 사이로 드러나는 아름다운 풍경'이라는 뜻이다. 그러나 박지원의 글 속에서는, 대기 속에서 빛의 굴절 현상에 의해 공중이나 땅 위에 무언가가 환상적으로 보이는 신기루 현상을 표현한 것이다. 국립중앙박물관 소장

겨울 날씨가 고요하고 따뜻하면 산해관의 안팎에서 날마다 볼 수 있다 한다.

이날은 마침 여양의 장날이다. 온갖 물건이 모여들고 수레와 말이 거리에 가득 찼다. 아로새긴 듯한 초롱 속에 갖가지 새를 넣어서 매화조매화꽃새니, 요봉작은 봉황이니, 오동조오동나무새니, 화미조눈썹새니 하는 이름을 붙였는데, 형형색색이다. 새 장수의 수레가 여섯 대에, 우는 벌레를 실은 수레가 둘이어서 그 지저귀는 소리가 마치 깊은 산속에 들어온 듯 시끄럽다.

국화차 한 잔과 떡 두 덩이를 사서 먹고, 조 역관을 만나서 한 술집에 들어갔다. 마침 소주를 내린다기에 다른 집으로 옮기려 했더니 술집 아범이 성을 내며 조에게 달려들어 머리로 앙가슴을 받으며 꼼짝 못하게 한다. 어쩔 수 없다는 듯 조는 웃고 자리에 돌아와 돼지고기볶음 한 쟁반, 달걀 볶은 것 한 쟁반, 술 두 주발을 사서 배불리 먹고 자리를 떴다.

멀리 십삼산을 바라보니, 산맥이 뻗은 듯 끊어진 듯 홀연히 넓은 벌판 가운데에 열세 개의 돌 봉우리가 날아와 앉은 듯하다. 그 보일락 말락 기이하게 솟은 품이 마치 여름 하늘에 피어오르는 구름 봉우리 같다.

머리가 하얗게 센 늙은이 하나가 손에 조그만 낚싯대를 들고 그 끝에 고리를 달아서 참새 한 마리를 앉힌 후 색실로 발을 잡아매어 길을 다니고 있다. 새를 데리고 노는 모습이 대부분 이러하다.

더위에 지쳐서 졸리므로 말에서 내려 걷기로 했다. 일고여덟 살쯤 되는 아이 하나가 머리에는 새빨간 실로 뜬 여름 모자를 쓰고, 몸에는 고동색 구름무늬 비단 두루마기를 입고 까만 공단 신을 신었는데, 걸음걸이가 아담하고 얼굴이 눈처럼 희고 눈매는 그린 듯싶다. 내 길을 막아선 아이는 놀라지도 않고 두려워하는 빛도 없이 앞에 와 공손히 절하더니 땅에 엎드려 머리를 조아린다. 나는 황망히 안아 일으켰다. 그 뒤에 한 노인이 멀찌감치 따라오면서 웃음을 머금고 말한다.

"이 아이는 이 늙은 몸의 손자 놈이오. 영감께서 이놈을 귀여워하시니 무어라 고마운 말씀을 아뢰리까?"

그 아이에게 묻는다.

"나이는 몇 살이냐?"

아이는 손가락을 꼽아서 보이며 대답한다.

"아홉 살입니다."

나는 또 성명을 묻는다. 아이가 답한다.

"제 성은 사謝입니다."

그러더니 곧 신발 속에서 작은 쇠빗 하나를 꺼내어 땅에다 '효孝', '수壽' 두 글자를 쓰면서 말한다.

"효는 백 가지 행동의 근본이요, 수는 오복의 으뜸이기에 저의 할아버지께서 제게 축원하시기를, 남의 아들이 되어서는 효도를 해야 한다 하시고, 또 저에게 첫째는 장수하라 하시며, '효'·'수' 두 글자를 합하여 아명을 지어서 효수라 부르옵니다."

나는 놀라지 않을 수 없어 다시 묻는다.

"지금 무슨 글을 읽느냐?"

효수가 답한다.

"두 책은 벌써 외웠고, 지금은 〈학이學而〉《논어論語》의 편명 가운데 하나 편을 읽는 중입니다."

"두 책이라니 무엇 무엇인가?"

“《대학大學》과《중용中庸》입니다.”

“그러면 강의講義도 이미 끝났느냐?”

“두 글은 외우기만 했고,《논어》는 강의를 받고 있는 중입니다.”

이어서 아이가 묻는다.

“선생께서는 성이 무엇이오니까?”

“내 성은 박朴이야.”

내가 답하자, 효수는 말한다.

“《백가원百家源》중국의 성씨를 모아놓은 책에도 없는 것이옵니다.”

노인은 내가 그 손자를 귀여워함을 보고는 얼굴에 천진스러운 웃음을 가득 머금고 말한다.

“고려의 어른께서는 부처님같이 어지십니다. 슬하에는 봉황 같은 아드님에 기린 같은 손자님을 두신 모양입니다. 그들 생각을 하시며 남의 아이를 귀여워하시는 게죠.”

“내 나이는 많이 먹었으나 아직 손자를 보지 못했습니다.”

내가 이내 묻는다.

“연세가 얼마나 되셨습니까?”

그가 답한다.

“헛되이 쉰여덟 해를 지났소이다.”

나는 손에 들었던 부채를 아이에게 주었다. 그러자 노인은 허리춤에서 쇠사슬 고리에 달아매어 찼던 비단 수건과 아울러 부시부싯돌을 쳐서 불이 일어나게 하는 쇳조각까지 내게 주면서 못내 고마운 뜻을 표한다. 노인에게 물었다.

“댁은 어디신지요?”

"여기에서 멀지 않은 왕삼포에서 살고 있습니다."

사씨가 대답한다. 나는 다시 말한다.

"손자가 매우 성숙하고 총명하여 옛날 왕사가남조시대 제나라의 학자 왕검과 동진 때의 학자 사안의 풍류에 부끄럽지 않겠소이다."

그러자 사씨는 말한다.

"조상 때부터 내려오는 계통이 끊긴 지 이미 오래이니 어찌 강좌江左, 예로부터 문인이 많이 나오던 장쑤성을 가리킴의 풍류를 다시 바라오리까?"

길이 바빠서 마침내 서로 작별했다. 아이가 공손히 읍하면서 인사를 한다.

"영감, 가시는 길에 몸조심하옵소서."

나는 길을 가는 내내 그 아이의 뛰어난 눈매와 동작이 눈에 밟혔다. 또 사씨와 땅에 써서 주고받은 몇 마디 말이 서로 이야기할 만했으나, 갈 길이 바빠서 그 집을 찾지 못한 것이 안타까웠다.

계사癸巳
7월 17일

날이 갰다.

아침에 십삼산을 떠나 독로포禿老舖까지 12리, 배로 대릉하大陵河를 건너기까지 14리, 대릉하점大陵河店까지 4리를 와서 이곳에서 묵었다. 이날은 겨우 30리를 갔다.

대릉하는 그 근원이 만리장성 밖에서 시작하는데, 구관대와 변문을 뚫고 광녕성을 지나 두산을 나와서, 금주위 안으로 들어와 점어당에 이르러 동쪽 바다로 들어간다.

호행통관 쌍림은 조선수통관朝鮮首通官, 조선어 으뜸 통역관 오림포의 아들로, 집은 봉성에 있다. 말로는 사신 행렬을 보호한다고 하지만, 그저 태평거를 타고 뒤를 따를 뿐이다. 그렇다고 그를 우리가 뭐라 할 것은 아니다.

그는 하인 넷을 거느렸는데, 하나는 성이 악鄂으로 아침저녁 식사와 말 먹이는 일만을 했다. 또 하나는 이李인데, 길에서 꿩 사냥만 일삼았다. 또 하나인 서徐는 의주 부윤 서 모와 일가간이라고 했다. 또 하나는 감甘이다. 그들은 모두 조선 사람이고 나이는 열아홉 살인데, 아름다운 까닭에 쌍림의 귀염을 받는다고 한다. 그러나 우리나라에 감씨 성은 없으니, 의심스러운 일이다.

내가 국경에 들어선 지 십여 일이 지났어도 쌍림의 얼굴을 보지 못했는데, 통원보의 시냇물을 건널 때 언덕에 올라가서 "물살이 센데." 하니, 언덕 위에 있던 깨끗하게 차린 되놈 하나가 우리 역관들과 함께 서 있다가 조선말로 말한다.

"물살이 셉니다. 그런데도 용하게 건너셨습니다."

연산관에 이르러 그가 수역에게 묻는다.

"아침나절 물 건널 때 본, 얼굴이 건장한 이는 누구요?"

수역이 답한다.

"정사 대감과 일가 형제 되시는 분이오. 글을 잘 아셔서 구경하러 오셨답니다."

쌍림이 묻는다.

"그러면 넉 점四點이오?"

"아니오, 정사 대감의 삼종형제팔촌형제입니다."

"그럼, 이량위췐伊兩羽泉이구먼."

쌍림이 말한다.

'이량위췐'이란 중국말로 한 냥 닷 돈을 말한다. 한 냥 닷 돈은 곧 양반兩半이다. 우리나라에서 사족士族, 선비나 무인의 집안 또는 그 자손을 양반이라 하니, 중국의 '양반兩半'과 '양반兩班'이 음이 같으므로 쌍림이 이런 은어를 쓴 것이다. 넉 점이란 '서庶' 자로, 우리나라의 서얼을 가리킨다.

사행이 갈 때마다 사무를 맡은 역관이 공금으로 은 사천 냥을 가져가서 오백 냥은 호행장경護行章京, 사신 일행을 호위하는 청나라 관리에게 주고, 칠백 냥은 호행통관에게 주어 찻삯과 숙소비로 쓰게 되어 있다. 그러나 실상은 한 푼도 쓰지 않고 상사와 부사의 주방에서 돌아가면서 두 사람을 먹인다.

쌍림은 그 사람됨이 교활한데, 조선말을 잘한다고 한다. 앞서 소황기보에서 점심을 먹을 때 여러 비장 및 역관과 둘러앉아 이야기를 나누는데, 쌍림이 밖에서 들어왔다. 그러자 여러 사람이 반겨 맞았다. 쌍림이 부사의 비장 이성제와 다정하게 이야기하고 또 내원을 향하여 말을 붙였는데, 이 두 사람이 두 번째 방문이라서 구면이기 때문이다. 내원이 쌍림에게 말한다.

"내, 영감께 섭섭한 일이 있소."

쌍림이 웃으면서 묻는다.

"무슨 섭섭한 일이오니까?"

"우리 정사께서는 비록 작은 나라의 사신일지언정 우리나라에서는 정일품 내대신內大臣, 황제의 친척으로 시위하는 관직. 조선에는 이런 것이 없으나 정사 박명원이 부마이므로 청나라의 제도에 비유해 말한 것이므로 황제께서도 각별한 예법으로 대우하십니다. 따라서 영감은 대국 사람이지만 조선의 통관인즉, 우리 사또에게 마땅히 예의를 지켜야 할 것입니다. 그러니 정사와 부사, 두 사또께서 말을 갈아타거나 가마를 멈추실 때 영감들은 마땅히 수레를 멈춰 기다려야 할 것입니다. 그런데도 그러기는커녕 번번이 수레를 그냥 몰아 지나면서 조금도 거리낌이 없으니 이 무슨 도리요. 그래서 호행장경도 영감을 본받으니 더욱 한심한 일이오."

내원이 이렇게 말하니, 쌍림은 발끈 성을 낸다.

"그것은 당신이 모르는 거요. 대국의 체모는 당신네 나라와 다르오. 대국에서 칙사임금의 명령을 전달하는 사신가 가면 당신네 나라의 의정대신議政大臣, 내각의 세 대신이라 해도 우리를 평등하게 대하여 말도 서로 공경하는 것인데, 이제 당신이 새로이 예법을 만들어 나더러 피해 다니란 말이오?"

역관 조학동이 내원에게 더 이상 다투지 말라고 눈짓을 한다. 그러나 내원은 한층 소리를 높인다.

"그럼 영감의 종놈은 어느 안전이라고 손에 매를 낀 채 의기양양하게 지나간단 말이오? 그건 해괴한 일이 아니오? 이제 다시 그런 걸 보면 내 곤장을 칠 테니 영감은 괴이하게 여기지 마시오."

그러자 쌍림이 말한다.

"그런 것은 아직 못 보았소. 만일 내가 보기만 하면 단번에 처치해버리겠소."

그는 조선말을 잘한다지만 정확하지 못하고, 다급하면 연경말북경말을 쓰곤 한다. 이런 자에게 공연히 칠백 냥을 허비하니 참으로 아까운 일이다.

이때 내가 종이를 꼬아서 코를 쑤셨다. 그러자 쌍림이 제 코담배콧구멍에 대고 향기를 맡거나 약간 들이마시는 가루담배 그릇을 끌러주며 묻는다.

"재채기를 하시려오?"

그러나 나는 그와 말을 섞기도 싫고 또 코담배 그릇을 쓰는 법도 알지 못하므로 받지 않았다. 쌍림은 내게 몇 번이나 말을 걸고 싶어 했으나 내가 눈길도 주지 않고 도사리고 앉아 있으니 곧 일어나서 나가버렸다. 그 뒤에 역관들의 말을 들은즉, 쌍림이, 내가 제 말을 받아주지 않자 멋쩍게 일어나서 나간 후 매우 화를 냈다고 한다.

그의 아비가 늘 관청 대문에 앉아 있으니 만일 쌍림의 노여움을 사면 구경하러 드나들 때 말썽이 날 것이고, 또 속담에 "웃는 낯에 침 못 뱉는다."라고 했으니, 쌍림을 냉대한 것은 재미없는 일이라고들 한다. 나 역시 그러려니 여겼다.

이윽고 사행이 먼저 떠나고, 곤히 잠들었던 나는 늦게 일어나서 마침 밥상을 물리고 행장을 차리고 있는데 쌍림이 들어온다. 나는 웃는 얼굴로 맞이한다.

"영감, 한참 못 뵈었구려. 요즘 안녕들 하시오?"

그러자 쌍림이 좋아라고 자리에 앉으면서 삼등초평안도 삼등에서 나는 질이 좋은 담배를 달라 하고, 또 자기 집에 붙일 주련도 써달라고 한다. 또 내가 먹는 진짜 청심환과 단오에 기름 먹인 접부채접었다 폈다 할 수 있게 만든 부채. 쥘부채마저 달라 한다. 나는 일일이 머리를 끄덕인다.

"수레에 실은 짐이 도착하면 다 드리고말고."

나는 또 말한다.

"내 먼 길을 말 타고 와서 퍽 고단하니 한 정거장만 당신과 함께 수레를 타고 갔으면 좋겠소."

그는 쾌히 승낙한다.

"공자와 함께 타고 간다면 제게 영광이겠소."

쌍림은 함께 떠날 즈음에 자기 수레 왼편을 비워서 나를 앉히고는 수레를 스스로 몰았다. 쌍림은 또 장복을 불러서 오른편에 앉히고는 "내가 조선말로 묻거든 너는 연경말로 대답하여라." 한다. 둘이서 수작 부리는 것을 들으니 우스워서 허리를 잡을 지경이었다. 쌍림의 조선말은 세 살 먹은 아이가 '밥' 달라는 말을 '밤' 달라는 말처럼 하는 것 같고, 장복의 중국말은 반벙어리가 이름을 부르는 듯 언제나 "애, 애." 하는 소리만 거듭한다. 혼자 보기에는 아까운 장면이다. 게다가 쌍림의 우리말은 장복의 중국말보다 더 형편없어서 말끝마다 존댓말과 반말을 헷갈려 쓰고, 말 한마디도 다룰 줄 모른다. 그가 장복에게 묻는다.

"너, 우리 아버지를 보았니?"

장복이 답한다.

"칙사 나왔을 때 보았소이다. 대감 수염이 멋지시고 내가 걸어서 뒤를 따르며 권마성을 거푸 지르니, 대감이 눈에 웃음을 가득 담고 '네 목청이 좋구나. 그치지 말고 불러라.' 하시기에 나는 쉬지 않고 외쳤습니다. 그랬더니 대감이 연방 '좋다, 좋아.' 하시고, 곽산에 이르러선 손수 차담茶啖, 손님을 대접하기 위하여 내놓는 다과 따위을 주셨소."

쌍림이 말한다.

"우리 아버지 눈이 흉악해 보이지."

장복은 껄껄 웃는다.

"마치 꿩 잡는 매 눈과 같더구먼요."

"옳아."

쌍림이 또 묻는다.

"너, 장가들었냐?"

"집이 가난해서 아직 못 들었습니다."

그러자 쌍림은 연신 "하하, 불상하이."라고 말한다. '불상'이란 우리말로 '아아, 안됐군.' 하고 한탄하는 말이다. 쌍림은 다시 묻는다.

"의주 기생이 몇 명이나 되느냐?"

"아마 삼사십 명 되겠죠."

장복이 답하니, 쌍림은 또 묻는다.

"예쁜 것도 많겠지?"

"예쁘다뿐이오. 양귀비당 현종이 사랑하던 미녀 양태진. 귀비는 봉호 같은 이도 있고, 서시중국 춘추시대 월나라의 미인 같은 이도 있소. 이름이 유색이라는 기생은 수줍은 꽃, 밝은 달 같은 자태가 좋고, 또 춘운이란 기생은 구름을 멈추고 남의 애를 끊을 만큼 창을 잘한다오."

장복이 말하니 쌍림은 깔깔댄다.

"그런 기생이 있다면 내가 갔을 때는 왜 나타나지 않았나?"

장복은 답한다.

"만일 한 번만 보시면 대감님 따위는 혼이 그만 구만 리 장천 구름 밖으로 날아가 버리고, 손안에 쥐었던 만 냥 돈이 저절로 사라져 저 압록강을 다시 건너오질 못하리다."

쌍림은 손뼉을 치고 깔깔거린다.

"내 다음번 칙사를 따라가거든 네가 가만히 데려오려무나."

장복은 머리를 흔든다.

"힘들 겁니다. 남에게 들키면 목이 달아나게요."

둘이 모두 한바탕 크게 웃는다.

이렇게 주고받으면서 삼십 리를 갔다. 이는 둘이 서로 상대방 말을 시험하려 한 것인데, 장복의 중국말은 책문에 들어온 뒤 길에서 주워들은 것에 불과한 반면, 쌍림의 조선말은 평생 두고 배운 것이다. 그런데도 장복이 쌍림보다 더 잘하니, 우리말보다 중국말이 쉬운 게 분명하다.

수레는 삼면을 초록빛 양탄자로 휘장을 쳐서 걷어 올렸고, 동서 양쪽에는 주렴을 드리우고 앞에는 공단으로 차일을 쳤다. 수레 안에는 이불이 놓였고, 한글로 쓴《유씨삼대록劉氏三代錄》우리 고전 소설의 일종으로 작자는 미상 두어 권이 있다. 언문 글씨가 너절할 뿐 아니라 책장까지 해어졌다. 내가 쌍림더러 읽으라 했더니, 쌍림이 몸을 흔들면서 소리를 높여 읽었으나 말이 되지 않고 뒤범벅으로 읽어간다. 입안에 가시가 돋친 듯, 입술이 얼어붙은 듯 군소리를 수없이 내며 끙끙거린다. 내 역시 한참 들어도 무슨 소린지 알 수 없다. 그렇게 해서는 늙어 죽을 때까지 읽어도 아무 보람이 없을 것이다.

길에서 사행이 말을 갈아타자 쌍림이 수레에서 뛰어 내려가 가게 안으로 몸을 숨긴다. 그런 후 사행이 떠나자 천천히 수레에 올랐다. 전날 내원이 그를 나무랐을 때 겉으로 대들기는 했지만, 마음속으로는 움츠러들었던 모양이다.

갑오甲午
7월 18일

날이 갰다.

새벽에 대릉하점을 떠나 사동비四同碑까지 12리, 쌍양점雙陽店까지 8리, 소릉하小凌河까지 10리, 소릉하교小凌河橋까지 2리, 송산보松山堡까지 18리, 모두 50리를 가서 점심을 먹었다. 송산보에서 행산보杏山堡까지 18리, 십리하점十里河店까지 10리, 고교보高橋堡까지 8리, 모두 36리를 갔다. 이날은 총 80리를 가서 고교보에서 묵었다.

사동비 근처에 이르니 길가에 큰 비석 넷이 서 있는데, 그 형태가 똑같으므로 지명을 사동비라고 했다. 그중 하나는 만력 15년1587 8월 29일에 왕성종명나라 말 요동을 지키던 장수을 요동전둔유격장군遼東前屯遊擊將軍으로 삼는다는 칙문을 새긴 것인데, 위에는 광운지보廣運之寶, 옥새의 일종가 찍혀 있다. 그런데 가운데의 노추오랑캐의 추장이라는 뜻으로, 명나라가 청나라의 임금이나 장수를 부를 때 쓴 표현. 즉 청나라를 세운 누르하치를 가리키므로 청나라가 지배를 하면서 지운 것라는 두 글자는 모두 지워버렸다. 두 번째 비석은 만력 15년 11월 4일에 왕성종을 요동도지휘체통행사遼東都指揮體統行事로 삼아서 금주 지방을 지키게 한다는 칙문을 새긴 것이고, 세 번째 비석은 만력 20년1592 9월 3일에 왕평명나라 말 요동을 지키던 장수을 요동유격장군으로 삼는다는 칙문을 새긴 것이다. 세 번째 비석의 위에는 칙명지보敕命之寶, 옥새의 일종가 찍혀 있다. 네 번째 비석은 만력 22년

누르하치 청나라의 시조. 한족이 오랑캐라고 경시하던 변방의 여진족을 모아 명나라를 무너뜨릴 기반을 닦았다.

1594 10월 10일에 왕평을 유격장군금주통할遊擊將軍錦州統轄로 삼는다는 칙문을 새긴 것으로, 위에는 광운지보가 찍혀 있다.

왕평은 왕성종의 아들이 아니면 조카인 듯싶다. 그들이 오랑캐의 우두머리를 잘 막았다 하여 신종황제神宗皇帝, 명나라 제14대 황제가 칙명을 내려 이를 표창하고, 큰 돌을 갈아 칙문과 고신告身, 사령장을 새겨서 세상 사람들에게 그 갸륵함을 드러낸 것이다.

그러나 왕성종이 만일 요동에서 대대로 장수의 직책에 있었다면, 임진년에 왜놈을 칠 때 왜 참가하지 않았을까?

이전에 사행이 다닐 때에는 이곳에 이르면 비장감사·유수·병사·수사·사신을 따라다니며 일을 돕던 무관 벼슬이 반드시 이 비석에 '모일 모시에 관문을 나왔고, 이곳을 지나간다.'라고 써놓았다 한다.

기르는 말이 곳곳마다 떼를 지어 한 곳에 천여 마리씩 몰려다니는데, 모두 백마다.

배로 소릉하를 건넜다. 수레에 수천 바리의 쌀을 싣고 지나가는데, 먼지가 하늘을 덮는다. 이는 해주에서 금주로 옮기는 것이다. 사나운 바람이 일기에 나는 먼저 말을 달려 객사에 들어가 한숨 자고 났다. 정사가 뒤이어 와서 말한다.

"낙타 수백 마리가 철물을 싣고 금주로 가더군."

나는 공교롭게 두 번이나 낙타를 보지 못한 셈이 됐다.

강가에 민가 몇백 호가 있었는데, 이곳 사람들은 지난해 몽골의 침략으로 모두 아내들을 잃고 몇 리 밖으로 옮겨갔다고 한다. 지금은 길가에 허물어진 담만이 둘러서 있고, 네 벽만 남은 집들이 쓸쓸하게 서 있을 뿐이다. 강가 아래위에 수비대가 흰 장막을 치고 파수를 보고 있다. 이 강은 몽골과의 경계에서 오십 리밖에 떨어지지 않았는데, 며칠 전에도 몽골 기병 수백 명이 이곳에 이르렀다가 수비대를 보고 도망쳤다고 한다.

송산에서 행산·고교를 거쳐 탑산까지 백여 리 사이에는 마을이나 점포가 있기는 하나, 가난하고 쓸쓸하여 제대로 살아갈 힘조차 없는 듯하다.

아아, 이곳이 옛날 숭정명나라의 마지막 황제 의종 때의 연호. 명나라가 망한 뒤에도 조선은 청나라 연호를 쓰는 것을 꺼려 이 연호를 사용함 연간 경진·신사년1640~1641에 명나라와 청나라가 피 흘리며 싸우던 터전이다. 벌써 백여 년이 지났건만 아직도 되살아나는 기색이 보이지 않으니, 당시에 용과 범의 싸움이 얼마나 격렬했는지 짐작할 수 있겠다.

지금 황제고종 건륭황제를 말한다. 건륭황제는 인도차이나반도, 대만, 티베트 등지를 평정하여 강한 국가를 형성했으며, 《대청일통지》와 《사고전서》 따위를 편집하도록 하여 청나라의 융성기를 이루었음가 엮은 전운시全韻詩 주석에는 이렇게 실려 있다.

"숭덕崇德, 청나라 제2대 황제 홍타이지의 연호. 재위 1592~1643 6년1633 8월에 명나라 총병 홍승주명나라 장수로 청나라 군대와 싸우다가 항복하여 후에 청나라에 공을 세웠다. 그가 송산에서 청에 사로잡혔을 때 명나라 조정에서는 그가 순국한 줄 알고 제사를 지냄가 구원병 십삼만 명을 송산에 모으니, 태종太宗, 홍타이지를 말함이 곧 군사를 거느리고 떠나려 했다. 이때 마침 태종이 코피를 쏟았는데, 일이 시급하자 증세가 더욱 심하여 사흘 만에 겨우 그쳤다. 여러 왕과 패륵만주족 가운데 왕 아래 계급들이 천천히 행군하기를 청했으나 태종은 싸움에 이기려면 행군을 빨리해야 한다 하고는, 달려서 엿새 만에 송산에 이르러 군사를 송산·행산 사이에 풀어서 한길을 가로막았

홍타이지 한자로는 황태극, 묘호는 태종이다. 나라 이름을 대청으로 바꾸고 1636년, 조선을 침공해 인조의 항복을 받아냈다. 그 후 명나라를 크게 무찌르면서 청나라의 기틀을 세웠다. 본문에 나오는 애신각라는 그의 성이다.

다. 이에 명나라 총병 여덟 명이 선봉을 공격하자 모두 쳐서 무찌른 후 그들이 필가산에 쌓아둔 양식을 빼앗고, 해자를 파서 송산·행산의 길을 끊었다.

그날 밤 명나라의 여러 장수가 일곱 개 진영의 보병을 이끌고 와서 송산성 가까이 진을 쳤다. 이에 태종이 여러 장수에게 오늘 밤 적병이 반드시 도망치리라 하고, 이내 호군護軍, 장수의 벼슬 오배만주족 출신으로 일찍부터 전공을 세워 의정대신이 되었으나, 강희황제 초년에는 전횡이 심하여 재산을 몰수당하고 처벌을 받았음 등에게 사기四旗, 청나라의 정치·군사 조직인 팔기 가운데 네 개의 부대의 기병을 거느리고 나가 선봉 부대와 몽골 군사가 함께 날개 모양으로 진을 펴고 곧 바닷가에 닿게 했다. 또 몽골 고산액진固山額眞, 청나라의 벼슬 이름 고로극 등에게 명하여 행산 길에 매복했다가 적을 맞아서 치게 하고, 예군왕睿郡王, 청나라 태조 누르하치의 열넷째 아들. 세조를 받들어 중국을 침공, 이자성을 무찌르고 중원을 평정했음은 금주로 가서 탑산 큰길에 이르러 불시에 적을 치게 했다.

이날 밤 초경初更, 저녁 7시에서 9시 사이에 명의 총병 오삼계吳三桂, 1612~1678 등이 바닷가로 도망치는 것을 추격하는 한편, 파포해청 태조의 열한째 아들 등을 시켜서 탑산 길을 끊고, 무영군왕武英郡王 아제격청 태조의 열두째 아들에게 명하여 역시 탑산으로 가서 적을 쳐부수게 했으며, 패자貝子, 패륵 다음가는 작위로 종실이나 몽골인에게 주었음 박락청 태조의 손자에게는 군사를 거느리고 상갈이채에 가서 적을 쳐부수게 했다. 또 고산액진 담태주만주족 출신으로 명나라와의 싸움에서 큰 공을 세워 일등공신이 됐으나 후에 극형에 처해짐에게는 소릉하에 가서 바닷가까지 이르러 적의 돌아가는 길을 끊게 했으며, 매륵장경梅勒章京, 팔기 가운데 한 부대의 부장 다제리에게 명하여 패하여 달아나는 적을 추격하게 했다. 또 고산액진 이배만주족 출신으로 홍승주를 송산에서 사로잡았음 등을 보내어 행산에 주둔했다가 행산으로 도망쳐오는 명나라 병사들을 치게 하고, 몽골 고산액진 사격도 등을 보내어 도망하는 군사를 추격하게 했다. 또 국구國舅, 임금의 장인 아십달이한 등에게는 행산의 병영으로 가 만일 그곳이 좋지 못하거든 다른 곳을 골라서 옮기게 했다. 이튿날 예군왕과 무영군왕을 시켜 탑산의 사대四臺를 에워싸고 홍의포대포의 일종로 공격하게 해서 이겼다.

명의 총병 오삼계와 왕박명나라 말의 장수이 행산으로 달아나자, 태종은 군사를 송산으로 옮기고 해자를 파서 포위했다. 이날 밤 총병 조변교명나라의 장수로 홍승주를 따라 송산에서 싸우다가 붙잡혀 죽음가 포위망을 뚫고 나가려는 시도를 여러 차례 하므로 다시 내대신 석한과 사자부락四子部落, 몽골의 한 부 도이배에게 명하여 각기 정병 이백오십 명을 거느리고 고교보와 상갈이보에 매복하도록 했다. 또 태종이 친히 군사를 거느리고 고교보 동쪽에 이르러 패륵 다탁누르하치의 열다섯째 아들으로 하여금 군사를 매복하도록 했다. 오삼계와 왕박이 패하여 고교보에 이르니 복병이 사방에서 공격해 겨우 몸을 피해 도망쳤다.

이 싸움에서 명나라 병사 오만 삼천칠백 명을 죽이고, 말 칠천사백 필, 낙타 육십 필, 갑옷과 투구 구천삼백 벌을 노획했다. 행산 남쪽에서 탑산에 이르기까지 바다로 뛰어들어 죽은 자도 무척 많아서 시체가 마치 물오리와 따오기처럼 둥둥 떴으나 청나라 병사는 다친 자가 겨우 여덟에 불과할 뿐, 나머지는 코피도 흘리지 않았다."

아아, 슬프다. 이것이 이른바 송산·행산 싸움이다. 애신각라청 태종는

오삼계 명나라의 이름난 무장. 홍타이지와 이자성이 청나라에 귀순할 것을 여러 번 권했으나 듣지 않았다고 한다.

이자성 동상과 이자성이 조성한 행궁 이자성은 명나라 말 농민 반란의 우두머리다. 북경을 함락해 명나라를 멸망에 이르게 했으나, 오삼계가 끌어들인 청나라 군사에 패해 죽었다.

산해관 밖의 이자성李自成이요, 이자성은 산해관 안의 애신각라그 무렵 반란군의 지도자 이자성은 명나라 도읍 북경을 함락하고 대순을 건국했다. 이에 명나라의 마지막 황제 숭정제는 목을 매 자살했다. 한편 청 태종은 산해관 밖에서 명나라 군대를 제압했으므로 명의 멸망은 이자성과 청 태종 공동으로 이룬 것이라는 뜻였으니, 명이 어찌 망하지 않을 수 있겠는가. 그때 명나라의 십삼만 대군은 애신각라의 수천 명에게 포위되어 순식간에 마른 나무가 꺾이듯, 썩은 새끼가 끊기듯 무너지고, 천하의 용맹한 홍승주와 오삼계 역시 애신각라를 만나자 곧 혼이 날아가고 넋이 흩어져 그들이 거느린 십삼만 군사가 물거품처럼 사라지고 말았으니, 이 지경에 이르면 운수로 돌리지 않을 수 없을 것이다.

전에 인평대군麟坪大君, 조선 제16대 임금 인조의 셋째 아들. 병자호란이 끝난 후 세자 그리고 봉림대군과 함께 청나라에 볼모로 잡혀감이 지은《송계집松溪集》을 읽으니 이렇다.

"청나라 병사가 송산을 에워쌌을 때 마침 효종대왕孝宗大王, 조선 제17대 왕. 재위 1649~1659. 병자호란으로 청나라에 8년간 볼모로 잡혀가 있었던 원한을 풀고자 즉위 후 은밀히 북벌 계획을 수립, 군제 개편과 군사 훈련 강화 등에 힘썼음께옵서 인질이 되어 청나라의 진중에 계시더니, 잠깐 다른 곳으로 막차幕次, 의식이나 거둥 때 임시로 장막을 쳐서 왕이나 고관이 잠깐 머무르게 하던 곳를 옮긴 사이에 영원총병寧遠摠兵 오삼계가 거느린 만 명의 기병이 포위를 뚫고 달려 나오니, 애초에 막차를 설치한 곳이 바로 그 길목이었다."

이야말로 왕의 영험이 계신 곳에 천지의 신명이 힘을 합하여 도우신 밝은 증거가 아니겠는가.

밤에는 고교보에서 묵었다. 이곳은 지난해 사행이 은을 잃어버린 곳이다. 이 때문에 이곳 지방관은 파직됐고, 근처 점포에서는 애꿎게 사형을 당한 사람도 있다고 한다. 그래서인지 갑군이 밤새도록 야경을 돌면서 우리나라 사람을 도적과 다름없이 엄하게 방비한다. 임시로 묵는 곳의 청지기잡일을 맡아보거나 시중을 들던 사람의 말에 따르면 이러하다.

"이곳 사람들은 조선 사람을 원수같이 보아서 가는 곳마다 문을 닫고 맞이하지 않습니다. 또 '고려야, 고려는 신세를 진 객관 주인을 죽였다. 단 천 냥 돈이 어찌 네다섯 명의 목숨을 당할 것인가. 우리 가운데도 불량한 이가 많지만, 당신네 일행 중에도 어찌 좀도둑이 없을 것인가. 몸을 감추고 물건을 숨기는 방법이 몽골과 다를 바 없구나.'라고 합니다."

내가 이 사실을 역관에게 물으니, 이렇게 답한다.

"지난 병신년1776 영조 임금의 승하를 알리는 사행이 연경에 갔다 돌아오는 길에 이곳에 이르러 공금 은 천 냥을 잃어버린 일이 있습니다. 이에 사신들이 의논하기를, '이는 나라의 돈이라 만일 쓴 곳이 없을 때에는 액수를 맞추어서 환불하는 것이 국법이거늘, 이제 잃었으니 장차 돌아가 무슨 말로 아뢸 것인가. 게다가 잃었다 한들 누가 믿을 것이며, 이를 물어낸다 한들 누가 감당하겠는가?' 하고는 곧 지방관에게 그 사연을 알렸다. 처음에 지방관은 중후소 참장에게 알렸고, 중후소에서는 금주위에, 금주위에서는 산해관 수비에게 알렸으며, 며칠 지나지 않아 예부禮部에까지 알려져서 황제의 분부가 이내 내렸습니다. 그리하여 이 지방 관청에서 은으로 잃은 돈을 배상토록 하고, 도적을 막지 못해 길손에게 원통한 변을 당하게 했다 하여 지방관을 파직했으며, 객관 주인과 그 가까운 이웃에 사는 용의자들을 잡아다가 다그쳐서 그중 너덧 사람이 죽었습니다. 사행이 미처 심양에 이르기도 전에 황제의 분부가 이미 내렸으니, 그 거행의 신속함이 이러합니다. 그 뒤로부터 고교보 사람들이 우리나라 사람을 원수같이 보는 것이 이상한 일도 아닙니다."

대개 의주의 말몰이꾼은 거의 불량한 이들이며, 오로지 연경에 드나드는 것으로 생계를 삼아서 해마다 연경 다니기를 제집 뜰 앞 거닐듯이 여긴다. 그런데 의주부에서 그들에게 주는 것은 한 사람당 백지 육십 권에 지나지 않으므로, 백여 명의 말몰이꾼이 길에서 도둑질이라도 하지 않으면 다녀올 수 없는 것이다. 그들은 압록강을 건넌 뒤로는 얼굴도 씻지 않고 벙거지도 쓰지 않아 머리털이 더부룩한데다 먼지와 땀이 엉기고 비바람에 시달리니, 그 남루한 차림이 귀신도 아니고 인간도 아닌 꼴이 되어 마치 도깨비처럼 보인다.

이들 무리 중에는 열다섯 살 난 아이도 있는데, 벌써 이 길을 세 번이나 드나들었다고 한다. 처음 구련성에 닿았을 때는 제법 말쑥해 보이던 것이 반도 못 가 햇볕에 얼굴이 그을리고 시꺼먼 먼지가 앉아 살이 녹슨 듯하다. 오직 두 눈만 빼꼼하니 보일 뿐 홑바지는 낡아서 엉덩이가 다 드러났다. 이 아이가 이러할진대 다른 자들은 더 말할 나위도 없다. 그런데도 그들은 전혀 부끄러운 줄도 모르고 도둑질하는 것을 보통으로 여기며, 밤에 객관에 들면 어떠한 방법으로든 훔치고 만다. 그러므로 이들을 막으려고 주인들도 온갖 수단을 다 동원한다.

지난해 동지사冬至使, 해마다 동짓달에 중국으로 보내던 사신 사행 때 의주 상인 하나가 은화를 은밀히 가지고 오다가 쇄마刷馬, 지방에 두었다가 관용으로 쓰던 말 말몰이꾼에게 살해됐다. 그들의 말 두 마리가 고삐를 놓자 다시 강을 건너가 그들의 집을 찾아가니, 이를 증거로 삼아서 마침내 잡아들였다고 한다. 그 흉측함이 이와 같으니, 이제 그 은 도둑질이 어찌 이놈들의 소행이 아니라 할 수 있으리오.

그러나 이는 오히려 사소한 일이다. 만일 병자호란 같은 일이 다시 일어난다고 하면 용천龍川·철산鐵山의 서쪽은 우리 땅이 아닐 것말몰이꾼들이 혼란을 틈타 무슨 일을 저지를지 알 수 없다는 뜻이다. 변방을 지키는 자 역시 알아두지 않으면 안 될 것이다.

이날 밤 바람이 심하여 날이 새도록 하늘을 뒤흔드는 듯했다.

을미乙未 7월 19일

날이 갰다.

새벽에 고교보를 떠나 탑산까지 12리, 주사하朱獅河까지 5리, 조라산점罩羅山店까지 5리, 이대자二臺子까지 10리, 연산역連山驛까지 7리, 모두 32리를 가서 점심을 먹었다. 다시 연산역에서 오리하자五里河子까지 5리, 노화상대老和尙臺까지 5리, 쌍수포雙樹舖까지 5리, 간시령乾柴嶺까지 5리, 다붕암茶棚菴까지 5리, 영원위寧遠衛까지 5리, 모두 30리를 갔다. 이날 총 62리를 가서 영원성 밖에서 묵었다.

어제 부사, 서장관과 함께 새벽 일찍 탑산에 가서 해돋이를 구경하자고 약속했다. 그러나 모두 늦게 떠난 까닭에 탑산에 이르자 이미 해가 세 발이나 높이 올라 있었다. 동남쪽으로 큰 바다가 하늘에 닿은 듯 보이는 곳에 수많은 상선이 간밤의 바람에 쫓겨 들어와 작은 섬에 머물렀다가 일시에 돛을 달고 떠나는데, 마치 물에 뜬 오리 떼와 같다.

영녕사는 숭정 연간에 조대수祖大壽, 명나라의 장수로 금주에서 청나라에 항복함가 처음 지은 절이라 한다. 절이나 관묘關廟는 요동에서 웅장하고 화려한 것을 처음 보고 기록한 바 있으며, 그 뒤 길에서도 수없이 보았다. 그 모든 것이 크고 작은 차이는 있겠지만 그 형태는 대체로 같아서 이루 다 기록할 수 없을 뿐 아니라 구경하기에도 지쳐서 나중에는 들어가 보지도 않았다.

길가에 여남은 길이나 되는 산봉우리가 있는데, 이름이 구혈대嘔血臺라고 한다. 이에 전하는 말은 이렇다.

"청 태종이 이 봉우리에 올라서 영원성 안을 굽어보다가 명의 순무巡撫 원숭환袁崇煥, 명나라 말기의 장수. 청나라와 화친하려 한다는 모함을 받아 죽임을 당함-역주에게 패하여 피를 토하고 죽었으므로그러나 이 내용은 믿을 수 없다. 원숭환이 1627년 영원성에서 청 태종에게 승리를 거둔 것은 역사적 사실이나, 그 패배로 인해 청 태종이 죽었다는 사실은 틀렸기 때문이다. 오히려 원숭환은 명나라를 구한 장수임에도 모함을 받아 1630년 능지처참된 반면, 청 태종은 1643년까지 황제의 자리에 있었음 이런 이름이 생겼다."

영원성 안 한길 가에 조씨 가문의 패루가 마주 서 있는데, 그 간격이 수백 보나 된다. 두 패루가 모두 세 개의 문으로 되어 있고, 기둥마다 앞에는 몇 길이나 되는 돌사자를 앉혔다. 하나는 조대락祖大樂, 조대수의 사촌형의 패루요, 또 하나는 조대수의 패루다. 높이는 모두 예닐곱 길이나 되는데, 조대수의 패루가 조금 낮은 편이다. 둘 다 옥같이 흰 돌로 층층이 쌓아올려 추녀·도리·들보·서까래며 기와·처마·들창·기둥에 이르기까지 나무는 한 토막도 쓰지 않았고, 조대락의 패루는 오색 무늬가 있는 돌로 세웠다. 두 패루를 세운 솜씨와 그 아로새긴 공력은 사람이 한 것이라고는 믿을 수 없을 정도로 뛰어나다.

조대락의 패루에는 삼대三代의 고증誥贈, 공이 큰 벼슬아치가 죽은 후 그 공을 기려 그의 조상에게 표창을 내리는 것을 하여, 증조부 조진祖鎭과 조부 조인祖仁, 부친 조승교祖承教의 이름을 썼다. 앞에는 원훈초석元勳初錫, 커다란 공훈을 처음 받았다는 뜻, 후면에는 등단준열登壇峻烈, 관직에 올라 높고 세찬 공을 세웠다는 뜻이라 새겼고, 맨 위층에는 옥음玉音, 아름다운 소리. 임금의 음성

〈연행도〉 영원패루 영원성에 있는 조대락과 조대수의 패루를 묘사한 그림이다. 패루 아래로 갓을 쓴 조선 선비들이 걸어가고 있다. 숭실대학교 한국기독교박물관 소장

을 가리킴이라 썼다. 주련의 내용은 이렇다.

> 무덤은 잘 보존하고 새로운 경사가 네 대에 걸쳐 쌓였으니
> 자손이 높이 올라 영광이 천추에 빛나리라

그 뒷면에는 이렇게 새겼다.

노래로 찬송하니 늠름한 모습은 간성의 중책이요
임금이 사랑하시니 갸륵한 공훈 금석에 새겼구나

조대수의 패루에도 사대四代의 고증을 썼는데, 증조와 조부는 조대락과 같고, 아버지는 조승훈祖承訓이다. 조승훈은 우리나라에서 임진년1592 왜란이 일어났을 때 요동 부총병副摠兵으로 기병 삼천 명을 거느리고 맨 먼저 구원하러 왔던 사람이다. 위층에는 확청지열廓淸之烈, 영토를 넓히고 토벌한 위엄이라는 뜻, 아래층에는 사대원융四代元戎, 4대에 걸친 장수라는 뜻이라 썼으며, 그 앞뒤의 주련이며 날짐승과 길짐승, 싸움하는 그림은 모두 양각으로 새겨 넣었다. 주련의 글은 바빠서 적지 못했다.

조씨 가문은 중국 북서부에서 대대로 이름난 장수 집안이다. 숭정 2년1629 1월에 청나라가 연경을 쳐들어오매, 이해 12월에 독수督帥 원숭환이 조대수·하가강何可剛, 명나라의 장수로 대릉하 싸움에서 조대수가 청나라 군사에게 항복하려는 것을 말리다가 피살됨 등을 거느리고 연경으로 들어와 구원한 후 지나는 곳마다 군대를 머무르게 하여 지키니, 황제는 그가 온다는 말을 듣고 매우 기뻐하며 구원군을 모두 통솔하게 했다. 이에 청나라에서는 원숭환과 황제, 둘 사이를 멀어지게 하려고 꾀를 냈다. 그러고는 장수 고홍중을 보내 사로잡은 명나라 태감太監, 명나라의 벼슬 이름 두 사람 앞에서 귓속말로 다음과 같이 속삭이게 했다.

"오늘 군사를 철수한 것은 원숭환과 비밀로 약속하고 한 일일 겁니다. 아까 두 사람이 와서 왕을 뵙고 이야기하다 한참 만에야 돌아갔으니까요."

명나라의 양楊 태감은 잠든 체하고 그 말을 가만히 엿듣고 있다가, 청이 짐짓 그를 풀어주자 이 일을 황제에게 일러 바쳤다. 이 말을 들은 황제는 즉시 원숭환을 잡아 옥에 가두었다. 이에 크게 놀란 조대수가 하가강과 더불어 군사를 거느리고 동쪽으로 달아나 산해관을 헐고 나갔다. 그 뒤 금주·송산 싸움에서 세 형제인 조대락·조대성祖大成·조대명祖大明 등이 사로잡히고, 조대수는 대릉하성을 지키던 중 청나라 군에게 포위됐다가 양식이 다하자 마침내 항복하고 말았다.

이제 그들의 패루만 우뚝 서 있을 뿐, 농서 지방의 집안 명성한나라 장수 이광이 농서의 명장으로 대대로 높은 명망을 가지고 있었으나 끝내 자살로 생을 마감한 사실을 빗대어 이야기한 것은 이미 무너져 후세 사람의 웃음거리가 됐으니 그 무슨 소용이 있으리오. 조대수가 성안에 있던 곳을 문방文坊이라 하고 성 밖에 있던 곳을 무당武堂이라 했으나, 지금은 다른 사람이 살고 있다.

서쪽에 있는 몇 길 되는 담 안에 조그만 일각문이 서 있고, 그 문과 담의 됨됨이는 패루의 오묘한 솜씨와 흡사하다. 담 안에는 두어 칸의 정사精舍, 학문을 하기 위하여 마련한 집가 남아 있는데, 이 지방 사람들은 조대수가 한가할 때 글을 읽던 곳이라 한다.

이날 밤에는 천둥과 비가 새벽까지 멎지 않았다.

병신丙申 7월 20일

아침에 갰다가 저녁나절에 비가 내렸다.

이날 새벽 영원성을 떠나 청돈대青墩臺까지 7리, 조장역曹庄驛까지 6리, 칠리파七里坡까지 7리, 오리교五里橋까지 5리, 사하소沙河所까지 5리, 모두 30리를 가서 점심을 먹었는데, 사하소는 곧 중우소中右所다. 낮이 지나자 찌는 듯한 더위가 비를 부르더니 간구대乾溝臺까지 3리를 가자 큰비가 왔다. 비를 무릅쓰고 연대하煙臺河까지 5리, 반랍점半拉店까지 5리, 망하점望河店까지 2리, 곡척하曲尺河까지 5리, 삼리교三里橋까지 7리, 동관역東關驛까지 3리, 모두 30리를 갔다. 이날 총 60리를 갔다.

청돈대는 해돋이를 구경하는 곳이다. 닭이 울 무렵 해돋이를 구경하기 위해 먼저 떠나자고 부사와 서장관이 하인을 보내와 같이 가기를 청했으나, 나는 자겠다고 하고 늦게야 떠났다. 해돋이를 구경하는 것도 역시 운이 있어야 한다. 내가 예전에 동쪽 바닷가를 유람할 때 총석정叢石亭, 강원도 통천군 고저읍 총석리 바닷가에 있는 누정으로, 관동팔경의 하나의 해돋이와 옹천통천군 남쪽·석문통천군 바닷가의 해돋이를 하나도 제대로 보지 못했다. 늦게 가면 해가 벌써 바다 위로 떠올랐고, 밤새 자지 않고 일찍 나가 보면 구름과 안개에 가려 흐릿했다.

해가 뜰 무렵 하늘에 구름 한 점 없으면 제대로 구경할 수 있을 것 같지만, 실상은 이처럼 재미없는 것이 없다. 이는 다만 빨간 구리 쟁반 하나가 바다 속에서 솟아나오는 것에 불과하니, 아무런 볼거리가 없는 것이다.

해는 임금의 기상이다. 요임금堯, 고대 중국 전설상의 임금을 기리는 말에도 "바라볼 젠 구름이요. 다가서니 해일러라"라고 하지 않았는가. 해가 돋기 전에는 반드시 많은 구름이 주위에 몰려드는 법. 그러니 천 대의 수레와 만 명의 기마대가 임금의 앞길을 인도하고 그 뒤를 따르는 듯, 깃발을 펄럭이고 용이 꿈틀거리는 듯한 모습을 연출하여야 비로소 장관이라 할 수 있을 것이다.

그러나 만약 구름이 너무 많이 끼면 도리어 가물가물하고 해가 가려져서 또한 볼 것이 없다. 새벽 어두운 기운이 햇빛을 받으면 바위틈에 구름이 서리고 시냇가에 안개가 피어나매, 해가 돋으려 할 때에 그 기상이 원망스러운 듯, 수심에 겨운 듯 바다에도 짙은 안개가 끼어서 빛을 잃게 되는 것이다.

내 일찍이 총석정에서 해돋이를 구경하다가 시 한 수를 읊었다.

나그네 밤중 되자 서로들 외치는데
먼 마을 닭 울음소리 외로이 들리는구나
멀리 있는 닭이 먼저 우니 그곳이 어디인가
그 소리 파리 같아 마음속에만 남았구나
이웃 개 짖던 것이 그마저 고요하구나
너무나 고요해 추운 이 몸, 마음마저 떨리네
이때에 또 한 소리 귓가에 울려와서
더 자세히 들으니 또 한 소리 홰를 친다
예서 총석정이 가까워 오직 십 리

정선이 그린 〈총석정〉 바다로 향한 절벽 위에 총석정이 서 있고 그 옆으로 네 개의 돌기둥이 우뚝 솟아 있다. 국립중앙박물관 소장

넓디넓은 바닷가에서 해돋이를 보겠구나
하늘인 양 물인 양 아무런 기미 없고
큰 파도 언덕 치니 벼락 소리 크구나
검은 바람 온 바다를 뒤집는 듯 의심하니
멧부리째 뽑을 듯이 돌인들 온전하리
고래 싸움 뭍에 오르는 건 예사이련만
별안간 바다 끓어 큰 붕새 날아든다
오래도록 이날 밤이 안 샐까 근심이라
이제 더욱 혼돈한들 뉘라서 분간할꼬
이곳에 신령 있어 삼엄한 경계 펴니
땅 깊이 문이 닫혀 서산에 얼음 어네
저 하늘 한 덩이가 뒤집혀 도는 듯이
서북이 기울고 지구가 휘둘리네
삼족오태양 안에 산다는 세 발 가진 까마귀 날기도 빨리하네
뉘라서 그 발 하나를 놋줄에 달아맬까
해약바다 귀신의 옷과 띠에 검은빛이 돋는 듯
수비바다의 여신의 쪽 찐 머리 차갑기 짝이 없네
큰 고기 설렁이며 말처럼 달려올 제
붉은 갈기 푸른 등성이 어찌 그리 더부룩한고
하늘이 만물 낼 제 뉘라서 참관했나
미친 듯이 고함치며 등불 켜고 보련다
창날 같은 혜성 꼬리 불화살 드리운 듯
나무 위의 부엉이 그 울음이 얄미워라

잠깐 만에 바다 위에 작은 멍울 생긴 듯이
용의 발톱 그릇 닿아 독이 나서 아픈 듯이
그 빛깔 점점 커져 만 리를 뻗치누나
물결 위 붉은 무늬 꿩 가슴 모습일레
아득한 이 천지가 이제야 경계 생겨
붉은빛 선 하나가 나누어 두 층 되네
어둠 세계 깨어나서 온 누리가 물든 듯이
만상에 빛이 스미어 비단무늬 이루었네
산호나무 찍어내니 검은 숯을 구우려는가
동녘에 빛 오르자 찌는 듯 뜨거워라
염제여름의 신는 풀무 불어 입이 응당 비뚤겠고
축융불의 신은 부채 부쳐 오른팔이 피로하리
새우 수염 길다 한들 익히긴 가장 쉽고
굴 껍데기 굳다 한들 저절로 익어가네
얇은 구름 조각 안개 동쪽으로 모여들어
찬란한 온갖 상서 제각기 나타내네
옥황상제 뵙기 전에 갖옷을 던져두고
도끼 그린 병풍 치고 잠자코 비껴 앉아
조각달이 가늘건만 금성과 빛을 새워
작은 나라일망정 크고 작음 다투듯이
붉은 기운 점점 엷어 오색이 찬란하구나
머나먼 곳 물결 머리 그 먼저 맑아지니
바다 위 온갖 괴물 어디론지 도망치고

희화태양을 몰고 가는 귀신만 홀로 수레를 타는구나
둥글둥글 저 얼굴이 육만 하고 사천 년에
오늘 아침 변하더니 네모로 변했구나
만 길이나 깊은 속에 뉘라서 떠올릴지
하늘에도 섬돌 있어 오르게 됐구려
등림鄧林, 전설상의 아름답고 무성한 숲. 해를 쫓던 과보夸父가 던진 지팡이가 등림이 됐다고 함에 익은 과실 하나가 붉어 있어
해의 아들 붉은 공이 꺼지고 반만 올라
과보해와 경주하던 신선도 뒤에 와서 쉬지 않고 헐떡이고
여섯 마리 용이 앞에 서서 자랑하기 그지없네
하늘가 어두워져 얼굴빛을 찌푸린다
해 바퀴를 힘껏 밀어 기운이 배로 솟네
길기가 항아리라 바퀴처럼 못 굴러
솟았다 잠겼다 철썩 소리 들리는 듯
어제와 같이 환하게 만물을 보려면
뉘라서 두 손으로 한번 들어 뛰어오를꼬

대개 해 돋는 광경은 천변만화하여 사람마다 보는 것이 같지 않을뿐더러, 반드시 바다에서 구경할 것만도 아니다. 내가 요동 벌판에서 날마다 해돋이를 보았는데, 하늘이 개어 구름이 없으면 햇덩이가 그리 크지 않아 보인다. 열흘을 두고 보아도 날마다 같지 않다.

부사와 서장관은 오늘도 역시 구름이 가려서 보지 못했다고 한다.

오후에 더위가 심하더니 소낙비가 억수로 퍼부었다. 우장옷비에 젖지

않도록 덧입는 옷이 찌는 듯하고 가슴이 그득한 것이 더위를 먹은 듯싶다. 잠자리에 들 때 큰 마늘을 갈아 소주에 타서 마셨더니 그제야 배가 편하여 온전히 잘 수 있었다. 밤새 비가 멎지 않았다.

정유丁酉
7월 21일

비가 오다 개다 했다.

강물에 막혀서 동관역에 머물렀다.

들으니 이웃 객사에 등주에서 온 이李 선생이란 자가 있어서 점을 잘 치는데, 사람을 시켜 우리나라 사람을 보고자 한다기에 식후에 찾아갔다. 그는 태을수太乙數, 점술 용어. 태을은 별의 이름라는 점을 친다고 한다. 나는 그에게 묻는다.

"이게 《자미두수紫微斗數》사주를 보는 책의 하나. 송나라의 진희가 지은 것으로, 자미성과 북두칠성의 빛이나 위치로 길흉을 점치는 법을 기술함가 아니오?"

이 선생이 답한다.

"이른바 자미는 작은 수에 불과하나, 태을太乙, 중국 철학에서 천지 만물의 출현 또는 성립의 근원인 우주의 본체를 이르는 말은 곧 태을이라는 한 별이 자미궁紫微宮, 옥황상제가 사는 궁전에 있어서 천일생수天一生水, 하늘이 열릴 때 제일 처음 물을 낳는다는 것에 속하므로 태을이라 하오. 그리하여 을乙이란 곧 일一이요, 수水는 조화의 근본이니, 육임六壬, 일진과 시간을 위주로 길흉을 점치는 방법은 곧 물이요, 둔갑술법을 써서 자기 몸을 감추거나 다른 것으로 바꿈 역시 태을이오. 《오월춘추吳越春秋》한나라의 조엽이 춘추시대 오나라와 월나라 간 분쟁의 전말을 기록한 역사서 같은 책에 그 뚜렷한 효험이 많이 나오며, 육십사괘《주역周易》의 골자가 되는 것으로, 인간과 자연의 존재 양상과 변화 체계를 상징하는 64개의 유교 기호가 모두 이에 지나지 않는 것이오. 그러므로 장수 된 자로서 이 육임과 둔갑의 법을 모르면 기이한 변화를 알지 못하는 법이오."

나는 본래 관상이나 사주 같은 걸 좋아하지 않으므로 평생 그 법을 알지 못한다. 또 그가 말한 육임, 둔갑이라는 것이 몹시 허망한 것이므로 사주를 알려주지 않았다. 보아하니 그자 역시 자신의 술수를 과장하여 많은 복채를 낚으려다가 내가 매우 냉담하자 다시 말하지 않았다.

방 맞은편에서 한 노인이 안경을 쓰고 앉아서 글을 베끼고 있다. 그 앞으로 다가서서 베끼는 것을 보니 모두 요즘의 시 이야기다. 노인이 안경을 느슨히 하고 붓을 멈추면서 말한다.

"손님이 멀리서 오셨으니 길에서 얻은 해낭명승지를 찾아다니며 쓴 시나 문장 따위의 초고를 넣는 주머니이 풍부하시겠지요. 아름다운 글귀 두어 구를 남겨주십시오."

그가 베끼는 글씨는 보잘것없으나 시에는 제법 괜찮은 것이 더러 있고, 노인 역시 생김새가 밝고 아담했다. 그뿐 아니라 곁에 놓인 물건들도 단정하고 깨끗하기에 구들에 들어앉아서 서로 성명을 주고받으니, 노인 역시 등주에 살고 있는 사람이다. 성은 축祝인데, 이름은 잊어버렸다.

그가 우리나라 여인이 비녀를 꽂는 법과 의복제도를 묻는다.

"모두 중국 옛 시대의 것을 본받았습니다."

이렇게 답하니 축은 "좋아요, 좋소이다." 한다. 나는 그에게 묻는다.

"그럼, 선생 고향의 여성 복장은 어떠합니까?"

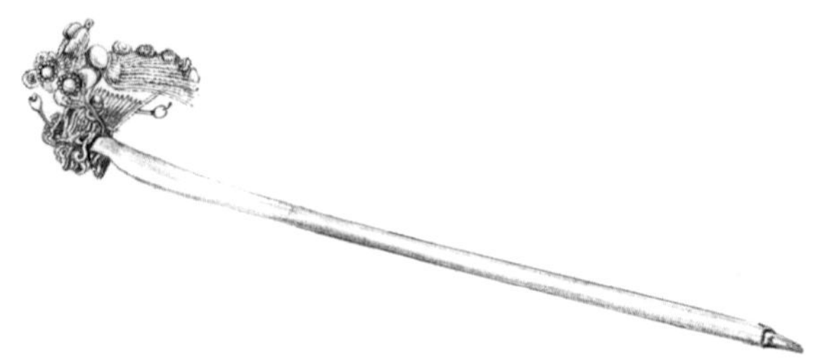

봉잠 머리 부분에 봉황의 모양을 새기거나 이를 조각한 큰 비녀를 봉잠이라 한다.

그러자 축은 답한다.

"풍습이야 대략 같습니다. 여자가 시집갈 때면 쪽만 찌고 비녀는 꽂지 않으며, 빈부를 가리지 않고 평민 아녀자는 관을 쓰지 않습니다. 다만 명부命婦, 작위를 받은 부인을 통틀어 이르는 말만이 관을 쓰는데, 남편의 직품에 따라서 비녀나 머리꽂이머리에 꽂는 장식물 역시 모자와 같이 높고 낮음이 있습니다. 그 가운데 쌍봉차봉황 두 마리를 새긴 비녀가 제일 높고, 비봉나는 봉황·입봉서 있는 봉황·좌봉앉은 봉황·즙봉움츠린 봉황 등의 구별이 있습니다. 비취잠비취로 만든 비녀에도 모두 벼슬의 품계에 따라 차이가 있으며, 처녀는 긴 바지저고리를 입다가 시집가면 적삼에 큰 소매가 달린 긴 치마를 입고 띠를 두릅니다."

내가 또 묻는다.

"등주가 여기서 얼마나 되며, 무슨 일로 이곳에 와 계시오?"

"등주는 옛날 제齊나라의 경계로, 이른바 바다를 등진 나라입니다. 육로로는 연경까지 천오백 리지만 우리는 배를 타고 면화를 사러 금주에 가다 이곳에 머물고 있습니다."

축 노인은 이야기를 멈추더니 다시 글을 베끼기에 바빴다. 그의 옆에는 책 다섯 권이 놓여 있고 거기에 옛사람들의 사주가 적혀 있는데, 하우씨·항우·장량·영포·관우 등의 사주도 있다.

내가 종이 몇 쪽을 빌려서 대강 베끼는데, 이때 점쟁이 이씨는 방에 없었다. 내가 백 명 남짓 베꼈을 때 그가 밖에서 들어오더니 내가 베끼는 것을 보고는 크게 노하여 이를 빼앗아 찢으며 말한다.

"천기를 누설하면 아니 되오."

나는 한번 껄껄 웃고 일어나 객사로 돌아왔다. 손에는 찢긴 나머지 종이쪽이 남아 있었다.

> 왕서공王舒公, 진나라 명제明帝의 신하은 신유년 11월 1일 진시에 나다.
>
> 부정공富鄭公 부필富弼은 갑진년 정월 20일 사시에 나다.
>
> 소자용蘇子容은 경신년 2월 22일 사시에 나다.
>
> 왕정중王正仲은 계해년 정월 11일 신시에 나다.
>
> 한장민韓莊敏은 기미년 7월 9일 인시에 나다.
>
> 채경蔡京, 송나라의 정치가은 정해년 임인월 임진일 신해시에 나다.
>
> 증포曾布, 송나라 학자 증공曾鞏의 아우. 채경에게 밀려남는 을해년 정해월 신해일 기해시에 나다.

한장민과 왕정중은 어느 때 사람인지 알 수 없으나, 모두 귀한 인물임은 짐작할 수 있겠다. 이른바 '천기누설'이란 말은 비루하기 짝이 없다.

태호석 용해되어 기형을 이룬 석회암 덩어리. 중국 타이후호에서 많이 나는 돌로, 구멍이 많고 주름이 있다. 정원이나 화분 등에 장식용으로 쓴다.

오후에 비가 잠깐 개기에 심심하여 한 상점에 들어갔다. 뜰 안은 반죽반점이 있는 대나무으로 난간을 둘렀다. 그리고 도미장미과에 속한 식물로 짠 시렁 아래에 한 길쯤 되는 태호석이 세워져 있다.

돌의 색은 파랗고 뒤에는 한 길이 넘는 파초파초과의 여러해살이풀. 높이는 2미터 정도이며, 잎은 뭉쳐나고 긴 타원형임를 심어놓아 비온 뒤 빛깔이 더욱 산뜻하다.

난간 가에 사람 하나가 걸터앉아 있고, 책상 위에 놓인 붓과 벼루가 다 질이 좋은 것이다. 내가 그 자리에 들어앉아 글을 써서 성명을 물었더니, 그는 손을 흔들며 대답하지 않고는 곧 일어나 문밖으로 나가버렸다.

나는 그가 주인이 아닌가 보다 생각하고는 태호석을 구경했다. 그런데 잠시 후 그가 한 청년을 데리고 웃으며 들어온다. 청년이 내게 읍하며 앉더니 급히 종이 한쪽을 내어 만주 글자를 쓴다. 나는 "그건 모르오." 한즉, 둘이 다 웃는다. 주인이 글을 모르는 까닭에 맞은편 점포의 청년을 데리고 온 듯하다.

그 청년은 만주 글은 잘 아는 듯하나 한자는 모르므로 서로 말을 두어 마디 주고받았으나 피차 얼버무려 넘기니, 이야말로 귀머거리 아닌 귀머거리요, 장님 아닌 장님이요, 벙어리 아닌 벙어리 꼴이다.

세 사람이 자리를 잡고 앉은즉 천하에 더할 나위 없는 병신들일 뿐, 서로 껄껄거리며 때우는 판이다. 청년이 만주 글자를 쓰자 주인이 옆에서 말한다.

"동무가 먼 곳에서 찾아오니 어찌 기쁘지 않겠소."

나는 말한다.

"나는 만주 글을 모르오."

청년이 말한다.

"배우고 때로 익히면 이 또한 즐겁지 않은가."

나는 묻는다.

"그대들이 《논어》를 이처럼 잘 외면서 어찌 글자를 모르는가?"

주인이 답한다.

"남이 나를 몰라주더라도 노여워하지 않는다면 어찌 군자가 아니겠소이까."

나는 시험 삼아서 그들이 외운 《논어》 세 문장을 써 보였다. 그러자 그들은 모두 눈이 휘둥그레지며 들여다볼 뿐, 무슨 말인지 도무지 모르는 모양이다.

이윽고 소나기가 퍼부어서 다른 소리는 들리지 않으므로 이야기하기에

도철의 얼굴을 새겨 넣은 상나라 솥과 도철 도철은 탐욕이 많고 사람을 잡아먹는다는 상상 속의 흉악한 짐승이다.

좋으나, 둘이 다 글을 모르고 나 역시 연경말에 서툴러서 어쩔 수가 없다.

객사를 지척에 두고 비에 막혔으므로 더욱 마음이 갑갑하고 무료하기 짝이 없다. 청년이 일어나 나가더니 조금 뒤에 그 비를 무릅쓰고 손에 능금 한 바구니, 달걀 볶은 것 한 쟁반, 수란水卵, 달걀을 깨뜨려 수란짜에 담고 끓는 물에 넣어 흰자만 익힌 음식 한 자배기둥글넓적하고 아가리가 쩍 벌어진 오지그릇이나 질그릇를 들고 왔다. 그 자배기는 둘레가 칠 위1위는 5치나 되고, 두께는 한 치, 높이는 서너 치쯤 되는데 푸른 유리를 올리고, 두 볼엔 도철饕餮무늬를 새겼으며, 입에는 큰 고리를 물렸는데, 세숫대야로 쓰기에 알맞을 것 같으나 무거워서 멀리 가져갈 수는 없게 생겼다.

그 값을 물어보니 일 초라고 한다. 일 초는 백육십삼 푼이니 은으로 치면 겨우 서 푼에 지나지 않는다. 상삼이 말한다.

"이게 연경에선 은자 두 푼밖에 안 합니다만, 몹시 무거워서 옮기기 어렵습니다. 우리나라에 가져가면 희귀한 보배가 될 줄 뻔히 알면서도 어찌할 수 없습니다."

저녁 때 비가 개기에 또 한 점포에 들렀더니, 역시 등주에서 온 장사치 세 사람이 솜을 틀고 고치를 켜고 있었다. 그들은 배를 타고 금주를 왕래하는데, 금주의 우가장은 등주에서 수로로 이백여 리쯤 되는 맞은편에 있는 곳으로, 돛을 달고 바람을 타면 쉽사리 왕래할 수 있다고 한다. 셋이 모두 글을 어느 정도는 알지만, 사납게 생긴데다 무례하고 버릇없이 농담을 붙이기에 곧 돌아왔다.

무술戊戌
7월 22일

날이 갰다.

동관역에서 떠나 이대자二臺子까지 5리, 육도하교六渡河橋까지 11리, 중후소中後所까지 2리, 모두 18리를 가서 점심을 먹었다. 중후소에서 일대자一臺子까지 5리, 이대자까지 3리, 삼대자三臺子까지 4리, 사하점沙河店까지 8리, 엽가분葉家墳까지 7리, 구어하둔口魚河屯까지 3리, 어하교魚河橋까지 1리, 석교하石橋河까지 9리, 전둔위前屯衛까지 6리, 모두 48리를 가 전둔위에서 묵었다. 이날 총 66리를 갔다.

배로 중후소하를 건넜다. 옛날엔 성이 있었는데 중간에 허물어져서 지금 수축하는 중이다. 가게와 여염집이 심양에 버금가고, 관제묘의 장려함은 요동보다 나은데, 매우 영험이 있다고 한다. 일행 모두 예폐禮幣, 고마움과 공경의 뜻으로 보내는 물건를 바치고 머리를 조아리며 제비를 뽑아 길흉을 점쳐본다. 창대가 참외 한 개를 바치고 무수히 절하더니 그 참외를 소상 앞에서 먹어버렸다. 무엇을 빌었는지는 알 수 없겠으나, "가진 것은 적으면서 바라는 것은 너무 크다."라는 옛말이 곧 이런 경우를 가리킨다.

문 안쪽 조장彫墻, 여러 가지 색채로 글자나 무늬를 넣고 쌓는 담에 그린 파란 사자가 그럴 듯하다. 이는 감로사의 것을 본뜬 것 같다. 오도자가 그리고 소동파북송의 문인. 1036~1101가 찬讚, 서화의 옆에 쓰는 글을 지었는데, 내용은 이렇다.

오도자의 〈송자천왕도〉(모사본) 당나라 화가 오도자는 인물, 불상, 신귀, 금수, 산수, 초목 등 모든 그림에 능해 궁정화가가 되었다.

위엄은 이빨에 보이고
기쁨은 꼬리에 나타나네

참으로 뛰어난 표현이라고 할 만하다.

우리나라에서 쓰는 털모자는 모두 이곳에서 만드는 것이다. 그 공장이 모두 세 곳 있는데, 한 집이 적어도 삼사십 칸은 되며, 거기서 일하는 공인은 모두 백 명이 넘는다. 의주 상인이 수없이 와서 모자를 예약해놓았다가 돌아갈 때 싣고 간다.

모자 만드는 법은 매우 쉽다. 양털만 있다면 나도 만들 텐데, 우리나라에선 양을 치지 않으므로 백성이 일 년 내내 양고기 맛을 모른다. 전국의 남녀 수는 수백만이 넘는데, 사람마다 털모자 하나씩을 써야만 겨울을 날 수 있다. 해마다 동지사와 황력黃曆, 달력을 받으러 가는 사행, 재자賫資, 통역관만을 보내는 약식 사행 등의 사행이 사용하는 은이 줄잡아도 십만 냥은 될 것인즉, 십 년으로 계산하면 무려 백만 냥이다.

모자는 겨울에만 쓰다가 봄이 되어 해지면 버리고 마니, 천 년을 가도 헐지 않는 은을 한겨울 쓰면 내버리는 모자와 바꾸는 것이다. 또한 산에서 캐내는 은에는 한계가 있는데, 한번 가면 다시는 되찾지 못하는 땅에 갖다버리니 그 얼마나 생각이 깊지 못한 일인가.

모자 만드는 기술자는 모두 웃통을 벗고 일하는데, 그 손놀림이 바람처럼 날쌔다. 우리나라에서 갖고 온 은화가 이곳에서 반은 사라진다. 그런 까닭에 공장 주인들은 각기 단골손님을 정하여 의주 장사치가 오면 크게 술자리를 베풀어 대접한다.

길에서 도사 세 사람을 만났는데, 그들은 짝을 지어 시장 골목을 두루 돌아다니며 구걸을 한다. 그중 하나는 머리에 구름무늬의 검은색 네모난 모자를 쓰고, 몸에는 옥색 실로 만든 소매가 넓고 길이가 긴 도포와 푸른 항라 바지를 입었다. 허리에는 붉은 비단 띠를 두르고 발엔 붉고 모난 비운리飛雲履, 검은 바탕에 흰 비단으로 구름 모양을 꾸민 신발를 신고, 등에는 옛 참마검마귀를 베는 칼을 지고, 손에는 죽간중국에서 종이가 발명되기 전에 글자를 기록하던 대나무 조각을 들었는데, 피부가 희고 삼각 수염에 얼굴이 훤하다.

또 한 사람은 머리에 쌍상투머리를 둘로 갈라 틀어 올린 상투를 짜고 붉은 비단을 감았으며, 몸에는 소매가 좁은 푸른 비단 저고리를 입었다. 또 어깨에는 벽려노박덩굴과의 상록활엽덩굴나무. 여기서는 산속에 숨어 사는 사람이 입는 옷을 가리킴를 걸쳤다. 두 무릎 위에는 호피를 대었으며, 허리에는 붉은 비단으로 만든 넓은 띠를 두르고, 발에는 청혜삼이나 노 따위로 짚신처럼 삼은 신를 신었으며, 등에는 비단으로 꾸민 오악도五嶽圖 족자를 지고, 허리엔 금빛 호리병을 찼다. 손에는 도교의 책 한 갑匣, 예전에는 책을 주로 상자에 넣어 가지고 다녔기 때문에 '갑'이라는 표현을 사용했음을 들었는데, 얼굴은 희고 가냘프다.

나머지 한 사람은 머리를 말아서 어깨에 걸치고 금 고리를 머리에 둘렀으며, 몸에는 검은 공단두껍고 무늬는 없지만 윤기가 도는 비단으로 지은 소매 넓은 장삼을 입고, 맨발에, 손엔 붉은 호리병을 들었다. 붉은 얼굴에 고리눈이요, 입속으로 주문을 외면서 간다.

거리를 오가는 사람들의 기색을 살펴보니 모두 그들을 싫어하는 눈치다.

석교하에 다다르니, 강물이 불어서 물과 언덕의 구분이 없다. 물은 그렇게 깊지 않으나 물살이 제법 세다. 모두들 말한다.

"지금 당장 건너지 않으면 물이 차츰 더 불어날걸."

나는 정사의 가마에 함께 타고 건너서 저쪽 언덕에 닿았다. 그곳에서 보니 말을 타고 건너오는 이들이 모두 하늘만 쳐다보고 있고 얼굴빛은 파랗게 질리거나 누렇게 떠 있다.

서장관의 비장 조시학이 물에 떨어져 하마터면 죽을 뻔하여 모두들 놀랐다. 의주 상인 중에는 돈주머니를 빠뜨린 자가 있는데, 물을 굽어보면서 "아이구, 어머니." 하고 통곡하는 자도 있었다고 한다.

전둔위 시장에 이르니 연극이 막 끝나가는 참이었다. 시골 여자 수백

〈오악도〉(부분) 중국의 유명한 다섯 산 가운데 타이산산을 그린 그림. 명나라 화가 송욱의 작품이다. 중국 고궁박물원 소장

명이 모두 늙은이였으나 차림새는 야단스럽게 꾸몄다. 연극하는 자가 사용하는 망포임금이 입던 정복. 곤룡포, 상아로 만든 홀, 가죽 모자, 종려나무로 만든 모자, 등나무로 만든 모자, 말총으로 만든 모자, 실로 만든 모자, 사모벼슬아치가 관복을 입을 때 쓰던 모자, 복두과거에 급제한 사람이 홍패를 받을 때 쓰던 관 같은 것이 우리나라 풍속과 다름없다. 도포는 자줏빛도 있고 방령격에 어울리지 않게 넓적하게 단 옷깃에 검은 선을 둘렀으니, 아마 옛날 당나라의 형식인 듯싶다.

아아, 슬프다. 명나라가 망한 지 백여 년 만에 의관제도는 고작 배우들의 연극에만 남아 있으니, 하늘의 뜻이 이에 있는 듯싶다. 무대에는 모두 '여시관如是觀, 불교 용어로 '이와 같이 볼 것이다.'라는 뜻. 《금강경》에 '일체 모든

현상은 꿈속만 같고, 환영·물거품·그림자와 같고, 아침 이슬과 같고, 번갯불과 같으니, 마땅히 이와 같이 볼지니라.'라는 구절이 나옴'이라는 석 자를 써 붙였으니, 이에서도 역시 숨은 뜻을 짐작할 수 있겠다.

마침 지현知縣, 현의 장관 한 사람이 지나가는데, '정당正堂'이라 쓴 큰 부채 한 쌍, 붉은 양산 한 쌍, 검은 양산 한 쌍, 붉은 우산 한 개, 깃발 두 쌍, 대나무 곤장 한 쌍, 가죽 채찍 한 쌍을 앞세우고 가마를 탔으며, 그 뒤를 활과 살을 가진 기병 대여섯 명이 따라간다.

기해己亥 7월 23일

이슬비가 내리다 곧 갰다. 이날이 처서處暑다.

전둔위에서 아침에 떠나 왕가대王家臺까지 10리, 왕제구王濟溝까지 5리, 고령역高嶺驛까지 5리, 송령구松嶺溝까지 5리, 소송령小松嶺까지 4리, 중전소中前所까지 10리, 모두 39리를 가서 점심을 먹었다. 중전소에서 대석교大石橋까지 7리, 양수호兩水湖까지 3리, 노군점老君店까지 2리, 왕가점王家店까지 3리, 망부석望夫石까지 10리, 이리점二里店까지 8리, 산해관까지 2리, 관에 들어가서 다시 10리를 가서 심하深河에 이르러 배로 건넜다. 거기에서 홍화포紅花舖까지 7리, 모두 47리를 갔다. 이날은 총 86리를 갔다. 홍화포에서 묵었다.

길가에 보이는 분묘들은 모두 담을 둘렀는데, 그 둘레가 수백 보에 소나무와 버드나무를 나란히 심어서 가지런히 배열했다. 묘 앞에는 모두 화표주華表柱, 무덤 앞의 양쪽에 세우는 한 쌍의 돌기둥가 서 있는데, 석물石物, 무덤 앞에 세우는, 돌로 만든 여러 가지 물건을 보니 거의 명나라 때의 귀한 사람들의 무덤이다. 문은 셋을 두거나 혹은 패루로 했는데, 그 형식이 비록 앞서 보았던 조씨의 패루만은 못하나 웅장하고 사치스러운 것이 많다. 문 앞에는 돌로 무지개다리를 놓고 난간을 둘렀다. 그중 영원성 서문 밖 조대수의 조상 무덤과 사하점의 섭씨葉氏 분묘가 가장 웅장하고 화려했다.

세 명의 여인이 모두 날랜 말을 타고 마상재를 연기하는데, 그중 열세 살 난 소녀가 가장 재빠르고 잘 탄다. 모두 머리에 초립어린 나이에 관례를

마상재 말 위에서 부리던 여러 가지 무예. 일본 오사카역사박물관 소장

한 사람이 쓰던 모자을 쓰고 있는데, 좌우칠보말의 왼쪽과 오른쪽에서 매달려 달리기·도괘말 잔등에 거꾸로 서는 재주·시괘말 위에서 죽은 듯이 매달리는 재주 등 날래게 재주 부리는 모습이 마치 나부끼는 눈송이인 듯 춤추는 나비인 듯하다. 중국 여인은 살 길이 막히면 비럭질남에게 구걸하는 짓을 낮잡아 이르는 말을 하지 않으면 이런 일을 한다고 한다.

들판 위에 한 무리의 군사가 진을 치고 있는데, 진 네 귀퉁이에 각기 기를 하나씩 꽂았다. 비록 검劒·극戟·과戈·모矛 따위는 없으나, 사람마다 앞에 쳇바퀴만 한 큰 화살통을 놓고 모두 수백 개나 되는 화살을 가지고 있다. 진의 모양은 네모반듯한데, 기병은 모두 말에서 내려 진 밖에 흩어져 있다. 내가 말에서 내려 한 바퀴 둘러본즉, 다만 둘씩 늘어서 있을 뿐 중권中權, 참모부 같은 중심부의 깃발이나 북소리도 없으려니와 또 천막을

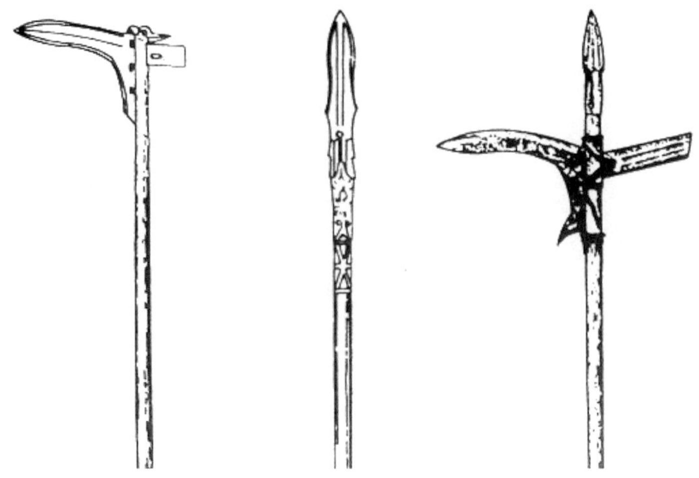

과, 모, 극 과(왼쪽)는 긴 나무 손잡이에 날을 수직으로 붙인 무기다. 양손으로 사용하며 전차와 서로 비켜 지나가면서 싸울 때 상대방을 칼날로 잡아당겨 베기 위해 만들었다. 모(가운데)는 뾰족하고 폭이 넓은 양날의 창으로 적을 찌르는(꿰뚫는) 병기다. 극(오른쪽)은 과와 모의 장점을 합친 형태로, 전차병·보병·기병들이 많이 사용했다.

친 것도 없다.

누군가 말한다.

"성경장군이 내일 순시한다오."

또 누군가 말한다.

"성경 병부시랑兵部侍郎, 군사를 담당하던 부서의 2인자이 교체되어 점심 무렵에 당도할 예정이므로 중전소 참장叅將이 이곳에서 맞이한답니다. 아직 참장이 오지 아니하여 진을 풀어 방금 목적지에 모이는 중입니다."

들판에 펼쳐진 연못에 붉은 연꽃이 한창이라 말을 멈추고 오래 구경했다.

맹강녀의 묘 정녀사貞女祠라고도 한다. 중국 허베이성에 있으며 사진은 1907년의 모습이다.

왕가점에 이르니 산 위의 장성이 아득히 눈에 들어온다. 부사, 서장관과 변 주부, 정 진사와 수종인 이학령 등과 함께 강녀묘姜女廟, 진나라 때 만리장성을 쌓는 데 동원되었다가 죽은 범칠랑의 아내 맹강녀를 기려 세운 사당이다. 남편의 유해를 수습해 돌아온 맹강녀는 며칠 지나지 않아 바다에 뛰어들어 자살했다. 그 후 바다에서 바윗돌 하나가 솟아났는데, 조수가 밀려와도 물에 잠기지 않았다는 내용을 연암이 《열하일기》〈동란섭필〉에 적고 있음에 갔다가 다시 관 밖의 장대將臺를 거쳐 마침내 산해관에 들어갔다. 저녁나절에 홍화포에 닿았다. 밤엔 약간 감기 기운이 있어서 잠을 설쳤다.

산해관에 들어선 후의 일정을 기록하다

7월 24일에 시작하여 8월 4일에 마쳤다. 모두 열하루 동안이다.
산해관에서 연경까지는 모두 육백사십 리다.

관내정사 關內程史

청

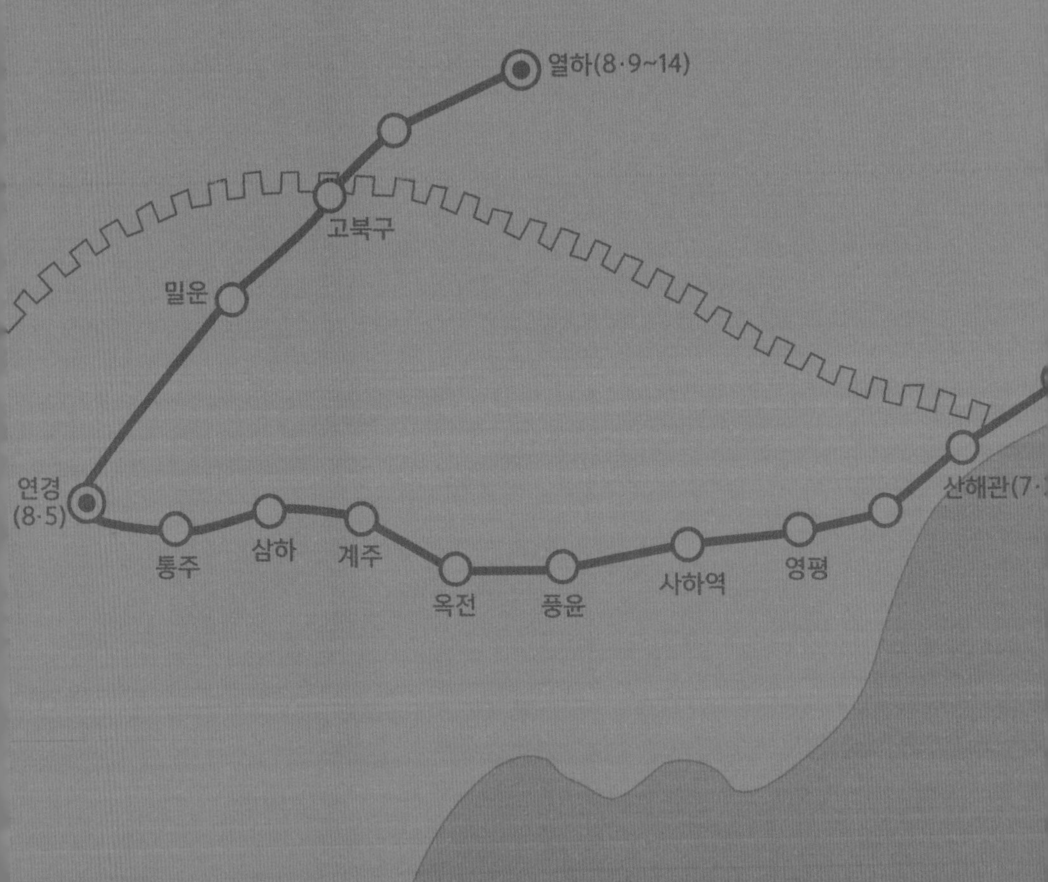

경자庚子 7월 24일

날이 갰다.

홍화포에서 떠나 범가장范家庄까지 20리를 가서 점심을 먹었다. 범가장에서 양하제楊河堤까지 3리, 대리영大理營까지 7리, 왕가령王家嶺까지 3리, 봉황점鳳凰店까지 2리, 망해점望海店까지 8리, 심하역深河驛까지 5리, 고포대高舖臺까지 8리, 왕가포王家舖까지 2리, 마붕포馬棚舖까지 7리, 유관楡關까지 3리, 모두 48리다. 이날 총 68리를 걸었다. 유관楡關에서 묵었는데, 유관은 유관渝關이라고도 하며, 지금의 임유현臨渝縣이다.

산해관 안의 풍속과 기운은 이제까지 지나온 관동 지방과 아주 달라서 산천이 밝고 아름다우며 굽이굽이 그림 같다. 홍화포부터 비로소 돈대가 있어 오 리에 하나, 십 리에 하나씩인데, 그 형식은 네모지고 바르며, 높이는 다섯 길 정도다. 그 위에 세 칸짜리 집을 짓고, 곁에는 세 길 정도 되는 깃대를 세웠으며, 돈대 밑에 다시 다섯 칸짜리 집을 지었다. 담 위에는 활집활을 넣어 두는 자루·살통화살을 담아두는 통과 표창標鎗, 던져서 적을 공격하는 창의 하나. 창끝이 호리병박 모양으로 가운데가 잘록함·화포火砲, 대포 따위처럼 화약의 힘으로 탄환을 내쏘는 대형 무기 등을 그려 붙였고, 집 앞에는 도刀, 한쪽 날만 있는 칼·창鎗·검양쪽 날이 있는 칼·극을 꽂아놓았으며, 봉화를 사용하는 방식과 망을 보는 일에 관한 여러 가지 내용을 써서 벽에 둘러 붙였다.

신축辛丑
7월 25일

날이 갰다.

유관에서 떠나 영가장營家庄까지 3리, 상백석포上白石舖까지 2리, 하백석포下白石舖까지 3리, 오가장吳家庄까지 3리, 무령현撫寧縣까지 9리, 양장하羊腸河까지 2리, 오리포午哩舖까지 3리, 노가장蘆家庄까지 2리, 시리포時哩舖까지 3리, 노봉구蘆峯口까지 5리, 다붕암茶棚菴까지 5리, 음마하飮馬河까지 3리, 배음보背陰堡까지 3리, 모두 46리를 가서 점심을 먹었다. 배음보에서 쌍망점雙望店까지 8리, 요참要站까지 5리, 달자영㺚子營까지 3리, 부락령部落嶺까지 6리, 노룡새盧龍塞까지 3리, 여조驢槽까지 13리, 누택원漏澤園까지 3리, 영평부永平府까지 2리, 모두 43리로, 이날은 총 89리를 걸었다. 영평부에서 잤다.

무령현을 지나자 산천이 더욱 밝은 기운을 띠고, 성안 거리 곳곳은 집집마다 금과 옥으로 새긴 편액과 패루로 휘황찬란하다. 길 오른쪽의 한 문 앞에 부사와 서장관의 하인들이 가마를 세웠는데, 바로 진사 서학년의 집이다. 부사와 서장관이 이 집에서 구경을 하고 있다기에 나도 말에서 내려 들어가 보았는데, 집이 호화롭고 그릇, 기구, 옥의 진기한 모습도 과연 듣던 바와 다름없다.

서학년은 십여 년 전에 죽고, 맏아들 서조분과 둘째 아들 서조신이 살고 있다. 서조신은 글과 글씨에 뛰어나 《사고전서四庫全書》청나라 건륭황제의 명에 따라 1772년에 시작하여 1782년에 완성한 중국 최대의 총서를 짓는 데 서사원書寫員, 글을 쓰고 베껴 넣는 이으로 뽑혀서 연경에 가 있다. 집에는

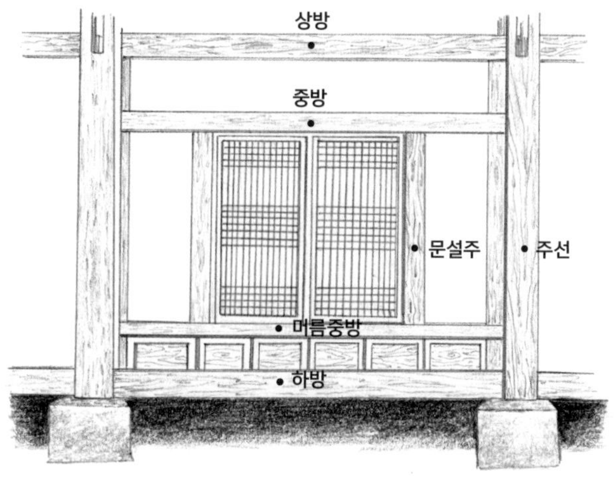

문설주 문짝을 끼워 달기 위해 문 양쪽에 세운 기둥. 설주라고도 한다.

서조분만이 있는데, 그는 학문이 보잘것없다.

집 안 가득 과친왕果親王, 청 세종의 일곱째 아들, 아극돈청 고종 때의 명신이자 문장가, 우민중청 고종 때의 학자이자 정치가, 악이태청 태종 때의 명신, 황제의 셋째 아들이름은 홍시, 황제의 다섯째 아들이름은 홍서 등의 시를 새겨 걸어놓았다. 그들은 모두 홍경에 제관祭官으로 가는 길홍경은 청 태조 조상의 능이 있는 곳으로, 이곳에 매년 제관을 보내 제사를 지냈음에 이곳에 들러 묵으며 시를 남겼다. 우민중과 아극돈은 모두 중국의 명필이라 일컬어지건만, 과친왕에 비하면 여간 떨어지는 것이 아니다.

그 집 침실 문설주 위에는 백하白下 윤순1680~1741의 칠언절구 한 수를 새겨서 걸었고, 문밖 설주 위에는 조명채조선 영조 때의 문신. 1700~1764가 윤순의 시를 차운次韻, 남이 지은 시의 운자를 따서 시를 지음한 것을 새겨서 걸었다. 윤순은 우리나라의 명필이라 한 점 한 획이 옛 법 아

윤순이 쓴 고시(부분) 조선 영조 때의 문신이자 이름난 서예가 윤순이 옛시조 12수를 각기 다른 세 가지 글씨체로 쓴 작품이다. 국립중앙박물관 소장

닌 것이 없다. 천재의 화려하고 고운 품이 마치 가는 구름과 흐르는 물 같고, 먹빛의 짙고 연함과 획의 두껍고 가는 것이 알맞게 섞였으나, 이곳의 다른 글씨들에 비할 때 손색이 있어 보임은 어인 까닭일까.

우리나라에서 글씨를 익힐 때는 옛사람의 친필을 보지 못하고 한평생 본뜨기만 하는데, 그 대상이 기껏해야 금석문자金石文字, 쇠로 만든 종이나 돌로 만든 비석 따위에 새겨진 글자에 지나지 않는다. 금석을 보면 다만 옛사람의 글씨에 대하여 그 모습을 상상할 수 있을 뿐, 오묘한 붓놀림의 신비로운 모습은 태어나면서부터 몸에 지니는 것이다. 그러므로 아무리 본 글씨의 모양과 흡사해졌다 하더라도 그 근본은 뻣뻣해서 붓의 미묘한 느

낌이 엿보이지 않는다. 또한 먹빛이 짙을 때는 흑돼지 같고 가늘 때는 마른 등나무 줄기처럼 되니, 이는 금석문자에 익숙해져 있고 또 글씨를 쓰는 종이와 붓이 그들과 다르기 때문이다.

중국이 옛날부터 고려의 백추지백지를 다듬질한 것와 낭모필이리 털로 만든 붓을 인정했다 하나, 이는 외국의 진기한 물건이라 그런 것이지 실제로 쓰고 그리기에 좋아서 그런 것은 아니다. 종이도 먹빛을 잘 받고 붓이 순순히 풀려 나가는 것을 귀히 여기는 것이요, 단단하고 질겨서 찢어지지 않는 것만이 장점이 되는 것은 아니다.

서위명나라 때의 화가가 말하기를 "고려의 종이는 그림에는 맞지 않고 다만 지폐처럼 두꺼운 것에 어울린다." 했으니, 썩 좋지 않게 여긴 것이다. 왜냐하면 우리나라 종이는 애초에 다듬지 않으면 결이 거칠어서 쓰기 힘들고, 다듬이질을 지나치게 하면 지면이 너무 빳빳해지니 미끄러워서 붓이 머무르지 않고 딱딱해져서 먹을 받지 않는다. 그러므로 우리 종이가 중국만 못하다 하는 것이다. 붓은 부드럽고 날씬하고 고르고 순하여 팔과 함께 잘 돌아가는 것이 좋은 것이요, 빳빳하고 강하고 뾰족하고 날카로운 것은 좋지 못한 것이다. 그러므로 중국에서 좋은 붓이라면 반드시 호주중국 저장성의 지명 것을 으뜸으로 치는데, 그건 오로지 양털만을 쓸 뿐 다른 털을 섞지 않는다. 양털은 다른 털에 비해 부드러우므로 부서지지 않고 종이에 닿으면 먹을 마음대로 놀리게 하는데, 이는 마치 어버이가 뜻을 말하기 전에 이미 알아차리는 효자와 같다. 그런데 '낭모필'은 더욱 잘못된 것이, 이리가 무슨 짐승인지 알지도 못하면서 어찌 그 꼬리를 얻을 수 있단 말인가. 이는 곧 족제비를 가리키는 '광獷'이라는 글자에서 비롯한 것이다. 광獷에서 개사슴록변犭을 떼고 그다음 광廣에서 민

《천공개물》에 묘사된 종이 제작 과정 ① 대나무를 잘라 물에 담그고 부드러워질 때까지 둔다. 결대로 떼어내서 층층이 석회를 바른다. ② 석회를 바른 대를 가마에 넣고 삶는다. ③ 표백 후 종이를 떠낸다. ④ 종이의 물기를 뺀다. ⑤ 젖은 종이를 벽에 붙이고 불을 때서 완전히 말린다.

엄호广를 버리면 '황黃'이 되므로 이를 '황필黃筆'이라고 하니, 이 족제비 털로 만든 것이 바로 낭모필이다. 이는 억세고 뻣뻣하여 부서질 염려가 있는데, 제멋대로 내달리는 철없는 아이와 같다. 그러므로 우리 붓이 중국 것만 못하다고 하는 것이다.

종이와 붓이 이러하니 아무리 안동의 마간석馬肝石, 돌의 이름. 빛깔이 말의 간처럼 붉고 좋은 벼루를 만들 수 있다고 함 벼루에 해주의 후칠두꺼운 칠 먹을 갈아서 왕희지王羲之, 중국 진晉나라의 서예가. 307~365의 〈필진도서筆陣圖序〉를 체첩글씨를 쓸 때 본보기로 삼을 만한 잘 쓴 글씨를 모아 엮은 장첩으로 본받아 삼절법三折法, 세 번 붓을 꺾는 서법으로 쓰더라도 글자의 뼈대가 메말라 아이들이 분판종이가 귀한 옛날에 널빤지에 분을 칠하고 기름을 먹여서 종이로 대용한 것에 글자 연습한 것과 다르지 않다.

서조분의 집 뒤뜰은 매우 조용하고 깨끗하여 세간의 잡된 소리가 들리지 않는다. 강진향열대산 향나무으로 만든 와탑臥榻, 위가 넓고 평평하고 다리가 달린 침상이 있는데, 그 위에 진열해놓은 것들은 아무나 지닐 수 없는 진기한 물건이다. 시렁 위에 놓인 서화는 그야말로 비단과 옥으로 장식한 두루마리로 질서 있게 배치되어 있다.

정사·부사의 비장들이 그것을 함부로 뽑아서 무어라 떠들며 빙 둘러 펼쳐보는 품이 마치 조보朝報, 조선시대에 승정원에서 재결 사항을 기록하고 써서 반포하던 관보를 펴보듯 하며, 천을 재는 듯 접었다 폈다 하고 함부로 날뛰는 모양이 성을 무너뜨리고 적진을 함락하며 적장을 베고 적기를 낚아채는 듯한 기세다. 더구나 마음만 바빠서 그 긴 것을 다 펴기도 어려우니 "공연히 펴기 시작했네그려." 하고 도리어 만든 사람을 탓하며, "이렇게 긴 두루마리를 무엇에 쓴단 말이야. 병풍도 안 되겠고 족자도 못 만들 것을." 하고 투덜거린다. 또 누군가는 "나는 그림을 모르네만, 그림이야 주홍빛 나는 까마귀가 가장 좋네그려." 한다. 그러고 보니 환현진晉 나라의 서화 애호가 같은 사람은 자기 집에 손님이 왔을 때 혹시나 기름 묻은 손으로 서화를 더럽힐까 하여 기름과자를 대접하지 않았다 하니, 그야말로 명사라 아니할 수 없겠다.

서쪽 벽 밑에서 별안간 군대가 행진하는 듯이 우당탕하는 소리가 나기에 깜짝 놀라서 돌아보니 여러 사람이 정鼎·이彝·준尊·호壺 등의 골동품을 제멋대로 들추고 있다. 나는 하도 민망하여 재빨리 밖으로 나오고 말았다. 그 아래윗집이 모두 금 글자로 현판을 달았기에 장복만 데리고 이 집 저 집을 들렀으나 모두 주인이 없었다.

한 집에 이르니, 담 밑에 자죽볏과 대나무의 하나 수십 대가 자라고, 축대 아래에는 벽오동 한 그루가 서 있으며, 그 서쪽에는 몇 묘畝, 논밭 넓이의 단위. 1묘는 약 99.174제곱미터, 30평 정도에 해당함 되는 네모난 연못이 있는데, 흰 돌로 난간을 만들어 연못가를 둘렀다. 연못 가운데는 대여섯 자루의 연밥연꽃의 열매이 떠 있고, 난간 가까이에서는 새끼 거위 세 마리가 노닌다.

집 안 가운데에는 주렴이 깊게 드리워져 있는데, 주렴 속에서 여러 사람이 지껄이고 웃는 소리가 와아 하고 들린다. 나는 곧 연못가에 이르러 잠깐 난간에 기대어 섰다. 온 집 안이 잠잠하여 쥐 죽은 듯하고 주렴 너머로 무언가가 어른거린다. 연못가를 배회하면서 집 안을 향하여 연거푸 기침을 하여 신호를 보냈다. 그랬더니 한 동자가 뒤로 돌러 나오며 멀찌감치 서서 읍하고 소리를 높여 묻는다.

"어르신께서는 무엇 하러 이곳에 오셨습니까?"

장복이 말한다.

중국의 여러 그릇 시계 방향으로 정, 이, 호, 준이다. '정'은 다리가 세 개 달린 솥, '이'는 종묘 제사 때 쓰는 물을 담는 그릇, '호'는 뚜껑이 있는 단지다. 긴 몸통에 밖으로 열린 입과 다리가 붙어 있는 '준'은 제사 때 술그릇으로 쓰였다.

"너희 집 어른은 어디 계시기에 멀리서 오신 손님을 맞이하지 않느냐?"

동자가 말한다.

"아버님께서는 아까 친척 어른 이李 공과 함께 고려의 의원을 뵈러 고려 객사를 찾아가셨는데, 아직 돌아오시지 않았습니다."

내가 말한다.

"너희 댁에서 의원을 찾는다니 필시 집안에 우환이 있는 게로구나. 내가 곧 의관이고 이미 이곳까지 왔으니 진찰할 수도 있다. 또 진짜 청심환도 있으니 가서 아버님을 모셔오너라."

그러나 동자는 들은 체도 않고 옷을 펴 새끼 거위를 몰아 우리에 넣고, 난간에 세워둔 낚싯대를 집어서 연못 가운데 꺾인 연잎을 끌어내어 우산처럼 들고 주적대며 가버린다. 주렴 안에는 일고여덟 사람이 있는 듯한데, 무어라 소곤소곤하고는 또 입을 막고 가만히 웃는 소리가 들린다. 한참 동안 서성거리다가 몸을 돌이켜 나오는데, 장복을 돌아보니 귀 밑의 사마귀가 요즘 더 커진 듯싶다.

나는 조 주부와 함께 말을 나란히 타고 가면서 말한다.

"무령의 풍속이 좋지 못하군."

그랬더니 조 주부가 설명한다.

"무령 사람들은 조선 사람을 귀찮은 손님으로 여깁니다. 서학년은 성품이 본래 손님을 좋아하는 편이어서 처음 윤순 공을 만났을 때 흉금을 터놓고 정성을 다해 대접하며 그가 간직해온 서화를 내보였습니다. 그 뒤로 무령현 서 진사의 이름이 우리나라에 널리 알려져 해마다 사행이 반드시 찾아 들른 것이 마침내 관례가 됐습니다.

그러나 실제로 그 고을에는 서씨네보다 나은 집도 많고 또 손님을 좋아하는 주인도 많으나 공교롭게도 윤 공이 먼저 학년을 만나게 됐던 것입니다. 그리고 그가 가지고 있는 것이 우리나라의 재상도 당할 수 없음을 알고는 입에 침이 마르도록 칭찬을 아끼지 않으니, 그 후 역관들이 으레 서씨 집만을 찾았습니다. 여기에는 다른 집을 귀찮게 하지 않으려는 의도도 담겨 있습니다.

우리 사행은 수십 명의 하인을 거느리고 있는 까닭에 집의 좁은 문을 드나들 때에도 반드시 큰 소리로 외칩니다. 또 한꺼번에 집 안에 들어가면 물러나 기다릴 줄을 모르는데, 이는 중국의 집에는 대청이 없기 때문입니다.

그러다 보니 서학년의 집에서도 그 접대가 차츰 전과 같지 못했는데, 그가 죽은 뒤부터는 아들들이 대놓고 조선 손님을 귀찮게 여깁니다. 그래서 우리 사행이 올 무렵이면 좋은 그릇은 갈무리하고 너저분한 것만 펼쳐놓고는 이때까지의 관례를 겨우 지킬 뿐이랍니다. 그 옆집에서 피하고 숨은 것도 학년의 집처럼 될까 두려워하기 때문일 것입니다."

그리하여 서로 한바탕 크게 웃었다.

윤 공이 귀국한 후에 되놈의 새끼에게 재주를 팔았다 하여 탄핵을 받은 것은 이 시를 지었기 때문이니, 당시 언론의 지나침이 이 정도였단 말인가.

유주와 기주의 산세에는 맑은 기운이 서리어 있다. 태항산이 서쪽으로 나와 연경을 껴안은 듯하고, 의무려산이 동으로 달려서 후방의 진산鎭山, 도읍지나 각 고을에서 그곳을 지키는 주산으로 정하여 제사하던 산이 되어 용이 나는 듯 봉황이 춤추는 듯이 각산角山에 이르러 크게 잘리어 산해관이 됐다. 산해관에 들어서자 뭇 산들이 더욱 크게 자리를 잡아 억세고 거친 기세를 벗어나 남으로 탁 트이니, 그 경관이 빼어나며 밝고 부드럽다. 창려에 이르자 모든 바닷가 고을의 산세는 더욱 아름다웠다.

〈우공禹貢〉《서경》에 나오는 편명. 고대 중국 우임금의 치적을 기록함에 나오는 갈석산은 창려현 서쪽 20리 되는 곳에 있다. 조조曹操, 중국 삼국시대 위나라의 시조. 155~220. 권모에 능하고 시문을 잘했다 함의 시에 "동으로 갈석에

다다라/ 아득한 저 바다 구경코자"라고 함은 곧 이를 말함이다.

이 고을에는 한유韓愈, 당나라의 문인·정치가. 768~824. 당송팔대가의 한 사람으로, 변려문을 비판하고 고문古文을 주장했음와 한상한유의 조카의 사당이 있다.《당서》〈한유전韓愈傳〉에는 한유를 등주 남양 출신이라 했고,《광여기廣輿記》에서는 창려 출신이라 했다. 송나라 원풍元豊, 신종神宗의 연호연간에 한유를 창려백昌黎伯에 봉했고, 원나라 지원至元, 세조 때의 연호 때는 이곳에 사당을 세워서 지금도 한유의 소상이 있다고 한다. 나는 평생 한유를 꿈속에서도 그리워했으므로 여러 사람더러 함께 가보자고 했으나, 가겠다는 이가 없다. 이십 리나 길을 돌아가야 하기 때문이다. 그렇다고 혼자 가기도 어려우니 한스러운 일이다.

지나는 길에 동악묘중국 산둥성 타이안 북쪽에 있는 타이산산(동악)의 산신을 모신 묘에 들렀다. 뜰에 비석 다섯 개가 세워져 있는데, 전각 위에는 금자金字로 '동악대제東嶽大帝'라 써서 붙였다. 그 가운데에는 금신金神, 도교 등에서 방향을 지배하며 재앙을 불러일으키는 신. 이 신이 있는 쪽으로 움직이면 동티가 난다고 하여 꺼렸음 둘을 앉혔는데, 모두 단정히 손을 모으고 홀을 잡고 있는 모습이다. 뒤쪽 전각도 앞의 것과 같은데, 여상女像 셋을 앉혔고 이름을 '낭랑묘'라고 했다. 여상의 머리에는 모두 면류관이 씌워져 있다.

영평부에 이르니, 성 밖으로 굽이져 흐르는 강물이 성을 둘러싸고 있는 지형인데, 그 모습이 평양과 흡사하지만 시원하게 툭 트인 것은 평양보다 낫다. 다만 대동강 같은 맑은 물이 없을 뿐이다. 사람들은 이런 말을 전한다.

〈**광려도**〉 오대 때 활동한 화가 형호의 산수화. 그는 타이항산에 머물면서 산의 수려한 경치와 자연 속 본질적 요소들의 내적 연관성을 표현하는 데 힘을 기울여 탁월한 작품을 남겼다.

"김황원金黃元, 고려 예종 때의 문장가이 부벽루평안남도 평양시 모란대 밑 청류벽 위에 있는 아름다운 누각. 1000여 년 전에 세워진 것으로, 대동강에 면해 있어 마치 물 위에 떠 있는 듯한 느낌을 줌에 올라 이런 시 두 구절을 읊었다.

긴 성 저 한편에는 용용한 강물이요
넓은 벌 동쪽 머리엔 점점이 찍힌 산이로다

그러고는 아무리 끙끙거려도 시상이 메말라서 그다음을 잇지 못한 채 통곡하고 누를 내려오고 말았다."

그리하여 사람들은 이렇게 논평한다.

"평양의 아름다운 경치가 이 두 문장에 다 담겨 있으니, 그 후 천 년이 지났건만 다시 한 문장이라도 덧붙이는 이가 없다."

그러나 나는 이것이 좋은 문장이라고는 생각지 않는다. 왜냐하면 '가득하다'는 뜻의 '용용溶溶'은 큰 강의 형세를 표현하는 데 부족하고, '동쪽 머리 점점이 찍힌 산'이라는 표현도 그 거리가 사십 리에 불과한데 어찌 '넓은 벌'이라고 할 수 있겠는가. 지금 이 글귀를 연광정練光亭, 평양의 대동강 가에 있는 누각. 관서팔경의 하나로 대동강을 내려다볼 수 있는 덕암바위 위에 있음의 주련으로 붙였으나, 만일 중국 사신이 이 정자에 올라 읽어본다면 '넓은 벌'이라는 표현을 보고 분명히 웃을 것이다.

그런데 이곳 영평성루永平城樓는 그야말로 "넓은 벌 동쪽 머리엔 점점이 찍힌 산이로다"라고 할 만하다. 혹은 이르기를 "영평 역시 기자에게 봉한 땅이다."라고 하나, 이는 잘못이다. 영평은 곧 한나라의 우북평이요, 당나라의 노룡새다. 옛날에는 아주 궁벽한 땅이었던 것이 요遼, 916년 거

흑립 옻칠하여 어두운 흑갈색을 띠는 갓. 국립민속박물관 소장

란족의 야율아보기가 세운 나라. 1125년 금나라와 송나라의 협공으로 멸망했음나라와 금金, 여진족 완안부의 추장 아구다가 1115년에 세운 나라. 1234년 몽골 제국에게 패망했음나라 때부터 연경과 가까워져 거리와 점포가 번영함으로써 놀랍게 번창해졌고, 진사에 오른 인물 역시 무령을 훨씬 능가한다.

영평부 앞 원문병영 앞에 세운 문에는 '고지우북평古之右北平, 옛 우북평'이라 써 붙였다.

날이 저문 후 정 진사와 함께 산책을 하다가 우연히 한 집에 들어갔는데, 마침 등불을 켜놓고 고려진공도高麗進貢圖, 조선 사행을 그린 그림를 새기고 있다. 지나오면서 벽에 붙은 이 그림을 여러 번 보았는데, 모두 너절한데다 거칠게 찍어내 괴상하고 가소롭다. 그 그림에 붉은 도포를 입은 것은 서장관이다몇십 년 전에는 당하관이 홍포를 입었지만 요즘은 푸른 것을 입음-원주. 흑립을 쓴 건 역관이요, 얼굴이 흡사 중과 같으면서 입에 담뱃대를 문 것은 전배의 비장이요, 곱슬곱슬한 수염에 고리눈을 한 이는 군뢰다.

지금 이 집에서 새기는 것도 볼품없기 그지없어서 얼굴이 모두 원숭이 같다. 집 안 가운데에 세 사람이 있으나 더불어 이야기할 만하지 않아 보인다. 탁자 위에 연풍바람을 막거나 먼지나 먹물이 튀는 것을 막기 위하여 벼루 머리에 치는 작은 병풍이 있는데, 높이가 두 자 남짓하고 너비는 한 자쯤 되는 화반석바탕이 매우 곱고 무르며 홍백색 무늬가 섞인 돌이다. 강산·수목·누대·인물 등을 그려서 새겼는데, 모두 돌의 무늬를 따라 자연스럽게 빛깔을 내어 그 미묘한 품이 신의 경지라고 할 만하다. 강진향으로 받침대를 만들어 세웠다.

그때 소주 사람 호응권이란 자가 화첩그림을 모아 엮은 책 하나를 가지고 왔다. 겉장은 초서草書, 필획을 가장 흘려 쓴 서체로서 획의 생략과 연결이 심함로 어지럽게 쓰여 있고 먹똥이 거듭 앉아 지저분하기 그지없다. 종이 또한 여기저기 해져서 한 푼짜리도 안 되어 보이는데, 호씨는 세상에 다시없는 보배인 듯 조심조심 받들고 꿇어앉아서 여닫는다. 정 진사가 침침한 눈으로 두 손에 움켜쥐더니 책장을 바람처럼 재빨리 넘기자, 호씨가 얼굴을 찡그리며 못마땅해한다. 정 진사가 다 보고는 획 집어던지면서 말한다.

"겸재謙齋, 조선 후기의 화가 정선(1676~1759)의 호나 현재玄齋, 조선 후기의 화가 심사정(1707~1769)의 호가 모두 되놈의 호구먼."

나는 웃으면서 말한다.

"안 봐도 알 만하네."

그러고는 호씨에게 묻는다.

"이걸 어디서 구하셨소?"

그는 이렇게 답한다.

"초저녁에 귀국의 김 상공相公, 원래 정승이라는 뜻이지만 여기서는 상인끼리 서로 높여서 부르는 명칭이 우리 점포에 오셔서 팔고 갔소. 김 상공은 믿음직한 사람이고 또 나와는 정분이 각별하여 친형제나 다름없습니다. 그래서 문은紋銀, 품질이 우수한 은 석 냥 다섯 푼을 주고 샀는데, 만일 장황비단이나 두꺼운 종이를 발라서 책이나 화첩, 족자 따위를 꾸미어 만듦을 고쳐놓으면 일곱 냥은 족히 나갈 것입니다. 다만 그린 이의 관지款識, 글자 따위를 음각한 것과 양각한 것을 아울러 이르는 말가 없사오니, 바라옵건대 선생께서 이를 고증해서 적어주시옵소서."

그러고는 품속에서 주사수은으로 된 광물의 일종로 만든 먹을 하나 꺼내어 선물로 주며, 화가의 간단한 소개를 간곡히 부탁한다. 주인도 따라서 술과 안주를 내왔다.

우리나라의 서화집에는 연도도 없고 이름을 적기도 꺼릴 뿐 아니라, 시 두루마리 끝에도 흔히들 '강호산인江湖散人, 자연 속에 살며 세상을 멀리하는 사람'이라 적을 뿐이니 어느 때 어느 곳에 사는 누구 솜씨인지 알 길이 없다. 이 서화집에도 그림마다 두 글자로 된 별호가 적혀 있기는 하나 분명하지 않아서 누가 누군지 분간할 수 없으니, 정 군이 겸재·현재를 되놈으로 착각하는 것도 이상한 일이 아니다.

정 군은 중국어가 서투르다. 그는 이가 성기어서 달걀볶음을 매우 좋아하므로 중국에 들어온 뒤로 늘 구사하는 중국어라고는 다만 '초란炒卵, 달걀볶음을 가리키는 중국어'뿐이다. 그나마 혹시 말할 때 잘못 될까, 듣는 사람이 잘못 들을까 걱정하여 사람을 만나기만 하면 "초란." 하고 읊조려보아 그 혀끝이 잘 돌아가는지를 헤아려보기에, 정 군을 '초란공炒卵公'이라 부르게 됐다우리나라의 광대놀음에 탈 쓴 이를 '초라니'라 부르는데, 중국말로

'초란'과 발음이 비슷함-원주.

정 군은 오늘도 여느 때와 다름없이 "초란." 하고 읊조려본다. 그랬더니 주인이 곧 가서 달걀 한 쟁반을 볶아 가지고 왔다. 그러고 보니 정 군의 행동이 마치 초란을 우겨서 먹은 것같이 됐다. 우리는 한바탕 웃고 나서 주인에게 사연을 말한 후 값을 치르려 했다. 그러자 주인이 몹시 부끄러워하는 얼굴로 말한다.

"여기는 음식점이 아닙니다."

그러더니 자못 노여워하는 기색까지 보인다. 나는 곧 그림 옆에 적힌 별호를 고찰하여 그들의 성명을 적어주는 것으로 사례했다.

임인壬寅 7월 26일

날이 갰다. 오후에 우레가 일고
비바람이 몹시 불었으나 곧 멈추었다.

영평부에서 청룡하靑龍河까지 1리, 남허장南墟庄까지 2리, 압자하鴨子河까지 7리, 범가점范家店까지 3리, 난하灤河까지 2리, 이제묘夷齊廟까지 1리, 모두 16리를 가서 점심을 먹었다. 다시 이제묘에서 망부대望夫臺까지 5리, 안하점安河店까지 8리, 적홍포赤紅舖까지 7리, 야계타野雞坨까지 5리, 사하보沙河堡까지 8리, 조장棗庄까지 10리, 사하역沙河驛까지 2리, 모두 45리를 갔다. 이날 총 61리를 가서 사하역 성 밖에서 잤다.

아침 일찍 영평부를 떠날 때 새벽바람이 선선했다. 성 밖 강가에 장이 섰는데, 온갖 물건이 거리에 가득하고 수레와 말이 즐비했다. 시장에 들어가서 능금 두 개를 사노라니 옆에 대나무 상자를 멘 자가 눈에 들어온다. 그가 상자를 여니 수정함 다섯 개가 있는데, 함마다 뱀이 한 마리씩 들었다. 뱀은 모두 함 속에 도사리고 있는데 머리를 내민 것이 마치 솥뚜껑에 꼭지 달린 듯이 한복판에 솟아 있고 두 눈이 반들반들하다. 검은 놈이 한 마리, 흰 놈이 한 마리, 초록색 놈이 두 마리, 빨간 놈이 한 마리인데, 모두가 함 밖에서 환히 들여다보이긴 하는데 죽었는지 살았는지는 분간하기 어렵기에 물어보지만, 대답이 시원치 않다. 뱀을 악성 종기에 쓰면 놀라운 효과가 난다고 한다.

또 시장에는 다람쥐를 가지고 노는 자, 토끼를 가지고 노는 자, 곰을 가지고 노는 자 등 여러 놀이를 하는 이들이 있는데, 모두 비렁뱅이다. 곰은 크기가 개만 한데, 칼춤도 추고 창춤도 추며, 사람처럼 서서 다니기도 하고 절도 하며 꿇어앉기도 하고 머리를 조아리기도 하면서 사람이 시키는 대로 온갖 시늉을 다한다. 모습은 몹시 흉악하고, 민첩함은 원숭이보다 못하다. 토끼와 다람쥐는 재롱이 넘치고 사람의 뜻을 잘 알아차리긴 하나, 갈 길이 바빠서 자세히 구경하지 못했다.

도사 둘과 동자 하나가 시장에서 비럭질을 하며 다닌다. 운관도사가 쓰는 관의 일종을 쓰고 하대도사가 두르는 띠의 일종를 하고 눈매는 맑고 빼어난데, 손으로 영저자루를 금강저 모양으로 만든 방울를 흔들며 입으로는 주문을 외운다. 그 행동이 괴이하여 사람인가 귀신인가 의심스럽다.

여자 셋이 잘 차려입고 말을 타고 달린다.

배로 청룡하와 난하를 건넜다.

점심을 먹은 후 이제묘은나라의 충신인 백이와 숙제 형제를 모신 사당. 백이와 숙제는 주나라를 창건한 무왕이 은나라를 쳐 멸망시키자, 주나라의 곡식을 먹지 않겠다며 수양산에 들어가 고사리를 캐 먹다가 굶어 죽었음를 먼저 떠나서 야계타에 거의 닿을 무렵인데, 날씨가 찌는 듯하고 한 점 바람기도 없다. 노 참봉·정 진사·주명신·변 주부 등 여러 사람과 앞서거니 뒤서거니 이야기하며 가는데, 손등에 갑자기 한 방울 찬물이 떨어지며 마음과 등골이 선뜻하다. 사방을 둘러보았으나 물을 뿌린 이는 보이지 않는다.

다시 주먹 크기만 한 물방울이 떨어지며 창대의 모자챙을 쳐서 그 소리가 탕하고 나고, 또 노 군의 갓 위에도 떨어졌다. 그제야 모두들 머리를 들고 하늘을 쳐다보니, 해 옆에 바둑돌만 한 작은 구름장이 나타나고 은은히 맷돌 가는 소리가 난다. 그러더니 삽시간에 사방 지평선에 자그마한 구름이 이는데, 까마귀 머리 같은 게 색깔이 유난히 독해 보인다.

해 곁에 머물고 있는 검은 구름이 해를 반쯤 가렸고, 한 줄기 흰 번갯불이 버드나무 위에 번쩍하더니 이내 해는 구름 속으로 사라지고 그 속에서 천둥 치는 소리가 마치 바둑판을 밀어치는 듯, 명주를 찢는 듯 들린다. 수많은 버들이 다 어둠침침해지며 잎마다 번갯불이 번쩍인다.

도롱이 볏짚이나 부드러운 풀로 만든 재래식 우비. 안쪽은 재료를 촘촘히 엮어 매끈하게 만들고 바깥쪽은 거칠게 만들어 빗물이 속에 스미지 않고 흘러내려가게 했다.

모두들 채찍을 날려 길을 재촉하나 등 뒤에서 수많은 수레가 다투어 달리는 듯, 산이 미쳐서 뒤집히는 듯, 성난 나무가 부르짖는 듯 소리가 울리니 하인들은 손발을 떤다. 급히 우장雨裝, 비를 맞지 않기 위해 차려 입는 복장. 우산, 도롱이, 갈삿갓 따위를 가리킴을 꺼내려 하나 부대 끈도 쉽게 풀리지 않는다. 비, 바람, 천둥, 번개가 휘몰아쳐 지척을 분간할 수 없을 지경이다. 말은 모두 사시나무 떨듯 하고 사람들도 숨조차 제대로 못 쉰다. 할 수 없이 말 머리를 모아서 뼹 둘러섰는데, 하인들은 모두 얼굴을 말갈기 밑에 가리고 섰다.

가끔 번갯불에 비치는 걸 보니, 노 군이 새파랗게 질리어 두 눈을 꼭 감고 곧 숨이 넘어갈 듯하다. 조금 뒤에 비바람이 좀 멎은 다음 서로 바라보니 얼굴이 모두 흙빛이었다. 그제야 비로소 양편에 있는 집들이 보이는

데, 불과 사오십 보밖에 안 되는 곳에 있는데도 비가 막 쏟아질 때는 피할 엄두도 내지 못했다. 사람들은 "조금만 더했더라면 거의 숨 막혀 죽을 뻔했군." 하고 말한다. 가게에 들어가서 잠깐 쉬려니 하늘이 맑게 개고 바람과 햇빛이 산뜻하다. 간단히 술잔을 나누고는 곧 떠났다. 길에서 부사를 만나 물었다.

"어디서 비를 피하셨소?"

"가마 문이 바람결에 떨어져서 빗발이 들이치니 한데 선 것이나 다름없었소. 빗방울 크기가 주발만큼 크니 대국은 빗방울조차 무섭소그려."

부사가 답한다.

나는 변계함에게 말한다.

"나는 이제부터 역사 기록을 믿지 않으려 하네."

그랬더니 정 진사가 말을 채찍질하여 앞으로 나서면서 묻는다.

"무슨 말씀이오?"

"항우가 아무리 노하여 고함친다 하더라도 어찌 이 우레 소리를 당할쏜가. 그럼에도《사기史記》에, 항우의 고함 소리에 양무의 부하들과 말이 모두 놀라서 몇 리를 물러섰다 했으니, 이게 거짓말이 아니고 무엇이겠는가. 항우가 아무리 눈을 부릅떴다 해도 이 번갯불만 못했을 터인즉, 여마동이 놀라 말에서 떨어졌다 함은 더욱 못 믿을 일이오."

이렇게 내가 말하니, 여럿이 모두 크게 웃었다.

유방이 보낸 군사에 쫓기는 항우를 묘사한 그림 항우와 천하의 패권을 다투던 유방은 항우의 목에 1000금과 1만 호의 읍을 상금으로 내걸었다. 마지막 전투에서 패한 항우는 고향 친구이자 유방 휘하에 있던 장수 여마동을 만나자 이렇게 말했다. "한나라에서 내 머리에 1000금과 1만 호의 읍을 걸었다고 하니, 내 그대를 위하여 은덕을 베풀겠다" 하고는 스스로 목을 찔러 죽었다. 그러자 왕예는 항우의 머리를 취했고, 양무·여마동·양희·여승이 항우의 몸을 찢어 가졌다. 결국 상금을 오등분하여 다섯 명이 나누어 가졌다.

계묘癸卯
7월 27일

날이 갰다.
아침에 잠깐 서늘했으나 낮에는 몹시 더웠다.

사하역沙河驛에서 홍묘紅廟까지 5리, 마포영馬舖營까지 5리, 칠가령七家嶺까지 5리, 신점포新店舖까지 5리, 건초하乾草河까지 5리, 왕가점王家店까지 5리, 장가장張家莊까지 5리, 연화지蓮花池까지 10리, 진자점榛子店까지 5리, 모두 50리를 가서 점심을 먹었다. 다시 진자점에서 연돈산烟墩山까지 10리, 백초와白草窪까지 6리, 철성감鐵城坎까지 4리, 우란산포牛欄山舖까지 4리, 판교板橋까지 6리, 풍윤현豐潤縣까지 20리, 모두 50리를 갔다. 이날 총 100리를 가 풍윤성 밖에서 묵었다.

어제 이제묘 안에서 점심을 먹을 때 고사리를 넣은 닭찜이 나왔는데, 맛이 매우 좋았다. 길에서 변변한 음식을 먹지 못한 터라 별안간 입맛이 당기는 대로 달게 먹었을 뿐, 이제묘에서 고사리를 먹는 것이 예로부터 관례인 줄은 몰랐다.

오후에 길에서 소나기를 만나 겉은 춥고 속은 막혀 먹은 것이 내려가지 않고 가슴에 그득 체했다. 트림을 하면 고사리 냄새가 목을 찌르는 듯하여 생강차를 마셔도 속이 편하지 않았다.

"이 가을에 철 아닌 고사리를 어디서 구해왔는고?" 하고 물었더니 주위 사람이 말한다.

"이제묘에서 점심을 먹는 것이 관례이기에 여기서는 사시사철 반드시 고사리 음식을 냅니다. 그래서 우리나라에서 마른 고사리를 미리 준비해와 국을 끓여 먹는 것이 이젠 전통이 됐습니다. 십여 년 전 건량청乾糧廳, 먼 길을 갈 때 필요한 마른 양식을 담당하는 관청이 이를 잊는 바람에 고사리를 가져오지 않아 이곳에서 고사리 음식을 낼 수 없게 됐습니다. 이에 건량관乾糧官이 서장관에게 매를 맞고는 물가에 앉아 통곡을 하면서 '백이·숙제야, 나하고 무슨 원수를 졌기에 이러느냐.'라고 했답니다. 소인의 소견으로는 고사리가 고기만 못하며, 듣자 하니 백이와 숙제도 고사리를 뜯어먹다 굶어 죽었다 하오니, 고사리는 참 사람을 죽이는 독물인가 하옵니다."

이리 말하니 여러 사람이 모두 허리를 잡고 웃었다.

태휘라는 자는 노 참봉의 마두인데, 초행일뿐더러 위인이 경망스럽다. 그가 대추 농장을 지나다가 비바람에 꺾여 담 밖으로 넘어진 대추나무를 보고는 그 덜 익은 열매를 따 먹었는데, 배앓이로 설사가 멎지 않았다. 배속은 텅 비고 마음은 답답하고 목이 타는 듯하다가, 급기야 고사리 독이 사람을 죽인다는 말을 듣자 큰 소리로 몸부림을 치면서 말한다.

"아이고, 백이·숙채熟菜, 삶은 나물가 사람 죽이네. 백이·숙채가 사람 죽인다."

숙제叔齊와 숙채熟菜가 음이 비슷한 까닭에 마당에 가득한 사람들이 깔깔거리고 웃었다.

내 일찍이 백문白門, 서울 부근의 지명에 살 때였다. 때마침 숭정 연호가 시작되고 백삼십칠 년 뒤, 세 돌을 맞이한 갑신년1764 3월 19일은 곧 의종열황제가 순사나라를 위해 목숨을 바침한 날이다. 한 시골 선생이 동리 아이 수십 명을 거느리고 성서城西, 서울 서대문 밖에 있는 송씨宋氏의 셋방

살이 집에 찾아가 우암 송시열宋時烈, 조선 후기의 문신이자 학자. 1607~1689 선생의 영정에 절을 했는데, 초구담비 모피로 만든 갖옷. 북벌을 꿈꾼 효종이 송시열에게 추위가 심한 청나라를 칠 때 입고 가라며 하사한 옷를 내어 어루만지며 비분강개함을 이기지 못하여 눈물 흘리는 이까지 있었다. 돌아오는 길에 선생은 성 밑에 이르러서 팔을 내저으며 서쪽을 향해 소리쳤다.

"되놈."

그러고는 여수제사가 끝난 후 술잔을 돌려가며 마시는 것를 벌이며 고사리 나물을 차렸다. 이때 마침 술 금지령이 내렸으므로 꿀물로 술을 대신하여 그림을 새긴 도자기 주발에 담았는데, 그 주발에는 '대명성화大明成化, 성화는 명나라 헌종 때의 연호. 1465~1487에 만든 것'이라고 새겨져 있었다. 여수를 하는 자는 꿀물을 따르면서 반드시 머리를 숙여 주발을 들여다보곤 했는데, 이는《춘추》의 의리를 잊지 않기 위함이라고 한다'대명성화'라는 글자를 새겼으므로 대명(명나라)을 잊지 않음이 곧《춘추》의 대의라는 뜻. 이에 서로 시를 읊었다. 그중 한 사내아이가 이렇게 썼다.

무왜도 만약 패해서 죽었다면
아득한 천 년 역사에 주왕에겐 역적이 됐을 것을
강태공은 어이하여 백이를 구하고도은나라가 멸망한 후 백이를 죽이려 하자 주나라의 건국 공신인 강태공이 백이를 살려주도록 함
역적을 옹호했다 하여 벌을 받지 않았던고
오늘도 춘추의 의리를 내세운다면
되놈이라 하면 되놈의 역적인 것을

모두들 한바탕 웃었다. 선생이 섭섭한 표정으로 한참 동안 있다가 말한다.

"아이들에겐 일찍부터 《춘추》를 읽혀야 돼. 역사의 의리를 분간하지 못하니 이 따위 괴상한 말들을 하는 게야. 어디 한번 경치나 읊어보아라."

그러자 또 한 사내아이가 이렇게 시를 짓는다.

고사리 캐 먹은들 배부를 수는 없으니
백이도 나중에는 굶주려 죽었다오
꿀물이 몹시 달아 술보다 나을지니
이것 마시고 죽는다면 그 아니 원통하리

선생은 눈썹을 찡그리면서 말한다.

"이건 또 무슨 괴상한 수작이여."

앉아 있던 모든 사람이 또 한 번 크게 웃었다.

그 후 어언 십칠 년이 흘렀다. 그때의 늙은이들도 다 가버린 지금, 다시 백이의 고사리로 이런 말썽이 생겨서 타향의 등불 아래 옛이야기를 하다 보니 끝내 잠을 못 이루었다.

새벽에 출발하여 길에서 상여를 만났다. 관 위에 흰 수탉을 놓았는데, 닭이 홰를 치며 울고 있다. 연이어 상여를 만났는데 모두 관 위에 닭을 놓았다. 그 까닭을 물으니 영혼을 인도하는 것이라고 한다.

길옆에 넓이가 수백 이랑이나 되는 연못이 있는데, 연꽃은 벌써 지고 사람들이 각기 조그마한 배를 타고 들어가서 마름연못에 흔하게 자라는 한해살이 물풀·연밥연꽃의 열매·연근연꽃의 뿌리줄기 같은 것을 캐고 있었다.

돼지 수십 마리를 몰고 가는 이도 있었는데, 그 모는 법이 마소 다루는 것과 같다. 길가 백여 리 사이에 아름드리 버드나무가 수없이 많이 넘어져 있었는데, 어제의 비바람에 쓰러진 것이다.

진자점에 이르렀는데, 이곳은 본래 기생이 많기로 이름난 곳이다. 강희황제가 천하의 창기를 엄금하여 양자강·판교 같은 곳의 창루창기를 두고 영업하는 집와 기관기생이 있는 요릿집이 모두 쑥대밭이 됐는데, 이곳만이 살아남았다. 이곳 여성을 '양한적養閒的, 중국어로 양한養漢은 '정부를 두다', '서방질하다'라는 뜻이다. 따라서 여기서 양한적養閒的은 양한적養漢的을 잘못 쓴 것'이라고 부르는데, 얼굴이 그럴싸하고 음악도 곧잘 한다.

재봉과 상삼이 뒤채로 들어가며 나를 보고는 빙긋 웃음을 띤다. 나도 그 뜻을 짐작하고 가만히 그 뒤를 밟아서 문틈으로 들여다본즉, 상삼이 벌써 한 여인을 끼고 앉았는데, 전부터 안면이 있는 모양이다. 청년 둘이 의자에 마주 걸터앉아서 비파를 타고 한 여인은 의자 위에서 봉황 부리에 금고리를 단 저가로로 부는 관악기를 통틀어 이르는 말를 불고 있는데, 금고리에는 붉은 장식 술이 달려 있다. 재봉은 그 아래에 서서 손으로 술을 어루만지고 있는데, 한 여인이 주렴을 걷고 나오더니 손에 박판을 들고 재봉을 부축하여 앉히려 한다. 그렇지만 재봉은 듣지 않았다. 한 늙은이가 주렴을 걷고 서서 재봉을 향하여 인사한다.

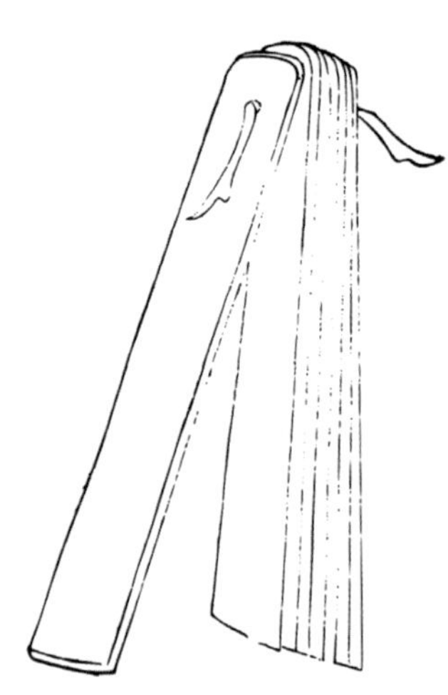

박판 여섯 개의 얇고 긴 나무판을 모아 한쪽 끝을 끈으로 꿴 후 폈다 접었다 하며 소리를 내게 만든 악기

"안녕하시오."

나는 곧 밖에서 큰 기침 한 번을 하고는 침을 뱉었다. 그러자 방 안에 있던 사람들이 모두 놀란다. 상삼과 재봉이 서로 보고 웃더니 일어나 문을 열고 나를 맞아들인다. 내가 문안으로 머리를 들이밀며 인사한다.

"안녕들 하시오."

그랬더니 늙은이와 두 젊은이가 일제히 일어나 웃으며 답한다.

"예, 안녕하십니까?"

그러자 세 양한적도 모두들 인사한다.

"천복을 누리시옵소서."

재봉이 노랑 저고리에 붉은 치마를 입은 여인을 가리키며 말한다.

"저 아가씨의 이름은 유사사랍니다. 병신년에 이곳을 지날 때 나이가 스물네 살이었는데, 그야말로 일색이었던 것이 이제 오 년 만에 보니 얼굴이 망가져서 보잘것없이 됐습니다그려."

그러자 상삼이 이렇게 말한다.

"유사사는 열네 살부터 소리 잘하기로 이름을 날렸답니다."

그러고는 검은 윗옷에 주홍 치마를 입은 여인을 가리키며 또 말한다.

"저애의 이름은 요청이고 올해 스물다섯 살입니다. 작년부터 이곳에 와 있는 산동 여자입니다."

나는 검은 저고리에 초록 치마를 입은, 그중 제일 앳돼 보이는 여인을 가리켰다. 그러자 상삼은 말한다.

"처음 보는 여자라 이름이나 나이를 모르겠습니다."

세 기생이 모두들 특별히 뛰어난 용모는 아니나 대체로 당나라 미인도에 등장하는 여인과 같았다. 그 늙은이는 기관의 주인이고, 두 청년은 모두 산동에서 온 장사치다. 나는 상삼에게 눈짓하여 그들에게 음악을 연주토록 했더니, 상삼이 그 청년을 보고 무어라고 한다. 그러자 한 청년이 노래하고 요청은 홀로 박판을 치며 소리를 맞추어 노래한다. 다른 기생들은 모두 연주를 멈추고 귀를 기울여 듣기만 한다. 한 청년이 자리를 옮겨와 나에게 묻는다.

"알아들으시는지요?"

나는 "잘 모르네."라고 했다. 그러자 그는 글로 써서 보인다.

"이 노래는 〈계생초雞生草〉라 하는데, 가사는 이렇습니다."

> 지난 왕조에 낳은 장수 모두들 영웅이라
> 도원의 의를 맺어 그 성은 유유비·관관우·장장비
> 그 셋이 뜻이 맞아 제갈량을 군사 삼고
> 신야와 박망파를 불살라버리고선
> 상양성을 또 깨뜨렸네
> 하늘을 원망컨대 주유를 낳고는 제갈량은 또 왜 낳았는가오나라 장군 주유가 죽을 때 "하늘이 이왕 주유를 낳고 어찌 또 제갈량을 낳았을꼬." 하며 비탄해했다 함

그 청년은 글을 제법 아는 모양이나 얼굴은 못생겼다. 그는 스스로 소개한다.

"저는 신성에 살며 성은 왕王이요, 이름은 용표라 합니다."

나는 묻는다.

"자네 혹시 왕사록명나라와 청나라 시기의 문인 선생의 후손인가?"

"아니올시다. 저희는 평민 출신으로 장사를 하고 있습니다."

이렇게 답한다. 그 청년이 또 한 곡조를 부르자 기생들은 박판을 치고 비파를 뜯고 피리를 불어서 소리를 맞춘다. 왕용표가 묻는다.

"공자께선 이 노래를 아십니까?"

"모르네. 이건 무슨 노래인가?"

그러자 왕용표는 글로 써서 보인다.

"이 곡조는 〈답사행踏莎行〉이라 하옵니다. 그 가사는 이렇습니다."

세월은 백구과극'흰 망아지가 빨리 달리는 것을 문틈으로 본다.'는 뜻으로, 인생이나 세월이 덧없이 짧음을 이르는 말, 아지랑이 같은 속세
동으로 흐르는 강물 쉴 줄 모르는구나
명예와 이익을 다투던 건 예로부터 헤어보니
백 년이 채 못 되어 몇이나 남았던고

유사사가 그 뒤를 이어서 부른다.

고기잡이 나무꾼의 싸늘한 이야기가
옳고 그름 예 있으니 《춘추》만 못지않네
술 부어 마시면서 시구를 길이 읊어
알아줄 이 적다고 한탄하지 마소서

그 소리가 사뭇 구슬퍼서 남의 창자를 에는 듯싶고, 들보의 티끌이 저절로 나부낀다노래를 매우 잘하여 대들보 위의 티끌까지 감동하여 흔들린다는 뜻. 상삼이 다시 노래를 청하니 유사사가 눈을 흘기며 말한다.

"채소를 사십니까? 더 달라고 하게."

청년이 직접 비파를 뜯으면서 유사사에게 계속하라고 권하자, 노랫소리는 더욱 부드럽고 아리땁다. 왕용표는 또 글을 써서 보인다.

"이 곡조는 〈서강월西江月〉이라 하며, 가사는 이렇습니다."

쓰르라미 울음소리에 세월이 흐르고
모기가 날아들 제 산천이 어지러워라
거센 바람 소낙비가 밤사이 지나가고
그제야 눈 떠보니 하나도 없구나

요청이 그 뒤를 이어서 노래를 한다.

항아리 속 빚은 술을 다하도록 마시고서
달 아래 높은 노래 고요히 들어보소
공명이랑 부귀마저 마침내 그 무엇인고
닥쳐오는 뒷일일랑 그 아예 묻지 마오

요청의 소리는 매우 거세어서 유사사의 가냘픔만 못했다. 나는 그제야 일어나서 나왔다. 재봉 역시 내 뒤를 따랐다. 재봉이 말한다.

"상삼이 주인에게 은 두 냥, 대구 한 마리, 부채 한 자루를 주었답니다."

이곳에서 김석주조선의 문신. 1634~1684가 보았다는 계문란季文蘭의 시를 찾았으나 보이지 않았다.

지금까지 온 수천 리 길 사이에 부녀들의 말소리는 모두 제비 소리요,

꾀꼬리 소리일 뿐 거친 목소리는 듣지 못했다. 그야말로 "아리따운 임이 시여 있는 곳을 몰랐더니/ 눈썹 그리는 그 소리 주렴 넘어 들리는 듯"이 진실이었다.

나는 한 번이라도 그들의 앳된 노랫소리를 듣고 싶었다. 그런데 그들이 부르는 노래의 의미는 짐작할 수 있겠으나 그 소리는 구분하기 힘들다. 더욱이 그 곡조를 알지 못하므로 차라리 듣기 전에 여운을 지니고 있는 것만 못했다.

저녁나절에 풍윤성 아래에 이르렀다. 주인집 뒷문이 해자를 향해서 열리고 문 앞엔 몇 그루 실버들이 가리고 있다. 정사가 말한다.

"지난 정유년1777 봄에 사신으로 갔다 돌아오는 길에 이 집에 머물면서 서장관 신사운과 함께 이 버드나무 밑에서 한담한 적이 있었네."

그러고는 가마에서 내려 곧 뒷문 밖에 자리를 펴게 하고는 모든 비장과 술 한잔을 나눴다. 해자의 너비는 십여 보나 되는데, 버들 그늘이 짙어서 땅 위에 치렁치렁 드리우고 물가에 남실남실 잠기었다. 성 위엔 삼 층짜리 높은 다락이 구름 위에 솟아 보일락 말락 한다.

모든 사람과 함께 성에 들어가 누각에 올라 구경했다. 누각 이름은 '문창루文昌樓'라 했는데, 문창성군文昌星君, 문창성은 북두칠성 가운데 첫 번째 별. 이 별에 기원하면 과거에 급제한다는 믿음이 있다고 함을 모셨다고 한다.

길에서 초楚 지방 출신 임고林皐라는 이를 만나 함께 호형항의 집에 가서 촛불을 밝히고, 박제가가 쓴 이덕무의 시를 구경했다. 저녁 식사를 마친 뒤에 다시 오기로 약속할 때 "혹 성문이 닫히지나 않을까요?" 하고 물었더니, "곧 닫겠지만 반 시간도 안 되어 다시 연답니다." 한다. 저녁 뒤에 촛불을 들고 가보니 성문이 닫히지 않았다. 우리를 따라온 하인들은 더부룩한 맨머리로 거리를 빽빽하게 쏘다니며 말먹이 풀을 구하는 모양이었다.

호胡와 임林, 두 사람이 반기며 나와서 맞이한다. 방 안엔 벌써 주안상을 차려놓았다. 그가 묻는다.

"이덕무와 박제가, 두 분 모두 잘 지내십니까?"

"모두 편하지요."

내가 답한다.

임고가 말한다.

"박 선생과 이 선생, 두 분 모두 참으로 인품이 맑고 재주가 높은 선비지요."

그래서 나는 말한다.

"그들은 모두 나의 문하생이지만 변변치 않은 글재주를 이다지 칭찬할 게야 뭐 있겠소."

그랬더니 임고가 말한다.

"옛말에 정승의 문하에선 정승이 나고, 장수의 문하에선 장수가 난다더니 과연 헛된 말이 아니군요."

또 그가 말한다.

"이덕무, 박제가 두 분이 일찍이 무술년1778 황태후 진향進香, 황태후의 탄일 열흘 전에 황제가 향을 바치는 예식 때 이곳을 지나다 하룻밤 쉬어 갔습니다."

임과 호 두 사람이 비록 정성껏 대접한다고 하나, 그들은 글을 전혀 모

〈송하선인취생도〉 김홍도의 작품이다. 신선이 장생을 상징하는 소나무 아래에서 생황을 부는 모습을 묘사했다. 구불거리며 하늘로 솟을 듯 그려진 소나무가 마치 용이 승천하는 듯하다. 고려대학교박물관 소장

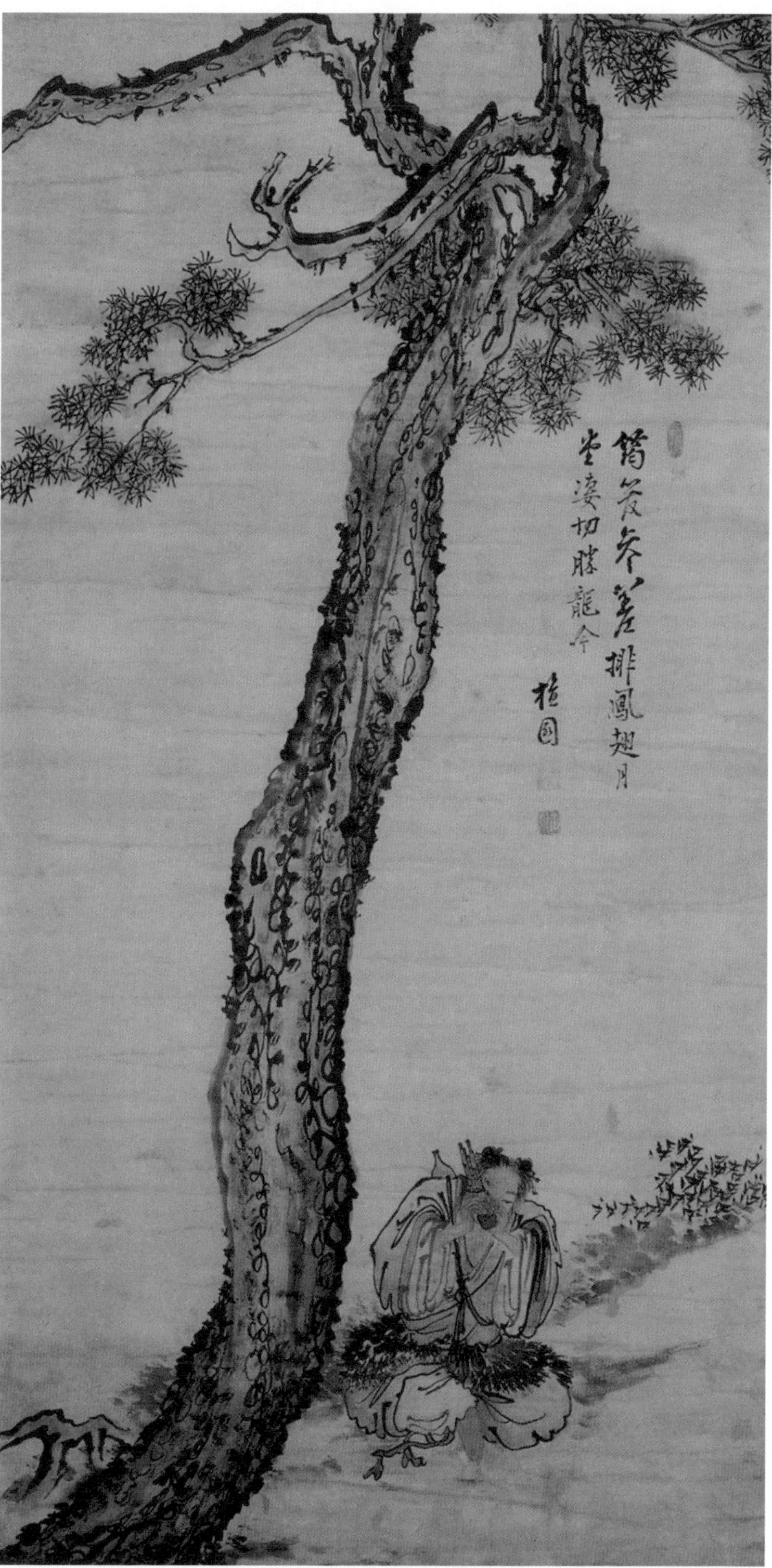
筠管參差排鳳翅月
堂淒切勝龍吟
檀園

른다. 게다가 호씨는 얼굴마저 단아하지 못하여 시정잡배의 모습을 면치 못했고, 임씨는 긴 수염에 어른의 모습이 없진 않으나 이야기를 나눌 때 보니 장사치의 행동이 가시지 못했다. 호씨는 내게 〈송하선인도松下仙人圖〉를 주고, 임씨 역시 그림 부채 하나를 선사하기에, 나도 부채 하나와 청심환 한 개씩을 주어서 감사의 뜻을 표했다.

함께 술을 몇 잔 했는데, 그 곁에는 유리등 한 쌍이 있어서 제법 아름다워 보였다. 밤이 깊어서 다른 골동품은 구경하지 못했다. 나는 곧장 일어나면서 돌아오는 길에 다시 찾겠다고 약속했다. 임씨가 문에 나와 전송하는데, 제법 섭섭한 모양이다.

객사에 돌아와 호씨가 선물한 민강푸젠 지방에서 난 생강·국화차·귤병귤 말린 것 등을 꺼내 장복에게 푸욱 달이도록 한 후 소주에 타서 두어 잔 마시니 그 맛이 유달리 좋았다.

성 밖에 사성묘四聖廟, 고대 중국의 성왕인 요·순·우·탕 임금을 모신 사당가 있고, 옹성甕城, '쇠로 만든 독처럼 튼튼하게 둘러쌓은 산성'이라는 뜻으로, 방비나 단결 따위가 견고한 사물이나 상태를 이르는 말 안에는 백의암이 있다. 그 앞 네거리엔 패루 둘이 있고, 초루멀리 있는 적진을 바라보기 위해 궁문, 성문 따위의 바깥문 위에 지은 다락집에는 관제관운장의 소상을 모셨다.

갑진甲辰 7월 28일

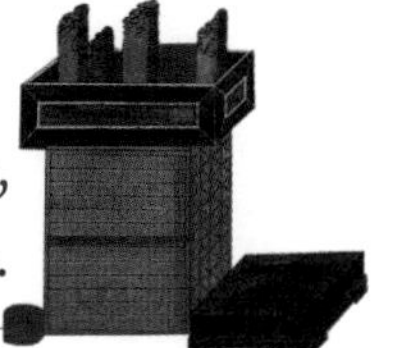

아침에 갰다가 오후엔 바람과 우레가 크게 일었으나, 비의 기세는 앞서 야계타에서 만난 것보다는 약했다.

풍윤성에서 새벽에 떠나 고려보高麗堡까지 10리, 사하포沙河舖까지 10리, 조가장趙家庄까지 2리, 장가장蔣家庄까지 1리, 환향하還香河까지 1리인데, 환향하는 어하교魚河橋라고도 한다. 거기에서 민가포閔家舖까지 1리, 노고장盧姑庄까지 4리, 이가장李家庄까지 3리, 사류하沙流河까지 8리를 가서 점심을 먹으니 모두 40리를 갔다. 또 사류하로부터 양수교亮水橋까지 10리, 양가장良家庄까지 5리, 입리포廿里舖까지 5리, 시오리둔十五里屯까지 5리, 동팔리포東八里舖까지 7리, 용읍암龍泣菴까지 1리, 옥전현玉田縣까지 7리, 모두 40리를 갔다. 이날은 총 80리를 가서 옥전성玉田城 밖에서 잤다.

옥전은 옛 이름이 유주로, 무종국無終國이 여기 있었는데, 이곳은 소공召公, 주나라를 세운 무왕의 아우의 봉지제후에게 내린 영토다. 《정의正義》당나라의 공영달이 지은 경전 주석서에서는 이렇게 이른다.

"소공은 애초에 무종에 봉했다가 나중엔 계주로 옮겼다."

하지만 《시서詩序》공자의 제자 복상이 지은 《시경》 각 편의 해제에서는 이렇게 이른다.

"부풍 옹현 남쪽에 소공정召公亭이 있으니, 이곳이 곧 소공의 식읍食邑, 고대 중국에서 왕족이나 공신, 대신이 공로를 세웠을 때 특별히 보상으로 주었던 영지이다."

따라서 어느 것이 옳은지는 모르겠다.

고려보에 이르니 집마다 모두 띠 이엉을 이어서 몹시 쓸쓸하고 소박해 보여, 묻지 않아도 고려보임을 알겠다. 앞서 정축년병자호란 이듬해인 1637년을 말함에 잡혀온 사람들이 한마을을 이루고 산다. 관동 천여 리에 무논물이 괴어 있는 논. 반대로 물이 괴어 있지 않아서 조금만 가물어도 물이 마르는 논은 마른논 또는 건답이라고 함이라고는 없었는데, 이곳만은 논벼를 심고 떡이나 엿 같은 음식이 있는 등 고국의 풍속을 많이 지니고 있다.

옛날에는 사신이 오면 하인들이 사 먹는 술과 음식 값을 받지 않는 일도 더러 있었고, 여인도 내외하지 않았으며, 고국 이야기를 할 때면 눈물짓는 이도 많았다고 한다. 그러자 하인들이 이를 기화로 마구잡이로 술과 음식을 토색질돈이나 물건 따위를 억지로 달라고 하는 짓해서 먹는 일이 많았다. 그뿐인가. 따로 그릇이며 의복 등을 요구하는 일까지 있었는데, 주인이 조국의 옛정을 생각하여 엄히 지키지 않으면 그 틈을 타서 도둑질까지 했다.

이에 우리나라 사람들을 꺼려서 사행이 지날 때마다 술과 음식을 감추고 팔지 않았는데, 간곡히 청하면 그제야 팔되 비싼 값을 달라거나 돈을 먼저 받곤 했다. 그럴수록 하인들은 온갖 꾀로 속여서 그 분풀이를 했다. 그리하여 서로 상극이 되어 마치 원수 보듯 하게 됐다. 사행이 이곳을 지날 무렵이면 하인들이 일제히 한 목소리로 욕지거리를 한다.

"너희는 조선 사람의 자손이 아니냐? 너희 할아비가 지나가시는데 어찌 나와서 절하질 않느냐?"

그러면 이곳 사람들 역시 나와서 욕설을 퍼붓는다. 그러므로 우리나라 사람들은 도리어 이곳 풍속이 매우 나쁘다 하니 참으로 한심한 일이다.

길에서 소낙비를 만났다. 비를 피하느라고 한 점포에 들어갔더니 차를 내오고 대접이 좋았다. 비가 한동안 멎지 않더니 천둥소리가 드높아진다. 점포의 앞마루가 제법 넓고 뜰도 백여 보나 되는데, 마루 위에는 늙고 젊은 여인 다섯이 부채에 붉은 물감을 들여서 처마 밑에 말리고 있었다. 이때 별안간 말몰이꾼 하나가 알몸으로 뛰어드는데, 머리엔 다 해진 벙거지를 쓰고 허리 아래엔 겨우 한 토막 헝겊으로 가려서 그 꼴이 사람도 아니요, 귀신도 아니니, 그야말로 흉측했다. 마루에서 일하며 왁자지껄 웃고 떠들던 여인들이 그 꼴을 보고는 모두 일거리를 버리고 도망쳐 버린다. 주인이 몸을 기울여 이 광경을 내다보고는 얼굴을 붉히더니, 의자에서 벌떡 일어나 뛰어 내려가 팔을 걷고는 "철썩!" 하고 그의 뺨을 한 대 때렸다. 말몰이꾼이 말한다.

"말이 허기가 져서 보리찌꺼기를 사러 왔는데, 왜 사람을 치오?"

주인은 말한다.

"이 예의도 모르는 녀석 같으니라고! 어찌 알몸뚱이로 당돌하게 구는 거야?"

말몰이꾼이 문밖으로 뛰어나갔으나 분이 풀리지 않은 주인은 비를 무릅쓰고 뒤를 쫓아갔다. 그제야 말몰이꾼이 몸을 돌이켜 "왝!" 소리를 내며 주인의 가슴을 움켜잡고 치니, 주인이 흙탕물 속에 나가떨어졌다. 말몰이꾼은 다시 앙가슴을 한 번 걷어차더니 달아나버렸다. 주인이 죽은 듯 꿈쩍도 하지 못하고 있더니, 이윽고 일어나서 아픔을 못 이겨 비틀거리며 걸어온다. 온몸은 진흙투성이로 엉망이 됐으나 분풀이할 곳이 없어 씨근거리면서 곱지 않은 눈으로 나를 본다. 입으로 말은 하지 못하나 기세가 매우 사납다.

나는 넌지시 눈을 내리뜨고 얼굴빛을 가다듬어 범하지 못할 늠름한 기세를 드러냈다. 잠시 후 얼굴빛을 부드럽게 한 후 주인에게 말한다.

"하인 놈이 무례해서 이런 일을 저질렀습니다만, 마음에 담아두지 마시지요."

그랬더니 주인이 곧 노염을 풀고 웃는다.

"도리어 부끄럽습니다. 선생, 다시 그런 말씀 마십시다."

빗줄기가 점차 거세져 오래 앉아 있으니 몹시 답답했다. 주인이 방으로 들어가더니 옷을 갈아입고는 여덟아홉 살쯤 되어 보이는 계집애를 데리고 나와서 내게 절을 시킨다. 아이의 생김새가 세차고 못생겼다. 주인이 웃으며 말한다.

"이게 제 셋째 딸년입니다. 전 사내아이를 두지 못했답니다. 어진 선생께 이 아이를 바치니 너그러우신 아량으로 아이의 수양아버지가 되어주신다면 고맙겠습니다."

나는 웃으며 말한다.

"주인의 후의에 감사하고 있습니다마는 나는 외국 사람입니다. 그러니 이번에 한번 왔다 가면 다시 오기 어려운즉, 잠깐 동안 맺은 인연이 나중에 서로 괴로움만 남길 것입니다. 이는 한갓 부질없는 일일 것입니다."

주인은 그래도 굳이 수양아비가 되어달라고 하나, 나 역시 굳이 사양했다. 한번 수양딸을 삼으면 돌아갈 때 으레 연경의 좋은 물건을 사다 주어서 정표를 삼아야 하니 말이다. 그러나 마두들 사이에서는 일상적인 일이라고 한다. 괴롭고도 우스운 일이 아닐 수 없다.

비가 잠시 멎고 산들바람이 일기에 곧 일어나 문을 나가니 주인이 문까지 나와서 읍하고 작별 인사를 하는데, 제법 섭섭한 모양이다. 청심환 한 개를 내주었더니, 그는 두세 번 사양한다. 이곳 여인들은 발에 검은 신을 신었으니 만주 사람인 듯싶다.

용읍암에 도착하니 그 앞 큰 나무 밑에서 건달패 여남은 명이 더위를 피하고 있다. 토끼를 가지고 노는 자도 있고 비파를 타거나 피리를 부는 자도 있는데,《서유기》공연을 하는 판이었다.

저녁에 옥전현에 이르니 무종산이 있다. 누군가 말한다.

"연나라 소왕고대 중국 전국시대의 대표적인 7대 강국 가운데 하나인 연나라의 전성기를 이끈 왕의 사당이 이곳에 있었다."

성안에 들어가서 한 점포를 조용히 구경하고 있는데, 어디선가 음악 소리가 흘러나온다. 정 진사와 함께 그 소리를 따라가 보니 행랑 아래에 젊은이 대여섯이 앉아서 피리를 불거나 현악기를 타고 있다. 방 가운데에 한 사람이 의자에 단정히 앉았다가 우리를 보고 일어나 읍한다. 얼굴이 제법 단아하고 나이는 쉰 살 남짓해 보이며 수염이 희끗희끗하다.

이름을 써 보이니 그는 머리를 끄덕일 뿐 성명을 물어도 대답하지 않는다. 사방 벽엔 이름난 사람들의 서화가 가득 걸려 있다. 주인이 일어나 작은 감실신주를 모셔두는 장을 여니, 그 속에 옥으로 만든 주먹만 한 부처가 들어 있고 부처 뒤에는 관음상을 그린 조그마한 그림이 걸려 있다. 그 화제畵題, 그림의 이름 또는 제목에는 "태창泰昌, 명나라 광종 때의 연호 원년1620 춘삼월에 제양除陽 구침邱琛이 쓰다."라고 쓰여 있다. 주인이 부처 앞에 나아가 향을 피우고 절을 한 뒤에 감실 문을 닫고 다시 의자에 앉더니 성명을 써 보인다.

"저는 심유붕沈由朋입니다. 소주에 살고 있으며, 자는 기하箕霞요, 호는 거천巨川이며, 나이는 마흔여섯 살입니다."

그는 말수가 적으며 조용한 기상을 지녔다. 나는 곧 그에게 하직하고

연병 바람을 막거나 먼지 또는 먹물이 튀는 것을 막기 위하여 벼루 머리에 치는 작은 병풍. 일본 도쿄국립박물관 소장

일어나 문을 나오려고 했다. 그때 얼핏 보니 탁자 위에 구리를 녹여서 사슴을 만든 것이 있는데, 푸른빛이 스민 듯하고 높이는 한 자 남짓이다. 또 두어 자 남짓한 연병에는 국화를 그렸고, 그 곁에는 유리를 붙였는데 솜씨가 매우 기묘했다. 서쪽 바람벽 밑에는 푸른 꽃 항아리가 있고 거기에 벽도화벽도나무 꽃 한 가지를 꽂았는데, 검은 왕나비 한 마리가 그 위에 앉아 있다. 만든 것이려니 여겼는데, 자세히 보니 비취 바탕에 금무늬가 있는 진짜 나비였다. 꽃잎 위에 다리를 붙여서 마른 지 오래된 것이었다.

벽 위에는 한 편의 기묘한 문장이 걸려 있는데, 백로지에 가늘게 써서 액자를 만들어 가로 붙인 것이 한 폭 벽에 가득했다. 글씨 역시 정교하고 아름다워 그 밑에 다가서서 한 번 읽어본즉, 가히 절세의 놀라운 글이라고 할 만했다.

나는 다시 자리에 돌아와서 묻는다.

"저 벽 위에 걸린 글은 어떤 사람이 지은 거요?"

주인이 답한다.

"어떤 이가 지은 것인지 모릅니다."

정 군이 묻는다.

"최근 작품인 듯싶은데, 혹시 주인 선생께서 지으신 게 아닙니까?"

그러자 심유붕이 답한다.

"저는 글을 한 줄도 모른답니다. 지은이의 이름이 쓰여 있지 않으니, 한나라가 있는 줄도 모르는 놈이 어찌 위나라인지 진나라인지 논할 수 있겠습니까?"

"그럼, 이걸 어디에서 구했소?"

내가 물었더니 심이 답한다.

"며칠 전 계주 장에서 사온 것입니다."

"베껴 가도 좋습니까?"

내가 물었더니 심은 머리를 끄떡이며 말한다.

"괜찮습니다."

종이를 가지고 오겠다고 약속한 후 저녁을 먹고 나서 정 군과 함께 간즉, 방 안에는 벌써 촛불 두 자루를 켜 놓았다. 내가 벽 가까이 가서 액자를 풀어 내리려 했더니, 심은 심부름하는 사람을 불러서 내려준다. 나는 다시 묻는다.

"이게 선생이 지으신 게 아니오?"

심은 머리를 절레절레 흔든다.

“저는 진실하기가 저 밝은 촛불과 같답니다. 전 오래전부터 부처님을 섬기고 있기 때문에 부질없는 말은 삼가고 있습니다.”

나는 그제야 정 군에게는 그 한가운데부터 쓰기 시작하게 하고, 나는 처음부터 베껴 내려갔다. 그러자 심이 묻는다.

“선생은 이걸 베껴 무얼 하시려오?”

나는 이렇게 답한다.

“내 나라로 돌아가서 우리나라 사람들에게 읽혀서 모두들 허리를 잡고 한바탕 웃게 하려는 거요. 아마 이걸 읽는다면 입안에 든 밥알이 벌처럼 날아갈 것이며, 튼튼한 갓끈이라도 썩은 새끼처럼 끊어질 것입니다.”

객사에 돌아와 불을 밝히고 다시 훑어본즉, 정 군이 베낀 곳에 틀린 것이 수없이 많을뿐더러 빠뜨린 글자와 글귀가 있어서 전혀 뜻이 통하지 않으므로 대략 고치고 보충해서 한 편의 글을 만들었다.

범의 꾸짖음[虎叱]

범은 착하고도 성스럽고, 문무를 겸비했으며, 인자하고 효성스럽고, 슬기롭고도 어질고, 뛰어나고도 용감하고, 세차고 사납기가 그야말로 천하에 대적할 자가 없다.

그러나 비위狒胃, 짐승의 이름는 범을 잡아먹고, 죽우竹牛도 범을 잡아먹으며, 박駮, 말과 같은 짐승. 《산해경》에서는 '몸은 희고 꼬리는 검으며 외뿔에 범처럼 생겼으며, 어금니와 발톱을 가졌고, 호표를 먹는다.'라고 함도 범을 잡아먹고, 오색사자五色獅子, 누런 털에 오색이 찬란하고 모양은 사자와 같음는 큰 나무가 선 산꼭대기에서 범을 잡아먹고, 자백玆白, 모양은 말과 같으며 이빨이 날카로워서 범과 표범을 먹음도 범을 잡아먹고, 표견豹犬은 날아서 범과 표범을 잡아먹고, 황요黃要, 개의 일종으로 표범과 비슷하다. 허리 위는 누렇고 아래는 검음는 범과 표범의 염통을 꺼내어 먹고, 활猾, 범의 입에 들어가도 범이 물지 못하는데, 그러면 범의 배 속에서부터 먹으면서 나옴은 범과 표범에게 일부러 먹힌 후 그 배 속에서 간을 뜯어먹고, 추이酋耳, 범의 일종으로 크고 꼬리가 긺는 범을 만나기만 하면 찢어서 먹고, 범이 맹용猛獼을 만나면 눈을 감은 채 감히 뜨지도 못한다. 그런데 사람은 맹용은 두려워하지 않으면서도 범은 두려

《산해경》에 묘사된 표견 표견은 개의 일종으로, 날아다니며 범과 표범을 먹는다고 한다.

워하니 범의 위력이 무척 강함을 알 수 있겠다.

범이 개를 먹으면 취하고 사람을 잡아먹으면 조화를 부리게 된다. 범이 처음 사람을 먹으면 그 귀신이 굴각屈閣이라는 창귀倀鬼, 범에게 물려 죽은 사람의 혼. 다른 곳으로 가지 못하고 범에게 예속되어 범이 먹을 것을 구하러 다닐 때 앞장서서 먹이를 찾아준다고 함가 되어 범의 겨드랑이에 붙어살면서, 범을 남의 집 부엌으로 이끌어 솥전솥이 부뚜막에 걸리도록 솥의 바깥 중턱에 둘러댄 부분을 핥게 한다. 그러면 집주인이 갑자기 배고픈 생각이 들어서 한밤중이라도 아내를 깨워 밥을 지으라고 한다.

범이 사람을 두 번째로 먹으면 이올彛兀이라는 창귀가 되어 범의 광대뼈에 붙어살며, 높은 데 올라가서 사냥꾼의 행동을 살핀다. 그러다 깊은 골짜기에 함정이나 덫이 있다면 먼저 가서 그 틀을 풀어놓는다.

범이 사람을 세 번째로 먹으면 육혼鬻渾이라는 창귀가 되어 범의 턱에 붙어살면서 잡아먹은 친구들의 이름을 불러내게 한다.

하루는 범이 창귀들을 모아놓고 분부를 내린다.

"오늘도 벌써 해가 저무는데 어디서 먹을 것을 취하면 좋겠느냐?"

굴각이 말한다.

"제가 앞서 점을 쳐보았더니 뿔 달린 것도 아니고 날짐승도 아닌데, 검은 머리를 한 것입니다사람을 가리킴. 그것이 눈 위에 두 발로 비틀비틀 성글게 걸어 발자국을 남기고, 뒤통수에 꼬리가 붙어서 꽁무니도 못 감추는 그런 놈입니다."

이올이 말한다.

"저 동문에 먹을 것이 있사온데, 그 이름을 '의원醫員'이라고 한답니다. 그는 입에 온갖 좋은 풀을 머금어서 살과 고기가 향기롭습니다. 서문에도 먹을 것이 있사온데, 그 이름은 '무당'이라 한답니다. 그는 온갖 귀신에게 아양을 부려 날마다 목욕재계해서 고기가 깨끗한즉, 이 두 가지 중에서 마음대로 골라 잡수시죠."

그제야 범이 수염을 쓰다듬고 낯빛을 붉히며 말한다.

"에에, '의醫'란 것은 '의疑, 의심할 의'인 만큼 저 자신도 의심하는 바를 모든 사람에게 시험해서 해마다 남의 목숨을 끊은 것이 몇만 명을 셀 정도이고, '무巫'란 '무誣, 무고할 무'인 만큼 귀신을 속이고 백성을 유혹하여 해마다 남의 목숨을 끊은 것이 몇만 명을 헤아린다. 그래서 뭇 사람의 노여움이 뼛속까지 스며들어 그것이 변하여 금빛 나는 누에가 됐는데, 거기에는 독이 있어 먹을 수 없다."

이에 육혼이 말한다.

"저 유림儒林이라는 숲속유림은 '유학을 신봉하는 사람'이라는 뜻인데, 한자로 숲을 뜻하는 임林이 포함되어 있으므로 이를 빗대어 '숲'으로 표현함에는 살코기가 있사온데, 그는 인자한 염통과 의로운 쓸개에 충성스러운 마음을 지니고 순결한 지조를 품고 있으며, 머리 위에는 음악을 이고, 예禮는 신처럼 신고 다닌답니다. 그뿐만 아니라 입으로 백가百家의 말을 외며 마음속으로는 만물의 이치를 통했으니, 그의 이름은 '석덕지유碩德之儒, 높은 덕망을 지닌 유학자'라 하옵니다. 등살이 오붓하고 몸집이 기름져서 다섯 가지 맛을 갖추고 있답니다."

범이 그제야 눈썹을 치켜세우고 침을 흘리며 하늘을 쳐다보더니 싱긋 웃으면서 말한다.

"짐이 이를 좀 상세히 듣고자 한다."

이에 모든 창귀가 앞을 다투어가며 범에게 추천한다.

"음陰 하나와 양陽 하나를 도道라 하옵는데, 선비가 이를 꿰뚫고 있습니다. 또 오행이 서로 낳고 육기六氣, 음·양·바람·비·어둠·밝음의 여섯 기운가 서로 이끌어주옵는데, 선비가 이를 조화시키니, 먹어서 이보다 맛좋은 것이 없을 것입니다."

범이 이 말을 듣자 문득 서글픈 낯빛을 짓는다.

"아니다. 저 음과 양이라는 것은 한 기운이 나타났다 사라졌다 하는 것에 불과하거늘, 그것이 둘로 나뉘었으니 그 고기가 잡스러울 것이요, 오행은 각기 제 바탕이 있어서 애당초 서로 낳는 것이 아니거늘, 이제 구태여 자식과 어머니로 갈라서 심지어 짜고 신맛에 이르기까지 나누었으니 그 맛이 순수하지 못할 것이요, 육기는 제각기 행하는 것이어서 남이 이끌어줄 것이 없거늘, 이제 그들은 망령되이 덜어내고 보충한다면서 제 공을 세우려 하니, 그것을 먹는다면 어찌 딱딱하여 가슴에 체하거나 목구멍에 구역질이 나지 않겠느냐."

때마침 정나라의 한 고을에 벼슬을 멀리하는 척하는 선비가 하나 있으니, 그의 호는 '북곽선생北郭先生'이었다. 그는 나이 마흔에 직접 고치고 쓴 글이 일만 권이요, 또 유학 경전 아홉 권의 뜻을 부연해서 책을 엮은 것이 일만 오천 권이나 되므로 천자가 그의 의로움을 아름답게 여기고 제후들은 그의 이름을 사모했다.

그가 사는 고을 동쪽에는 동리자라는 얼굴 예쁘고 젊은 과부 하나가 살고 있었다. 천자는 동리자의 절개와 지조를 갸륵히 여기고 제후들은 그 어짊을 귀히 여겨, 고을 사방 몇 리의 땅을 봉하여 '동리과부지려東里寡婦之閭, 동리라는 과부의 마을'라 했다.

동리자는 이렇게 정절을 지키는 과부였으나, 다섯 아들의 성姓은 각기 달랐다. 어느 날 밤 그 아들 다섯 놈이 서로 노래를 불렀다.

강 북편의 닭 울음소리
강 남쪽엔 별이 반짝이네
방 안에서 왁자하니
어찌 북곽선생 닮은 소리인고

그러고는 서로 번갈아가며 문틈으로 들여다보았다. 어머니 동리자가 북곽선생께 이렇게 청했다.

"오랫동안 선생님의 덕을 연모했답니다. 오늘 밤엔 선생님의 글 읽으시는 음성을 듣고자 하옵니다."

그제야 북곽선생은 옷깃을 여미고 꿇어앉아서 시 한 편을 읊었다.

병풍에는 원앙새요, 반딧불은 반짝반짝

가마솥과 세발솥은 무얼 본떠 만들었나발 없는 가마솥과 세발솥은 그 모형이 다르므로 이를 성도 얼굴도 제각각인 다섯 아들에 비유한 것이다. 여러 남자와 관계해서 이들을 낳았다는 의미

흥이라'흥'은 시의 여섯 가지 문체 가운데 하나로, 다른 대상을 통해 본래의 목적을 드러내는 방법이다. 예를 들면 원앙새를 먼저 읊은 후 남녀 사이의 일을 이야기하는 것

그 모양을 본 다섯 아들이 서로 말했다.

"《예기》에서는 '과부의 문엔 함부로 들어가지 않는다.'고 했지만, 북곽선생은 어진 분이라서 아무 일 없을 거야."

"내가 듣자 하니, 우리 고을의 성문이 헐어서 여우가 구멍을 내었다고 하더군."

"나는 들은즉, 여우가 천 년을 묵으면 환생하여 능히 사람 시늉을 할 수 있다 하니, 그놈이 필시 북곽선생으로 둔갑한 것일 게다."

그들은 다시 서로 의논했다.

"내 듣건대, 여우의 갓을 얻는 자는 천금 부자가 되고, 여우의 신발을 얻는 자는 대낮에도 그림자를 감출 수 있다 한다. 또 여우의 꼬리를 얻는 자는 남을 잘 홀려서 누구라도 그를 좋아하게 만든다 하니, 우리 저 여우를 잡아 죽여서 나눠 갖는 게 어떨꼬."

다섯 아들이 함께 어미의 방으로 들이닥쳤다. 이에 북곽선생이 크게 놀라서 빼소니를 치는데, 사람들이 행여 제 얼굴을 알아볼까 하여 다리

하나를 비틀어 목덜미에 얹고 도깨비춤을 추며 귀신처럼 웃으면서 문밖으로 나와 뛰어갔다. 그러다가 벌판 구덩이에 빠졌는데, 하필이면 거기에는 똥이 가뜩 채워져 있었다. 간신히 휘어잡고 기어 올라와서 목을 내밀고 바라본즉, 범이 "어흥!" 하며 길을 가로막았다. 범이 이맛살을 찌푸리며 구역질하더니 코를 감싸 쥐고는 머리를 왼쪽으로 돌렸다.

"에퀴이, 그 선비 구리기도 하구나."

북곽선생이 머리를 조아리며 앞으로 엉금엉금 기어 나와서 세 번 절하고 꿇어앉아 고개를 쳐들고 여쭈었다.

"범님의 덕이야말로 참 지극하십니다. 대인말과 행실이 바르고 점잖으며 덕이 높은 사람은 범님의 변화를 본받고, 제왕은 그 걸음을 배우며, 남의 아들 된 이는 그 효성을 본받고, 장수는 그 위엄을 취하며, 그 거룩하신 이름은 신룡神龍과 짝이 되어 한 분은 바람을, 또 한 분은 구름을 일으키시니, 저 같은 미천한 땅의 신하는 감히 범님의 바람 아래 있습니다."

범은 이 말을 듣자 꾸짖었다.

"에에, 내 앞에 가까이 오지 말렷다. 내 앞서 들은즉, '선비 유儒'란 것은 '아첨 유諛'와 같다더니 과연 그렇구나. 네가 평소에는 천하의 나쁜 이름을 모두 모아 망령되이 내게 붙이더니, 이제 다급해지자 낯간지럽게 아첨하는 것을 그 뉘라서 곧이듣겠느냐. 대개 천하의 이치야말로 하나인 만큼 범의 성품이 진정 악하다면 사람의 성품 역시 악할 것이요, 사람의 성품이 착하다면 범의 성품 역시 착할 것이다. 너희들의 천만 가지 말은 모두 오상五常, 유학에서 말하는 사람이 지켜야 할 다섯 가지 도리. 부자유친, 군신유의, 부부유별, 장유유서, 붕우유신을 이름을 벗어나지 않으며, 훈계하거나 권하는 것은 언제나 사강四綱, 예의염치에 머물러 있다. 하지만 도성 거리에는 코 베이고 발 잘리고 얼굴에 먹자를 뜨고중국에는 예로부터 죄인의 이마나 팔뚝 따위에 먹물로 죄명을 써넣던 형벌이 있었음 다니는 것투성이이니 이들 모두 오륜五倫, 오상을 지키지 못한 자들이란 말이지. 그런데도 밧줄이며 먹자 뜨는 바늘이며 도끼며 톱 따위밧줄, 바늘, 도끼, 톱 모두 죄인을 벌하는 기구. 즉 죄인이 무척 많다는 뜻임를 공급하기에 겨를이 없으니, 그 나쁜 짓들은 막을 길이 없다.

그러나 범의 세상에는 본래 이러한 악독한 형벌이 없으니, 이로 본다면 범의 성품이 사람보다 어질지 아니하냐. 게다가 범은 나무와 푸새산과 들에 저절로 나서 자라는 풀을 통틀어 이르는 말를 뜯지 않고, 벌레나 물고기를 먹지 않으며, 강술안주 없이 마시는 술 같은 좋지 못한 것을 즐기지 않고, 새끼 기르는 작은 짐승도 차마 먹지 않는다. 그리고 산에 들어가면 노루나 사슴을 사냥하고, 들에 나가면 마소를 사냥하되, 아직 입과 배를 채우려고 누구를 괴롭히거나 음식과 관련하여 송사를 일으킨 적이 없으니, 범의 도리야말로 어찌 광명정대한 것이 아니겠느냐.

범이 노루나 사슴을 먹어도 너희 사람은 범을 미워하지 않는다. 그러나 범이 말이나 소를 먹으면 원수라고 떠들어댄다. 노루와 사슴은 사람에게 은혜를 베풀지 않지만, 마소는 너희에게 공을 베풀기 때문에 그런 것 아니냐.

그런데도 마소가 너희를 태워주고 일해주는 공로는 고사하고, 따르고 충성하는 은공마저 다 저버리고 날마다 푸줏간이 미어지도록 이들을 죽인다. 심지어 그 뿔과 갈기까지 남기지 않을 뿐 아니라, 우리가 먹는 노루와 사슴까지 토색질하여 산에서는 먹을 것이 없고 들에서도 끼니를 굶게 하니, 하늘이 이를 공평하게 처리한다면 너희를 먹어야 하겠는가, 놓아

주어야 하겠는가.

제 것 아닌 것을 취하는 것을 '도盜, 훔칠 도'라 하고, 남을 못살게 굴고 그 생명을 빼앗는 것을 '적賊, 해칠 적'이라 하는데, 너희는 밤낮을 쏘다니며 팔을 걷어붙이고 눈을 부릅뜬 채 함부로 남의 것을 착취하고 훔쳐도 부끄러운 줄을 모른다. 심지어 돈을 형이라 부르고, 자기가 장수가 되려고 아내를 죽이기까지 한즉중국 전국시대에 탁월한 장수였던 오기는 처음에 노나라에서 일했다. 이때 노나라는 제나라와 전쟁을 벌이게 됐는데, 노나라 조정에서는 오기의 아내가 제나라 출신이라는 사실 때문에 오기를 장수로 중용하기를 주저하고 있었다. 이를 안 오기는 아내를 죽여서 자신의 충성심을 보였고, 이를 계기로 노나라 장수로 이름을 높이게 됐음, 이러고도 인륜의 도리란 것을 이야기할 수 있단 말이냐.

그뿐 아니라 메뚜기에게서 밥을 빼앗고, 누에한테서 옷을 빼앗으며, 벌을 억눌러 꿀을 약탈하고, 심한 자는 개미 알마저 젓갈을 담가 그 조상께 제사를 지내니, 그 잔인하고도 박덕함이 너희보다 더할 자가 있겠느냐. 너희는 이理를 말하고 성性을 논하면서 툭하면 하늘을 끌어들이지만, 하늘이 명命한 바로 본다면 범이나 사람이나 다 한 가지 동물이다.

또 하늘과 땅이 만물을 낳아 기른다는 인仁으로써 논하여도 범과 메뚜기, 누에, 벌, 개미와 사람이 모두 함께 자라 서로 거스를 수 없는 것이다. 또 그 선악으로 따진다고 해도 뻔뻔스럽게도 벌과 개미의 집을 노략질하고 긁어가는 놈이야말로 천하의 큰 도盜가 아니며, 함부로 메뚜기와 누에의 살림을 빼앗고 훔쳐가는 놈이야말로 인의仁義의 큰 적賊이 아니겠느냐.

그리고 우리 범이 표범을 먹지 않는 것은 차마 제 겨레를 해칠 수 없기 때문이다. 한편 범이 잡아먹는 노루나 사슴 수를 보면 사람이 먹는 수와 비교할 수 없을 만큼 적으며, 범이 잡아먹는 마소 수 또한 사람이 잡아먹는 것과는 하늘과 땅만큼 차이가 날 것이다. 하물며 범이 잡아먹는 사람 수가 많다 해도 너희 사람끼리 잡아먹는 것과 비교가 되겠느냐.

지난해 관중중국의 산시성陝西省 지방이 크게 가물었을 때 사람들끼리 서로 잡아먹은 수가 몇만 명이요, 그에 앞서 산동 지방에 물난리가 났을 적에도 서로 잡아먹은 수가 역시 몇만 명이었다. 그러나 아무리 많이 잡아먹었다고 해도 춘추전국시대만 하겠느냐. 춘추시대, 그때엔 명색이나마 정의를 위해서 싸운다는 난리가 열일곱 번이요, 원수를 갚는다고 일으킨 싸움이 서른 번에, 사람의 피는 천 리를 물들였고 죽어 자빠진 시체는 백만 명이나 됐다.

반면에 범의 집에서는 물 걱정, 가뭄 걱정을 모르니 하늘을 원망할 것도 없고, 원수와 은혜도 모두 잊고 지내므로 남과 갈등도 없다. 천명을 알고 그에 순종하므로 무당이나 의원의 간교함에 속지도 않고, 타고난 바탕을 그대로 지닌 채 천명을 다하여 세속의 이해에 병들지도 않으니, 범을 일러 착하고 성스럽다고 하는 것이다.

그뿐이 아니다. 범의 얼룩무늬만 해도 그 무늬를 천하에 자랑할 만하고, 짧디짧은 무기 하나 지니지 않고 오직 몸이 지닌 발톱과 날카로운 이빨만을 사용하니 그 무용이 천하에 빛나는 것이다.

또 범과 원숭이를 그릇에 그리는 것은 천하에 효孝를 널리 퍼뜨리려는 것이며, 하루에 한 번만 사냥할 뿐 아니라, 남은 음식마저 까마귀·솔개·참개구리·말개미 따위와 나눠 먹으니, 그 인仁, 어짊을 어찌 말로 다하겠느냐. 게다가 고자질당한 자는 먹지 않으며, 병든 자나 다친 자도 먹지 않고, 상喪을 당한 자도 먹지 않으니, 그 의로움이야말로 표현하기 어려울 정도다.

반면에 너희가 먹는 것이야말로 어짊과는 멀어도 한참 먼 것이다. 저 덫과 함정으로도 모자라서 새 잡는 그물과 작은 노루 잡는 그물, 온갖 물고기를 잡는 크고 작은 그물과 삼태그물삼태기 모양으로 대를 결어 만든 그물 따위까지 만들었으니, 애당초 그물을 만든 자야말로 천하에 화근을 퍼뜨린 놈일 것이다. 게다가 큰 바늘이니, 쥘 창이니, 날 없는 창이니, 도끼니, 삼지창이니, 뾰족 창이니, 작은 칼이니, 긴 창이니 하는 것이 다 무어냐. 또 화포란 것이 있어서 터뜨리면 소리가 산을 무너뜨릴 듯하고 그 불기운은 음양을 터뜨려 그 무서움이 우레보다 더하다.

이것만으로도 그 못된 꾀를 마음껏 부리는 것이 부족한지 이제는 보드라운 털을 입으로 빨아서 아교를 녹여 붙여 날을 만들되, 끝은 대추씨처럼 뾰족하고 길이는 한 치도 못 되게 하여, 오징어 먹물에다 담갔다가 가로세로로 멋대로 치고 찌른다. 그때 그 굽은 것은 갈고리 같고, 날카로운 것은 작은 칼 같으며, 뾰족한 것은 긴 칼 같고, 갈라진 것은 삼지창 같으며, 곧은 것은 화살 같고, 팽팽한 것은 활 같아서, 이 무기가 한번 번뜩이면 모든 귀신이 밤중에 곡할 지경이니, 서로 잡아먹는 가혹함이 너희보다 더할 자 있겠느냐?"

북곽선생이 자리를 떠나 한참 동안 엎드렸다가 일어나 엉거주춤하더니 두 번 절하고 머리를 거듭 조아리며 말한다.

"옛글에 이르기를, 아무리 못난 사람일지라도 목욕재계를 한다면 상제라도 섬길 수 있다 했사오니, 이 땅에 사는 비천한 신이 감히 가르침을 받겠나이다."

북곽선생은 숨을 죽이고 가만히 듣는다. 그러나 오래도록 아무런 분부가 없으므로 황송키도 하고 두렵기도 하여 손을 맞잡고 머리를 조아리며 쳐다본즉, 동녘이 밝았는데 범은 이미 어디론지 사라진 후였다. 마침 아침에 밭을 갈러 나온 농부가 묻는다.

"선생님, 무슨 일로 이 꼭두새벽부터 벌판에다 대고 웬 절을 그렇게 하십니까?"

"내 일찍이 들으니, '하늘이 높다 하되/ 머리 어찌 안 굽히며/ 땅이 비록 두껍다 한들/ 감히 함부로 디디겠는가.' 했네그려."

북곽선생은 이렇게 말하며 말끝을 흐려버린다.

범의 꾸짖음 뒷이야기[虎叱後識]

연암씨燕巖氏가 말한다.

"이 글을 지은 사람의 이름은 없으나 아마 요즘 중국 사람이 비분함을 참지 못해서 지은 글일 것이다. 요즘 와서 세상 운수가 한밤처럼 캄캄해지니 오랑캐의 화가 사나운 짐승보다 더 심하며, 선비 중에 염치를 모르는 자는 하찮은 글귀나 주워 모아서 시세에 호미狐媚, '여우의 눈썹'이라는 뜻으로, 알씬거리며 아양을 떨고 아첨하는 모습을 비유적으로 이르는 말를 한다. 이는 바로 남의 무덤이나 파서 먹고사는 유학자이니 승냥이나 이리도 잡아먹기를 주저할 것이다.

이제 이 글을 읽어본즉, 이치에 어긋나는 부분이 많아서 《장자莊子》의 〈거협〉과 〈도척〉 편과 흡사하다. 그러나 천하의 뜻있는 선비가 어찌 하루인들 중국을 잊겠는가. 이제 청나라가 천하의 주인이 된 지 겨우 사 대째건마는 그 임금 모두 문무를 겸전하고 장수를 누렸으며, 나라가 태평을 노래한 지 백 년 동안 온 누리가 고요하니, 이는 한나라·당나라 때에도 보지 못한 일이다. 이처럼 편안히 터를 닦고 모든 것을 건설하는 뜻을 볼 때 이 또한 하늘이 내린 임금이 분명하다.

옛날 한 선비가 일찍이 하늘이 자상하게 임금을 내린다는 말씀에 의문을 품고 맹자에게 질문했다. 그러자 맹자께서 하늘의 뜻을 받아 '하느님은 말씀으로 하지 않으시고 다만 실천과 사실로써 드러내는 것이다.'라고 하셨으니, 어린 내가 일찍이 이 글을 읽다가 이곳에 이르러선 의심을 품었다. 이제 나는 감히 묻는다.

'하느님께선 모든 실천과 사실로써 그의 뜻을 드러내실진대, 오랑캐의 제도를 가지고 중국의 것을 뜯어고친다는 것은 천하의 커다란 모욕이니, 백성의 원통함이 얼마나 클 것인가. 또한 향기로운 제물과 비린내 나는 제물은 각기 바치는 사람이 닦은 덕에 따라 다른 것인데, 신들은 어떤 냄새에 감응할 것인가.'

사람의 입장에서 본다면 중화와 오랑캐의 구별이 뚜렷하겠지마는, 하늘의 입장에서는 은나라의 관冠이나 주나라의 면류관도 때에 따라 변하는 것인데, 어찌하여 청나라 사람들의 붉은 관만을 부정하겠는가. 이에 '잠시 하늘을 이길 수 있을지언정 결국 하늘이 정하는 것이 사람을 이긴다.'는 말이 유행한다. 따라서 사람과 하늘이 서로 조화한다는 이론은 뒤로 물러나고, 옛 성인의 말씀에 부합하지 않으면 '천지의 운수가 그런 것이야.'라고 한다. 아아, 슬프다.

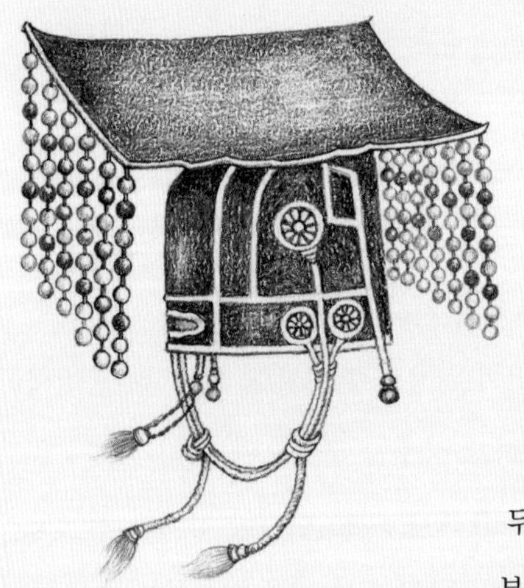

조선의 면류관 임금의 정복에 갖추어 쓰던 관

이것을 어찌 운수 탓으로 돌릴 것인가.

아아, 슬프다. 명나라 왕의 은혜가 끊긴 지 벌써 오래여서 중국의 선비들이 머리를 깎은 지도 백 년이라는 긴 세월이 흘렀는데, 자나 깨나 가슴을 치며 명나라 황실을 생각하는 것은 무슨 까닭인가. 이는 차마 중국을 잊지 못해서다.

그러나 청나라 역시 자신들을 위한 계책은 허술하다 할 것이다. 앞선 오랑캐 출신 왕들이 중국의 풍속과 제도를 본받다가 망했음을 가슴에 새겨 쇠로 된 비석을 만들어 경계하는 곳에 묻었다. 그런데 자신들의 옷과 모자를 부끄러워하다가는 다시 나라의 강력함을 자신들의 옷과 모자를 통해 드러내고자 하니 어찌 어리석은 일이 아니겠는가. 저 주나라 문왕文王, 은나라의 마지막 왕인 주왕을 보좌했으나 주왕의 폭압을 막지 못하고 결국 자신의 아들 무왕이 주나라를 건국할 수 있는 토대를 마련해줌의 탁월한 꾀와 무왕 같은 높은 공을 가지고도 오히려 은나라 주왕의 쇠망함을 구하지 못했거늘, 구차하게 의관제도 같은 하찮은 것이나 고집해서 무엇을 하겠다는 것인가. 옷과 모자가 참으로 싸움에 편리해야 한다면, 북쪽 오랑캐나 서쪽 오랑캐의 그것은 싸우기에 좋지 않단 말인가.

그러니 서북 지방의 오랑캐에게 중국의 옛 풍습이라도 좋은 것은 따르라고 할 때 비로소 천하에서 가장 강한 자가 될 수 있는 것이다. 반대로 온 천하의 백성을 모두 구렁텅이에 몰아넣고는 홀로 외치되, '너희가 수치를 잠시 참고 우리 옷과 모자를 따르면 강해질 수 있다.'라고 한다면, 그렇게 강해질 수 있겠는가.

굳이 의관제도만으로 강해질 수 있다면 적미적赤眉賊, 눈썹을 붉게 물들인 전한(기원전 202~기원후 8) 말의 도적 떼이나 황건적黃巾賊, 후한(25~220)

말 장각을 우두머리로 하여 허베이 지방에서 일어난 도적 떼. 머리에 누런 수건을 쓴 데서 이름이 유래함처럼 눈썹에 붉은 물을 들이고 머리에 노란 두건을 쓰면 되지 않을까.

그러나 어리석은 백성이 한번 일어나서 청나라의 옷과 모자를 땅에 팽개친다면 청나라 황제라 할지라도 이미 천하를 앉은 자리에서 잃게 될 것이니, 지난날 의관만을 믿고 스스로 강하다고 뽐내던 것이 도리어 망하는 실마리가 되지 않겠는가. 이렇게 된다면 비석을 새겨 묻어서 후세에 경계한 일이야말로 얼마나 부질없는 짓인가.

이 글은 애초에는 제목이 없었으나, 이제 그 글 중에 '호질虎叱'이라는 두 글자를 따서 제목을 삼아 저 중국 땅의 혼란이 맑아지기를 기다릴 뿐이다."

을사乙巳 7월 29일

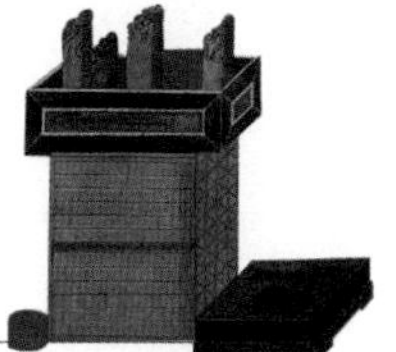

날이 갰다.

옥전현玉田縣에서 새벽에 떠나 서팔리보西八里堡까지 8리, 오리둔五里屯까지 7리, 채정교采亭橋까지 5리, 대고수점大枯樹店까지 10리, 소고수점小枯樹店까지 2리, 봉산점蓬山店까지 3리, 별산점鱉山店까지 12리, 송가장宋家庄을 구경하고 모두 47리를 가서 점심을 먹었다. 다시 별산점에서 이리점二里店까지 2리, 현교現橋까지 5리, 삼가방三家坊까지 2리, 동오리교東五里橋까지 16리인데, 이 다리는 용지하龍池河 어양교漁陽橋라고도 한다. 거기에서 계주성薊州城까지 5리, 서오리교西五里橋까지 5리, 방균점邦囷店까지 15리, 모두 50리를 갔다. 이날 총 95리를 가서 방균점에서 묵었다.

산이 움푹한 곳에 큰 나무가 있는데, 몇백 년 동안 잎이 피어나지 않으면서도 가지나 줄기도 썩지 않아 사람들이 '고수枯樹, 마른 나무'라고 부른다.

송가장의 성 둘레는 이 리인데, 명나라 천계天啓, 명나라의 제15대 황제인 희종熹宗 때의 연호. 1621~1627. 이를 본떠 희종을 천계황제라고 함 연간에 송씨宋氏들이 쌓은 것이다. 외랑外郞이란 서리胥吏의 별칭인데, 외랑 출신 송씨 집안이 이 지방의 큰 가문이어서 그 일족이 몇백 명이요, 살림이 모두 넉넉하여 명나라와 청나라가 교체될 무렵 저희들끼리 이 성을 쌓은 후 그곳에 모여 살았다. 성 가운데엔 대臺 셋을 세웠는데, 높이가 각기 여남은 길이나 된다. 문 위엔 누각을 세웠고, 집 뒤에는 사 층으로 된 누각이 있는데, 맨 꼭대기엔 금부처를 모셨다. 난간에 기대어 멀리 바라보니 눈

송가장 명청교체기, 송씨 일족이 청나라에 대항하기 위해 쌓은 작은 성. 17세기 말 인평대군을 시작으로 19세기 말까지 조선 사행단의 주목을 받은 이 성에 대한 기록은 《열하일기》 외의 다른 연행록에서도 찾아볼 수 있다.

앞이 시원스레 트였다.

청나라 사람들이 처음 이곳에 들어올 때 온 문중 사람들을 모아 성을 사수했고, 천하가 청나라로 넘어간 뒤에도 나아가 항복하지 않았으므로 청나라 사람들이 이를 미워하여 해마다 은 천 냥을 벌금으로 바치게 했다. 강희청나라 성조聖祖 때의 연호. 1662~1722. 이를 본떠 성조를 강희황제라고 함 말년에 이르러서는 은 대신 말먹이 풀을 천 단씩 내게 했다.

성안에 남은 큰 집 여남은 채가 모두 송씨들의 것이며, 노비도 오륙백 명이나 된다고 한다.

계주 성안엔 사람도 많고 물자도 번화하니 연경 동쪽의 큰 고을이라고 하겠다. 산 위엔 안녹산당나라의 무장. 703?~757. 당 현종의 신임을 받았으나 양국충과 대립하여 755년 반란을 일으킨다. 후에 아들에 의해 살해됨의 사당이 있고, 성안에는 돌로 만든 패루가 셋 세워져 있다. 그중 하나에는 금 글자로 대사성大司成이라 새겼고, 그 아래엔 국자좨주國子祭酒, 국자감의 벼슬 이름 등 '삼대 고증三代誥贈'이라고 나란히 써서 붙였다.

이곳의 술맛이 관동에서 으뜸이라 하므로 한 술집에 들어가 여러 사람과 함께 흉금을 터놓고 취하도록 마셨다.

독락사에 들어가 보니 대웅전에 자비사라는 편액이 붙어 있고, 그 뒤엔 이 층 누각이 서 있는데, 그 가운데엔 아홉 길이나 되는 금부처를 세웠고 그 머리 위에는 작은 금부처 수십 개를 앉혔다. 누각 밑엔 한 부처를 누인 채 비단 이불을 덮어두었는데, 그 누각에는 '관음지각觀音之閣'이라는 현판이 붙어 있고, 그 왼편엔 조그마한 글자로 '태백太白'이라고 써 붙였다.

사람들이 이른다.

"저기 이불을 덮고 누운 것은 부처님이 아니고, 취해서 잠든 이백李白, 당나라 때의 시인. 701~762입니다."

행궁이 있긴 하나 굳게 잠그고는 구경을 허락하지 않는다.

객관으로 돌아온즉, 문밖에 장사치들이 구름처럼 모여드는데, 말과 나귀에 서책·서화·골동품 등을 실었고, 곰을 가지고 노는 등 여러 가지 재주를 피우는 자도 있다. 뱀을 가지고 노는 자와 범을 가지고 노는 자도 있었던 모양이나 벌써 흩어져버렸으니 참으로 안타깝다. 앵무새를 파는 자가 있으나 날이 저물어서 그 털빛을 자세히 볼 수 없었다. 그래서 등불을 찾아 다시 왔는데, 그새를 못 참고 가버려서 더욱 유감이었다.

병오丙午
7월 30일

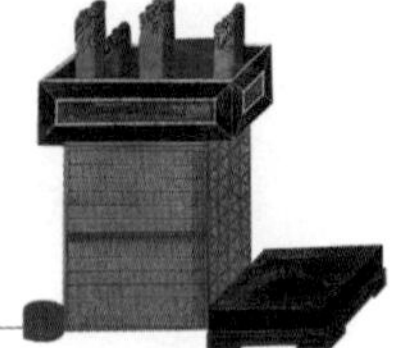

날이 갰다.

방균점邦囷店에서 별산장別山庄까지 2리, 곡가장曲家庄까지 2리, 용만자龍灣子까지 3리, 일류하一柳河까지 2리, 현곡자現曲子까지 2리, 호리장胡李庄까지 10리, 백간점白幹店까지 2리, 단가점段家店까지 2리, 호타하滹沱河까지 5리, 삼하현三河縣까지 5리, 동서조림東西棗林까지 5리, 모두 46리를 가서 점심을 먹고, 조림에서 백부도장白浮屠庄까지 6리, 신점新店까지 6리, 황친점皇親店까지 6리, 하점夏店까지 6리, 유하점柳河店까지 5리, 마이핍馬已乏까지 6리, 연교보烟橋堡까지 7리, 모두 41리를 갔다. 이날 총 84리를 가서 연교보에서 묵었다.

계주는 옛날 어양이다. 그 북쪽에 반산盤山, 소반 반, 산 산이 있다. 위태로이 솟은 봉우리가 깎아 세운 듯하고, 봉우리마다 위가 퍼지고 아래가 가늘어서 그 꼴이 소반과 같으므로 '반산'이라고 하는데, 오룡산이라고도 한다. 앞서 원중랑명나라의 문인 원굉도를 말함의 〈반산기盤山記〉를 읽으니 경치가 뛰어난 곳이 많다고 하여 한번 올라가 보고 싶었지만 함께 갈 사람이 없어서 하는 수 없이 포기했다.

그 산은 매우 가파르나 몇백 리에 걸쳐 웅장하게 자리할뿐더러, 겉에는 바위가 있지만 속은 부드러운 흙이어서 과실나무가 매우 많다. 그런 까닭에 연경에서 매일 소비하는 대추, 밤, 감, 배 등이 모두 이곳에서 나는 것이라고 한다.

어양교에 다다르니 길 왼편에 양귀비의 사당이 있는데, 산꼭대기에 자리한 안녹산의 사당과 마주 보고 있다. 천하에 돈 많은 자가 아무리 많다 하더라도 하필이면 이런 추잡한 자들의 사당을 지어서 명복을 빈단 말인가.

《시경》에서는 "아무리 복을 구한다 한들 도리를 굽혀서는 안 되리라." 했으니, 이런 것이야말로 돈만 헛되이 버렸다 하겠다. 누군가는 이렇게 변명을 하기도 한다.

"공자께서도 정鄭나라, 위衛나라의 음탕한 시를 다 제거하지 않음으로써 후세 사람의 교훈을 삼지 않았던가. 게다가 계주 금병산 석벽에는 양웅《수호지》에 나오는 인물로 애인인 반교운의 행실이 좋지 않자 그를 베어 죽임이 반교운을 베는 상像도 있다."

백간점에서 구경 나온 수재과거를 준비하는 선비 한 사람을 만나 서로 이야기하는데, 그가 말한다.

"안녹산 역시 이름 높은 선비입니다. 그가 앵두를 두고 이런 시를 읊었습니다.

앵두 한 광주리
파랑, 노랑이 반씩일세
절반은 회왕안녹산의 아들에게
절반은 주지안녹산의 스승에게 나눠 보내고자

그러자 어떤 이가 청합니다.

'네 번째 구절의 주지와 세 번째 구절의 회왕을 바꾸면 시의 운율이 맞

지 않겠소?'

그랬더니 안녹산은 크게 노합니다.

'그게 무슨 말이냐. 우리 집 아이를 주지가 누르게 한단 말이야?'

그러하니 이 정도의 시인을 위한 사당이 없어서야 되겠소?"

그리하여 서로 한바탕 웃었다.

지나는 길에 향림사에 들어갔다. 불전에는 '향림암香林菴'이라 쓰여 있고, 그 위에는 금 글자로 '향림법계香林法界'라 쓰여 있는데, 강희황제의 글씨다. 그리고 순치황제순치는 청나라 제3대 황제인 세조의 연호이며, 이를 본떠 세조를 순치황제라고도 함의 누이가 청상과부젊어서 남편을 잃고 홀로된 여자가 되자 이 암자에 여승으로 있다가 나이 아흔이 넘어서 죽었다고 한다. 이 암자에는 비구니여자 승려만이 살고 있다.

뜰 가운데에는 줄기가 흰 소나무 두 그루가 있는데, 높이가 수십 길이나 되며, 물고기 비늘 같은 나무껍질은 푸르면서 희다. 암자 동편에는 작은 탑 다섯 개가 있고 그 좌우에는 역시 흰 소나무 세 그루가 있는데, 푸른빛이 뜰에 가득하고 바람 소리가 물결처럼 서늘함을 안긴다. 그러고 보니 '백간점白幹店'이라는 이름도 아마 흰 줄기 소나무에서 말미암은 듯싶다.

연경이 가까워지자 수레 달리는 소리가 메마른 하늘에 우레가 울리듯 한다. 길 양편에는 부자들의 무덤이 가득한데, 담을 둘러서 마치 여염집이 모여 있는 듯하다. 담 밖에는 물을 끌어와 해자를 만들었고, 문 앞의 돌다리는 무지개처럼 공중에 떠 있는 듯한데, 가끔 돌로 패루를 만들어 세웠다.

해자 주변의 갈대 사이엔 가끔 콩깍지만 한 작은 배가 매여 있고, 다리

〈강희남순도〉(부분) 강희황제는 재위 기간 동안 모두 여섯 차례에 걸쳐 남쪽 지방을 순시했다. 위 그림은 그의 순시 때 황하 유역을 정비하는 모습을 그린 것이다.

아래에는 여기저기 고기 그물이 쳐져 있다. 담 안에는 수목이 울창한데 기왓골이나 처마 끝이 보이기도 하고, 지붕 위로 솟아오른 호리병박 꼭지가 보이기도 한다.

가게에서 잠깐 쉬노라니 울 밖으로 예쁜 아이 수십 명이 떼를 지어 노래하며 가는데, 비단 저고리에 수놓은 바지를 입고 옥같이 맑은 얼굴에 살결이 눈처럼 희다. 어떤 아이는 박자판을 치고, 또 어떤 아이는 피리를 불거나 비파를 뜯으며, 나란히 서서 천천히 노래한다. 모두 곱고도 아름답게 꾸몄다. 이들은 모두 연경의 거지인데, 거리를 돌아다니며 멀리서 온 장사치들과 하룻밤 함께 보내면서 몇백 냥의 돈을 받기도 한단다.

길옆에 삿자리를 걸쳐 햇빛을 가리고 군데군데 놀이하는 곳을 만들었는데, 《삼국지》진수가 지은 위魏·촉蜀·오吳 삼국의 역사서. 우리가 일반적으로 읽는 소설《삼국지》는 진수의 역사서를 바탕으로 나관중이 쓴 소설《삼국지연의三國志演義》다. 여기서 말하는 삼국지는《삼국지연의》를 연극용으로 각색한 것을 가리키는 듯함를 공연하는 자, 《수호전》을 공연하는 자, 《서상기》원나라 때 왕실보가 지은 연극 대본를 공연하는 자도 있다. 모두 음악 반주에 맞춰 큰 소리로 노래를 한다.

온갖 장난감을 벌여놓고 파는 곳도 있는데, 아이들이 잠깐 가지고 노는 장난감이지만, 그 재료가 귀한 것일뿐더러 만든 솜씨도 좋다. 어떤 것은 손만 닿아도 깨질 정도인데 그걸 만드는 비용은 상당히 비싸다고 한다.

탁자 위에는 관우 인형을 몇만 개나 벌여놓았다. 전부 칼을 잡고 말을 탄 모양이다. 크기는 겨우 두어 치밖에 안 되는데, 모두 종이로 만든 것이다. 이 또한 아이들 장난감인데 이렇게 많으니 다른 것도 미루어 짐작할 수 있겠다. 하도 황홀하고 빛나는 것을 많이 보아서인지 눈과 귀, 정신이 모두 지친다.

배로 호타하를 건너서 삼하현 성안에 들어가 손유의孫有義, 박지원의 친구인 홍대용이 전년에 중국에 와서 사귄 학자의 댁을 찾아갔는데, 그는 달포 전에 산서山西에 가서 아직 돌아오지 않았다. 그의 집은 성 동편 관운장의 묘 곁에 있는 대여섯 칸짜리 초가집이니 그가 얼마나 가난한지 짐작할 수 있다. 심부름하는 아이도 없이 주렴 너머로 부인의 목소리가 흘러나오는데, 제비나 꾀꼬리 소리처럼 아름답다.

"저희 집 주인께선 한 글방 훈장으로 초빙되어 산서 지방에 가시고, 저 홀로 딸 하나를 데리고 살고 있는 형편입니다. 멀리 조선에서 이런 누추

한 곳까지 왕림하셨는데 공손히 맞아들이지 못하여 죄송합니다."

이렇게 말하고는 또 사람 부르는 소리가 들린다. 나는 그제야 홍대용의 편지와 정표를 꺼내어 주렴 앞에 놓고 나온다. 담이 허물어진 곳에 열대여섯 살이나 되어 보이는 계집애 하나가 섰는데, 흰 얼굴에 아담한 목덜미를 가졌다. 아마 손유의의 따님인 듯싶다.

삼하현은 옛날 임후다.

정미丁未
8월 1일

아침엔 개고 찌는 듯 덥다가 오후에는 비가 오다 멎다 했다. 밤엔 큰비가 우레까지 치며 내린다.

연교보에서 새벽에 떠나서 사고장師姑庄까지 5리, 등가장鄧家庄까지 3리, 호가장胡家庄까지 4리, 습가장習家庄까지 3리, 노하潞河까지 4리, 통주通州까지 2리, 영통교永通橋까지 8리, 양가갑楊家閘까지 3리, 관가장關家庄까지 3리, 모두 35리를 가서 점심을 먹었다. 다시 삼간방三間房까지 3리, 정부장定府庄까지 3리, 대왕장大王庄까지 3리, 태평장太平庄까지 3리, 홍문紅門까지 3리, 시리보是里堡까지 3리, 파리보巴里堡까지 2리, 신교新橋까지 6리, 동악묘東岳廟까지 1리, 조양문朝陽門까지 1리를 가서 서관西館에 드니 모두 27리를 갔다. 이날은 총 62리를 걸었다. 압록강에서 연경까지 모두 33참站 2030리였다.

새벽에 연교보에서 변 주부, 정 진사 등 여러 사람과 함께 먼저 출발했다. 몇 리도 가지 않아 날이 벌써 밝는데, 별안간 우레 같은 소리가 우렁차게 공중을 울린다. 알고 보니 통주에서 천진까지 뚫린 노하潞河 운하의 배들이 쏘는 포성이란다.

아침노을이 어린 곳을 바라본즉, 돛대들은 총총히 늘어선 갈대 같고 버드나무 위에는 나뭇조각과 풀뿌리 따위가 많이 걸려 있다. 열흘 전에 연경에 큰비가 내려서 노하의 물이 넘치는 바람에 몇만 호에 달하는 민가가 쓸려나가 물에 휩쓸린 사람과 짐승이 이루 헤아릴 수 없이 많았다고 한다.

말 위에서 담뱃대를 쥔 채 팔을 뻗어 버드나무 위까지 물이 찬 흔적을 가늠해보았더니, 땅에서 두서너 길은 족히 된다. 운하에 다다르니 물이 넓고도 맑으며 배가 빽빽이 들어선 것이 만리장성의 웅대함과 견줄 만하다. 십만 척에 달하는 큰 배에는 모두 용이 그려져 있는데, 호북湖北의 전운사轉運使, 운송을 맡은 벼슬가 어제 호북의 곡식 삼백만 석을 싣고 왔다고 한다.

한 배에 올라가서 그 대략의 모습을 구경했다. 배 길이는 모두 여남은 발이나 되고 쇠못으로 고정했다. 배 위에는 널빤지를 깔아서 층층으로 집을 세웠으며, 곡물은 모두 선창 속에 그냥 쏟아서 넣게 되어 있다.

배 위의 집은 모두 아로새긴 난간, 그림으로 장식한 기둥, 아롱진 들창, 수놓은 문으로 꾸몄는데, 그 생김새가 뭍의 집과 다름없이 밑은 창고이고 위는 다락이다. 또한 편액종이·비단·널빤지 따위에 그림을 그리거나 글씨를 써서 방 안이나 문 위에 걸어놓는 액자, 주련, 휘장, 서화 등이 모두 신선의 세계에 온 듯 보였다. 지붕에는 쌍돛을 높이 세웠는데, 돛은 가는 등나무로 엮어 몇 폭이나 된다. 또 흰 가루를 기름에 타서 온 배에 두껍게 바르고 그 위에 노란 칠을 입혔으므로 물이 한 방울도 스며들지 않아 비가 내려도 아무런 걱정이 없다.

배에는 '절강浙江'이니 '산동山東'이니 하는 배 이름이 크게 쓰인 깃발이 걸려 있다. 물을 따라 백 리를 내려오는 사이에 보니 배들은 마치 대밭처럼 빽빽하게 들어서 있는데, 남쪽으로 직고해와 바로 통하여 천진위를 거쳐 장가만에 모이게 된다. 그리하여 천하의 물자가 모두 통주에 모이니, 만일 노하의 선박들을 구경하지 못했다면 이 나라 수도의 장관을 말할 수 없을 것이다.

다시 삼사와 함께 한 배에 올랐다. 배 양쪽에는 채색 난간을 둘렀고 그

〈**노하독운도**〉 청나라 건륭황제 당시 요동에서 북경까지 이어지는 노하 주변의 상업적 번성을 엿볼 수 있는 그림이다. 중국 국가박물관 소장

앞에는 휘장을 드리우고 창을 세워서 문을 만들었다. 양편에는 온갖 의장용 깃발, 다양한 칼과 창 등을 세웠는데, 모두 나무로 만든 것이다. 방 안에는 관 하나가 놓여 있고 그 앞에는 의자와 탁자를 놓았으며, 탁자 위에는 온갖 제기를 벌여놓았다. 상주는 푸른 창 아래에 걸터앉았는데, 무명옷을 입었고 머리는 깎지 않아서 두어 치나 자란 것이 마치 중 같다.

그는 남과 말을 나누지 않았으며, 앞에는《의례儀禮》한 권을 놓았다. 부사가 그 앞으로 다가서서 읍하니 상주가 역시 읍하여 답례하고 이마를 조아리며 일어났다 엎드렸다 하더니 다시 의자에 앉는다. 부사가 나에게 그와 필담을 해보라 한다. 내가 부사의 성명과 직함을 써 보였더니, 상주 역시 머리를 조아리며 쓴다.

"제 성은 진秦이요, 이름은 경璟이옵고, 집안은 호북湖北이옵니다. 선친께서 연경에서 벼슬하여 한림원 수찬을 지내셨는데, 금년 7월 9일에 세상을 뜨셨습니다. 이에 임금께옵서 토지와 돌아갈 배를 내리시옵기에 고향으로 유해를 모시고 돌아가는 길이옵니다. 몸에 상복을 걸쳐 손님을 접대하지 못하여 죄송합니다."

부사가 글씨로 그의 나이를 물었으나 진경은 대답하지 않는다. 부사가 또 글씨로 묻는다.

"중국에서는 누구든지 모두 삼년상부모님이 돌아가시면 3년 동안 상복을 입고 상을 치르는 것을 치르시는지요?"

그랬더니 진경이 답한다.

"성인께옵서 인정에 따라 예를 제정하셨으니, 저같이 불초한 자도 힘껏 따르고자 합니다."

부사가 또 묻는다.

"상을 치르는 방식은 모두들 주자朱子, 1130~1200. 중국의 유학자 주희를 높여 부르는 호칭으로, 주희는 성리학을 창시했음의 학설을 따르는지요?"

"그렇습니다. 모두 문공文公, 주희의 시호을 따릅니다."

진경이 답한다.

창밖에 아롱진 대나무 난간이 비단 창문에 비치어 영롱하고, 옆 배에서 흘러나오는 풍류 소리가 요란하다. 갈매기가 구름 사이를 날고, 누대의 아름다움이 선창에 어리며, 흰 모래톱 아득한 언덕에는 바람을 안은 돛들이 나타났다 사라지곤 한다. 이곳이 물 위에 뜬 집인 줄 모르는 바는 아니나, 마치 번화한 도시 한가운데 화려한 방 안에 몸을 담고서 강호의 경치를 즐기는 듯싶었다. 부사가 몸을 돌려 미소를 지으며 말한다.

"저 사람이야말로 월파정月波亭, 서울 한강 가에 있던 정자의 상주그 무렵 조선에서 유행하던 말인데, 황주 월파정에 놀러 온 풍류 있는 상주라는 뜻라고 할 만하군."

나 역시 가만히 웃었다.

정사가 사람을 보내어 구경할 것이 있으니 얼른 오라 한다. 즉시 부사와 함께 일어나는데, 등 뒤에서 뭔가 툭! 하는 소리가 나기에 돌아보니 부사의 비장 이서구가 넘어진 채 겸연쩍은 듯이 웃고 있다. 배 위에 깐 널빤지가 얼음처럼 미끄러워 발을 붙이기가 힘들다. 쩔쩔매는 부사도 좌우에서 부축을 받으며 가다가 돌아보는가 싶더니 그만 옆의 사람들까지 함께 쿵! 하고 넘어졌다.

휘장 안에서 네 사람이 투전을 하고 있기에 들여다보았으나 모두 만주 글자여서 도무지 알 수 없다. 누군가가 말한다.

"이건 마조40장의 패를 가지고 하는 놀이라는 놀이입니다."

휘장 안 깊숙한 곳에 탁자를 늘어놓고 그 위에 온갖 형태의 그릇을 진열했는데, 모두 기이하게 생겼다.

한 문을 나서니 정사와 서장관이 널빤지에 앉아서 선창 속을 들여다보고 있다. 그 안이 주방인데, 흰 베로 머리를 감싼 늙은 부인 둘이 가마솥에 숙주나물·무·미나리 등을 삶아서 다시 찬물에 헹구고 있다. 열여섯 살쯤 되어 보이는 처녀 하나가 있는데, 아리따운 얼굴이 참으로 곱다. 낯선 손님을 보고도 조금도 수줍은 태가 없이 다소곳이 제 맡은 일만 하고 있다. 고운 비단옷의 주름은 안개처럼 어른어른하고 하얀 팔목은 연뿌리처럼 갸름하다. 아마 진씨의 계집종으로 아침상을 차리는 모양이었다.

배 양편에는 파초선높은 벼슬아치가 외출할 때 쓰던, 파초의 잎 모양으로 만든 부채을 두루 꽂았는데, 거기에는 '한림'·'지주'·'정당'·'포정사' 같은 명칭이 쓰여 있으니, 모두 죽은 이가 거친 벼슬 이름이다.

강 가운데서는 이곳저곳 뱃놀이가 한창이다. 작은 배에 붉은 일산을 펴고 혹은 푸른 휘장을 두르고는 삼삼오오 짝을 지어 다리 짧은 의자에 기대기도 하고 혹은 평상 위에 앉아서 책이며 그림이며 향로며 차 도구를 벌여놓았다. 또 다른 배에서는 악기를 연주하거나 평상에 앉아 글씨와 그림을 쓰거나 그리기도 하고, 더러는 술을 마시며 시를 읊기도 한다. 그렇게 노는 이들이 모두 이름 높은 사람이나 시인은 아니겠지만, 그윽한 아취가 있어 보인다.

배에서 내려 언덕에 오른즉, 수레와 말이 길을 막아서 다닐 수가 없다. 동문에서 서문까지 오 리 사이에 외바퀴 수레독륜차 수만 대가 꽉 차서 옴짝달싹할 수가 없다. 말에서 내려 한 가게로 들어가니 기묘하면서도

영통교 명나라 때 건설된 다리. 통주에서 북경에 이르는 중요한 통로였다. 통주에서 8리 되는 곳에 있다 하여 팔리교라 부르기도 한다.

화려한데, 참으로 번창하여 성경이나 산해관 따위와는 비길 수가 없다.

길이 비좁아 간신히 나아가니, 시장 입구 문에 '만수운집萬艘雲集, 수많은 배가 구름처럼 모임'이라 쓰여 있고, 큰길에는 이 층짜리 누각을 세우고는 '성문구천聲聞九天, 소리가 하늘 끝까지 닿음'이라고 써 붙였다. 성 밖에는 세 개의 창고가 있는데, 그 형식을 성곽과 같이 만들었다. 지붕은 기와로 이었고, 그 위에는 공기창을 내어서 나쁜 기운을 내보내며, 벽에도 구멍을 뚫어서 습기가 빠지게 하고, 강물을 끌어들여 창고를 둘러 해자를 만들었다.

영통교에 이르렀는데, 이 다리는 팔리교라고도 한다. 길이가 수백 발, 너비는 여남은 발이요, 홍예문윗부분이 무지개 모양인 문의 높이도 여남은 발이나 된다. 홍예문 좌우에는 난간을 세우고 그 위에는 사자상 수백 마리를 앉혔는데, 어찌나 정밀하게 만들었는지 마치 도장에 새긴 무늬 같다. 다리 밑 선박들은 곧바로 조양문북경의 동북 문 밖까지 가서 갑문을 열면 작은 배로 태창까지 들어간다고 한다.

통주에서 연경까지 사십 리 길은 돌을 깎아서 길에 깔았다. 수레바퀴와 돌이 맞닿는 소리가 어찌나 큰지 사람의 정신을 아찔하게 한다. 길가 양편은 모두 무덤인데, 담이 잇달아 있고 나무가 울창하여 봉분은 보이지 않는다.

대왕장에 이르러서 잠깐 쉬고 곧 떠났다. 길 왼편에 돌로 만든 세 칸짜리 패루가 있기에 말에서 내려 그 모습을 보았더니, 동국유청나라 강희황제 때의 충신의 무덤이었다. 패루에는 그가 지낸 벼슬 이름들을 나란히 새겨 붙였고, 위층에는 여러 가지 조칙을 새겨놓았다.

다리를 건너 묘역의 문안으로 들어서니 좌우에 팔각의 화표주華表柱, 무덤 앞의 양쪽에 세우는 한 쌍의 돌기둥를 세우고 그 위에는 돌사자를 새겨놓았다. 뜰 가운데에는 높이가 한 발이나 되는 길을 쌓아올렸고, 길 좌우에는 늙은 소나무 수십 그루가 서 있다. 삼 층짜리 돌 축대를 쌓고 그 위에 큰 비석 열세 개를 세웠는데, 모두 동씨 가문의 삼 대에 걸친 훈벌나라나 군주를 위하여 드러나게 세운 공로가 있는 문벌을 표창한 조칙이 새겨져 있다.

동국유는 융과다라고도 하며, 그의 아내는 하사례씨다. 북쪽 담 밑에 봉분 여섯 개가 나란히 있는데, 떼를 입히는 대신 밑은 둥글고 위는 뾰족하게 석회로 반드르르하게 발랐다.

누런 기와를 올린 집 수십 칸이 있는데, 단청이 이미 칙칙하며 층계는 무너지고 채색한 주렴은 해졌다. 집 안에는 박쥐 똥만이 가득할 뿐 텅 비고 괴괴하여 지키는 자도 보이지 않으니, 깊은 산중에 있는 폐사폐하여 승려가 없는 절 같다. 참으로 이상한 일인데, 훈벌이 빛나는 집안이었으나 이제는 자손이 없어서 그런 듯싶다.

동악묘에 이르자, 심양에 들어갈 때처럼 삼사가 옷을 갈아입고 반열품계나 신분, 등급의 차례을 정돈했다. 통역관 오림포, 서종현, 박보수 등이 벌써 그 가운데에 와서 기다린다. 그들은 모두 청나라 관리가 입는 예복을 입고 목에는 조주청나라에서 5품 이상 관리가 거는 목걸이를 걸고, 말을 타고 앞에서 행렬을 이끌고 나아가 조양문에 이른다. 그 격식은 산해관과 다름없으나 검은 먼지가 공중에 자욱하여 자세히 볼 수 없었다. 먼지를 없애기 위해 수레에 물통을 싣고 길바닥 곳곳에 물을 뿌린다.

사신은 곧장 예부에 표문과 자문을 바치러 갔다.

나는 사신 일행과 헤어져서 조명회와 함께 먼저 객사로 갔다.

순치 초기에 조선 사신의 객사를 옥하 서쪽 기슭에 세운 후 옥하관이라 일컬었더니, 그 후 악라사러시아가 점령했다. 악라사는 이른바 코가 큰 짐승 같은 자들의 나라로, 하도 사나워서 청나라도 그들을 누르지 못했다. 결국 사신을 위한 객사로 회동관會同館, 외국 사신을 접대하는 곳을 건어호동에 세웠는데, 이는 곧 도통지방 장관 만비청나라 강희황제 때의 외교관의 집이었다. 만비가 도륙당할 때에 그의 집안사람들이 많이 자결했으므로 그 집에 귀신이 많다고 한다. 우리나라의 별사別使, 임시 사행와 동지사가 한꺼번에 들이닥치면 서관西館에 나누어 들었다.

동악묘 중국 타이산산의 신(동악대제)에게 제사 지내던 도교의 사원. 동악대제는 옥황상제를 대신해 인간의 생명과 영혼을 담당하고 사후 재판을 관장하는 신으로 여겼다.

연전에 별사가 먼저 건어호동에 들었으므로 동지사로 온 금성위박명원는 서관에 머문 일이 있었다. 그런데 지난해 건어호동에 있는 회동관이 불탄 후 여태 다시 세우지 못했으므로 이번에도 서관에 옮겨 들게 됐다.

무신戊申
8월 2일

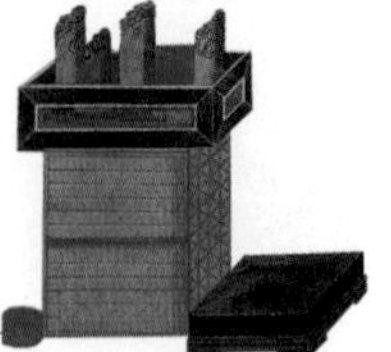

날이 갰다.

간밤에 뇌성벽력과 함께 비가 내려 미처 수리하지 못한 객관의 창호지가 떨어졌다. 이 때문에 새벽에 찬바람이 들어와 감기 기운이 있고 입맛을 잃었다.

아침 일찍 아문衙門에 많은 사람이 모였는데, 이들은 예부·호부의 낭중과 광록시光祿寺, 중국 조정에서 제사나 조회 따위를 맡아보던 관아의 관원이었다. 쌀과 팥 대여섯 수레와 돼지, 양, 닭, 거위, 채소 등이 바깥뜰에 가득하다. 그 부의 관원이 의자를 나란히 하여 앉았는데, 감히 떠드는 자가 없었다.

정사에게는 날마다 식품으로 거위 한 마리, 닭 세 마리, 돼지고기 다섯 근, 생선 세 마리, 우유 한 병, 두부 세 근, 메밀가루 두 근, 황주중국 술의 하나. 누룩과 차조 또는 찰수수 따위로 만든 담갈색 또는 흑갈색의 술 여섯 항아리, 절인 채소 세 근, 찻잎 넉 냥, 오이지 넉 냥, 소금 두 냥, 맑은 간장 여섯 냥, 단 간장 여덟 냥, 식초 열 냥, 참기름 한 냥, 산초 한 돈, 등유 세 병, 초 세 자루, 내수유우유로 만든 낙농 제품 석 냥, 밀가루 한 근 반, 생강 다섯 냥, 마늘 열 뿌리, 능금 열다섯 개, 배 열다섯 개, 감 열다섯 개, 말린 대추 한 근,

포도 한 근, 사과 열다섯 개, 소주 한 병, 쌀 두 되, 나무 서른 근, 사흘마다 몽골 양 한 마리씩을 준다.

부사와 서장관에게는 날마다 두 사람에게 양 한 마리, 거위 각기 한 마리, 닭 각기 한 마리, 생선 각기 한 마리, 우유 두 사람에게 한 병, 고기 두 사람에게 세 근, 메밀가루 각기 두 근, 두부 각기 두 근, 절인 채소 각기 세 근, 산초 각기 한 돈, 찻잎 각기 한 냥, 소금 각기 한 냥, 맑은 간장 각기 여섯 냥, 단 간장 각기 여섯 냥, 식초 각기 열 냥, 황주 각기 여섯 항아리, 오이지 각기 넉 냥, 참기름 각기 한 냥, 등유 각기 한 종지, 쌀 각기 두 되, 능금 두 사람에게 열다섯 개, 사과 두 사람에게 열다섯 개, 배 두 사람에게 열다섯 개, 포도 두 사람에게 닷 근, 말린 대추 두 사람에게 닷 근, 그 밖의 과실은 닷새 만에 한 번씩 준다. 부사에게는 날마다 나무 열일곱 근, 서장관에게는 열다섯 근씩을 준다.

대통관통역관의 우두머리 세 명과 압물관물자 담당 스물네 명에게는 날마다 각기 닭 한 마리, 고기 두 근, 메밀가루 한 근, 절인 채소 한 근, 두부 한 근, 황주 두 항아리, 산초 닷 푼, 찻잎 닷 돈, 맑은 간장 두 냥, 단 간장 넉 냥, 참기름 네 돈, 등유 한 종지, 소금 한 냥, 쌀 한 되, 나무 한 근씩을 주고, 득상종인상을 탈 만한 자격이 있는 수행원 서른 명에게는 날마다 각기 고기 한 근 반, 메밀가루 반 근, 절인 채소 두 냥, 소금 한 냥, 등유를 어울러 여섯 종지, 황주를 어울러 여섯 항아리, 쌀 한 되, 나무 네 근씩을 주고, 이밖에 수행원 이백스물한 명에게는 날마다 각기 고기 반 근, 절인 채소 네 냥, 초 두 냥, 소금 한 냥, 쌀 한 되, 나무 네 근씩을 주었다.

기유己酉 8월 3일

날이 갰다.

해가 뜬 뒤에야 비로소 객관의 문을 연다. 나는 시대·장복과 함께 관을 떠나 첨운패루 밑까지 걸어와서 태평거 하나를 빌렸는데, 나귀 한 마리가 끈다. 아까 주방에서 하루 동안 쓸 것을 주기에 시대에게 돈으로 바꾸어서 수레에 싣도록 했는데, 은으로는 두 냥, 돈으로는 이천이백 닢이었다. 시대는 오른편에, 장복은 뒤에 태우고는 빠르게 달려 선무문에 이르니, 그 생김새가 조양문과 같다. 왼편은 상방코끼리를 기르는 곳이요, 오른편은 천주당天主堂, 당시 북경에는 네 개의 천주당이 있었는데, 연암이 찾아간 곳은 선무문 안 남천주당이다.

선무문을 나와 오른편으로 돌아서 유리창북경성 남부에 있는 거리. 유리가마가 있기에 유리창이라고 이름 지었다. 명나라 때부터 서화와 골동품 시장으로 유명했는데, 오늘날에도 그 명성이 그대로 이어지고 있음에 들어간즉, 첫길에 '오류거유리창의 서문 가까이에 있는 책방으로 주인이 서지학에 밝았음'라는 세 글자의 간판이 붙어 있는데, 도옥이라는 사람의 책방이다.

지난해 이덕무 등이 이 책방에서 책을 많이 샀다고 하면서 퍽 흥미롭게 오류거를 이야기했다. 이제 이곳을 지나고 보니 마치 옛 친구를 만난

남천주당 명나라 때 지은 성당. 북경에 왔던 조선 사신들은 이곳에서 서양 선교사들과 어울리며 서양의 문물을 접했다.

듯싶다. 무관이덕무의 호이 나를 떠나보낼 때 "만일 당낙우를 찾아가려면 먼저 선월루로 가십시오. 거기서 남쪽 좁은 거리로 돌아들면 두 번째 대문이 곧 당씨 집입니다."라고 했다. 곧 수레를 몰아 양매서가楊梅書街에 이르러 우연히 육일루에 올랐다가 유세기라는 선비를 만나서 잠깐 이야기를 나누었는데, 서황과 진정훈도 그 자리에 있었다. 그들은 모두 교양을 갖춘 선비이기에 날을 잡아 이곳에서 다시 만나기로 약속했다.

수레를 돌려 북쪽 골목으로 들어가니 길가에 금자로 '선월루先月樓'라 쓴 것이 앞에 눈부시게 보이는데, 이 역시 책방이다. 곧 수레에서 내려 두 하인과 함께 당낙우의 집을 찾아갔는데, 마치 와본 곳처럼 익숙했다. 문 앞으로 하인 셋이 나오더니 "대감께선 아침 일찍 아문에 나가셨습니다."

라고 한다.

"그럼 어느 때쯤이나 돌아오시는가?"

내가 물었더니 하인이 답한다.

"묘시오전 5시에서 7시 사이에 나가셔서 유시오후 5시에서 7시 사이면 돌아오십니다."

그중 한 사람이 말한다.

"잠깐 바깥채에 올라 땀을 식히시지요."

그리하여 곧 따라가니, 어설픈 선비 한 사람이 나와 맞이한다. 그의 성은 주周로 기억하지만, 이름은 잊어버렸다. 이곳에 오기 전에 들으니 당낙우가 아들 다섯을 두었는데, 모두 뛰어나다고 했다. 그런데 두 아이가 방에서 나와 공손히 읍하는 것을 보니, 묻지 않아도 당낙우의 아들임이 틀림없었다. 나는 두 아이에게 나이를 물었다. 맏이는 열셋, 다음은 열하나라고 했다. 나는 곧 묻는다.

"형의 이름은 장우張友고, 아우는 이름이 장요張瑤가 아니냐?"

그랬더니 둘이 함께 대답한다.

"예에, 그렇습니다. 어른께선 어찌 아시옵니까?"

"너희들이 글을 잘 읽는다 하여 이름이 해외에까지 전하더구나."

이렇게 답하고, 조금 후 그 집 하인이 파초 잎 모양으로 생긴 흰 주석 쟁반을 받들고 나와서 더운 차 한 잔, 능금 세 개, 양매탕소귀나뭇과의 상록 활엽교목인 양매나무의 열매로 만든 탕 한 그릇을 권한다. 그리고 하인이 그 집 늙은 마나님의 말씀을 전한다.

"지난해 조선 어른 두 분이 가끔 저희 집에 놀러 오셨는데, 지금도 평안하신지요? 만일 청심환을 가지고 오신 게 있으시면 한두 개 얻었으면

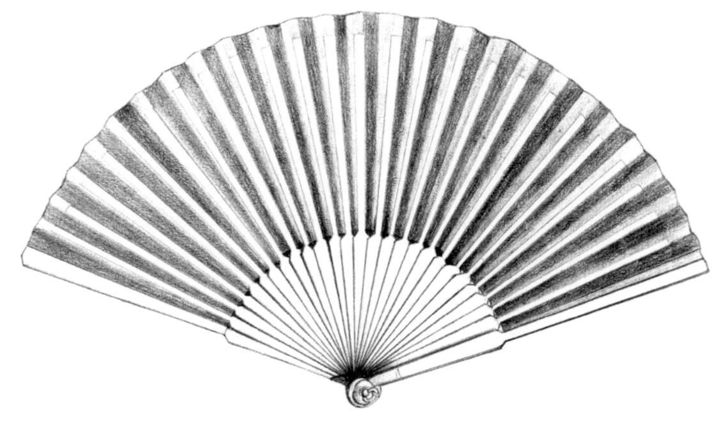

승두선 꼭지를 승려의 머리처럼 동그랗게 만든 부채

합니다."

"마침 지니고 온 것이 없으니, 뒷날 다시 올 때 갖다 드리겠습니다."

나는 이렇게 답을 전했다.

앞서 들으니, 당씨의 노마님은 늘 동락산방에 있으며, 나이가 여든이 넘었는데도 근력이 오히려 좋다고 했다. 그런데 하인이 멀리 손으로 가리키며 말한다.

"노마님이 방금 중문에 나오셔서, 귀국 사람들의 옷차림을 구경하고 계십니다."

나는 바로 보기가 겸연쩍어서 못 본 체하고는, 붉은 종이로 만든 승두선 두 자루와 여러 가지 빛깔의 시전지시나 편지 따위를 쓰는 종이를 꺼내 장우와 장요에게 나눠주고, 열흘 안으로 다시 오리라 약속한 후 곧 일어나 문을 나섰다. 돌아보니 마나님이 중문에 섰는데, 계집종 둘이 옆에서 부축하고 있다.

멀리서 바라보니 흰머리가 가득하나 몸은 탄탄해 보이고, 아직도 화장과 장식을 떼지 않았다. 시대와 장복이 말한다.

"아까 당씨의 여러 하인이 우리를 좌우로 에워싼 채 뜰 가운데 세워놓고는 늙은 마님이 우리 옷을 벗겨서 그 모양을 보겠다고 하셨습니다. 소인들은 황공하여 감히 바로 쳐다보지도 못하고, '날이 더워서 입은 것이 단지 홑적삼뿐입니다.'라고 했습니다. 그랬더니 우리를 돌아서라고도 하고 옆으로 서라고도 하며, 다시 여러 하인을 시켜 깃고대옷깃의 뒷부분. 특히 깃을 달 때 목 뒤로 돌아가는 부분을 이름와 도련저고리나 두루마기 자락의 가장자리을 들추어보고는 술과 먹을 것을 내어주는데, 소인들의 의복이 이렇게 남루해서 부끄러워 죽을 뻔했습니다."

돌아오는 길에 회자관回子館, 이슬람 교당에 들러 구경했다.

경술庚戌

8월 4일

날이 갰다.
더위가 심하여 삼복이나 다름없었다.

수레를 몰아 정양문을 나와서 유리창을 지나면서 묻는다.

"유리창이 모두 몇 칸이나 되는지요?"

그랬더니 어떤 이가 답한다.

"모두 이십칠만 칸이나 된답니다."

정양문에서부터 가로 뻗어 선무문에 이르는 다섯 거리가 모두 유리창이고, 국내외의 모든 재물보화가 여기에 쌓여 있다.

나는 한 누각 위에 오른 후 난간에 기대어 탄식했다.

"이 세상에서 진실로 나를 알아주는 사람 하나만 만난다면 한이 없을 것이다. 아아, 사람은 스스로 자신을 알고자 하나, 그렇게 하지 못하면 큰 바보나 미치광이가 되고 만다. 자신이 아닌, 남이 되어 자신을 돌아보아야만 나 역시 다른 것과 다를 바 없음을 깨닫게 될 것이다. 그 경지에 이른다면 비로소 몸이 움직이는 곳마다 아무런 거리낌이 없을 것이다.

성인은 이러한 법을 지녔기에 세상을 버리고 숨어도 아무런 고민이 없으며, 외로이 서 있어도 아무런 두려움이 없었던 것이다. 그러므로 공자는 일찍이 말씀하시기를 '남이 나를 알아주지 않는다 하더라도 노여워하지 않는다면 어찌 군자가 아니겠느냐.' 했고, 노자 역시 '나를 알아주는 이가 드물다면 나는 참으로 고귀한 존재다.'라고 했다.

그러하니 남이 나를 몰라보기를 바라며, 혹은 의복을 바꿔 입기도 하고, 혹은 얼굴을 못 알아보게 바꾸기도 하며, 혹은 그 이름을 바꾸기도 한다. 이는 곧 성인·부처와 현인·호걸이 세상을 한낱 노리개로 여겨 비록 천자의 자리를 준다 하더라도 자신의 즐거움과 바꾸지 않겠다고 하는 까닭이다. 이러한 때에 천하에 한 사람만이라도 그를 알아주는 이가 있다면, 그의 자취가 드러나고야 만다. 사정이 그러하니 천하에 누군가 한 사람만이라도 자신을 알아주기를 기다리는 것이다.

요임금이 허름한 옷을 입고 거리에서 놀았으나 격양가풍년이 들어 농부가 태평한 세월을 즐기는 노래를 부르는 노인이 나타났고, 석가가 얼굴을 바꾸었으나 아난석가의 으뜸가는 제자이 그를 알아보았으며, 주나라 태백太伯, 주나라의 기초를 닦은 고공단보의 맏아들. 자신의 막냇동생이 뛰어난 인물임을 알고는 집을 떠나 오나라의 시조가 됨은 몸에 문신을 새겨 남쪽 오랑캐의 땅으로 도피했으나 중옹仲雍, 태백의 아우이 뒤를 따랐고, 예양춘추시대에 활동한 지사. 자신을 알아주고 등용한 지백이 적에게 죽임을 당하자 그의 원수를 갚기 위해 몸에 먹칠을 하고 목소리를 바꿔 문둥이와 벙어리 행세를 하며 지백의 원수에게 접근했으나 결국 실패함은 몸에 칠을 했으나 그 벗이 알아보았고, 삼려대부전국시대에 활동한 시인이자 선비인 초나라 왕족 출신인 굴원을 가리킨다. 충언을 하던 굴원은 결국 왕의 버림을 받음는 얼굴이 파리해졌을 때에도 어부가 알아보았으며, 범려춘추시대 월나라 사람. 구천을 모시며 월나라가 패자가 되는 데 기여했다. 그러나 구천이 패자가 된 후에는 그의 곁을 떠나 중국 최초의 부호가 됨는 이름마저 치이자로 바꾼 후 오호五湖에서 노닐었는데 구천의 애첩 서시가 알아보았다. 범수는 이름을 장록이라고 속인 후 객관에서 오가다 수가를 만났고범수는 처음에 위나라에서 수가를 섬겼으나 어느 날 수가의 모함으로 죽을 고비에 처했다. 가까스로 도망친 범수는 이름을 장록으로 바꾼 후 진나라의 재상이 됐다. 위나라는 강대국 진나라와 친교를 맺기 위해 수가를 사신으로 보냈는데, 이 소식을 들은 범수는 일부러 초라한 행색으로 수가의 숙소를 찾았다. 깜짝 놀란 수가는 범수의 초라한 행색을 보고 그에게 따뜻한 옷을 주었다. 그러면서 재상 장록을 만나게 해달라고 부탁했다. 그 후 범수가 장록임을 알게 된 수가는 그에게 용서를 빌었고, 범수는 이를 용서했다 함, 장량전국시대 한나라의 명문가 출신으로, 한나라를 멸망시킨 진시황을 암살하기 위해 자객을 고용했다. 그러나 이 계획은 실패했고, 장량은 하비 땅으로 숨었다. 그곳에서 장량은 어느 날 황석공을 만나 병법서를 얻었다. 이 책을 공부한 장량은 훗날 유방의 참모가 되어 진나라를 멸망시키고 한나라 건국에도 공을 세웠음은 다리 위에서 산책하다가 황석공을 만났다.

이제 내가 이 유리창 가운데 홀로 섰으니, 내 옷과 갓은 천하 사람이 모르는 바요, 내 수염과 눈썹은 천하 사람이 처음 보는 바이며, 반남潘南, 연암의 관향 박朴씨는 천하에 일찍이 듣지 못하던 성이다. 그러니 내 이곳에서는 성인도 되고 부처도 되며 현인도 되고 호걸도 되어 기자은나라의 현인으로 마지막 왕인 주왕의 폭정을 간하다가 받아들여지지 않자 미친 척하며 세상을 등졌다. 후에 동쪽으로 가서 기자조선을 건국했다고 한다. 현재 학계에서는 기자조선을 부정함나 접여춘추시대 초나라에서 미치광이 행세를 한 인물로 공자의 출세욕을 비웃었음와 같이 미친 짓을 한다고 해도, 장차 그 누가 이 천하의 지극한 즐거움을 함께할 수 있겠는가.

어떤 이가 묻기를 '공자께서 유랑할 무렵 송나라를 거쳐 지나갈 때 무슨 관을 쓰셨을까?' 하기에, 나는 '삶에 위협이 되는 것이 앞뒤에서 홀연히 나타나고, 물고기가죽이나 표범무늬처럼 변장할 것이 많았을 텐데 누가 그 모습을 알아보았겠는가?' 하고는 껄껄 웃었다.

그 무렵 공자가 안회顔回, 춘추시대의 유학자. 기원전 521~기원전 490. 공자의 수제자로 학덕이 뛰어났음가 따라오지 않자 그가 죽지나 않았는지 걱정했다. 후에 안회가 따라와 '선생님께서 계신데 제가 어찌 감히 먼저 죽을 수 있겠습니까?'라고 했다. 이로 미루어볼 때 공자가 천하에서 자신을 알아줄 이를 논한다면 오직 안자顔子, 안회를 높여 부르는 말 한 사람을 꼽았을 것이다."